Michelle Madow

Diamond Sisters

Las Vegas kennt keine Sünde

Foto: © George Siroki

DIE AUTORIN

Michelle Madow wurde von einem Besuch in ihrem Lieblingshotel in Las Vegas zu den »Diamond Sisters« inspiriert. Sie ging in Florida aufs College und lebt noch heute dort. Von dort aus promotet sie ihre Bücher über Social Media und mit Buchtouren durch ganz Amerika. Und wann immer sie es einrichten kann, reist sie mit Vorliebe nach Vegas.

Michelle Madow

Diamond Sisters

Las Vegas kennt keine Sünde

Band 1

Aus dem Englischen
von Eva Riekert

cbt

cbt Kinder- und Jugendbuchverlag
in der Verlagsgruppe Random House

MIX
Papier aus verantwortungsvollen Quellen
FSC® C014496

Verlagsgruppe Random House FSC® N001967
Das für dieses Buch verwendete FSC®-zertifizierte Papier
Salzer Alpin wird produziert von UPM, Schongau
und geliefert von Salzer Papier, St. Pölten, Austria.

1. Auflage
Deutsche Erstausgabe Februar 2016

Die Originalausgabe erschien 2014 unter dem Titel
»The Secret Diamond Sisters« bei Harlequin Books S. A.

Aus dem Englischen von Eva Riekert
Lektorat: Kerstin Weber
Umschlaggestaltung: init | Kommunikationsdesign, Bad Oeynhausen

mi · Herstellung: kw
Satz: KompetenzCenter, Mönchengladbach
Druck und Bindung: GGP Media GmbH, Pößneck
ISBN: 978-3-570-31040-3
Printed in Germany

www.cbt-buecher.de

Für Brent Taylor,
der von Anfang an an dieses Buch geglaubt hat

www.campusbuzz.com

Goodman-Highschool › Las Vegas › Nevada

First Post :)

Gepostet Sonntag, 03.07., 12:51

Wird doch allmählich Zeit, dass campusbuzz ein Chatforum kriegt. Bin sicher, dass wir 'ne Menge zu bequatschen haben. Wir sind jung, wir sind schön und Vegas ist unser ganz persönlicher Spielplatz. Aber sparen wir uns das ganze »Wer ist die/der heißeste Schüler/in« für später auf (obwohl ich selbst 100-Pro Teil dieser Debatte bin!), denn: Ich hab gerade was *viel* Interessanteres entdeckt.

Ihr wisst ja, dass die Schule Anfang des Sommers mit dem Bau eines neuen Sportzentrums (dringend nötig!) begonnen hat. Das den Namen Diamond-Sportcenter bekommen soll. Und genau, mit »Diamond« meine ich Adrian Diamond, dem neben einigen anderen Hotels am Strip auch das neue *Diamond Hotel und Casino* gehört.

Aus anonymer Quelle weiß ich, dass drei neue Mädchen mit dem Nachnamen Diamond im Herbst an der Goodman-High anfangen werden. Ich vermute mal, dass sie irgendwie mit Adrian verwandt sind und dass die Schule sie wegen seines Geldes fürs Sportzentrum aufgenommen hat. Macht doch Sinn, oder?

Allerdings konnte ich online nichts darüber finden, dass Adrian Diamond eine Tochter hat – ganz zu schweigen von dreien!

Weiß jemand was darüber?

1: Gepostet Sonntag, 03.07., 13:31

im internet steht nichts davon, dass adrian diamond überhaupt kinder hat. klingt so, als ob deine »quelle« nicht weiß, wovon sie redet. vielleicht findest du ja was auf facebook?

2: Gepostet Sonntag, 03.07., 13:47

Bei Facebook gibt's über 165.000 Leute mit dem Nachnamen Diamond. Blöde Idee.

3: Gepostet Sonntag, 03.07., 18:20

ich gehe nicht auf die goodman, aber meine mom arbeitet im *diamond* und hat erzählt, dass in der obersten etage gerade ein dreizimmerapartment für wipps eingerichtet wird, die dort für längere zeit wohnen sollen …

4: Gepostet Sonntag, 03.07., 18:40

Post 3 – gut zu wissen. Solltest aber vielleicht überlegen, dich doch bei der Goodman anzumelden. Wenn sie dich nehmen, lernst du vielleicht, dass es VIP und nicht Wipp heißt. Nur so 'n Vorschlag :)

1

Savannah

»Du kommst doch definitiv heute Abend mit uns ins Kino, oder?«, fragte Savannahs beste Freundin Evie, als Savannah aus dem Auto stieg. »Und bleibst wieder über Nacht?«

»Aber sicher.« Savannah und Evie tauschten ein verschwörerisches Grinsen aus, denn »Kino« war ein Codewort. Solange Evies Mutter noch zusah, würden sie so tun, als verschwänden sie im Kino, während sie in Wirklichkeit darauf warteten, dass Evies aktueller Typ sie abholte und zu der fünf Minuten entfernten Party fuhr, wo es keinen Aufpasser gab. Sie konnten zwar nur drei Stunden dort bleiben, aber es war immer noch besser, als gar nicht hinzugehen.

»Danke, dass Sie mich vom Volleyball abgeholt haben, Mrs Brown«, sagte Savannah und winkte Evies Mutter zu. Sie war froh, dass Mrs Brown nichts dagegen hatte, sie daheim abzusetzen, denn Evie war ihre einzige Freundin, die ihr Zuhause kannte. Wenn die anderen Mädchen aus dem Volleyballteam das heruntergekommene Mietshaus sahen, in dem sie mit ihrer Mutter und ihren beiden älteren Schwestern wohnte, dann würden sie sich wahrscheinlich hinter ihrem Rücken die Mäuler zerreißen.

»Kein Problem, Savannah«, sagte Mrs Brown vom Fahrersitz. Sie hatte die gleichen rotblonden Haare wie ihre Tochter, und die beiden konnten fast als Schwestern durchgehen. »Und heute Abend soll ich dich wirklich nicht abholen?«

»Ich lass mich von einer meiner Schwestern hinbringen.« Sie wollte nicht, dass Mrs Brown den Umweg gleich zwei Mal an einem Tag fahren musste. Es war schon mehr als genug, dass Evies Mutter sie in der Volleyballsaison tagtäglich nach dem Training nach Hause fuhr und auch nichts dagegen hatte, dass Savannah im Sommer manchmal zwei oder drei Tage hintereinander bei den Browns übernachtete.

Außerdem hatte sie sowieso was gut bei ihren Schwestern, schließlich kam sie jetzt nur wegen ihnen nach Hause. Eigentlich hatte sie ausgemacht, bei Evie zu bleiben, bis sie abends gemeinsam ausgingen. Das Leben würde *so* viel einfacher werden, wenn sie nur endlich den Führerschein hatte. Klar, sie müsste sich natürlich was ausdenken, um Peyton das Auto abzuluchsen. Was sie einige Überredungskünste kosten würde, denn Peyton hatte jahrelang gespart für die Schrottkiste, deren Motor so klang, als würde er jederzeit den Geist aufgeben. Aber die Aussicht darauf war besser als gar nichts.

»Bis später, S!«, rief Evie, als ihre Mutter losfuhr.

»Ciao, E«, erwiderte Savannah und formte mit den Fingern ein C. Savannah und Evie nannten sich S. E. C., was »Savannah-Evie-Club« bedeutete, und das C war ihr Geheimzeichen. »Wir sehen uns heute Abend!«

Sie überquerte den Gehweg, trat vor die Tür mit der rissigen blauen Farbe und überlegte, was wohl los sein mochte. Bis jetzt hatten ihre Schwestern ihr noch nie vorgeschrieben, dass sie nach Hause kommen solle, obwohl sie was anderes vorhatte, aber Courtneys Stimme hatte am Telefon ziemlich angespannt geklungen. Irgendwas war da im Busch, da war sich Savannah sicher.

Als sie eintrat, sah sie Peyton und Courtney an dem fleckigen Esstisch stehen. Ihre Großmutter und ein Mann, den Savannah nicht kannte, saßen auf den beiden Stühlen. Der Mann trug einen schicken braunen Anzug, der wahrscheinlich mehr kostete als alles, was Savannah im Schrank hatte. Sein Ausdruck war so ernst wie auf einer Beerdigung. Ihre Großmutter und ihre Schwestern sahen ebenfalls mitgenommen aus.

»Was ist denn los?« Savannah ließ ihre Tasche mit den Übernachtungssachen auf den abgetretenen Linoleumboden fallen – seit gestern Morgen war sie nicht mehr zu Hause gewesen – und hatte das ungute Gefühl, dass das alles hier etwas mit der einzigen Person zu tun hatte, die nicht anwesend war. Mit ihrer Mutter.

»Hi, Süße.« Grandma sah eigentlich jünger aus als siebzig plus, aber in diesem Moment wirkten ihre Augen so traurig, dass ihr Alter durchschimmerte. »Tut mir leid, dass wir dich nach Hause beordert haben. Aber es geht um was Ernstes.«

»Wo ist Mom?« Savannah schluckte und lehnte sich, aufs Schlimmste gefasst, an das Sofa. Ihre Mutter hatte schon immer viel getrunken, aber seit sie letztes Jahr ihre Arbeit als Sekretärin verloren hatte, war sie völlig außer Kontrolle geraten. Ihre Schwestern versuchten zu verhindern, dass Savannah mitbekam, was los war, aber sie war ja nicht blöd. Sie wusste, dass ihre Mutter den ganzen Tag trank, und zwar so, dass es ihr nachts und morgens richtig schlecht ging und sie ihre Jobs als Kellnerin keine zwei Monate behielt. Es war kaum jemals genug zum Essen im Haus, weil Mom das ganze Haushaltsgeld vertrank.

»Genau darüber wollen wir mit dir reden«, mischte sich der Mann ein. Er sah viel mehr nach stylishem Büro aus – in ihrer schäbigen Wohnung in Fairfield, Kalifornien, wirkte er total fehl am Platz.

»Wer ist das?«, wollte Savannah von Grandma wissen.

»Das ist Mr Webster«, erwiderte Grandma. »Er ist Anwalt und arbeitet für euren Vater.«

»Was?« Savannahs Herz begann heftig zu pochen. Das konnte doch nicht wahr sein! Savannah hatte immer nur gehört, dass ihr Vater gefährlich sei und dass er mit ihr und ihren Schwestern nichts zu tun haben wolle. Dafür hatte sie ihn gehasst, aber so war es nun mal gewesen, und sie hatte es akzeptiert und einfach damit gelebt. »Hab ich da irgendwas nicht mitgekriegt?«

»Genau wie wir alle.« Peytons Augen funkelten wütend. »Man hat uns unser ganzes Leben lang angelogen.«

Und dann klärte Courtney sie auf, was geschehen war, während sie bei Evie übernachtet hatte.

»Gestern Abend wurde Mom auf dem Weg zur Arbeit wegen Trunkenheit am Steuer angehalten«, begann Courtney und schaffte es irgendwie, bei ihrem Bericht gefasst zu bleiben. »Sie haben sie mit zur Wache genommen und sie hat ihren Führerschein und ihren Job verloren.« War das der fünfte oder der sechste Job in diesem Jahr? Savannah hatte den Überblick verloren. »Ich hab Grandma angerufen, damit sie Mom von der Wache abhole, und dann …« Courtney zuckte die Schultern und sah Grandma auffordernd an.

»Ich hatte immer gehofft, dass eure Mutter mal bei einem Job durchhalten und ihr Leben wieder in den Griff bekommen würde, aber jetzt reicht's«, sagte Grandma auf ihre nüchterne Art. »Ich weiß, es war nie leicht mit ihr, aber was ihr drei in diesem Jahr durchgemacht habt, ist einfach zu viel. Ich sehe das nicht länger mit an. Ich würde euch ja zu mir holen, wenn ich nicht mit Tante Sophies Chemotherapie alle Hände voll zu tun hätte.« Ihr Kinn bebte, als sie ihre Zwillingsschwester erwähnte, die mit ihr in Grandmas Zweizimmerwohnung lebte, seit man vor einigen Monaten bei ihr Krebs diagnostiziert hatte. »Also hab ich das Einzige gemacht, was mir in dem Moment noch einfiel – ich habe euren Vater um Hilfe gebeten.«

Savannah traute ihren Ohren nicht. »Aber unser Vater will doch nichts mit uns zu tun haben!« Sie sah sich Hilfe suchend nach ihren Schwestern um, doch Peyton war so wütend, dass sie nur feurige Blicke abschoss, während Courtney so ausdruckslos aussah, als kämpfte sie um den letzten Rest ihrer Fassung.

»Mr Diamond ist sich über eure Lebensumstände im Klaren und war schon kurz davor, selbst einzugreifen, als eure Großmutter ihn anrief«, sagte Mr Webster. »Er hat gestern Abend noch einige Anrufe getätigt und veranlasst, dass eure Mutter stationär in einer Entzugsklinik in Arizona aufgenommen wird. Sie wurde heute Morgen per Flieger hingebracht, aber die Klinik hat strengstens angeordnet, dass eure Mutter keinerlei Kontakt nach außen aufnehmen darf, bis die Ärzte sie für stabil genug halten. Vielleicht muss sie in ein paar Wochen bereits nur noch ambulant behandelt werden, aber sie haben auch angedeutet, dass es länger dauern könnte.«

Savannahs Kopf fuhr herum. Und das alles war passiert, während sie bei Evie übernachtet hatte? Während sie die neuesten Make-ups ausprobierten und darüber tratschten, mit welchen Mädchen sie im nächsten Schuljahr gern befreundet wären und welche Jungs sie süß fanden?

»Und ich durfte mich nicht mal von ihr verabschieden?« Sie sah ihre Schwestern und ihre Großmutter fassungslos an.

»Keine von uns konnte sich verabschieden.« Courtney kam auf Savannah zu und legte ihr einen Arm um die Schultern. »Mom wollte nicht, dass wir sie in diesem Zustand sehen. Sie sagte, so sei es einfacher, und du weißt ja, dass sie Abschiede hasst. Wir müssen dankbar dafür sein, dass sie endlich die Hilfe bekommt, die sie braucht.«

»Wahrscheinlich hat sie sich geschämt und Angst gehabt, wir könnten ihr unangenehme Fragen stellen«, sagte Peyton. »Womit sie recht gehabt hätte.«

»Aber wenn Mom nicht mehr hier ist, wo sollen wir dann hin?« Savannah wischte sich eine Träne fort, die ihr über die Wange rollte. Natürlich war sie dankbar, dass man sich nun um ihre Mutter kümmerte, aber sie brauchten sie doch. Okay, sie sorgte nicht gerade gut für ihre Töchter, aber jemand anderen hatten sie ja nicht.

»Du weißt, wie sehr ich dich und deine Schwestern liebe und wie glücklich ich wäre, euch gerade jetzt bei mir aufzunehmen«, sagte Grandma. »Aber ihr habt was Besseres verdient, als auf Sofas und Luftmatratzen im Wohnzimmer zu schlafen, und außerdem mache ich mir Sorgen, ob eine solche

Veränderung nicht zu viel Stress für Tante Sophie mit sich bringen würde. Deshalb bin ich sehr froh über das Angebot eures Vaters, dass ihr zu ihm könnt.«

»Im Ernst?« Sie und ihre Schwestern hatten ihren Vater ja noch nicht mal kennengelernt. Und jetzt bot er ihnen an, bei ihm *einzuziehen?* »Warum auf einmal? Ich dachte, wir wären bei ihm nicht sicher. Und wo wohnt er überhaupt?«

Jetzt war Mr Webster an der Reihe. »Mr Diamond bat mich, so wenig Informationen wie möglich zu geben, weil er eure Fragen persönlich beantworten will, aber ich kann euch versichern, dass es ihm vor allem darum geht, euch gut aufgehoben zu wissen. Ein Fahrer wird euch morgen Vormittag abholen und euch zum Flughafen bringen. Ich weiß, das ist sehr kurzfristig und lässt euch kaum Zeit zum Packen, aber nehmt einfach so viel mit, wie ihr könnt. Mr Diamond lässt euch den Rest eurer Sachen dann später nachschicken.«

Zum Flughafen. Das bedeutete: Wenn ihre Mutter länger als ein paar Wochen brauchte, um sich zu erholen, dann würde Savannah mit dem zehnten Schuljahr an einer neuen Schule anfangen, mit Leuten, die sie überhaupt nicht kannte. Wie sollte sie das Evie beibringen? Und wie sollte sie die Schule ohne ihre beste Freundin überleben?

»Was ist, wenn wir nicht wegwollen?« Peyton verschränkte die Arme und sah Mr Webster finster an. »Wissen Sie, ich bin fast achtzehn. Da sollte ich ein Wörtchen mitreden dürfen.« Peyton war keineswegs »fast achtzehn«, sie hatte erst im März Geburtstag, aber Savannah hielt lieber den Mund.

»Zurzeit bist du aber noch nicht volljährig, du hast also leider keine Wahl«, sagte Mr Webster. »Solange eure Mutter unpässlich ist, hat euer Vater das Sorgerecht. Also, packt bitte eure Koffer und seid morgen früh um zehn zur Abfahrt bereit.«

»Und was ist mit der Wohnung?«, fragte Courtney. »Was passiert damit, solange wir weg sind?«

»Mr Diamond sorgt dafür, dass sie instand gehalten wird«, sagte Mr Webster. »Es tut mir leid, dass ich euch damit so unvermittelt überfallen muss. Ich weiß, dass es nicht leicht ist für euch drei, aber er wird all eure Fragen beantworten, sobald ihr eintrefft. Ich nehme an, dass ihr jetzt Zeit für euch braucht. Wollt ihr sonst noch etwas wissen?«

»Ich glaube, wir haben alles Notwendige erfahren«, ergriff Grandma für die Mädchen das Wort. »Ich danke Ihnen.« Sie reichte ihm zum Abschied die Hand.

»Keine Ursache. Auf Wiedersehen.« Er nickte und verließ die Wohnung.

»Du kannst doch nicht von uns erwarten, dass wir das tun«, platzte Peyton heraus, kaum dass die Tür hinter ihm ins Schloss gefallen war. »Seit ich denken kann, hast du behauptet, unser Vater sei gefährlich und wolle nichts mit uns zu tun haben. Und auf einmal sollen wir das alles vergessen und bei ihm einziehen? Nicht mit mir. Ich weigere mich.«

»Eure Mutter hatte ihre Gründe, euren Vater von sich und euch fernzuhalten. Aber er ist dennoch kein schlechter Mensch«, erklärte Grandma ruhig. »Immerhin hat eure Mutter ihn einmal geliebt. Und auch wenn es nicht einfach ist, hoffe ich, dass ihr drei es schafft, ihm eine Chance zu geben. Versprecht ihr das? Mir zuliebe?«

Wenn sie es *so* ausdrückte, war es unmöglich, Nein zu

sagen. »Na gut.« Savannah nickte und versuchte, den Klumpen in ihrem Hals hinunterzuschlucken. »Ich versuch's.«

Ihr Handy summte in ihrer Tasche, und sie nahm es heraus, um die SMS zu lesen. Sie war von Evie.

für 2night alles klar? fährt dich 1 deiner schwestern?

Savannah starrte mit leerem Blick auf das Display ihres uralten Klapphandys. Die Pläne, die sie vor weniger als einer Stunde mit Evie geschmiedet hatte, fühlten sich an wie aus einem anderen Leben. Sie hatte selbst noch nicht wirklich begriffen, was sie da gerade erfahren hatte, und konnte erst recht niemandem davon erzählen, nicht mal ihrer besten Freundin.

2night klappt nicht. sorry. es ist was passiert, über das ich noch nicht reden kann. ich ruf dich an asap <3

Sie drückte auf *senden* und ließ das Handy in die Tasche zurückgleiten. Heute Abend würde sie es nicht mehr checken.

* * *

Am nächsten Morgen schleppten sie ihre Koffer hinaus und verabschiedeten sich tränenreich von Grandma. Beim Anblick der Stretchlimousine jedoch, die vor ihrem Mietshaus vorfuhr und wie ein Fremdkörper zwischen den verbeulten Autos am Straßenrand wirkte, klappte Savannah der Unterkiefer herunter. Ein obdachloser, bekiffter Loser, wie ihre Mutter sie glauben gemacht hatte, konnte ihr Vater schon mal nicht sein, wenn er eine *solche* Limo schickte.

Bis gestern Abend war das teuerste Auto, in dem Savannah

je gesessen hatte, der Volkswagen Jetta gewesen, den Evies Mutter fuhr, wenn sie die Mädchen vom Volleyballtraining oder vom Shoppen abholte. Als Savannah jetzt in die glänzende Limousine stieg, ließ sie die Finger über das weiche Leder der Schalensitze gleiten. An der Decke leuchteten LEDs, und gegenüber der Längsseite der Sitzbank befand sich eine Minibar aus Holz, auf der eine geöffnete Champagnerflasche in einem Eiskübel kühlte und drei Sektgläser auf sie warteten. Auf dem Etikett stand Dom Pérignon. Eine ziemlich edle Marke, das wusste Savannah aus den Fernsehserien, die sie regelmäßig schaute.

Sie machte sich nichts aus Alkohol, nicht zuletzt weil sie mit eigenen Augen gesehen hatte, wie gefährlich das Zeug sein konnte, aber sie war auch nicht total dagegen. Auf Partys wollte sie bestimmt nicht die Schlaftablette sein, die nie was trank. Und jetzt hatte sie sogar die Chance, Dom Pérignon zu probieren! Wenn ihre Freundinnen das hörten, würden sie vor Neid erblassen. Champagner war genau das Getränk, von dem sie sich immer vorgestellt hatte, ein Glas davon in Händen zu halten, sobald ihr Traum, ein berühmter Popstar zu werden, in Erfüllung gegangen war. Und von einem Glas ging die Welt schon nicht gleich unter.

»Denk nicht mal dran«, sagte Courtney warnend, als Savannah nach der Flasche griff.

»Aber das ist Dom Pérignon!« Savannah konnte es nicht leiden, wenn Courtney sie bevormundete. Sie waren nur elf Monate auseinander, aber Courtney benahm sich ständig so, als würde sie die Verantwortung für Savannah tragen. Was sie natürlich viel älter erscheinen ließ. »Die Flasche kostet wahrscheinlich Hunderte von Dollar. Wir *müssen* einfach davon probieren.«

»Ich rühr nichts an, was von *dem* kommt.« Peyton rümpfte die Nase und steckte sich die Kopfhörer in die Ohren.

Savannah wusste, dass Courtney sie nicht mit Gewalt daran hindern würde – sie hätte viel zu viel Angst davor, etwas zu verschütten –, also schenkte sie sich trotzdem ein Glas ein und nahm einen Schluck. Die winzigen Bläschen perlten ihr durch die Kehle. Dom Pérignon war besser als alles, was sie je probiert hatte. Dennoch hörte sie weit hinten in ihrem Kopf eine leise Stimme, die sie daran erinnerte, dass Trinken am Morgen etwas war, was ihre Mutter machen würde. Aber ihre Mutter würde die ganze Flasche austrinken, beruhigte Savannah ihr Gewissen, während sie selbst nur ein Glas nahm. Und auch nur, um mal zu versuchen.

Mit ihrem Sektglas in der Hand kam sie sich so elegant vor, dass sie wünschte, sie hätte etwas Schickeres angezogen als die dunklen Jeans und die pinkfarbene Bluse, die sie vor ein paar Wochen bei Forever 21 gekauft hatte. Heute Morgen beim Anziehen hatte sie die Sachen für gut befunden, aber für jemanden, der in einer Strechlimo am Flughafen ankam, waren sie definitiv unpassend.

Egal, jetzt konnte sie auch nichts mehr daran ändern.

Sie warf einen Blick auf Courtney und Peyton. Die beiden schienen ihre Verblüffung darüber, sich im Fonds einer solchen Limousine wiederzufinden, überhaupt nicht zu teilen. Courtney, deren langes blondes Haar sich beim Trocknen in lockere Wellen gelegt hatte – so, wie Savannah es sich auch wünschte –, hatte das Kinn in die Hand gestützt und starrte aus dem Fenster. Die ganze Zeit über kaute sie an ihrem Daumennagel – was verriet, wie nervös sie war, und das löste auch in Savannah eine gewisse Anspannung aus. Courtney hatte sonst immer alles im Griff, egal, was sich vor ihr auftürmte – Schularbeiten, die Wohnung in Ordnung halten, Sonderschichten bei ihrem Job, um die Rechnungen zu bezahlen, und dann achtete sie auch noch darauf, dass Savannah ihre Schulaufgaben machte. Und obwohl ihre »Ich bin der Boss«-Art Savanna bisweilen tierisch auf die Nerven ging, wusste Savannah nicht, was sie ohne Courtney hätte machen sollen.

Peyton saß lässig in ihrem Sitz, eine riesige Sonnenbrille auf der Nase, und hörte Musik. Während der Fahrt hatte sie die Kapuze ihres schwarzen Frotteehoodies über den Kopf gezogen, sodass ihre langen hellbraunen Haare mit den vereinzelten blauen Strähnchen nach vorn über ihre Schultern hingen. Savannah konnte die blauen Strähnen nicht ausstehen. Es war ihr ein Rätsel, warum ihre Schwester unbedingt wie ein Freak aussehen wollte. Aber natürlich interessierte sich Peyton nicht im Geringsten für Savannahs Meinung.

Da offensichtlich keine ihrer beiden Schwestern Lust auf ein Gespräch hatte, blickte Savannah ebenfalls aus dem Fenster. Sie ließen ein paar abgehalfterte Wohnblöcke hinter sich und bogen dann auf die Schnellstraße ab, vorbei an zahlreichen Weinbergen. Die reifen, leuchtend grünen Trauben glänzten in der heißen Julisonne. Wo ging es bloß hin? Zuletzt schien ihr Vater in Las Vegas gewohnt zu haben, aber es war fünfzehn Jahre her, seit ihre Mutter ihn verlassen hatte – kurz nachdem sie mit Savannah schwanger geworden war. Er konnte jetzt wer weiß wo leben.

Nicht, dass er sich jemals darum bemüht hätte, Kontakt mit ihnen aufzunehmen. Sie kannten nicht mal seinen Vornamen. Nach dem wenigen, was ihre Mutter hatte verlauten lassen, war Savannah immer davon ausgegangen, dass er nicht in der Lage war, für sie zu sorgen – aber wenn er sich eine Limousine leisten konnte, lagen die Dinge wohl etwas anders. Warum hatte er seine leiblichen Töchter nie kennenlernen wollen? Jetzt zeigte er wohl auch nur Interesse, weil er keine andere Wahl hatte. Savannahs Augen wurden feucht, während sie wieder einmal spürte, wie allein sie und ihre Schwestern eigentlich waren, und sie nahm noch einen Schluck Champagner, um die Tränen runterzuschlucken. Sie und ihre Schwestern stritten sich ziemlich oft, aber wenn es darauf ankam, waren sie immer füreinander da.

Courtney musste gemerkt haben, wie angespannt Savannah auf einmal war, denn sie sah sie an und rang sich ein Lächeln ab. »Wie schmeckt's?«, fragte sie und deutete auf den Champagner.

»Gut«, erwiderte Savannah. »Bist du sicher, dass du nichts willst? Bestimmt haben wir nie wieder die Gelegenheit, so was Teures zu probieren.« Sie nahm erneut einen kleinen Schluck und genoss den herben Geschmack. Sie hätte wetten können, dass der Champagner teurer war als die Longchamp-Tasche, die Evie gerade zum Geburtstag bekommen hatte. Savannah hätte zu gern ein Handy gehabt, mit dem man Fotos verschicken konnte, um Evie und ein paar der anderen Mädels aus dem Team zu zeigen, was sie trank. Sie wären ja so was von neidisch.

»Ganz sicher.« Courtney schüttelte den Kopf. »So früh

am Morgen … und der Champagner gehört nicht mal uns.«

Savannah tat Courtneys superbrave Haltung mit einem Achselzucken ab und sah zu Peyton hinüber, die tief in ihren iPod versunken war und sie nicht beachtete.

Savannah beschloss, das zu ändern. Sie hob das halb volle Glas an die Lippen, warf den Kopf zurück und nahm demonstrativ einen großen Schluck. Kribbelnd rann ihr die Flüssigkeit durch die Kehle und prickelte ihr im Magen.

»Du willst dir also schon am frühen Morgen einen antrinken, ja?« Savannahs Rechnung war aufgegangen. Peyton zog prompt einen der Kopfhörer heraus und ließ ihn auf den Schoß fallen. »Du wirst noch enden wie Mom.«

»Muss das sein?« Die Schärfe in Courtneys ansonsten so ruhiger Stimme überraschte Savannah. »Mom hat Mist gebaut, aber sie hat sich echt Mühe gegeben. Sei nicht so hart mit ihr. Aber was dich angeht – Peyton hat recht«, fuhr sie fort und sah Savannah direkt an. »Du solltest nicht trinken – nicht nach der Geschichte mit Mom. Ich weiß, du glaubst, dass du ihr egal bist, aber sie würde nicht wollen, dass du ihre Fehler wiederholst.«

»Ich bin nicht wie Mom«, beharrte Savannah. »Ich wollte doch nur ein Glas probieren. Ist schließlich Dom Pérignon. Dafür würden andere *töten!* Und abgesehen davon hätte Mom die Flasche längst ausgetrunken.«

»Stimmt«, pflichtete Peyton zu Savannahs Verblüffung bei. Peyton war sonst nie einer Meinung mit ihr. »Was es unserem nicht existenten Vater so richtig leicht gemacht hat, uns von daheim wegzuholen, ohne dass wir mitreden durften.«

»Der nicht existente Vater, von dem sie uns hat glauben lassen, dass er ein obdachloser Kiffer sei«, sagte Savannah. »Was er eindeutig nicht ist. Nicht, wenn er sich so was hier leisten kann. Ich weiß, das ist reine Spekulation, aber vielleicht ...«

»Erzähl mir bloß nicht schon wieder, dass du davon träumst, dass er dieser große Hotelbesitzer sein könnte«, unterbrach Peyton sie. »Er hat 'ne Limo gemietet, um uns abzuholen, okay, aber das heißt noch lange nichts. Und es wird ihm auch nichts nützen, dass er so viel Geld rausschmeißt, um Eindruck auf uns zu machen, nachdem er uns unser Leben lang nicht beachtet hat. Außerdem weißt du ja, dass es fünfundsiebzig Leute in Las Vegas gibt, die Diamond heißen –«

»Und zwanzigtausend in ganz Amerika«, fiel ihr Savannah mit demselben überlegenen Tonfall ins Wort, den ihre Schwester an den Tag legte. »Ich weiß, ich weiß. Hast du schon eine Million Mal gesagt. Aber es wäre trotzdem cool, wenn er es wäre.«

Okay, es wäre sogar mehr als cool, wenn ihr Vater *der* Adrian Diamond wäre – der Mann, der unzählige Hotels in Las Vegas besaß und mehr Geld hatte, als sich Savannah vorstellen konnte. Das Leben, das sie dann führen würde, überstieg ihre wildesten Träume.

Das reinste Las-Vegas-Märchen.

»Ich würde nicht mal *wollen*, dass er unser Vater ist«, fuhr Peyton fort. »Wer zum Teufel redet fünfzehn Jahre lang nicht mit seinen Töchtern und pocht dann auf einmal auf das Sorgerecht?«

»Unser Vater«, erwiderte Courtney trocken. »Aber Mom

braucht diesen Entzug. Nach all den Jahren, in denen wir versucht haben, sie dazu zu überreden, Hilfe zu suchen, ist sie endlich angekommen, und ich bin froh, dass sie jetzt behandelt wird. Denkt doch mal nach – in ein paar Monaten geht es Mom besser. Und bis dahin ist die Sache mit unserem Vater vielleicht gar nicht so schlecht.«

»Und du bist ganz sicher, dass du nichts von dem Champagner getrunken hast?«, spottete Peyton und stopfte sich den Kopfhörer wieder ins Ohr.

Courtney öffnete den Mund, als wolle sie etwas erwidern, entschied sich dann aber doch dagegen. Es hatte keinen Sinn, mit Peyton zu streiten. Peyton hörte nie auf andere.

»Vielleicht hast du recht«, sagte Savannah zu Courtney. »Er hat immerhin diese Limo geschickt. Das hätte er doch bestimmt nicht gemacht, wenn ihm gar nichts an uns liegen würde.«

»Yep.« Courtney verzog das Gesicht und runzelte nachdenklich die Stirn.

Savannah gefiel es nicht, sie so besorgt zu sehen. Sie war es nicht gewohnt, sich um ihre Schwestern Gedanken machen zu müssen. Normalerweise war es genau andersherum. Ihre Kehle zog sich zusammen. Sie wollte etwas Tröstliches sagen, hatte aber keine Ahnung, was. Stattdessen blickte sie aus dem langen Fenster vor sich. Die Sonne schien hell vom wolkenlosen kalifornischen Himmel. Die Limo verließ die Schnellstraße und fuhr an einem großen Schild vorbei, das ihre Ankunft am Napa-Valley-Airport ankündigte. Es waren kaum andere Autos zu sehen und der Flughafen war ziemlich klein. Nur wenige blockartige Gebäude und Flugzeuge lagen vor ihnen, dahinter die hügeligen Weinberge der Gegend.

»Kommt es nur mir so vor oder ist dieser Flughafen wirklich ziemlich verlassen?«, fragte Savannah.

»Napa Valley ist ein *privater* Flughafen«, sagte Courtney. »Keine Linienflüge, soweit ich weiß.«

»Keine Linienflüge?«, wiederholte Savannah. Wenn es hier wirklich keine Linienflüge gab, dann bedeutete das, dass hier nur Privatflugzeuge starteten und landeten. Und das wiederum würde bedeuten …

Bei dieser Vorstellung machte Savannahs Magen einen Satz und sie beugte sich näher ans Fenster. Lag sie mit ihren Wunschgedanken über ihren Vater doch näher an der Wirklichkeit als gedacht?

Die Straße wurde breiter, und ihr Herz schlug heftig, während sie sich den Gebäuden näherten. Die Limo fuhr an ein paar Fliegern vorbei – einige größer, andere kleiner –, bis sie schließlich anhielt.

Vor ihnen ragte das größte Privatflugzeug von allen auf und die goldenen Buchstaben auf seinem Rumpf bildeten drei unmissverständliche Wörter:

Diamond Resorts Worldwide.

Adrian Diamond *war* ihr Vater.

2

Courtney

No way.

Courtney stieg aus der Limo und starrte den Jet an. Wenn das hier ihr Flieger war, von ihrem Vater hergeschickt, dann … Courtney hatte die Träumereien ihrer jüngeren Schwester, der berühmte Hotelbesitzer Adrian Diamond könne ihr Vater sein, nie ernst genommen. Aber wenn der Chauffeur sie nicht versehentlich anstelle dreier anderer Diamond-Schwestern abgeholt hatte, die ebenfalls in einer heruntergekommenen Wohnung in Fairfield, Kalifornien, hausten – dann war dieser Jet tatsächlich für sie.

Courtney konnte einfach nicht glauben, was sie da sah, und warf einen prüfenden Blick auf Savannah, um zu sehen, wie ihre Reaktion ausfiel. Ihre jüngere Schwester stand wie angewurzelt und mit offenem Mund da. Eine Brise wehte ihr ein paar Strähnen ihres dunkelblonden Haars über die Stirn. Sie strich sie sich hinters Ohr, ohne ihren Blick vom Jet zu lösen. Wenn sie nicht selbst so perplex gewesen wäre, hätte Courtney lachen müssen.

»Seid ihr die Diamond-Schwestern?« Die leise Stimme eines hochgewachsenen Mannes in einem weißen Anzug riss Courtney aus ihrer Starre. Sein schwarzes Haar war mit einer

Menge Öl zurückgekämmt, die wahrscheinlich ausgereicht hätte, um das Flugzeug aufzutanken, und er hatte einen so kantigen Unterkiefer wie ein Footballspieler.

Eigentlich hätte sie angenommen, dass er ihr Vater war, aber seine dunklen Züge trugen keinerlei Ähnlichkeit mit ihren.

»Ja, das sind wir.« Courtney sah ihm direkt in die Augen und richtete sich kerzengerade auf. »Ich bin Courtney. Das hier sind Peyton und Savannah.«

»Ich bin Captain Rogers.« Zur Begrüßung streckte er ihnen seine kräftige Hand hin. Courtney schüttelte sie, dann ließ sie den Arm schnell wieder sinken. »Ich bin heute für euer Wohl zuständig.«

Also tatsächlich nicht ihr Vater. Adrian Diamond hatte wahrscheinlich Wichtigeres zu tun, als seine Töchter persönlich abzuholen.

Nicht, dass Courtney viel erwartete von dem Mann, der fünfzehn Jahre lang keinen Kontakt zu seinen Töchtern gesucht hatte. Sie wollte zwar keine voreiligen Schlüsse ziehen, aber er hatte eine Menge zu erklären, wenn sie sich trafen. Courtney wusste nicht, wie sie damit umgehen würde. Welche Erklärung konnte es schon dafür geben, dass er aus ihrem Leben verschwunden war? Für so etwas gab es keinen guten Grund, vor allem nicht für jemanden, der so wohlhabend war wie Adrian Diamond. Was konnte vorgefallen sein, dass er mit ihr und ihren Schwestern nichts zu tun haben wollte? Dass er sie im Stich gelassen hatte?

Ihr schwirrte der Kopf, und sie bemerkte, dass ihre Atmung ganz flach geworden war. Sie zwang sich, tief einzuatmen und die Situation in den Griff zu bekommen. Sie würde damit umgehen, wie sie mit allem umging – step-by-step. Es musste einen nachvollziehbaren Grund geben, warum Adrian Diamond sich aus dem Leben seiner drei Töchter rausgehalten hatte.

So ungern Courtney es auch zugab: Sie hätten seine Unterstützung wirklich brauchen können. Wie anders ihr Leben jetzt wohl aussehen würde, wenn er seinen Beitrag – wenigstens ein bisschen – dazu geleistet hätte?

Es hatte ihr nichts ausgemacht, sich einen Job zu besorgen, um der Familie zu helfen, aber wenn sie mehr Zeit gehabt hätte, um sich aufs Lernen zu konzentrieren, statt Sonderschichten zu schieben, um die Rechnungen zu bezahlen, dann wäre ihr Zulassungstest für die Uni bestimmt besser ausgefallen. Sie hatte zwar nicht schlecht abgeschnitten – ihre Durchschnittsnote war ›gut‹ –, aber sie hätte eben noch besser sein können.

Courtney schlang die Arme um sich und sah zu dem Flugzeug hoch. Jetzt blieb ihr nichts anderes übrig, als sich auf das bevorstehende Treffen mit ihrem Vater zu konzentrieren. Peyton war so was von aggressiv drauf und Savannah so was von euphorisch, dass keine von ihnen vernünftig an die Situation herangehen konnte. Also musste sie die Verantwortung für ihre Schwestern übernehmen.

»Was ist, sollen wir einfach … einsteigen?« Peyton deutete mit dem Daumen auf die Gangway des Fliegers, an der Sicherheitsleute standen.

Der Captain lachte. »Wenn ihr abflugbereit seid, dann schon. Ihr könnt ›einfach einsteigen‹.«

»Und der Flug geht wohin?«, fragte Courtney.

»Las Vegas«, antwortete er.

»Vegas!« Savannah klatschte in die Hände. »Wie in meinen Träumen!«

Courtney bemerkte aus dem Augenwinkel eine Bewegung und warf einen Blick auf den Van, der ihnen mit ihrem Gepäck zum Flughafen gefolgt war. Drei Männer unterschiedlichen Alters hatten bereits die Hecktüren geöffnet und entluden ihn. Viel war es nicht – sechs Reisetaschen für alle zusammen und Savannahs ramponierte Gitarre. Gestern Abend hatte Grandma ihnen geholfen, alles aus dem Zimmer, das sie sich zu dritt geteilt hatten, einzupacken.

Der Captain gestikulierte mit der Hand in Richtung Jet, als wolle er sagen: »Fertig zum Boarden.« Savannah schoss mit wehendem Haar auf die Gangway zu. Courtney folgte ihr und hörte Peyton hinter sich herstampfen.

Courtney konnte immer noch nicht fassen, was da abging. Ein Privatflieger? Vielleicht war sie ja einfach nur in Savannahs Traum gelandet. Aber es war kein Traum. Sie *spürte* das kalte Metall des Geländers an der Hand, als sie die Treppe hinaufstieg, sie *roch* die Wärme des Sommers in der Luft. Wenn ihre Mutter sie jetzt sehen könnte, wäre sie fassungslos.

Da dämmerte Courtney, dass ihre Mutter *keineswegs* fassungslos wäre. *Sie* hatte ja gewusst, wer ihr Vater war, obwohl sie es Courtney und ihren Schwestern nie erzählt hatte. Ihre Mutter hatte immer nur gesagt, sie wolle nicht, dass ihre Töchter in jenem bedrohlichen Umfeld aufwüchsen, in dem ihr Vater lebte. Das war, bis auf ein paar weitere dunkle

Andeutungen, alles gewesen. Sie hatte sich stets geweigert, über ihn zu reden, außer dass sein Lebensstil nicht geeignet sei, um Kinder aufzuziehen. Kurze Zeit nach Savannahs Geburt war die Scheidung rechtskräftig geworden. Selbst Peyton war noch zu jung gewesen, als sie auszogen, um sich an ihn zu erinnern.

Okay, es war die Entscheidung ihrer Mutter gewesen, aber Courtney sagte sich, wenn ihr Vater sie bei sich hätte haben wollen, hätte er auch etwas in der Richtung unternehmen können. Hatte er aber nicht, und deshalb hatte sie alles darangesetzt, um ihn zu vergessen. Es brachte nichts, über Vergangenes traurig zu sein.

Warum aber zeigte er jetzt auf einmal Interesse? Es war offensichtlich, dass ihr Vater ein mächtiger Mann war. Also hätte er erst recht an ihrem Leben teilhaben können, wenn er das gewollt hätte.

Keine voreiligen Schlüsse, beschwor sie sich erneut. Sie würde Ordnung in ihr Gefühlschaos bringen, sobald sie auf ihre Fragen *seine* Antworten gehört hatte.

Courtney kam am oberen Ende der Gangway an und trat durch die Tür. Der Jet war völlig anders, als sie sich jemals hätte vorstellen können. Er sah aus wie ein elegantes Wohnzimmer. Die Schlauchform und die Fenster in den Außenwänden waren der einzige Hinweis darauf, dass sie sich in einem Flugzeug befanden. Entlang des Mittelganges standen sich vier cremefarbene Sessel gegenüber, je zwei an jeder Seite, und weiter hinten an der Wand befanden sich dazupassende Ledersofas. Es gab sogar eine Essnische mit einem dunkelbraunen Holztisch und vier Stühlen. Das Holz schimmerte, als sei es mit Lack überzogen, und das cremefarbene Leder der Sessel und Sofas roch nagelneu. Es war, als seien sie die allerersten Fluggäste.

Courtney kannte Flugzeuge nur aus Filmen. *Linienflugzeuge*. Sie hatte keine Ahnung, dass sie auch *so* aussehen konnten.

Noch nie hatte sie sich so fehl am Platz gefühlt und so wenig gewusst, wie sie sich verhalten sollte.

Savannah rannte auf eines der Sofas zu und ließ sich der Länge nach darauffallen. Sie schien Courtneys Unbehagen gar nicht zu spüren. »Ist ja der Wahnsinn!«, rief sie und reckte die Arme über den Kopf. »Könnt ihr das alles fassen? Limousinen, Privatjets … Kommt einem total unwirklich vor, oder?«

»Nicht zu vergessen, dass wir in eine Stadt ziehen, wo wir keinen kennen – nicht einmal unseren eigenen Vater«, erinnerte sie Courtney und setzte sich auf das Sofa gegenüber.

»Vielleicht hat er seine Gründe«, erwiderte Savannah hoffnungsvoll.

Peyton ließ sich neben Courtney aufs Sofa fallen und lehnte sich an die gegenüberliegende Armlehne. Ihre zerrissene schwarze Strumpfhose, ihre Jeansshorts, aus denen unten die Taschen heraushingen, und ihr grau gestreiftes T-Shirt unter dem schwarzen Hoodie passten überhaupt nicht hierher, aber sie wirkte kein bisschen unbehaglich.

»Sei doch nicht so naiv«, sagte Peyton und steckte sich einen Kaugummi in den Mund. »Ist ja alles ganz nett, aber lass dich bloß nicht davon blenden. Wenn du ihm zeigst, dass dich sein Geld beeindruckt, dann glaubt er wahrscheinlich noch, dass du ihm verzeihst. Und ich tue das todsicher nicht. Das alles macht mich eigentlich nur noch wütender. Wenn er so viel Geld hat, wären wir ja wohl erst recht keine Last für ihn gewesen. Er hätte sich noch viel eher um uns kümmern können. Der einzige Grund, warum er das nicht getan hat, ist, dass er sich einen Dreck um uns schert.«

»Wir sollten an das denken, was Grandma gesagt hat, und ihm eine Chance geben«, beschwichtigte Courtney sie, auch wenn sie die gleichen Gedanken gehabt hatte. »Wir müssen uns erst mal seine Version anhören, auch wenn ich mir nicht vorstellen kann, was er zu seiner Entschuldigung sagen will.«

»Weil er keine *hat*«, rief Peyton höhnisch. »Es ist einfach unmöglich.«

»Nichts ist unmöglich«, schoss Savannah zurück. »Sei doch nicht so negativ.«

»Ich bin nicht negativ.« Peyton verdrehte die Augen. »Nur realistisch.«

»Du willst ihm also keine Chance geben?«

»Die hat er nicht verdient«, erwiderte Peyton. »Und wenn du mal aufhören würdest auszuflippen, weil wir ›ohmeingott, in einem Privatflieger‹ sind, dann würdest auch du das vielleicht checken.«

Courtney sah die beiden abwechselnd an. Wenn sie bei der Begegnung mit ihrem Vater immer noch so drauf waren, wäre die Katastrophe perfekt. Zum Glück kam in diesem Moment ein Flugbegleiter und fragte, ob sie etwas trinken wollten, ehe Savannah und Peyton weiterstreiten konnten.

Der Captain vergewisserte sich, dass sie abflugbereit waren, und Courtney setzte sich auf einen Fensterplatz und drückte die Stirn an die Scheibe. Sie trommelte mit den Nägeln auf die Armlehne, während das Flugzeug Fahrt aufnahm, und ihr Magen machte einen Satz, als sie gen Himmel abhoben und die Welt unter ihnen so klein wurde, dass sie wie ein Gipsmodell aussah. Sie hatte das Gefühl, einfach nach unten greifen und einen Spielzeugtruck von der Straße heben zu können, so winzig war alles.

Auch wenn sie wusste, dass es *kein* Traum war, kam sie sich immer noch wie in einem vor. Es war noch keine Woche her, da hatte sie Sonderschichten bei Starbucks geschoben, um ihrer Mutter mit der Miete zu helfen und dafür zu sorgen, dass sie genug zu essen hatten. Und jetzt flog sie in einem Privatjet nach Vegas und sollte ihrem unbekannten Vater begegnen.

So etwas passierte doch nicht im wahren Leben.

Aber in ihrem Leben schon.

3

Peyton

Selbst Peyton musste zugeben, dass der Las Vegas Strip von oben beeindruckend war. Das Häusergewirr zu beiden Seiten der breiten Straße sah aus, als seien die unterschiedlichen Gebäude wahllos in die endlose braune Wüste geworfen worden. Nicht ein Hotel glich dem anderen. Sie sah eine glänzend schwarze Pyramide, eine mittelalterliche Burg, zwei identische goldene Türme, ein riesiges grünes Gebäude, in dem sich die Sonne spiegelte, und am Ende ein hoch aufragendes Ding, das wie die Seattle Space Needle aussah, um nur einige zu nennen.

Peyton überlegte, welcher Hotelkomplex wohl der ihres Vaters war.

Ihr Vater. Adrian Diamond. Der Besitzer von *Diamond Resorts Worldwide*.

Es war total unwirklich.

Und es kotzte Peyton total an.

Sie ballte die Hände zu Fäusten und presste die Nägel in die Handflächen, um etwas von ihrer Wut abzulassen. Jemand, der null Anstrengungen unternommen hatte, um seine Töchter kennenzulernen, musste einfach ein Widerling sein. Peyton machte ihrer Mutter keine Vorwürfe. Nicht, nachdem er sie geheiratet hatte, nur damit sie nach vier Jahren – und drei Kindern – hatte erfahren müssen, dass sein Leben »zu gefährlich« für eine Familie sei und er sie nicht mehr um sich haben wollte. Eine total verfahrene Situation.

Nein, Peyton machte ihrer Mutter keinerlei Vorwürfe. Sie bewunderte sie dafür, dass sie das so straight durchgezogen hatte. Ihre Mutter hatte sie im Rahmen ihrer Möglichkeiten bestens aufgezogen – bis das ständige Trinken dazwischenkam. Sie hatte immer schon ein Alkoholproblem gehabt, aber es war viel schlimmer geworden, nachdem sie vor einem Jahr ihre Stelle als Sekretärin verloren hatte. Ab da hatte Peyton zugesehen, wie ihre Mutter jeden Abend betrunken nach Hause kam, meistens mit einem schmierigen Typen, den sie in irgendeiner Bar aufgegabelt hatte. Peyton wollte ausziehen und eine eigene Wohnung mieten – vor allem, nachdem einer dieser Typen hinter ihr her gewesen war und sie zu begrapschen versucht hatte. Peyton hatte ihm damit gedroht, die Polizei zu rufen, wenn er nicht die Finger von ihr oder ihren Schwestern ließ. Was ihn auch tatsächlich davon abgehalten hatte, zu weit zu gehen, aber es graute ihr jedes Mal, wenn er sie anglotzte, und sie warnte ihre Schwestern davor, auf keinen Fall mit ihm allein in einem Raum zu bleiben. Sie hatte versucht, ihrer Mutter klarzumachen, was da ablief. Aber ihre Mutter hatte sie nur eine Schlampe genannt und behauptet, sie hätte selbst Schuld, weil sie ihn anmache. Peyton war unendlich erleichtert gewesen, als ihre Mutter herausfand, dass er sie mit einer jungen Barkeeperin betrog, und ihn schließlich rausschmiss.

Peyton wusste nur zu gut, dass sie sich sowieso nie eine eigene Wohnung hätte nehmen können: Kein Mensch vermietete an eine Siebzehnjährige, und außerdem konnte sie Courtney und Savannah – auch wenn sie sich nicht immer blendend verstanden – unmöglich mit ihrer Mutter und diesen Typen allein lassen. Sie brauchten sie – vor allem Savannah, die keine Ahnung hatte, wie schlimm es eigentlich stand. Während Courtney ständig jobben ging und Savannah beim Sporttraining war, kümmerte sich Peyton um Schadensbegrenzung. Sie schüttete Moms Schnaps in den Ausguss und half ihr, nüchtern zu werden, ehe die anderen beiden nach Hause kamen. Sie ertrug die Beschimpfungen ihrer Mutter, denn sie hatte gelernt, diese Ausfälle nicht persönlich zu nehmen. Auf ihren Schultern lastete die ganze Verantwortung – für ihre Mutter, die Wohnung, ihre Schwestern. Courtney steuerte zwar ihren Teil mit dem Geld, das sie verdiente, bei, aber Savannah war noch viel zu jung und naiv, um mit der Situation umzugehen.

In letzter Zeit war es mit ihrer Mutter immer weiter bergab gegangen, und Peyton war klar, dass sie das nicht mehr lange durchgehalten hätte. Vielleicht kümmerte es Adrian Diamond ja doch, dass ihre Lage immer aussichtsloser wurde.

Was sie allerdings bezweifelte.

Das Flugzeug landete, und wieder fuhr eine Limousine über die Rollbahn, um sie abzuholen. Sie bedankten sich beim Captain und verabschiedeten sich und dann brachte sie die Limousine – wohin auch immer.

Es hatte wohl nicht in den Zeitplan ihres Vaters gepasst, persönlich zum Flughafen zu kommen und seine Töchter zu begrüßen. Peyton biss knirschend die Zähne zusammen. Ein weiterer Beweis dafür, dass sie ihm egal waren.

Dabei war die Liste sowieso schon voll.

Der Flughafen lag in der Nähe des Vegas Strip, und obwohl Peyton nicht vorhatte, den Ort zu mögen, in dem dieses Arschloch von Vater lebte, musste sie zugeben, dass die Hotels, an denen der Wagen vorbeifuhr, ein echter Hammer waren. Einige der Hotelkomplexe waren ganzen Großstädten nachempfunden – New York, Paris, Venedig –, andere waren einfach nur schillernd und glamourös. Vor einem stand ein riesiger Springbrunnen, dessen Fontäne im Takt klassischer Musik hervorsprudelte, die aus unsichtbaren Außenlautsprechern strömte. Um die Brüstung hatte sich eine staunende Menge versammelt. Alle Fußgänger auf den Gehwegen lachten und amüsierten sich. Viele von ihnen nuckelten an bunten Drinks aus ungefähr einem halben Meter großen Bechern. Es war erst Nachmittag, aber das schien niemand davon abzuhalten, Party zu machen.

Oder vielleicht war es auch einfach nur die Fortsetzung der Party vom Vorabend.

Schließlich verlangsamte die Limousine das Tempo vor zwei halbrunden, goldenen Gebäuden, die nebeneinanderstanden und sich hoch in den Himmel erhoben. Es schienen die höchsten Bauten auf dem ganzen Strip zu sein. Der untere und obere Rand eines jeden Stockwerks war in hellerem Gold abgesetzt und ganz oben schloss eine breite Blende mit verschlungener Kursivschrift den Komplex ab. Peyton hob schützend die Hand gegen das Sonnenlicht vor die Augen und versuchte, die Wörter zu entziffern. Auf dem etwas weiter entfernten Gebäude stand *The Diamond Hotel,* auf dem näheren *The Diamond Residences.*

»Wow.« Savannah drückte ihre Nase an die Scheibe, als sie in die kreisförmige Auffahrt der *Residences* einbogen. Stretchlimos und Luxuskarossen säumten den Bordstein und dicke Säulen umrahmten die große vergoldete Doppeltür. Zwei Männer in weißen Livreen flankierten das Entree, die Hände vor sich verschränkt, die Haare zurückgegelt, sodass sie fast identisch aussahen. Neben den beiden stand jeweils ein Podest mit einem hochmütig aussehenden, sphinxähnlichen Löwen darauf.

So etwas hatte Peyton noch nie gesehen.

Die Limousine hielt vor dem Eingang und einer der Männer öffnete die Tür an Peytons Seite. Sie stieg aus – und erstickte fast in der Wüstenglut, die ihr entgegenschlug. Sie sog die schlechte, trockene Luft ein und konzentrierte sich ganz auf ihr körperliches Unbehagen, um ihre Verblüffung zu verbergen. Sie wollte ihrem Vater verärgert gegenübertreten, nicht, als wäre sie von der vibrierenden Atmosphäre von Las Vegas fasziniert.

Ehe sie auch nur einen Schritt machen konnte, näherte sich ihnen – ebenfalls in weißer Livree – ein älterer Herr. Er hatte runzelige Haut, dünnes graues Haar und schmale Lippen, die aussahen, als würde er sie permanent zusammenpressen. Das war doch sicher nicht ihr Vater. Peyton konnte sich nicht vorstellen, dass Adrian Diamond so … alt war. Dann fiel ihr das goldene Namensschild auf, das an seinem Anzug steckte. Sofern Adrian seinen Namen nicht in Bernard geändert hatte, war er es wirklich nicht.

Peyton stieß den Atem aus und verschränkte die Arme. Ihr Vater befand es tatsächlich nicht für nötig, sie persönlich abzuholen – weder am Flughafen noch hier am Hotel. Kein guter Anfang für eine Beziehung – was auch immer Adrian Diamond darunter verstand.

Wenn er überhaupt vorhatte, eine Beziehung zu ihnen herzustellen, was sie allmählich ernsthaft bezweifelte.

»Peyton, Courtney und Savannah Diamond?«, fragte Bernard, musterte sie kurz von oben bis unten und presste seine Lippen noch fester zusammen, als sein Blick auf Peyton verweilte. Okay, sie hatte blaue Strähnen im Haar, aber es waren nur vier – und nicht mal besonders auffällige –, dennoch schien er sie zu missbilligen. Wahrscheinlich war er auch nicht direkt ein Fan von ihren zahlreichen *Hot-Topic*-Reifen am Arm. Sie warf ihm einen bösen Blick zu und er wandte sich arrogant ab. Hoffentlich war nicht jeder in Vegas so eingebildet.

Courtney machte einen Schritt nach vorn und bestätigte, dass er sie richtig angeredet habe. Typisch für Courtney, die Führung zu übernehmen. Eigentlich sollte man ja davon ausgehen, dass Peyton als Älteste automatisch die Hauptverantwortliche war.

Schwerer Irrtum.

»Wie nett, euch endlich kennenzulernen«, sagte Bernard. »Mr Diamond lässt sich entschuldigen, dass er euch nicht persönlich begrüßen kann.«

»Natürlich«, murmelte Peyton.

Ihr Sarkasmus brachte Bernard aber nur kurz aus der Fassung. »Ich hoffe, ihr hattet eine gute Reise«, sagte er und verzog die schmalen Lippen zu einem gekünstelten Lächeln. Dann machte er eine Geste zu der riesigen goldenen Doppeltür. »Folgt mir bitte, ich werde euch zu eurem Apartment führen.«

»Was ist mit unseren Taschen?«, fragte Courtney und deutete hinter sich, wo ihre Sachen gerade aus dem Auto geladen wurden.

»Um euer Gepäck müsst ihr euch keine Gedanken machen – das bringen euch die Hotelpagen hinauf.« Er machte auf dem Absatz seiner schwarzen, auf Hochglanz polierten Schuhe kehrt und führte sie zu den Türen, die von den beiden weiß uniformierten Männern für sie aufgerissen wurden. Und dann betrat Peyton zum ersten Mal die *Diamond Residences*.

Sie war sich nicht sicher, was sie erwartet hatte, aber auf jeden Fall nicht so was. Das Innere des Gebäudes war so prachtvoll, wie aus einer anderen Welt, dass es ihr den Atem raubte. Der Boden war mit diamantförmigen Marmorfliesen bedeckt, dazwischen bunte Mosaikmotive in Form von diversen Edelsteinen. Den breiten Weg vom Eingang zu einer kreisförmigen Bar in der Mitte der Lobby säumten unzählige Pflanzen, üppige Farne und Bäume, angestrahlt von Spotlights. An der Bar hingen jede Menge Leute ab und schlürften Cocktails und direkt dahinter konnte Peyton Spieltische und Glücksspielautomaten erkennen. Gruppen in unterschiedlichster Aufmachung, von knappen Bikiniüberwürfen bis hin zu teuren Kleidern, schlenderten mit Badetaschen, Drinks oder Shoppingtüten in der Hand umher, lächelten und unterhielten sich angeregt. Die Energie in diesem Raum war so was von ansteckend, dass Peytons Blut rauschte, während sie alles um sich herum aufnahm – und sich darauf konzentrierte, nach außen auch weiterhin gelangweilt zu wirken. Sie weigerte sich, *irgendetwas* von ihrem Vater zu mögen.

»Der *Residences*-Trakt und der *Hotel*-Trakt sind durch einen Gang miteinander verbunden, sodass ihr jederzeit das Hotel aufsuchen könnt, obwohl ihr in den *Residences* wohnt«, erklärte Bernard. Seine Lippen bewegten sich kaum beim Sprechen. »Soll ich zuerst einen Rundgang mit euch machen oder euch ins Apartment bringen?«

»Ins Apartment«, entschied Peyton knapp, ehe Courtney etwas erwidern konnte. Savannah schmollte, was Peyton jedoch einfach ignorierte. Sie wollte vor Bernard unbedingt den Eindruck vermeiden, dass sie das Ganze hier interessierte. Später würde noch genug Zeit sein, um allein auf Entdeckungstour zu gehen.

»Falls ihr es euch anders überlegt, lasst es mich einfach wissen – ich führe euch gern herum«, sagte Bernard und lotste sie den Weg zum Casino entlang.

Das Casino verströmte einen ganz eigenen Sound – klingelnde Glücksspielautomaten, klackernde Chips, die den Spielern an den Tischen vom Croupier ausgeteilt wurden, das Stimmengewirr der Leute, die ihre Einsätze in der Hoffnung auf den großen Gewinn tätigten. Und sogar einige der Automaten hier redeten mit fröhlichen, comicähnlichen Stimmen, forderten die Leute auf, doch mal ein Spielchen zu wagen, oder versuchten sie zum Weiterspielen zu überreden. Der reinste Kinderfasching. In der Luft hing ein leichter Geruch nach Zigaretten, doch das Casino musste eine gute Klimaanlage haben, denn der Geruch war nicht halb so überwältigend wie im *Indian Casino* in San Fran, das Peyton einmal mit ihren Freunden besucht hatte. Der rote Teppichboden war neu und plüschig, und Kellnerinnen in engen, tief ausgeschnittenen Kleidern, die ihre Modelfiguren betonten, gingen umher und servierten Drinks. An so einem Ort konnte man sich tagelang verlieren.

Peyton entdeckte ein Schild, das in Richtung Fahrstühle wies, doch Bernard ging einfach daran vorbei.

»Ich dachte, wir würden in unser Apartment gehen?«, fragte sie.

»Tun wir auch«, erwiderte er im Weitergehen, ohne sie anzusehen. »Aber für die Bewohner der obersten zehn Etagen gibt es separate Fahrstühle. Folgt mir einfach.«

Separate Fahrstühle. Für die obersten zehn Etagen. Noch nie hatte sich Peyton so fehl am Platz gefühlt. Jeder, der hier im Hotel herumlief, war top gestylt – selbst diese Bikiniüberwürfe sahen aus wie vom Designer. Zwar passte sie zu Hause auch nirgendwo so recht dazu, aber das hier war definitiv eine andere Nummer. Woraus Peyton allerdings keineswegs den Schluss zog, sich umzuziehen. Nein, sie würde sich nicht verbiegen, das tat sie zu Hause nicht und hier erst recht nicht. Stattdessen würde sie gegen den Strom schwimmen. Aus der Masse hervorstechen. Die Vorstellung versetzte ihr einen Kick.

Im Fahrstuhl steckte Bernard eine schimmernde goldene Schlüsselkarte in einen Schlitz über den Knöpfen und drückte auf 75 – die oberste Etage. Kein Wunder, dass sie hier spezielle Fahrstühle brauchten. Sonst würde die Fahrt eine Ewigkeiten dauern, wenn sie die ganze Zeit anhalten müssten, um andere ein- und aussteigen zu lassen.

»Hier sind eure Schlüssel«, sagte Bernard, zog drei identische Karten aus seiner Tasche und verteilte sie. *Diamond Residences,* prangte darauf in derselben verschlungenen Schrift, die Peyton ganz oben am Gebäude gesehen hatte. Sie murmelte: »Danke«, und steckte ihre Schlüsselkarte in die Gesäßtasche ihrer Shorts.

Als sie den 75. Stock erreichten, glitt die Fahrstuhltür geschmeidig auf, und Bernard geleitete sie mit einer Handbewegung in den Korridor. Dieser Korridor war mit einem dicken rubinroten Teppich ausgelegt, die Wände waren topasblau und weiß vertäfelt, Kristallkronleuchter hingen von der Decke, und aus unsichtbaren Lautsprechern erklang klassische Musik, die eine ruhige Atmosphäre verströmte. Ein krasser Gegensatz zur Hektik unten.

»Wie ihr sehen könnt, haben die Bewohner der Penthouse-Apartments hier ein eigenes Fitnessstudio«, erklärte er ihnen mit einer Geste nach rechts, während er den Gang entlangmarschierte. »Die Geräte haben alle den höchsten Standard und unsere Trainer sind hervorragend. Außerdem bieten wir Gruppenkurse an, die in dem allgemein zugänglichen Studio unten stattfinden.«

Peyton sah durch die Scheibe, die das Studio vom Korridor trennte. Daheim ging sie nie in einen Fitnessschuppen. Das übernahm Savannah für sie beide, so oft wie ihre kleine Schwester dort aufschlug, vor allem während der Volleyballsaison. Drinnen trainierte gerade ein Mädchen an einem

Crosstrainer. Sie musste in Peytons und Courtneys Alter sein, doch ihr ovales Gesicht, die gebräunte Haut, ihr glattes, fast pechschwarzes Haar und ihre katzenartigen Augen ließen sie wie einen arroganten Filmstar aussehen. Neben ihr stand ein großer, braun gebrannter Typ mit braunem Haar und dunklen Augen. Süß. Sogar mehr als süß – viel heißer als Peytons aktueller Boyfriend Mike.

Apropos Mike. Peyton erinnerte sich an den Anruf, den sie in den nächsten Tagen vor sich hatte – um mit ihm Schluss zu machen. Womit er eigentlich rechnen müsste, denn es war kein Geheimnis, dass Peyton nie länger als ein paar Monate mit einem Typen zusammenblieb. Und auf Fernbeziehungen hatte sie erst recht keinen Bock.

Einem Jungen vertrauen zu müssen, der in einer völlig anderen Stadt lebte, bedeutete nichts als Ärger.

Peyton versuchte, den Gedanken an Mike zu verdrängen, und schenkte dem süßen Typen, der da trainierte, ein verführerisches Lächeln. Aber entweder bemerkte er sie nicht, oder er ignorierte sie, jedenfalls lächelte er stattdessen Savannah zu. Blödmann. Savannah schlang die Arme um ihren Oberkörper und senkte verlegen errötend den Blick.

Anscheinend stand er nicht auf Peytons Look. Peyton zuckte die Schultern. Hier gab es sicher noch andere Jungs. Außerdem hatte sie sowieso keine Lust, mit arroganten Zicken abzuhängen. Und damit meinte sie sowohl das dunkelhaarige Mädchen, das sich jetzt an den Typen wandte, etwas zu ihm sagte und lachte, als auch die Schnitte selbst.

Bernard führte sie ganz ans Ende des Korridors, bis er vor einer golden gestrichenen Doppeltür stehen blieb und die

Schlüsselkarte durch den Schlitz zog. »Willkommen in eurem neuen Zuhause«, sagte er, stieß die Tür auf und winkte sie hinein.

4

Madison

Madison Lockhart konnte die Diamond-Schwestern schon jetzt nicht leiden.

Zumindest ging sie davon aus, dass *sie* es waren, die sie gerade am Studio hatte vorbeigehen sehen. Es kam ja schließlich nicht jeden Tag vor, dass drei einander ähnlich sehende Mädels in der obersten Etage herumspazierten. Das *mussten* die Töchter von Adrian Diamond sein.

Und ihre Eltern wollten auch noch, dass sie sich mit ihnen anfreundete. *Never ever*. Die eine sah aus wie ein totaler Freak, direkt von der Bühne des Cirque du Soleil, mit blauen Strähnchen, Goth-Reifen am Oberarm und so viel schwarzem Eyeliner, dass er für eine ganze *Kleopatra*-Verfilmung gereicht hätte. Die Zierliche versuchte wohl, hip auszusehen, was ihr jedoch kläglich misslang, und die Größte wirkte, als hätte sie sich gerade aus dem Bett gewälzt.

»Zwei von ihnen sind ziemlich heiß«, bemerkte Damien vom Crosstrainer neben ihr.

Madison versuchte ihren Ärger zu verbergen. »Ich wusste gar nicht, dass du auf Blondinen stehst«, sagte sie sanft.

»Stimmt. Eigentlich mag ich Brünette lieber«, erwiderte Damien mit einem verschmitzten Grinsen. »Aber nachdem meine Lieblingsbrünette nichts anbrennen lässt, muss ich zusehen, dass ich auch meinen Spaß habe.«

»Und du findest, dass diese Mädchen nach Spaß aussehen?« Madison verdrehte die Augen. »Wenn du meinst.«

Damien grinste spöttisch. »Bist du … eifersüchtig?«

»Nein.« Eifersüchtig, weil Damien diese Mädchen heiß fand? Na klar. »Aber ich glaube, der mit den blauen Strähnen hast du gefallen. Vielleicht solltest du's mal bei ihr versuchen.«

»Mein Typ war eher die Kleine«, antwortete Damien. »Sieht am unschuldigsten aus. Und ist damit die Interessanteste.«

»Wenn du meinst«, wiederholte Madison und blickte auf ihr Display. Sie hatte bis jetzt 150 Kalorien verbrannt, ungefähr 400 konsumiert, machte netto 250. Wenn sie beim Abendessen aufpasste, würde sie es schaffen, unter ihrem maximalen Kalorienziel von 800 pro Tag zu bleiben. Natürlich musste sie auch darauf achten, was sie am Abend trank. Alkohol war kalorientechnisch nicht zu unterschätzen – ungefähr 100 pro Glas Wein, um genau zu sein. Nicht, dass Madison sich gerne betrank. Sich wie ein Zombie zu benehmen und Dinge zu machen, die sie später bereute, war nicht ihr Stil.

Obwohl ihre Beinmuskeln brannten, erhöhte sie den Widerstand des Geräts und schnappte sich die Flasche mit Eiswasser aus dem Cupholder, um einen Schluck zu trinken. Damien beobachtete jede ihrer Bewegungen. Ihr Flirt war bisher ziemlich harmlos gewesen, aber Madison wusste, dass er nicht Nein sagen würde, wenn sie die Sache intensivierte.

Er sagte dieses Zeug über die Diamond-Schwestern wahrscheinlich nur, um sie eifersüchtig zu machen.

Diese Erklärung reichte Madison vollkommen aus. Auf keinen Fall würde sie zulassen, dass seine Bemerkungen sie irgendwie berührten. Außerdem half ihr Damiens Gegenwart dabei, sich nicht mehr ganz so schrecklich zu fühlen, weil Brett Carmel sie hatte abblitzen lassen.

Dabei waren ihre Gefühle für Brett überhaupt nicht nachvollziehbar. Ihre Freundinnen hielten ihn für einen Totalausfall. Und sie hatten ja recht. Aber seit sie ihm im letzten Schuljahr Bio-Nachhilfe gegeben hatte, wusste sie, dass er irgendwie anders war. Mit seinen dunklen tannengrünen Augen wirkte er immer so, als würde er über etwas Wichtiges nachdenken. Und – auch wenn sie das niemals zugeben würde – es faszinierte sie, dass er sich nicht um die Leute an der Goodman kümmerte, sondern weiterhin mit seinen Freunden von der staatlichen Schule abhing. Ständig redete er über Indie-Filme oder hiesige Bands – mit so was konnten Madisons Freunde nicht im Traum was anfangen. Es war wie eine andere Welt. Wenn sie Brett davon erzählen hörte, wurde sie immer ganz neugierig, wie es wohl sein würde, sich keine Gedanken darüber machen zu müssen, dass man zwei Mal innerhalb kurzer Zeit im selben Outfit fotografiert werden könnte, oder wie man die Leute aus der Clique unterhalten konnte. Eigentlich hatte sie die perfekte Balance hergestellt: Sie war gleichzeitig charmant, witzig, selbstbewusst, offen gegenüber ihren Freunden, verschlossen gegenüber jenen, die nicht mithalten konnten, und sie liebte diese Kontrolle. Aber manchmal war das auch ganz schön anstrengend.

Vor Brett hätte sie niemals auch nur einen Gedanken daran verschwendet, sich an einen Außenseiter wie ihn ranzumachen. Aber wie er sie vor zwei Wochen im *Myst* angesehen hatte, als sie praktisch den ganzen Abend über geknutscht hatten – so als ob ihm wirklich etwas an ihr lag. Als ob die Möglichkeit einer echten Beziehung zwischen ihnen bestand.

Andrerseits hatte er an jenem Abend getrunken. Und sie gleich am nächsten Tag wissen lassen, dass sie für ihn nicht mehr als ein guter Kumpel sei, dass sie einfach zu verschieden für »mehr« seien und dass sie lieber wieder zu dem vorigen Status zurückkehren sollten.

Pech für Madison, dass sie anderer Meinung war. Er konnte doch unmöglich ignorieren, wie sehr die Chemie zwischen ihnen gestimmt hatte?! Aber seine Ablehnung weckte nur noch mehr Verlangen in ihr. Er würde heute Abend im *Myst* sein. Und Madison würde schon einen Weg finden, *sein* Verlangen nach *ihr* zu wecken.

Dieser Entschluss verpasste ihr einen solchen Kick, dass sie jetzt auch noch die Geschwindigkeit an ihrem Crosstrainer erhöhte. Sie hatte noch nie Schwierigkeiten gehabt, bei Jungs zu landen. Warum sollte es mit Brett anders sein?

»Madison?« Damiens Stimme riss sie aus ihren Gedanken.

Sie versuchte Brett auszublenden. »Ja?«, sagte sie betont fröhlich.

»Du wirkst irgendwie bedrückt. Ist alles in Ordnung?« Damiens Ausdruck wurde weicher und Madisons Herz zuckte schuldbewusst. Warum eigentlich wollte sie nicht ihn statt Brett?

»Klar.« Sie lächelte, schüttelte den Kopf und bemühte

sich, völlig entspannt zu wirken. »Hab mir nur gerade überlegt, was ich zur Party heute Abend anziehen soll.«

»Tiefschürfende Gedanken.« Damien grinste und ließ den Blick an ihrem Körper entlanggleiten. »Egal, was du anziehst, du siehst auf jeden Fall toll aus. Du könntest auch einfach so gehen, wie du gerade bist, und wärst immer noch die Heißeste von allen.«

Madison ließ ihren Blick über ihre Sportsachen schweifen und zog ihr perfekt geschwungenes Näschen kraus – sie wusste, dass das süß aussah. Und sie wusste auch nur zu gut, dass die schwarzen Tights und der pinkfarbene Sport-Bra ihre Rundungen perfekt betonten. Nicht umsonst zog sie diese Sachen an, wenn sie mit Damien trainierte, weil sie es genoss, wenn er sie anhimmelte. Aber so was würde sie natürlich nie zu einer Party tragen – vor allem nicht zu einer im *Myst*. Sie musste der absolute Hingucker sein. Bis jetzt hatte sie noch jeden Jungen gekriegt, und sie würde dafür sorgen, dass Brett keine Ausnahme bildete.

Damien verlangsamte seine Geschwindigkeit und hörte auf.

»Machst du heute früher Schluss mit dem Training?«, fragte sie.

Er nahm ein Handtuch und trocknete sich die Stirn, wobei er sein dunkles Haar zerzauste. »Die Diamond-Schwestern sind jetzt bestimmt in ihrem Apartment«, sagte er. »Ich könnte doch mal vorbeischauen und Hallo sagen. Vielleicht wollen sie ja einen Rundgang durch das Gebäude machen …«

Madison packte die Griffe ihres Crosstrainers fester. Warum nur ärgerte sie sich so über Damiens Interesse an diesen

Mädchen? Damien hatte andauernd eine neue Flamme und sie hatte sich noch nie Gedanken darüber gemacht. Egal, mit welcher er zusammen war, er hatte klar durchblicken lassen, dass er sie fallen lassen würde, sobald Madison bereit war, einen Schritt weiter zu gehen. Was *sie* nicht wollte. Es gab also keinen Grund zur Eifersucht.

Trotzdem, irgendwas störte sie an diesen Diamonds.

»Willst du nicht mitkommen?«, fragte Damien. »Sie würden dich bestimmt gern kennenlernen.« Er schenkte ihr ein Lächeln, bei dem sich die meisten Mädchen auf der Stelle in ihn verliebt hätten. Aber Madison nicht. Jedenfalls nicht in nächster Zeit. Eher überhaupt nicht.

»Nein danke.« Sie tat die Einladung lässig ab, als würde sie das alles gar nicht berühren. Es *berührte* sie auch *nicht*. Sie war definitiv hübscher als diese Mädchen, und überhaupt versuchte er ja nur, sie eifersüchtig zu machen. Tja, so viel dazu, dass ihre Mutter wollte, dass sie die Diamond-Schwestern willkommen hieß. Okay, eigentlich war es nicht fair, jemanden abzulehnen, ehe man ihn kannte, aber Madison wollte die Diamond-Mädchen nicht kennenlernen, und sie wollte auch nicht so tun, als ob. »Ich muss noch fünfzehn Minuten trainieren. Dann mach ich mich für heute Abend fertig. Du kommst doch vor der Party zu dem Essen mit unseren Freunden, oder?«

»Unsere Freunde« – das waren alle wichtigen Leute an der Goodman, vor allem die Leute aus ihrer Clique.

Damien warf sich das Handtuch über die Schulter und ging mit einem breiten Grinsen rückwärts Richtung Tür. »Das würde ich mir um nichts in der Welt entgehen lassen.«

www.campusbuzz.com

Goodman-Highschool › Las Vegas › Nevada

Party zum 4. Juli im *Myst*

Gepostet Montag, 4. Juli, 15:40

Wenn ihr mich fragt, kommt ihr heute Abend alle zur 4.-Juli-Party im *Myst*. Selbstverständlich mit Zugang zur VIP-Lounge im zweiten Stock. (Aber am Pool im Erdgeschoss geht's auch immer ab. Vor allem wegen der Höhlen, in die ihr reinschwimmen könnt, wenn ihr mal zu zweit für euch allein sein wollt, falls ihr versteht, was ich meine.)

Prinzipiell gilt: Wer auf der Goodman ist, sollte heute Abend kommen. Alle werden da sein.

CU!

1: Gepostet Montag, 04.07., 16:06

Ich glaube, die Neuen sind heute Abend auch da. Die Diamond-Sisters. Es geht das Gerücht, dass sie heute Nachmittag im Diamond-Jet angekommen sind und in der Hotellobby rumgestarrt haben, als hätten sie noch nie im Leben ein Casino gesehen.

2: Gepostet Montag, 04.07., 16:32

Weil sie aus irgendeinem Kaff kommen. Sind wahrscheinlich totale Loser. Macht euch wegen denen bloß nicht verrückt.

3: Gepostet Montag, 04.07., 17:40

kaff hin oder her – hab gehört, dass sie HEISS sind!!!

5

Savannah

Das ist jetzt echt nicht wahr, oder?, schoss es Savannah durch den Kopf, als sie durch die goldene Doppeltür das Apartment betrat. *Ihr* Apartment. Ihr stockte der Atem, als sie begriff, dass sie für den Rest des Sommers hier wohnen sollte. Es war völlig unwirklich. Ein Palast hoch oben im Himmel, die Art von Wohnung, die Savannah aus Zeitschriften kannte, von der sie sich aber niemals hätte träumen lassen, sie einmal in echt zu sehen, ganz zu schweigen davon, selbst darin zu wohnen. Glänzende Marmorböden, verspiegelte Wände, polierte Tische, und die Sonne strömte durch die deckenhohen Panoramafenster mit Ausblick auf den geschäftigen Strip herein – und das war nur das, was sie vom Eingang aus sehen konnte!

Das und einen runden Glastisch inmitten des Foyers, auf dem eine Kristallschale stand, mit einem Kuvert darin, umgeben von drei schwarzen Kreditkarten, die wie Blütenblätter arrangiert waren.

»Mr Diamond hat euch eine Nachricht dagelassen.« Bernard deutete auf die Schale. »Wenn ihr weiter nichts benötigt, würde ich mich wieder nach unten zurückziehen. Euer Gepäck wird gleich gebracht werden, und falls ihr mich erreichen wollt – an eurem Telefon ist ein Butler-Knopf. Ich bin gerne jederzeit für euch da.«

Bernard war ihr *Butler?* Das war ja mehr als irre. Sie wusste zwar nicht, warum sie einen Butler hätte rufen sollen, aber dann würde sie sich eben einen Grund ausdenken, um es bald mal zu tun. So was Cooles *musste* man einfach ausprobieren.

»Alles klar«, sagte Savannah, als sei der Umgang mit einem Butler etwas völlig Alltägliches für sie. Er sollte sie ja nicht für unkultiviert halten. »Gerne! Danke, Bernard.«

Kaum war Bernard gegangen, rannte Savannah zum Tisch, schnappte sich den Umschlag und riss ihn auf. Das erste Lebenszeichen, das sie je von ihrem Vater erhalten hatten. Ihr Herz hämmerte. Natürlich brannte sie noch viel mehr darauf, ihn endlich persönlich kennenzulernen, aber das hier war besser als gar nichts.

Ihre Schwestern drängten sich zu ihr und sie entfaltete den Brief und las – die elegante Schrift bewundernd – laut vor:

Liebe Peyton, Courtney und Savannah,
es tut mir leid, dass ich euch nicht bei eurer Ankunft begrüßen konnte. Ich habe eine wichtige Sitzung, und ich weiß nicht, wie lange sie dauern wird. Doch sobald sie vorüber ist, komme ich vorbei.
Haltet euch bitte zu unserem gemeinsamen Abendessen um 19:30 bereit. Danach findet hier im Hotel im Myst *eine Party zum vierten Juli statt. Bestimmt müsst ihr bis dahin noch viel auspacken und euch erst mal einleben. Falls ihr mich erreichen*

wollt – meine private Handynummer ist 702 555-268. Ich wohne nebenan in Apartment 7500, dieses hier habt ihr also für euch allein. Ich hoffe, es gefällt euch.

Von Herzen

Adrian Diamond

PS: Die Kreditkarten sind für euch. Ihr könnt sie nach Lust und Laune benutzen.

Savannah runzelte die Stirn und legte den Brief auf den Tisch. Nicht gerade die warmherzigste Begrüßung, aber immerhin hatte er versprochen, so bald wie möglich zu kommen. Bei der Vorstellung, ihrem Vater – *dem* Adrian Diamond – noch heute gegenüberzustehen, drehte sich ihr der Kopf. Das musste ein Traum sein oder eine Parallelwelt oder *irgendwas* Fantasymäßiges. Wenn es ein Traum sein sollte, war sie wild entschlossen, ihn in vollen Zügen zu genießen, bevor sie aufwachte.

Ihr Blick fiel wieder auf die schwarzen American-Express-Karten. Auf einer davon stand in der linken unteren Ecke ihr Name. Konnte das wirklich wahr sein? Sie nahm ihre Karte in die Hand. Sie kannte diese Dinger, denn Celebritys hatten so was natürlich, aber jetzt hielt sie eine mit *ihrem* Namen in der Hand. Die Karte fühlte sich kühl auf ihrer Haut an, als sei sie aus Metall und nicht aus Plastik, fest und schwer, und sie ließ sich auch nicht biegen wie eine normale Kreditkarte. Konnte man die auch durch einen Bankautomaten ziehen? Sie klopfte sich damit auf die Handfläche und war überrascht vom Klang des Metalls. Das Ding fühlte sich bombenfest an. Unkaputtbar.

»Bis zu welchem Limit die wohl gehen?«, überlegte Courtney, griff nach ihrer eigenen und musterte die Rückseite.

»Limit?« Savannah warf ihr Haar über die Schulter, hielt die Karte in die Höhe und bewunderte, wie sie im Licht schimmerte. »Wir sind in einem *Privatjet* hergekommen. Da bezweifle ich, dass die hier ein Limit haben.«

Courtney presste die Lippen aufeinander, als habe Savannah etwas Falsches gesagt. »Kann schon sein, aber Limit hin oder her, es ist nicht unser Geld. Sobald Adrian herkommt, fragen wir ihn, wie viel wir zur Verfügung haben.«

Typisch Courtney, die natürlich wieder einen auf Spaßbremse machen musste. Wenn *sie* schon nicht die Möglichkeiten einer *solchen* Kreditkarte sehen konnte, dann vielleicht wenigstens Peyton. Aber Peytons blaue Augen sahen aus, als würden sie gleich Flammen abschießen.

»Ihr braucht nur eine blöde Kreditkarte und einen dämlichen Brief, und schon habt ihr vergessen, dass uns Adrian bis heute total ignoriert hat.« Peyton schnappte sich ihre Karte, stapfte zu einem kleinen Abfalleimer und warf sie hinein. Mit einem lauten Scheppern schlug die Karte auf. »Er hat sich nicht mal darum bemüht, uns bei unserer Ankunft zu begrüßen. Von seinem Bestechungsgeld nehme ich garantiert nichts – das ist absolut unter meiner Würde.«

Was immer das auch heißen sollte. Savannah stieß die Luft aus, folgte Peyton zum Abfalleimer, angelte die Karte wieder daraus hervor (zum Glück war sonst noch nichts drin) und brachte sie in ihrer Gesäßtasche in Sicherheit. Peyton sollte bloß nicht noch mal versuchen, sie wegzuwerfen. Ihre Schwestern konnten einem aber auch wirklich alles verderben. Wenn doch nur Evie hier wäre. Im Gegensatz zu Courtney und Peyton würde Evie eine Kreditkarte *ohne* Limit durchaus zu schätzen wissen.

Savannah befühlte mit dem Daumen die erhabene Schrift auf der Metalloberfläche ihrer eigenen Karte. Sie konnte es immer noch nicht fassen, dass *ihr Name* auf einer *schwarzen American Express* stand. Adrian hatte geschrieben, sie könnten sie nach Lust und Laune einsetzen, und genau das hatte Savannah auch vor. Endlich konnte sie sich ihre langweilig dunkelblonden Haare highlighten und vielleicht sogar Extensions machen lassen – dann wären sie noch voller und hübscher als die von Courtney. Sie konnte teures Make-up kaufen statt des billigen bröseligen Zeugs aus der Drogerie. Und teure Klamotten aus den Boutiquen, durch die sie jedes Mal bummelte, wenn sie eine Mall aufsuchte, ohne sich irgendwas davon leisten zu können. Dazu Designerschuhe und Sonnenbrillen … Die Liste ließe sich ewig fortsetzen. Sie sah sich bereits auf dem Las Vegas Strip flanieren wie ein Film- oder Rockstar. Jeder würde sie anstarren … Einfach phänomenal. Sie konnte sich auch eine gute Gitarre kaufen statt der ramponierten, die sie jetzt hatte und die sich die ganze Zeit verstimmte – eine aus edlem Holz, das einen warmen, vollen Klang hatte, und mit besserer Saitenlage, sodass sie leichter zu spielen war – zum Beispiel eine Taylor oder eine Martin. Vielleicht sogar beide, einfach nur so. Oder vielleicht eine ganze Sammlung. Eine neue Gitarre konnte genau der Kick sein, den sie brauchte, um musikalische Fortschritte zu machen.

Der Auftakt zu einer neuen, besseren Savannah Diamond.

Sie konnte es schon jetzt kaum erwarten, nach Hause zurückzukehren, sobald es ihrer Mutter besser ging, um die Reaktionen der Mädels aus ihrem Volleyballteam zu sehen – und die der Jungs in der Schule. Sie alle würden Savannah endlich beachten.

Dann fiel ihr wieder die Idee ein, die ihr gekommen war, als sie Adrians Nachricht gelesen hatte.

Die Karte immer noch fest in der Hand rannte sie plötzlich durch die Diele. Ihre Schwestern starrten ihr überrascht hinterher. Die beiden Türen auf der linken Seite lagen so dicht beieinander, dass sie beide gleichzeitig öffnen konnte.

Die dahinterliegenden Zimmer waren gleich groß – die waren es also schon mal nicht, wonach sie suchte. Sie flitzte wieder durch die Diele und durch den Wohnbereich, vorbei an einer Essgruppe aus edlem Holz, cremefarbenen Sesseln, einem Sofa vor einem riesigen Flachbildschirm und einer Küche mit Granitarbeitsflächen und Frühstückstheke. Am anderen Ende des Apartments stieß sie schließlich auf eine verzierte weiße Doppeltür.

Savannah riss sie auf und reckte eine Siegesfaust in die Luft. Ein riesiges sonnendurchflutetes Schlafzimmer, durch dessen bodentiefe Fenster man erneut einen atemberaubenden Blick auf den Strip hatte. Dieser eine Raum war größer als die ganze Wohnung, in der sie mit ihrer Mutter und ihren Schwestern in Fairfield gewohnt hatte. Sie rannte über den Plüschteppich und warf sich auf das breite Doppelbett. Die weiße Daunendecke federte sie wunderbar weich ab und sie sank tief in die Kissen. Sie rekelte sich wohlig und sah sich um. An der Wand stand ein weißer Toilettentisch – perfekt, um ihr Make-up aufzulegen – und gegenüber des Bettes befand sich ein Glastisch mit zwei cremefarbenen Stühlen vor einem weiteren Flachbildschirm. Die Wände waren von weiß gerahmten Spiegeln bedeckt und Savannah blickte über die Schulter und lächelte ihrem Spiegelbild zu.

»Ich nehme an, dass du dieses Zimmer für dich beanspruchst?«, fragte Courtney von der Tür her.

Savannah ließ sich noch tiefer in die kuscheligen Daunen sinken und genoss die Berührung des Seidenbezugs auf ihrer Haut. »Ich hab's als Erste gefunden«, erklärte sie und starrte verträumt an die Decke, in deren Mitte ein Kristallkronleuchter hing und funkelte und blitzte, sodass Savannah sich wie eine moderne Prinzessin vorkam. Trotzdem lugte sie vorsichtshalber zu Courtney hinüber, ob diese vielleicht sauer aussah. Savannah *wollte* dieses Zimmer – aber sie wollte auch, dass Courtney damit einverstanden war. Die meisten Leute merkten gar nicht, wann Courtney sauer war, denn sie rastete niemals aus oder schrie herum, aber Savannah wusste immer Bescheid. Courtney war dann nämlich noch verschlossener und höflicher als sonst.

»Kannst es ruhig haben«, versicherte ihr Courtney, und Savannah hörte an ihrem Tonfall, dass sie wirklich nicht verärgert war. »Ich hab nicht mal genug Zeug, um eines der anderen Zimmer auszufüllen, von dem hier ganz zu schweigen. Und ein eigenes Bad hat ja sowieso jedes Zimmer.«

»Ein eigenes Bad?« Savannah machte große Augen. »Wahnsinn! Endlich motzt mich morgens keiner mehr an, dass ich mich beeilen soll.«

»Ich motz dich doch nie an«, sagte Courtney.

»Aber Peyton«, erwiderte Savannah und dachte daran, wie Peyton jeden Morgen an die Tür des Badezimmers in ihrer Wohnung gepoltert und sie angeschrien hatte, endlich rauszukommen – obwohl sie noch nicht mal halb fertig war. »Aber das hat jetzt ein Ende.«

Peyton trat zu Courtney unter die Tür. »Ich motz dich nur an, weil du ständig meine Schminksachen nimmst«, sagte sie, lehnte sich an den Türrahmen und ließ ihren Kaugummi schnalzen. »Nicht, dass es eine Rolle spielt, weil ich nämlich vorhabe, von hier abzuhauen, sobald ich kann, aber von mir aus: Nimm dieses Zimmer. So viel Raum wie du braucht sowieso keine von uns.«

Savannah ignorierte Peytons Bemerkung von wegen abhauen – das war eben typisch Peyton. Grandma hatte eindeutig klargestellt, dass sie bei ihrem Vater bleiben müssten, bis es Mom besser ging. Plötzlich überkam sie ein schlechtes Gewissen, dass sie sich so voreilig das größte Schlafzimmer geschnappt hatte. Sie wusste ja, dass ihre Schwestern es ihr überlassen hätten, wenn sie gefragt hätte. Aber noch ehe sie sich entschuldigen konnte, klingelte es an der Apartmenttür.

Mit einem Ruck setzte sie sich auf. Ob das Adrian war? Vielleicht hatte sein Meeting ja doch nicht so lange gedauert wie erwartet. Ihr Magen machte einen Satz und sie sah ihre Schwestern panisch an. Würden sie im nächsten Moment ihrem Vater gegenüberstehen? War sie dazu überhaupt schon *bereit?* Sie hatte keine Ahnung, was sie machen oder sagen sollte. Sie sehnte sich nach ihrer Mom und ihrer Grandma.

»Ich denke, wir sollten aufmachen.« Courtney war ganz blass geworden, und ihre Stimme war so ruhig, dass Savannah wusste: Courtney war ebenfalls in Panik! Wenigstens hatten sie einander. Sie würden das alles gemeinsam durchstehen.

»Na wunderbar!« Peyton verdrehte die Augen und ihre Stimme triefte vor Sarkasmus. »Jetzt treffen wir also den Mann, der uns – und Mom – unser ganzes Leben lang beschissen hat. Das wird auf jeden Fall aufschlussreich.«

»Na ja, anhören, was er zu sagen hat, sollten wir uns schon«, sagte Savannah, stand auf und strich ihre Klamotten glatt. Vor lauter Nervosität kribbelte ihr gesamter Körper und fühlte sich so an, als würde gleich ihr Blut aus allen Poren treten. Sie musste irgendwas mit ihren Händen anstellen, also fuhr sie sich durchs Haar, und nach einem zufriedenstellenden Blick in einen der Spiegel marschierte sie entschlossen an ihren Schwestern vorbei und öffnete die Wohnungstür.

Vor ihr stand der heiße Typ aus dem Fitnessstudio. Seine dunkelbraunen Haare waren auf eine »Direkt vom Workout«-Art ziemlich sexy zerzaust, sein schwarzes T-Shirt klebte an seinen gut sichtbaren Bauchmuskeln, und seine Haut schimmerte so gebräunt, als würde er jeden Tag am Pool rumhängen.

Savannah starrte ihn fassungslos an. Was machte der denn hier? Ein superheißer Typ vor ihrer Tür – das war ihr noch nie passiert. Sie hatte keine Ahnung, was sie sagen sollte. Evie hätte bestimmt was Passendes gewusst. Aber sie hätte Savannah auch die Show gestohlen. Evie als beste Freundin zu haben, hatte leider den einen Nachteil, dass sie beide immer auf dieselben Jungs standen. Und die Jungs standen immer auf Evie, sodass Savannah sich immer mit der zweiten Wahl begnügen musste.

Vielleicht war dieser Umzug nach Vegas *die* Gelegenheit, um aus Evies Schatten zu treten. Vielleicht konnte sich Savannah ja wirklich in eine andere – *bessere* – Version ihrer selbst verwandeln, einfach weil sie es *wollte?*

Versuchen würde sie es.

»Wer bist du denn?« Peyton war neben Savannah aufgetaucht, musterte den Typen mit zusammengekniffenen Augen und ließ ihren Kaugummi schnalzen. Na toll, jetzt war es nicht Evie, sondern Peyton, die ihr die Show stahl und als Erste mit der Schnitte redete.

»Damien Sanders«, erwiderte er mit einem flüchtigen Blick auf Peyton, bevor er sich wieder Savannah zuwandte. Ihr Herz begann heftig zu pochen. Die Show war vielleicht doch noch nicht verloren. »Ich wohne eine Etage tiefer und hab euch vorbeigehen sehen, als ich im Fitnessstudio trainiert hab. Ich wusste nicht, ob ihr hier schon jemand kennt, deshalb dachte ich, ich komm mal vorbei und stell mich vor.«

Wow. Er war nicht nur heiß, sondern auch supernett.

»Nein, wir kennen hier noch keinen«, antwortete Savannah, ehe sie sich bremsen konnte. Evie behauptete, sie wüsste immer, wann Savannah nervös war, weil sie dann zu einem plappernden Papagei wurde. Also holte sie tief Luft und zwang sich, es langsamer anzugehen. »Außer dir jetzt natürlich. Wir sind heute erst angekommen, neu hergezogen, um eine Weile hier bei unserem Vater zu wohnen. Ich heiße übrigens Savannah.«

Damien lehnte sich lässig an den Türrahmen. »Dann seid ihr also die berüchtigten Diamond-Schwestern?«

»Berüchtigt?«, fragte Savannah. »Wir sind die Diamond-Schwestern, aber dass wir berüchtigt sind, wusste ich nicht.«

»War nur Spaß.« Er lachte. »Man hat einfach schon ein bisschen über euch drei geredet, weil alle gespannt darauf sind, euch kennenzulernen.«

»Oh, okay.« Savannah wusste zwar, dass Adrian Diamond ziemlich bekannt war, aber dass man deshalb auch über sie und ihre Schwestern redete, war ihr nicht klar gewesen. »Was heißt *alle?*«

»Na ja, ein paar von uns von der Goodman-High«, erklärte er. »Einige wohnen hier und in umliegenden Apartments. Euer Vater hat für das neue Sportzentrum Geld gespendet, und es geht das Gerücht um, dass ihr deshalb im Herbst auch auf die Schule kommt.«

Savannah war gar nicht klar gewesen, dass eine Spende – oder überhaupt irgendeine Art von Gebühr – nötig sein konnte, um auf eine Schule zu gehen. In Fairfield meldete man sich einfach in der Schule an. Außerdem hoffte Savannah inständig, dass ihre Mutter noch vor Ende des Sommers wieder gesund sein würde, damit sie die zehnte Klasse nicht unter total Fremden machen musste. Sie biss sich auf die Unterlippe und überlegte, was sie antworten sollte. Schließlich wollte sie nicht total ahnungslos rüberkommen. »Über die Schule haben wir noch nicht mit unserem Vater gesprochen.«

Besser gesagt, hatten sie noch gar nicht mit ihrem Vater gesprochen, aber das musste Damien ja nicht wissen.

»Schade«, sagte Damien. »Sag mir Bescheid, sobald ihr was wisst. Aber zur Party heute Abend im *Myst* kommt ihr doch?«

»Ja klar.« Savannah atmete erleichtert auf, dass er etwas

ansprach, was Adrian wenigstens in seinem Brief erwähnt hatte. »Warst du da schon mal?«

»Ob ich da schon mal war …?« Er wiederholte ihre Frage und ließ sich dabei jede Silbe auf der Zunge zergehen. »Natürlich war ich da schon mal. Das ist der angesagteste Club vom Strip. Und der beste, wie alles andere im *Diamond*.«

»Dann bin ich ja mal auf heute Abend gespannt«, sagte sie und war ganz stolz darauf, wie cool und gelassen ihre Stimme dabei klang. Vielleicht machte ja schon allein der bloße Aufenthalt in Vegas die Savannah Diamond aus ihr, die sie sich erträumte. Und wenn sie dann auch noch ein Talentscout entdeckte, könnte auch ihr Traum von einer Karriere als Popstar wahr werden …

»Du wirst bestimmt jede Menge Spaß haben«, versicherte er ihr. »Ein paar von uns essen vor der Party noch gemeinsam zu Abend. Ihr drei könntet ja mitkommen.«

»Können wir nicht«, schaltete sich Peyton wieder ins Gespräch ein. Sie verschränkte die Arme und sah Damien so finster an, als hätte er versucht, sie zu ärgern. Was hatte sie bloß für ein Problem?

Damien überhörte ihre Bemerkung und wandte sich wieder an Savannah.

»Wir sind zum Abendessen schon mit unserem Dad verabredet«, erklärte Savannah, wobei sich das Wort *Dad* irgendwie fremd anhörte. »Sonst echt gerne. Aber hinterher sind wir im *Myst*.«

»Dann halte ich nach dir Ausschau«, sagte er. »Meine Freunde und ich sind im zweiten Stock – im VIP-Bereich –, aber ich bin sicher, dass ihr auch dort sein werdet.«

»Okay.« Savannah versuchte, sich nicht anmerken zu lassen, dass sie noch nie zu irgendwelchen VIPs gehört hatte. Aber hier würden sie natürlich VIPs sein, schließlich war Adrian – ihr Vater – ja derjenige, dem das Haus gehörte. Oder besser, die Häuser. »Kommt eigentlich jeder in den Club rein? Ich bin noch nicht achtzehn, also hoffe ich, dass es da kein Problem gibt …«

»Noch nicht achtzehn?«, fragte Damien gespielt ungläubig, denn natürlich hatte er sich so was schon gedacht. »Echt?«

»Echt.« Savannah lachte. »Ich bin fünfzehn.«

»Und ihr anderen?« Er sah Peyton und Courtney an, die sich inzwischen ebenfalls zu ihnen gesellt hatte.

»Sechzehn«, antwortete Courtney und klang dabei, als wollte sie überall sein, nur nicht hier. Savannah wünschte, sie würde wenigstens einen Hauch von Interesse vortäuschen.

»Und du?«, fragte er Peyton.

»Neunzehn«, log sie prompt und sah ihn herausfordernd an. Aber Damien machte sich nicht die Mühe, ihr zu widersprechen. Stattdessen zwinkerte er Savannah verschwörerisch zu, um zu signalisieren, dass er die Lüge durchschaut hatte.

Savannah konnte es kaum fassen, dass er ausgerechnet ihr so viel Beachtung schenkte. »Sie ist siebzehn«, flüsterte sie ebenso verschwörerisch.

»Ich auch«, sagte Damien. »Danke, dass du so ehrlich bist. Das mag ich an Mädchen.« Er machte eine bedeutungsvolle Pause, bevor er fortfuhr: »Eigentlich muss man über einundzwanzig sein, um in den Club zu kommen, aber wenn ihr auf der VIP-Liste steht, lassen sie euch rein. Und das wird ja bestimmt der Fall sein.«

»Klar.« Savannah konnte gar nicht mehr aufhören zu grinsen. In Damiens Gegenwart fühlte sie sich wie nach einem doppelten Cappuccino. »Also dann … Wir sehen uns heute Abend.«

»Nett, dich kennenzulernen.« Damien grinste ebenfalls, dann machte er kehrt und ging. Doch gerade als Savannah die Tür schließen wollte, rief er noch einmal über seine Schulter: »Wir sehen uns heute Abend.«

Sie winkte ihm zu, und als sie die Tür endlich ins Schloss fallen ließ, lehnte sie sich mit rasendem Herzen dagegen und lächelte. Sie hätte vor Glück fliegen können. Der heißeste Typ, den sie je getroffen hatte, war an *ihr* interessiert. Nicht an Courtney, die große, schöne Courtney, die selbst ungeschminkt toll aussah, oder an der selbstbewussten Peyton, die keine Angst hatte, ihre Meinung zu sagen. Vielleicht hatte Savannah ja sogar cool geklungen, als sie mit ihm redete, so als ob sie ständig von heißen Jungs in den VIP-Bereich angesagter Nightclubs eingeladen wurde.

Aufregender als bisher konnte der Tag jedenfalls kaum noch werden.

6

Courtney

Kurz nach dem Gespräch mit Damien hatte ein Page ihr Gepäck geliefert und nun stand Courtney vor dem hohen Spiegel in ihrem Zimmer und runzelte die Stirn. Was sollte sie bloß anziehen zu dem Treffen mit ihrem Vater? Ihre Jeans und T-Shirts wollten so gar nicht zu Las Vegas passen, wo alles grell, auffallend und glitzernd war. Also das genaue Gegenteil von Courtney. Sie besaß nur drei Kleider – die sie immer in der Kirche getragen hatte, ehe ihre Mutter so viel trank, dass sie am Sonntagmorgen zu verkatert war, um sie hinzufahren. Hoffentlich war eines davon annehmbar für das Abendessen. Die nettesten Lokale, die sie kannte, waren *Applebee's* und *Macaroni Grill*, aber sie ging davon aus, dass die Restaurants im *Diamond* ein paar Klassen feiner waren.

Sie zog das geblümte blaue Kleid wieder aus und ein pinkfarbenes an, das am Ausschnitt und am Saum mit Spitze besetzt war. Normalerweise trug sie einen Blazer darüber, denn die Spaghettiträger machten es zu dem offenherzigsten Kleid, das sie hatte, obwohl es fünf Zentimeter übers Knie reichte.

Passte das für ein schickes Abendessen und einen Club in Las Vegas? Sie hatte keine Ahnung. Nur eins wusste sie: Ihre Flipflops kamen nicht infrage. Auch wenn sie praktisch nichts außer Flipflops hatte. Sie war größer als die meisten Jungs in ihrer Klasse, und wenn sie Absätze trug, kam sie sich wie eine ungelenke Giraffe vor. Außerdem taten High Heels *weh*. Es war doch bescheuert, Schuhe zu tragen, von denen man Blasen bekam, wenn es auch bequemer ging.

Sie musterte ihr Spiegelbild und seufzte. Nein, das war absolut nicht annehmbar. Sie brauchte Savannahs Hilfe. Savannah blätterte ständig in Fashion-Zeitschriften und war echt gut darin, ähnlich aussehende Klamotten zu guten Preisen aufzustöbern.

Auf dem Weg zu Savannahs Zimmer staunte sie erneut über das luxuriöse Apartment und kam sich dabei irgendwie wie ein Eindringling vor. Sie konnte das Gefühl nicht abschütteln, dass jeden Moment der eigentliche Bewohner hereinkommen und sie fragen würde, was sie sich eigentlich einbildete, an einem Ort herumzuschnüffeln, an dem sie nichts zu suchen hatte.

Ihre Wohnung in Kalifornien war so klein, dass die Möbel eng beieinanderstanden, und die Zimmer waren düster und trostlos. Hier ließen die riesigen Fenster mit Blick auf den Las Vegas Strip Unmengen von Sonnenlicht herein, die Decken waren schätzungsweise viereinhalb Meter hoch, die Räume luftig und weitläufig, und alles darin funkelte wie neu. Die Möbel sahen so teuer aus, dass man fast schon Angst hatte, sie zu benutzen, um nichts kaputt zu machen. Sie konnte einfach nicht glauben, dass sie *hier* wohnen sollte.

Savannah dagegen schien damit kein Problem zu haben – sie war so fasziniert von diesem neuen Leben, dass sie offenbar alles vergaß, was sie zurückgelassen hatte. Hoffentlich erholte sich ihre Mutter bald in der Entzugsklinik. Bei dem Gedanken daran schnürte es Courtney die Kehle zu. Wehmütig dachte sie an die Zeit zurück, ehe ihre Mutter mit der ständigen Trinkerei angefangen hatte. Sie erinnerte sich besonders an einen Samstagabend. Stundenlang war ihre Mutter mit ihnen aufgeblieben, um mit ihnen zusammen Savannahs Lieblingsserie auf DVD zu schauen. Sie hatten Pizza bestellt, und Mom hatte ihnen die Haare mit ihrem Lockenstab gestylt und so kunstvoll hochgesteckt, dass sie damit zum Schulball hätten gehen können.

Ihre Mutter hatte immer schon mehr getrunken als andere Eltern, aber ehe sie ihre Arbeit verlor, hatte sie es immerhin noch geschafft, ein paar Tage am Stück nicht betrunken zu sein. Damals gab es noch solche Familienabende, damals waren sie noch wie eine ganz normale Familie gewesen. Bis zum letzten Jahr. Je mehr ihre Mutter trank, desto kränklicher sah sie aus – aufgedunsen, die vorher leuchtend blauen Augen glasig und blutunterlaufen und von dunklen Ringen umschattet, die Haut faltig und rot, und das dunkelblonde Haar hing stumpf und schlapp herunter. Courtney wusste, dass der Entzug ihre einzige Chance war. Die einzige Chance auf ein normales Leben. Die einzige Chance auf ihre frühere Mom. Mit dieser Aussicht waren ein paar Wochen in Las Vegas gut auszuhalten, sogar ein paar Monate.

Courtney blinzelte ihre Tränen weg und klopfte an Savannahs Tür. Drinnen dröhnten das Radio und Savannahs Stimme, die lauthals mitsang, als würde sie nichts auf der Welt bekümmern. Sie hatte eine wirklich schöne Stimme – echt schade, dass sie Angst hatte, in der Öffentlichkeit zu singen. So würde ihr Traum, eine berühmte Popsängerin zu werden, nie in Erfüllung gehen. Aber egal, wie sehr Courtney sie auch ermutigte und ihr Talent lobte, Savannah behauptete immer, dass sie das nur sagte, weil sie ihre Schwester war.

»Komm rein!«, schrie Savannah und stellte das Radio leiser, als Courtney eintrat.

Savannah stand vor der Spiegelwand und bewunderte sich in dem fließenden Aqua-Kleid, das nicht länger als ein Longshirt war. Die hohe Taille erinnerte Courtney an den Empirestil, während der V-Ausschnitt tief, aber nicht zu tief für eine Fünfzehnjährige war. Wobei es bei Savannah obenrum auch noch nicht viel zu sehen gab.

»Hey«, sagte Savannah und versuchte, ihr Haar zu toupieren. »Wenn wir vor dem Essen doch bloß noch Zeit zum Shoppen hätten – ich hab mir einen abgebrochen, was Passendes für heute Abend zu finden. Ich kann's kaum erwarten, neue Klamotten zu kaufen.«

»Aber du hast doch jede Menge Sachen, die dir gefallen, oder?«, fragte Courtney. »Willst du die einfach wegwerfen?«

»Ich find mit Sicherheit Sachen, die mir besser gefallen.« Savannah nahm eine Tube rosa Lipgloss von ihrem Schminktisch und beugte sich näher an den Spiegel, um ihn aufzulegen. »Jetzt, wo wir uns alles leisten können, was wir wollen, ist es doch Blödsinn, Sachen aus irgendwelchen Billigläden zu tragen. Es wird einfach genial, richtige Designerklamotten zu kaufen statt irgendwelche Imitationen.«

Savannahs Unbekümmertheit gefiel Courtney ganz und gar nicht. »Ich könnte dir helfen, deine Sachen durchzusehen, damit du entscheiden kannst, was du behalten willst«, schlug sie vor. Savannah würde es sowieso nicht schaffen, bei einem solchen Vorhaben bei der Stange zu bleiben, wenn Courtney sie nicht unterstützte. »Und was du nicht mehr willst, geben wir in die Altkleidersammlung.«

»Gute Idee«, fand Savannah. »Dann lass uns gleich diese Woche noch shoppen gehen und danach kannst du mir beim Aussortieren helfen.«

Courtney nickte und hoffte, dass es Savannah mit dem Einkaufen nicht zu sehr übertreiben würde. Dann fiel ihr wieder ein, warum sie überhaupt hier war. »Findest du, dass ich so gehen kann?«, fragte sie und deutete auf ihr Kleid. »Normalerweise trage ich was drüber.«

Savannah trat einen Schritt zurück und musterte Courtneys Outfit. Dabei hob sie einen Finger ans Kinn, als handele es sich um die wichtigste Beurteilung der Welt. »Passt«, befand sie schließlich. »Und du brauchst eindeutig nichts drüber. Wir essen in Vegas, nicht in der Kirche. Aber mit Flipflops? Das ist nicht dein Ernst, oder? Bitte sag mir, dass du nicht wirklich vorhast, die zu tragen. Ich such dir was anderes.« Sie rannte in Courtneys Zimmer und kam nur eine Minute später mit einem Paar glänzender weißer Pumps zurück. Die hatte Courtney – von Savannah praktisch dazu gezwungen – letztes Jahr im Schlussverkauf erworben und danach ganz weit hinten in ihrem Schrank verstaut. Sie waren also noch brandneu. »Die passen doch viel besser.«

Courtney schlüpfte hinein und betrachtete sich im Spiegel. Dass die Absätze sie so viel größer machten, gefiel ihr zwar gar nicht, aber Savannah hatte recht. Mit den weißen Pumps sah das Kleid wie verwandelt aus. »Ist schon ein großer

Unterschied«, gab sie zu und machte versuchsweise ein paar wackelige Schritte. Hoffentlich holte sie sich nicht lauter Blasen.

»Ein Unterschied zwischen Tag und Nacht!«, betonte Savannah. »Du siehst damit wie ein Supermodel aus. Sag mal, was hältst du eigentlich von Damien? Er ist doch heiß, oder?«

Beim Gedanken an die Unterhaltung mit ihm vorhin lief es Courtney kalt den Rücken hinunter. Sie hatte zwar kaum mit ihm gesprochen, dennoch hatte sie ein ungutes Gefühl gehabt. Sie fand ihn zu … glatt. Wenn jemand so attraktiv war und so selbstsicher auftrat, bedeutete das selten was Gutes. Okay, Courtney war keine Expertin in Sachen Jungs – sie hatte noch nie einen festen Freund gehabt –, aber die Art, wie er Savannah angesehen hatte, machte sie stutzig. Sie wollte nicht, dass sich Savannah bis über beide Ohren in ihn verliebte.

»Er sieht gut aus«, befand sie. »Aber du musst aufpassen. Die Jungs hier sind nicht wie die in Fairfield.«

»Wie meinst du das?«, fragte Savannah.

»Tja, er hat einfach irgendwas an sich, was mich misstrauisch macht.«

»Also, ich fand ihn einfach nur nett.« Savannah nahm das Glätteisen von ihrem Toilettentisch und zog es durch ihr Haar. »Du kennst ihn noch nicht mal, da finde ich es echt unfair, sich so ein Urteil zu bilden.«

»Ist ja nur so ein Gefühl«, sagte Courtney.

»Du immer mit deinem Gefühl.« Savannah verdrehte die Augen. »Aber er ist voll auf mich abgefahren, fandest du nicht?«

»Er hat dich auf jeden Fall mehr beachtet als Peyton oder mich«, gab sie zu.

»Eben«, sagte Savannah zufrieden. »Das hab ich mir auch gedacht, aber ich wollte sichergehen. Hoffentlich hat er keine Freundin. Aber danach hat's nicht gerade ausgesehen, so wie er mit mir geredet hat. Ich meine, er hat mich doch geradezu aufgefordert, mit ihm auszugehen, oder?«

Ehe Courtney antworten konnte, klingelte es an der Wohnungstür. Savannahs Schwärmerei für Damien würde warten müssen. Sie würde sich später darum kümmern – am besten erst, wenn sie ihre Schwester mit handfesten Beweisen konfrontieren konnte, dass er definitiv nicht der Typ Junge war, in den sich Savannah oder jedes andere Mädchen mit Selbstachtung verlieben sollte.

»*Omeingott.*« Savannah ließ das Glätteisen auf den Schminktisch fallen und sah Courtney im Spiegel mit weit aufgerissenen Augen an. »Das wird er sein.«

Courtneys Magen verknotete sich. Sie schlang die Arme um sich und atmete ein paarmal tief durch, um sich zu beruhigen. Aber es klappte nicht. Sie war nervöser als je zuvor.

»Bist du bereit?«, fragte sie.

Savannah nickte und gemeinsam nahmen sie allen Mut zusammen und traten aus dem Zimmer. Courtney hätte am liebsten die Hand ihrer Schwester ergriffen, aber sie wollte Savannah nicht das Gefühl geben, sie hätte die Situation nicht im Griff und sei in Panik, nur weil sie gleich ihrem Vater gegenüberstehen würde.

Ihr Vater. Das klang so seltsam.

Peyton betrat die Diele gleichzeitig mit Courtney und

Savannah. Sie trug ihren typischen Ausgehlook – kurzer Lederrock, enges schwarzes Oberteil und kniehohe Stiefel mit hohen Absätzen. Normalerweise hätte Courtney ihr geraten, wenigstens eine Jacke drüberzuziehen, aber jetzt hatte sie andere Sorgen. Die drei sahen einander an, und Courtney wusste, dass ihre Augen genauso weit aufgerissen waren wie die ihrer Schwestern und ihre Lippen ebenso zusammengepresst. Gleich würde ihr Leben sich schlagartig verändern und sie war nicht annähernd darauf vorbereitet.

Sie machte einen Schritt auf die Tür zu, doch da drehte sich der Knauf bereits, und die Tür ging auf.

Ein Mann trat ein, zweifellos ihr Vater. Sein mittelblondes Haar war exakt geschnitten und er hatte dieselben blauen Augen wie sie. Und er war groß. Der dunkelblaue Anzug, den er trug, und seine hervortretenden hohen Wangenknochen ließen ihn wie einen Adligen aus einem altmodischen Film aussehen. Ein Mann, der wusste, was er wollte und wie er es erreichte.

»Peyton, Courtney und Savannah«, sagte er und sah dabei eine nach der anderen an. »Hab ich das richtig hingekriegt?«

Courtney war unsicher, was sie sagen sollte – ein »Hi« war sicher viel zu ungezwungen –, daher nickte sie nur. Ihr Mund wurde trocken, sie schluckte und suchte nach Worten.

»Ihr seht alle genauso aus wie auf euren Fotos.« Er warf einen Blick auf den Tisch in der Diele. »Wie ich sehe, habt ihr die Kreditkarten schon bekommen. Viel Spaß damit, aber schlagt nicht zu sehr über die Stränge.« Er ging durch die Diele und seine schwarzen Lederschuhe klackerten auf dem Marmorboden. »Also, ich bin Adrian Diamond.« Er räusperte sich. »Euer Vater. Aber ich nehme an, dass ihr euch das schon gedacht habt.« Er lachte, was allerdings auch nicht half, das extrem unbehagliche Gefühl, das in der Luft lag, zu mildern. »Willkommen in eurem neuen Zuhause. Ich hoffe, es ist alles nach eurem Geschmack?«

Courtney schossen eine Million Dinge durch den Kopf, die sie sagen könnte, aber sie brachte keinen einzigen Ton heraus. Es war, als ob die Welt unkontrolliert aus der Bahn lief, und sie wusste nicht, wie sie das stoppen konnte.

»Ja, wir haben unsere Kreditkarten bekommen.« Peyton sah ihn herausfordernd an. »Ich hab meine in den Müll geworfen.«

»Wirklich?« Adrian grinste trotz Peytons hasserfülltem Blick. »Wieso das denn?«

»Sie hat sie nicht wirklich in den Müll geworfen«, mischte sich Savannah ein. »Also, eigentlich schon, aber es war sonst nichts drin, und ich hab sie wieder rausgefischt.«

»Gut zu wissen.« Er hatte immer noch dieses amüsierte Lächeln auf dem Gesicht, das – wie Courtney vermutete – nicht das war, womit Peyton gerechnet hatte. »Wenn du deine Kreditkarte nicht willst, ist das deine Entscheidung – du kannst sie von mir aus gerne tief in ein Schubfach in deinem Zimmer stecken –, aber aus Sicherheitsgründen sollte man sie besser nicht einfach wegwerfen.«

Peyton biss die Zähne zusammen und erwiderte nichts.

»Das ist sehr nett von dir« war alles, was Courtney einfiel. »Wir werden die Karten so verantwortungsbewusst wie möglich einsetzen und nur in Notfällen.«

»Das klingt sehr reif, Courtney«, sagte er, und obwohl sie

eigentlich keinen Wert darauf legte, von dem Mann, der sie und ihre Schwestern verlassen hatte, Respekt entgegengebracht zu bekommen, war sie doch ein wenig stolz auf seine Anerkennung. »Aber ihr könnt mit den Kreditkarten machen, was ihr wollt – solange ihr nichts allzu Verrücktes anstellt, wie eine Jacht zu kaufen oder einen Jet zu chartern und damit rund um die Erde zu fliegen. Für so was solltet ihr erst meine Erlaubnis einholen. Aber ansonsten ist fast alles erlaubt – Shopping, Essen, Wellness, ganz wie ihr wollt.«

Courtney senkte den Blick. Sie konnte ihn nicht ansehen. Sie wusste, dass sie sich bedanken sollte, aber dieses großzügige Geschenk gab ihr das Gefühl, dass all das Geld, wofür sie rund um die Uhr geschuftet hatte, auf einmal nichts mehr bedeutete. Der Sklavenjob im Coffeeshop für einen Minilohn kam ihr lächerlich vor, nachdem sie nun wusste, dass Adrian ihr einfach eine Kreditkarte hätte geben können. Bei dem Gedanken, dass sie sich das alles hätte sparen können, formte sich ein Kloß in ihrer Kehle, und sie schluckte heftig. Nein, sie hätte es sich *nicht* sparen können. Sie hatte das Geld selbst verdient, um ihrer Familie zu helfen. Und darauf würde sie immer stolz sein.

»Dann kann ich mir also eine Designertasche für die Schule kaufen?«, fragte Savannah. Obwohl Courtney sie am liebsten zurechtgewiesen hätte, dass sie Adrians Großzügigkeit nicht als selbstverständlich hinnehmen durften, war sie froh, dass die Aufmerksamkeit von ihr abgelenkt wurde. »Und eine Sonnenbrille und Kleider und Schuhe von Designerlabels?«

Er lächelte über Savannahs Begeisterung. »Ich kenne da

jemanden, der nur allzu gerne mit dir shoppen gehen wird und ein Auge dafür hat, was in der nächsten Saison in ist«, sagte er mit einem verständnisvollen Zwinkern. »Aber jetzt zu was anderem: Wir haben viel zu besprechen. Das mit eurer Mutter tut mir sehr leid.« Er unterbrach sich und warf einen Blick aus dem Fenster. Seine Gedanken schienen abzuschweifen, als würde er an längst vergangene Zeiten denken. Dann konzentrierte er den Blick wieder auf Courtney und ihre Schwestern. »Ich wusste nicht, wie schlimm dieses letzte Jahr für euch drei war, bis mich eure Großmutter benachrichtigt hat. Was ihr durchgemacht habt, tut mir aufrichtig leid.«

»Warum hast du denn überhaupt so lange gewartet, bis du was unternommen hast?« Peyton verschränkte die Arme und kniff die Augen zusammen.

»Ich wusste, *dass* die Lage schlimm war, aber *wie* schlimm, erfuhr ich erst durch den Anruf eurer Großmutter«, erklärte er. »Nach der Scheidung hatte eure Mutter ihr untersagt, mit mir Kontakt aufzunehmen, aber ich nehme an, unter den gegebenen Umständen hat sie einfach allein entschieden, etwas zu unternehmen. Sie war schon immer beherzt. Diese Eigenschaft habt ihr wohl von ihr.«

»Mit ›lange gewartet‹ meine ich nicht die letzten paar Monate.« Peyton ignorierte sein halbherziges Kompliment. »Ich meine unser *ganzes Leben*. Wir wussten bis jetzt nicht mal, ob du überhaupt noch lebst! Und auf einmal finden wir raus, dass du …« Sie unterbrach sich. »Na ja, *wer* du bist.«

»Mom wollte nie über dich sprechen … sie hat so getan, als wärst du ein obdachloser Drogendealer oder so was«, fügte

Savannah hinzu. »Warum hat sie uns von alldem hier fernhalten wollen?«

»Eure Mutter ist nie damit einverstanden gewesen, euch drei in dieser Umgebung aufwachsen zu lassen«, sagte Adrian nachdenklich. »Und ich konnte ihr nicht widersprechen. Der Las Vegas Strip ist nicht gerade … die sicherste Gegend, um Kinder aufzuziehen.«

»Hättest du denn nicht umziehen können?« Endlich hatte Courtney ihre Stimme wiedergefunden. »Um in unserer Nähe zu sein?«

»Nein.« Er schüttelte den Kopf. »Für mein Unternehmen ist es das Beste, wenn ich hier wohne.«

»Und dein Unternehmen ist dir wichtiger als deine Töchter«, stellte Peyton fest.

»Einige Aspekte meiner Arbeit sind immer gefährlich, egal wo ich wohne, vor allem für die, die mir nahestehen«, sagte er mit einem – wie es Courtney vorkam – bitteren Unterton. »Aber wir sollten schon seit zehn Minuten beim Abendessen sein. Alles Weitere erzähle ich euch, wenn wir unsere Plätze eingenommen haben. Ihr seid an einem ziemlich wichtigen Tag angekommen. Abgesehen von der Party zum vierten Juli im *Myst* hatte ich heute auch eine Besprechung mit einem Kollegen, in der es um eine äußerst vorteilhafte Partnerschaft ging.« Er hielt inne und sah alle drei erneut an. »Seid ihr so weit?«

Courtney nickte, ebenso wie ihre Schwestern, und versuchte zu lächeln. Wollte Adrian denn nicht erst mal allein mit ihnen sein, damit sie einander besser kennenlernen konnten? Damit er erklären konnte, warum er sie ihr ganzes Leben lang vernachlässigt hatte? Stattdessen gingen sie sofort zum Essen. Okay, er hatte gesagt, er würde ihnen mehr erzählen, sobald sie im Restaurant waren, aber Courtney hatte nicht erwartet, dass dieses Gespräch in aller Öffentlichkeit stattfinden sollte. Die Vorstellung, so auf dem Präsentierteller zu sitzen, nahm ihr auch noch den letzten Rest von Appetit, den sie vor lauter Aufregung sowieso kaum verspürt hatte.

Aber vielleicht sah sie das falsch. Vielleicht hielt er es für aufmerksam, sie zum Essen auszuführen. Was es in gewisser Weise ja auch war.

»Gut«, sagte er. »Wir haben einen separaten Raum, da können wir ganz ungestört reden. Es sind außerdem noch zwei Leute dabei, die sich schon sehr darauf freuen, euch kennenzulernen. Seid so nett und zeigt euch von eurer besten Seite.«

Sie waren noch keinen Tag da und schon wollte er sie anderen Leuten vorstellen? Bei der Aussicht wurde Courtney übel. Was, wenn sie was Falsches sagte oder sich sonst wie blöd anstellte?

»Ich weiß, dass ihr euch jetzt vielleicht fehl am Platz vorkommt«, sagte er, »aber am besten nehmt ihr es einfach so, wie's kommt. Und denkt immer daran, dass ich euch alle Fragen später beantworten werde.«

Er nickte ihnen aufmunternd zu und ging zur Tür, und ihnen blieb nichts anderes übrig, als ihm zu folgen.

7

Peyton

Keiner von ihnen sagte ein Wort, während sie Adrian den Korridor entlang folgten.

Peyton hatte nicht angenommen, dass er sie mit einer Umarmung begrüßen würde, aber dass er *so* förmlich mit ihnen umging, damit hatte sie nicht gerechnet. Er behandelte sie total businessmäßig, überhaupt nicht wie seine eigenen Töchter. Er hatte sogar darüber *gelacht,* dass sie die Kreditkarte in den Müll geworfen hatte. Was sollte sie denn davon halten?

Nach einer unbehaglich schweigsamen Fahrt im Fahrstuhl führte Adrian sie durch das Casino zu einer Art Galerie, von der zwei Rolltreppen einen Stock tiefer führten. Peyton hatte das Gefühl, in einem Paralleluniversum gelandet zu sein. Von der hohen kreisförmigen Decke hingen riesige Kronleuchter in den verschiedensten Ausführungen und Farben, die meisten in Rot, Orange und Gelb, insgesamt wahrscheinlich zehn Stück. Man kam sich wie in einer Höhle vor, nur eben mit Kronleuchtern statt Tropfsteinen. Es sah beeindruckend schön aus, aber das ließ sich Peyton natürlich nicht anmerken. Adrian sollte auf keinen Fall glauben, dass sie sich hier wohlfühlte.

Am Ende der Rolltreppe führte Adrian sie durch einen

Torbogen mit der Aufschrift *Five Diamond Steakhouse*. In einem so edlen Restaurant war Peyton noch nie zuvor gewesen, mit weißen Tischtüchern auf den Tischen und seidenen Stoffbahnen an den burgunderroten Wänden. Die Kronleuchter hier waren aus Bronze und ihr goldener Schein verlieh dem Raum eine lebhafte Atmosphäre. Was gar nicht nötig gewesen wäre. Jeder Tisch war voll besetzt mit Leuten, die sich angeregt unterhielten.

Als der Oberkellner Adrian entdeckte, eilte er auf ihn zu. »Guten Abend, Mr Diamond«, sagte er und verbeugte sich vor Adrian wie vor einem König. »Ihr üblicher Tisch ist bereit.«

Die meisten Leute blickten vom Essen auf, wisperten miteinander und deuteten verstohlen auf ihn. Wie viele von ihnen wohl wussten, dass er der Besitzer des Hotels war? Aber selbst wenn sie es nicht wussten, so hatte Adrian einfach schon die Ausstrahlung einer wichtigen Persönlichkeit. Im Vorübergehen grüßte er nach rechts und links, schüttelte Hände, lächelte und scherzte, als sei er mit allen gut bekannt. Klar, dass die Leute ihn mochten. Warum war er seinen Töchtern gegenüber nicht halb so freundlich?

Andererseits war das wohl nur logisch – der Umgang mit Teenagern gehörte nun mal nicht zu seinem Job, die Hotelgäste glücklich zu machen aber schon.

Sein »üblicher Tisch« befand sich ganz hinten im Restaurant, in jenem separaten Raum, den er erwähnt hatte, und die beiden angekündigten Personen saßen bereits da. Der Junge schien in Peytons Alter zu sein. Er sah zwar nicht so gut aus wie Damien, aber attraktiv war auch er. Die grünen Augen in seinem runden Gesicht blickten irgendwie entrückt, als wolle er sich von der Welt um ihn herum distanzieren. Mit seinem T-Shirt und dem schwarzen Hoodie war er ziemlich underdressed, was seine Mutter aber nicht sonderlich zu stören schien.

Zumindest war Peyton sich zu neunundneunzig Prozent sicher, dass die Frau seine Mutter war. Ihr jugendliches Gesicht wies dieselben hohen Wangenknochen auf wie das des Jungen. Das Haar hatte sie zu einem strengen Knoten zurückgesteckt und der dicke Perlenstrang um ihren Hals verlieh ihr etwas Majestätisches. Adrian lächelte, als er sie ansah, und sein Blick wurde weich und liebevoll.

Wer war diese Frau, und warum sah Adrian sie an, als sei sie kostbarer als alle Diamanten der Welt?

»Mädels«, sagte Adrian, »das sind meine Verlobte Rebecca Carmel und ihr Sohn Brett. Sie leisten uns heute Abend Gesellschaft.«

Verlobte? Peyton sah die Frau fassungslos an.

Rebecca räusperte sich leicht und rutschte auf ihrem Stuhl hin und her. Verlegen rückte sie ihr Besteck zurecht und Adrian legte ihr beruhigend eine Hand auf die Schulter. Peyton konnte verstehen, dass sie nervös war. Eine ziemlich unangenehme Situation war das hier und Rebecca stand im Mittelpunkt.

»Du hast eine *Verlobte?*«, fragte Peyton schließlich, und es war ihr egal, dass die Tür zum Separee noch offen stand. »Und du hast es nicht für nötig gehalten, uns das gleich zu erzählen?«

»Ich wollte nicht, dass ihr euch eine Meinung über sie bildet, ehe ihr sie kennenlernt«, entgegnete Adrian ruhig. Er machte eine Geste zur Tür und der Oberkellner schloss sie im Hinausgehen. »Außerdem dachte ich, dass euch diese Unterhaltung vielleicht leichter fallen würde, wenn sozusagen ein Mutterersatz dabei ist.«

»Wir *haben* bereits eine Mutter.« Peyton verschränkte die Arme. »Wir brauchen nicht noch eine.«

»Vielleicht sollten wir das auf ein anderes Mal verschieben ...« Rebecca griff nach ihrer Handtasche. Sie sah so peinlich berührt aus, dass es Peyton fast ein bisschen leidtat, so ablehnend gewesen zu sein.

»Nein.« Adrian legte seine Hand auf ihre und setzte sich mit geradezu flehentlichem Blick ans Kopfende des Tisches. »Es ist das Beste für uns alle, wenn du bleibst.«

Peyton konnte es kaum glauben. Bis dahin hatte Adrian so ruhig und unbewegt gewirkt, als könne er mit jeder Situation fertigwerden. Machte ihn die Gegenwart seiner Töchter wirklich so nervös, dass er Rebeccas seelische Unterstützung brauchte?

Ihr Magen knurrte. Es duftete nach frischem Brot und perfekt gebratenem Steak und sie hatte seit dem Frühstück nichts mehr gegessen. Sie setzte sich neben Brett, was so weit weg von Adrian war wie nur möglich.

Peyton legte sich die Serviette auf den Schoß, dann blickte sie verwirrt auf ihr Besteck. Wozu brauchte sie denn zwei Gabeln und zwei Messer? Und warum war der Löffel so klein und lag oberhalb des Tellers?

»Fang außen an und arbeite dich nach innen vor«, flüsterte ihr Brett zu. »Und lass den Löffel bis zum Nachtisch liegen.«

»Danke.« Na toll, ihre Verwirrung war ihr also deutlich anzusehen gewesen.

Nach seiner Vorstellungsarie bestellte Adrian eine Flasche Champagner. Keiner verlor ein Wort darüber, dass sie noch nicht volljährig waren, und dem Kellner war es egal. Also nahm Peyton ein Glas – sie wusste, dass sie im Gegensatz zu ihrer Mutter mit Alkohol umgehen konnte – und auch Savannah nahm eines. Courtney warf Savannah einen warnenden Blick zu und bat für sich selbst um ein Glas Wasser.

Peyton fragte sich, ob Courtney eigentlich auch mal locker sein konnte. Meine Güte, sie waren schließlich nicht mehr zu Hause – ganz im Gegenteil, sie waren sogar so weit weg, wie es nur ging. Natürlich nicht geografisch gesehen, aber sie konnte sich nicht vorstellen, dass es noch einen anderen Ort gab, der in so krassem Gegensatz zu Fairfield stand wie Vegas. Natürlich würde Peyton nie zulassen, dass Vegas *sie* veränderte, schließlich war sie ganz zufrieden mit sich, aber Courtney konnte es nicht schaden, ein bisschen aufzuleben.

»Wie ich höre, seid ihr drei für den Herbst an der Goodman-High angemeldet«, sagte Rebecca und fummelte an ihrer Perlenkette herum.

Peytons Magen verkrampfte sich. Das war die Schule, die auch schon Damien erwähnt hatte. Aber bis die Schule anfing, würden sie doch gar nicht mehr in Vegas sein. Ihrer Mutter ging es vor September doch bestimmt wieder besser.

Allerdings wenn nicht und sie und ihre Schwestern doch ein paar Wochen lang auf die Goodman gehen mussten – also, dann hatte man ihnen das bisher mal wieder verschwiegen.

Überhaupt, was war denn an dieser Schule so Besonderes? Wie sollte sich diese Goodman denn schon von der Fairfield-High unterscheiden?

»Ja«, antwortete Adrian schließlich. »Nachdem ich den Direktor darüber informiert habe, dass ich das neue Sportzentrum mit einer großzügigen Spende unterstützen werde, ließ ich fallen, dass meine drei Töchter hierherziehen würden und noch keine Schule ausgewählt hätten. Und rein zufällig waren an der Goodman gerade noch drei Plätze frei.«

»Das ist ja wunderbar.« Rebecca strahlte. Peyton konnte nicht sagen, ob sie nur so tat oder ehrlich darum bemüht war, von ihnen gemocht zu werden. Wenn sie überlegte, wie nervös Rebecca wirkte, dann war es wohl Letzteres. »Das ist die beste Schule im ganzen Bundesstaat. Brett geht auch hin. Er kommt im Herbst in Courtneys Jahrgang und kann euch den Sommer über mit den anderen Schülern bekannt machen, damit ihr euch nicht so fremd fühlt, wenn die Schule anfängt.«

»Du weißt doch genau, wie viel ich mit diesen Privatschulsnobs abhänge«, sagte Brett. Rebecca warf ihm einen *Sei nicht so unverschämt*-Blick zu, aber Brett lächelte nur und trank einen Schluck Wasser.

»Mal langsam«, sagte Peyton. »Ist es nicht ein wenig zu früh, sich jetzt schon Gedanken über den Schulanfang zu machen?«

»Ich weiß, dass Anfang Juli keiner gerne an das neue Schuljahr denkt, aber es war ganz schön knapp«, sagte Adrian. »Der Anmeldeschluss an der Goodman ist im Januar. Zum Glück konnten sie eine Ausnahme machen.«

»Das meinte ich nicht.« Peyton ballte die Fäuste. Sie ärgerte sich, dass er das, was sie sagen wollte, einfach so verdrehte. »Wenn es Mom in ein paar Wochen wieder besser geht, dann sind wir bis September zurück auf der Fairfield-High. Und solange wir nicht wissen, wann sie wieder rauskann, sollten wir uns keine Gedanken über eine neue Schule hier machen.«

»Ach so.« Rebecca machte ein unglückliches Gesicht und sah Adrian fragend an. »Sie wissen es also noch nicht?«

»Was wissen wir noch nicht?«, fragte Courtney zaghaft.

»Ich hätte es euch ja schon früher gesagt, aber mein Meeting hat länger gedauert, und dann war es auch schon Zeit für unsere Tischreservierung hier«, erklärte Adrian. »Außerdem dachte ich, eure Großmutter hätte es euch erzählt, ehe ihr abgereist seid …«

»Offensichtlich nicht.« Peyton hatte jetzt endgültig genug. »Also spuck's aus.«

Adrian nahm einen Schluck Wasser und räusperte sich. »Eure Mutter befindet sich an einem äußerst schwierigen, bedenklichen Punkt ihres Lebens«, sagte er und sah seine Töchter ernst an. »Wenn ihr stationärer Aufenthalt vorbei ist, liegt noch die große Aufgabe vor ihr, ihr Leben wieder in die richtige Spur zu lenken. Ich habe eurer Großmutter ein Haus gekauft – sie war zwar nicht gerade glücklich darüber, hat aber schließlich eingewilligt –, sodass eure Mutter zu ihr ziehen kann, wenn sie entlassen wird. Auf diese Weise kann eure Großmutter sie bei der Genesung unterstützen. Das heißt, bis zum Ende des nächsten Schuljahrs bleibt ihr drei erst mal hier bei mir.«

Peyton ließ ihre Hand auf den Tisch krachen. »Du machst wohl Witze«, sagte sie. »Ich stehe vor meinem Abschlussjahr. Es ist das letzte gemeinsame Jahr mit meinen Freunden, ehe wir die Prüfungen machen. Und nun erzählst du mir, dass ich es *hier* unter total Fremden verbringen werde? Kommt gar nicht infrage.« Sie ließ ihren Blick zu ihren Schwestern gleiten, um zu sehen, ob die genauso sauer waren. Courtney war leichenblass – aber eher schockiert als wütend – und Savannah … also Savannah sah doch glatt begeistert aus. Was zum Teufel war mit den beiden los? Wollten sie denn nicht so schnell wie möglich nach Hause?

»Das nächste Schuljahr verbringt ihr hier.« Adrian zuckte nicht mal mit der Wimper. »Das ist zum Besten für eure Mutter. Ich verstehe ja, dass euch euer Zuhause fehlt, aber ich gehe doch davon aus, dass ihr alles in eurer Macht Stehende tun wollt, damit sie sich erholen kann. Sie muss sich in den kommenden Monaten ganz auf sich selbst konzentrieren, und das ist am leichtesten für sie, wenn sie sich um niemand sonst kümmern muss.«

Peyton presste die Lippen aufeinander und ihr Atem ging schnell. Er hatte es geschafft, dass sie sich wie eine unbequeme Last fühlten.

»Aber möchte uns Mom denn nicht bei sich haben?«, fragte Savannah mit Tränen in den Augen. Okay, *das* hatte Peyton jetzt auch nicht gewollt, aber Tränen waren immer noch besser als die Begeisterung darüber, in Vegas zu bleiben.

»Sobald sie nur noch in ambulanter Behandlung ist, könnt ihr sie besuchen«, sagte Adrian. Dann wurde er ganz still, als fiele ihm das, was er gleich sagen würde, sehr schwer. »Auch wenn ich weiß, dass es schwierig für euch sein wird, das jetzt zu glauben: Aber ihr seid auch hier, weil ich euch bei mir haben will.«

Peyton lehnte sich zurück und verschränkte die Arme. Diesen Scheiß nahm sie ihm nicht ab.

Aber natürlich wollte sie alles dafür tun, dass sich ihre Mutter wieder erholte und dass es keinen erneuten Absturz gab. Und wenn es dafür nötig war, ein Jahr in Vegas zu bleiben, dann würde sie das auch irgendwie durchstehen. Aber sie würde es Adrian bestimmt nicht leicht machen. Er hatte sie bisher nicht in seinem Leben haben wollen, also würde sie auch jetzt nicht auf Anhieb lächeln und ihm verzeihen.

»Na schön«, sagte sie. »Aber die Goodman ist doch nicht wirklich eine *Privat*schule, oder?«

»Natürlich ist es eine«, sagte Adrian. »Wohin solltet ihr denn sonst gehen?«

»Auf eine staatliche Schule.« Das war doch wohl klar. »So wie bisher auch.«

»Wie gesagt, die Goodman ist die beste Schule im ganzen Bundesstaat«, erwiderte Adrian, als erkläre das alles.

»Kann schon sein«, gab Peyton zurück. »Aber wir brauchen keine feine Privatschule. Wir waren immer auf staatlichen Schulen, und das war nie ein Problem.« Keiner sagte etwas, daher wandte sie sich an ihre Schwestern, um Unterstützung zu bekommen. »Stimmt doch, oder?« Sie würden doch gar nicht zu den Leuten auf so einer Schule passen und Peyton wollte auch gar nicht dazupassen. Zu einem Haufen hochnäsiger Snobs.

»Ich weiß nicht, Peyton«, sagte Courtney behutsam. »Für eine Uni-Bewerbung macht es schon einen besseren Eindruck, wenn wir auf eine Schule wie die Goodman gehen.«

»Goodman-Schüler werden zu hundert Prozent angenommen«, sagte Rebecca stolz. »Letztes Jahr kam ein Viertel der Abgänger an einer Eliteuni unter.«

»Ich geh sowieso nicht auf die Uni«, sagte Peyton. »Also Ende der hundert Prozent.«

Ein besorgter Ausdruck huschte über Rebeccas Gesicht, während Adrian überhaupt nicht beunruhigt wirkte. »Das wird sich noch zeigen.« Er klang so überlegen, als wisse er etwas, was Peyton nicht wusste. Am liebsten hätte sie auf irgendwas eingeschlagen.

Stattdessen sah sie Courtney an, die sie so jämmerlich im Stich gelassen hatte. »Du hast noch nie was davon gesagt, dass du auf eine Privatschule willst.«

Courtney blickte auf die Tischdecke. »Weil es ja nie infrage kam.«

Peyton suchte Savannahs Blick, doch vergeblich – ihre sonst so munter drauflosplappernde Schwester sagte kein Wort. War sie denn eigentlich die Einzige hier, die den Gedanken verabscheute, auf eine Schule voller Snobs zu gehen?

»Also, ich gehe nicht auf die Goodman.« Peyton blieb fest. »Ich will auf eine staatliche Schule.«

»Wie wär's mit einem Kompromiss?«, fragte Adrian. »Du fängst im Herbst auf der Goodman an. Wenn es nach drei Monaten immer noch so schrecklich ist, wie du befürchtest, können wir über andere Möglichkeiten reden.«

Peyton dachte darüber nach. »Ein Monat«, entgegnete sie.

»Zwei Monate und wir kommen zusammen«, sagte Adrian mit der Andeutung eines Lächelns.

»Also gut.« Peyton nickte. »Zwei Monate.« Sie wusste jetzt schon, dass sie es auf jeden Fall dort hassen würde, aber zwei Monate waren immerhin besser auszuhalten als ein ganzes Jahr.

Ein paar Sekunden lang sagte niemand etwas, und Peyton hatte das Gefühl, die Spannung in der Luft mit einem Steakmesser schneiden zu können. Endlich kam der Kellner durch die Doppeltür, die in ihr Separee führte, mit einer neuen Flasche Champagner in der Hand. Gott sei Dank. Peyton hätte die Stille keinen Augenblick länger ausgehalten. Es war irgendwie ironisch. Sie hatte keine Ahnung, was sie sagen sollte, obwohl es so viel gab, was sie wissen wollte. Aber vor Brett und Rebecca ihr Familiendrama weiter auszubreiten, würde das Essen noch unbehaglicher machen, als es sowieso schon war.

Moment mal – hatte sie etwa Angst, dass irgendein Thema nicht *angemessen* war, um beim Essen besprochen zu werden? Ließ sie sich etwa von der pompösen Atmosphäre des Hotels beeinflussen? Dann war es höchste Zeit, das zu ändern. Sie merkte, dass es Rebecca nervös machte, wenn die Aufmerksamkeit auf sie gerichtet war – genau da konnte sie ansetzen.

»Also«, sagte sie und sah Rebecca an. »Wie habt ihr zwei euch eigentlich kennengelernt? Unser Vater hätte es uns mit Sicherheit erzählt, wenn er sich die Mühe gemacht hätte, an unserem Leben teilzunehmen, aber so haben wir noch nicht viel Zeit zum Reden gehabt.« Sie faltete bedächtig die Hände auf dem Tisch und ließ Rebecca nicht aus den Augen.

»Tja …« Rebecca hob die Hand an ihre Perlen und sah Adrian Hilfe suchend an.

»Rebecca und ich waren schon auf der Highschool ein Paar«, erklärte Adrian an Rebeccas Stelle mit souveräner und kräftiger Stimme. Er ergriff ihre Hand und drückte sie. Sie lächelte ihm dankbar zu und er fuhr fort: »Aber wir sind nicht auf dieselbe Uni gegangen – sie ist hier in der Gegend geblieben, während ich an die Universität von Pennsylvania gegangen bin, und da haben sich unsere Wege getrennt. Wir waren beide in anderen Beziehungen, als ich nach meinem Abschluss nach Las Vegas zurückkehrte, um in mein erstes Hotel zu investieren. Vor Kurzem sind wir beide Singles geworden und das Schicksal hat uns wieder zusammengeführt.«

»Interessant.« Peyton hob ihr Glas, als wolle sie anstoßen, legte dann den Kopf zurück und nahm einen großen Schluck.

Rebecca griff sich an ihren Haarknoten, als könnte sich eine Strähne gelöst haben, und Peyton bekam ein schlechtes Gewissen. Rebecca schien wirklich nett zu sein, und es sah ganz danach aus, als ob Adrian sie wirklich liebte. Es war ja nicht ihre Schuld, dass er ein beschissener Vater war, der durch Abwesenheit geglänzt hatte und jetzt so tat, als habe er sie nicht ihr ganzes Leben lang ignoriert. Seltsam – wenn Adrian und Rebecca zusammen auf der Highschool gewesen waren, dann war Rebecca fast zehn Jahre älter als ihre Mutter, obwohl sie viel jünger aussah. Die Trinkerei ließ einen echt schnell altern.

»Genau«, sagte Adrian. »Aber bitte erwähnt keinem gegenüber etwas von der Verlobung. Wir haben vor, sie bei der großen Eröffnungsfeier am Samstag bekannt zu geben.«

Peyton dachte an die Menschenmengen im Hotel und das gut gefüllte Restaurant. »Das Hotel sieht aber doch schon ziemlich offen aus.«

»Es handelt sich bisher nur um einen Probedurchlauf«, erläuterte Adrian. »Sowohl das Hotel als auch die *Residences*, der Teil mit den Apartments, sind zwar tatsächlich seit einem Monat geöffnet, aber nur um zu testen, ob auch alles glattläuft. Auf diese Weise können wir rechtzeitig mögliche Mängel beheben, sodass am Abend der großen Eröffnung wirklich nichts mehr schiefgeht.«

»Klingt einleuchtend.« Peyton überflog die Speisekarte, während Rebecca bereits bestellte. Zielgenau wählte sie das teuerste Gericht aus. Hummer aus Maine – siebzig Dollar. Perfekt. Das würde Adrian bestimmt verärgern. Sie hatte keine Ahnung, ob sie Hummer überhaupt mochte oder wie ein einzelner Mensch bei einer einzigen Mahlzeit siebzig Dollar verfuttern konnte, aber das würde sie heute Abend eben mal herausfinden.

»Eine gute Wahl«, befand Adrian, nachdem sie bestellt hatte. »Das nehme ich auch. Und ihr beiden solltet es euch auch überlegen«, sagte er und sah Courtney und Savannah an. »Es heißt, dass es bei uns den besten Hummer auf dem gesamten Strip gibt.«

Als Savannah das Gericht auf der Karte fand, fielen ihr fast die Augen aus dem Kopf. »Ich denke, dann nehme ich auch den Hummer«, sagte sie schließlich, klappte die Karte zu und reichte sie dem Kellner. Der wendete sich an Courtney. »Und für Sie ebenfalls?«

»Ich bin sicher, dass er köstlich ist, aber ich bin Vegetarierin«, erklärte Courtney. »Ich nehme den Caesar Salad mit leichtem Dressing.«

Adrian bestellte einen gemischten Vorspeisenteller für die ganze Runde, denn »die Mädchen sollten alles mal probieren«. Kurz darauf brachte der Kellner zwei dreistöckige Etageren, welche Peyton an Hochzeitstorten erinnerten, die voll mit Speisen waren, alle unglaublich exquisit. Fisch und Meeresfrüchte waren wie Kunstwerke arrangiert, nicht wie etwas zu essen. Einige Muscheln lagen noch in den Schalen, andere waren mit orangefarbenen, gelben und grünen Marinaden beträufelt. Was für ein Unterschied zu den Nachos und Chickenwings, die Peyton und ihre Freunde gewöhnlich in ihrem Lieblings-Fastfood-Restaurant bestellten. Sie hatte keine Ahnung, wie sie anfangen sollte.

Adrian nahm sich eine Muschel, auf der ein schleimiges, schneckenartiges Ding lag, hob sie an den Mund und kippte die Schale, sodass das Schneckending herausglitt. Er kaute, schluckte und deutete auf die Platten. »Austern, schon ausgelöst. Einfach köstlich.«

Neugierig geworden, folgte Peyton seinem Beispiel, nahm sich eine Auster und hob sie an den Mund. Das Ding rutschte klumpig und eklig in der Schale herum. Und es roch salzig, nach Meer. Peyton rümpfte die Nase. Aber jetzt gab es kein Zurück mehr, egal wie schrecklich das Ding aussah.

Ebenso wie Adrian ließ sie die Auster in ihren Mund gleiten. Dabei hielt sie den Atem an, um wenigstens den Geruch nicht länger ertragen zu müssen.

Die Auster sah leider nicht nur aus wie eine Schnecke, sie schmeckte auch so. Nicht, dass Peyton schon mal eine

Schnecke versucht hätte, aber sie konnte sich vorstellen, dass sie genauso schmeckte. Sie zwang sich zu schlucken, und ihre Augen tränten, als sie versuchte, nicht zu würgen. Geschafft! Rasch legte sie die Muschelschale auf ihren Teller zurück und stürzte eilig Wasser hinterher, um den salzigen Geschmack loszuwerden.

Und so was sollte eine *Delikatesse* sein? Was war mit diesen Leuten nur los?

»Ich nehme an, Austern sind nicht ganz dein Geschmack?«, fragte Adrian. Seine Mundwinkel zuckten verräterisch und er tupfte sie rasch ab.

»Sie sind abscheulich«, antwortete Peyton, während sie immer noch versuchte, den Geschmack loszuwerden. Für die restlichen Vorspeisenhäppchen benutzte sie das Besteck, das am dichtesten an ihrem Teller lag – und das laut Brett für den Hauptgang gedacht war. Aber falls es jemand merkte, so sagte keiner etwas.

Dann kam der Hauptgang. Zweieinhalb Pfund Hummer waren nicht gerade viel, vor allem wenn damit siebzig Dollar auf nur einem einzigen Teller lagen. Von so viel Geld hätte ihre Familie sich zwei Wochen lang ernähren können.

Savannah und Courtney waren in ein Gespräch mit Rebecca vertieft, daher wandte sich Peyton an Brett – und zwar mit einer genialen Idee. Sie würde mit ihrem zukünftigen Stiefbruder flirten, das *musste* Adrian einfach sauer machen. »Sag mal, Brett«, begann sie und pulte mit ihrer Minigabel etwas Hummer aus der Schere. »Wohnst du auch hier?«

»Im Diamond?« Er schnitt ein Stück von seinem Steak ab und nahm einen Bissen.

Peyton nickte. Was denn sonst? Dass er in Las Vegas wohnte, war ja wohl klar.

»Ja«, antwortete er. »Mom und Adrian bewohnen zusammen ein Apartment, deshalb hab ich eins für mich. Das ist echt nett.«

»Du hast ein ganzes Apartment für dich?« Peyton beugte sich näher zu ihm heran. »Das solltest du mir mal zeigen. Mit einem Jacuzzi?«

Er nickte und nahm einen weiteren Bissen Fleisch.

»Wir haben auch einen.« Sie klimperte verschwörerisch mit den Wimpern. »Du könntest ja mal rüberkommen und ihn mit mir zusammen einweihen.«

Okay, das klang selbst in Peytons Ohren ziemlich übertrieben. Aber immerhin erreichte sie damit eine hochgezogene Augenbraue von Adrian.

»Mal sehen.« Brett rückte etwas von ihr ab und konzentrierte sich auf seinen Teller. Sie merkte, dass ihm die Situation unangenehm war, rutschte auf ihrem Platz zurecht und nahm noch einen Bissen Hummer. Was für ein Langweiler, dieser Brett.

Da wandte sich Brett an Courtney und fragte sie, ob sie sich schon überlegt habe, an welcher Uni sie sich bewerben wolle, schließlich kämen sie beide in die Elfte, und da mache man sich über so was ja Gedanken.

Peyton dagegen hatte ihre Behauptung, nicht studieren zu wollen, ganz ernst gemeint. Sie wollte diese langweiligen, stickigen Unterrichtsräume so schnell wie möglich hinter sich lassen und endlich die richtige Welt kennenlernen. Und falls sie doch jemals ihre Meinung ändern sollte, konnte sie sich immer noch an der Fachhochschule von Fairfield einschreiben.

Courtney lebte sichtlich auf, als das Wort Uni fiel. »Stanford«, antwortete sie. »Und du?«

»University of California, L.A.«, sagte er. »Da will ich schon seit der Mittelstufe hin. Die haben tolle Kurse für Leute, die sich für eine Karriere in der Filmindustrie interessieren. Für die Sommerferien habe ich an der Uni von Las Vegas einen Film-Einführungskurs belegt, um vorbereitet zu sein und zu zeigen, dass ich es mit meiner Fächerwahl ernst meine.«

»Wow.« Courtney sah beeindruckt aus. »Ich habe vor, Englisch im Hauptfach zu studieren, weil ich Literatur liebe und vielleicht einmal im Verlagswesen arbeiten möchte, aber an so einen Sommerkurs hab ich noch gar nicht gedacht. Bisher habe ich mich nur auf meine Noten und die Uni-Zulassungsprüfung konzentriert, um möglichst ein Stipendium zu bekommen.«

»Für die Zulassungsprüfung habe ich auch schon einiges getan«, erwiderte er, »zusammen mit einer Tutorin, die zweimal pro Woche zu mir in die Wohnung kommt und mir echt geniale Tricks zeigt, wie man mit diesen ›standardisierten Tests‹ zurechtkommt. Vielleicht hast du ja Lust mitzumachen?«

»Sehr gerne.« Courtney lächelte.

Brett wollte also tatsächlich lieber mit Courtney auf diese Prüfungen hinarbeiten, als mit Peyton im Jacuzzi zu liegen? Bitte sehr. Leider blieb ihr nichts anderes übrig, als bis zum Ende des Hauptgangs diesem Nerd-Geschwafel zuzuhören.

Sie liebte ihre Schwester wirklich, aber es war echt unfassbar, wie lange die sich über Schulzeug unterhalten konnte. Und als wäre das nicht schon schlimm genug, fand Peyton den Hummer nicht gerade umwerfend. Ein Cheeseburger wäre ihr viel lieber gewesen.

Als alle fertig waren, räumte ein Hilfskellner die Teller ab und der Oberkellner näherte sich erneut dem Tisch. »Dessert, Kaffee oder Tee?«, fragte er.

Adrian flüsterte Rebecca etwas zu, dann wandte er sich an den Kellner. »Kaffee, bitte. Schwarz.« Und mit Blick auf Peyton und ihre Schwestern fragte er: »Möchtet ihr irgendwas?«

Savannah lehnte ab, Courtney bestellte Tee und Peyton einen Kaffee. Als der Kellner seine Aufmerksamkeit auf Rebecca lenkte, legte diese ihre Serviette auf den Tisch und schüttelte den Kopf.

»Äh, nein«, sagte sie, »Brett und ich werden jetzt gehen.«

Brett schien für einen Moment verwirrt zu sein, doch dann verstand er. Nachdem der Kellner fort war, verabschiedeten sie sich und ließen die drei Schwestern und Adrian allein.

»Mädels«, sagte Adrian. »Ich denke, wir haben eine Menge zu bereden.«

Was die größte Untertreibung der letzten fünfzehn Jahre war.

»Warum hast du so lange gewartet, mit uns Kontakt aufzunehmen?«, platzte Peyton mit der Tür ins Haus.

»Hat eure Mutter euch jemals erzählt, warum sie Las Vegas verlassen hat und zurück nach Fairfield gezogen ist?«, fragte Adrian.

»Sie hat nur erzählt, sie wollte angesichts deines Lebenstils nicht, dass wir bei dir aufwachsen«, sagte Courtney leise.

»Und damit hatte sie recht«, gab Adrian zu. »Wie ich bereits erwähnte, birgt das Leben hier durchaus Gefahren.«

»In welcher Hinsicht?«, fragte Peyton. Adrian Diamond hatte die Welt doch offenbar fest im Griff. Was konnte denn so schlimm sein, dass es ihn von seinen Töchtern fernhielt?

»Ich werde es euch jetzt erzählen, aber ich möchte euch darum bitten, mich nicht zu unterbrechen«, sagte Adrian. »Am Ende, wenn ich fertig bin, könnt ihr eure Fragen stellen.« Die drei willigten ein und er fuhr fort: »Es fällt mir nicht leicht, also sage ich es euch ganz direkt. Als du ein Baby warst, Courtney, bist du während eines Spaziergangs mit deiner Nanny gekidnappt worden und es wurde eine hohe Lösegeldsumme für dich verlangt. Der Kidnapper hat die Nanny umgebracht und uns wissen lassen, dass du als Nächste drankommen würdest, wenn ich seinen Forderungen nicht nachkäme. Zum Glück konnte ich mit ihm verhandeln und er hat dich unversehrt wieder rausgegeben. Eure Mutter und ich waren überglücklich, aber wir wussten beide, wie schlimm es hätte ausgehen können, und sie war von dieser Vorstellung geradezu traumatisiert. Damals war sie bereits mit dir, Savannah, schwanger, und schließlich kamen wir überein, dass es das Beste für euch alle wäre, inkognito zu leben, bis ihr drei alt genug sein würdet, euch in dieser Art von Umgebung zurechtzufinden. Wir beschlossen auch, jegliche Verbindung zu mir abzubrechen, weil wir nur dadurch hundertprozentige Sicherheit für euch erlangen konnten.«

Courtney stellte ihre Teetasse so heftig auf den Unterteller, dass es klirrte. Noch nie hatte Peyton ihre sonst so gefasste Schwester so außer sich erlebt. Peytons Herz hämmerte heftig in ihrer Brust. In welcher Gefahr ihre Schwester geschwebt hatte! Und was passiert wäre, wenn Adrians Verhandlungen mit dem Kidnapper erfolglos geblieben wären!

»Nein, davon hat uns Mom nie erzählt«, sagte Peyton, nachdem Courtney eindeutig zu keiner Äußerung in der Lage war. Sie hatte keine Ahnung, was für eine Geschichte sie von Adrian erwartet hatte, aber so eine auf keinen Fall. Wenn ihre Mutter ihnen etwas so Wichtiges die ganze Zeit vorenthalten hatte, was mochte sie dann sonst noch alles verheimlichen?

Peyton wagte es sich nicht vorzustellen.

»Puh«, brachte Courtney schließlich hervor. Sie blinzelte ein paarmal, dann nahm sie einen Schluck Tee, als würde ihr das helfen, ihre Gedanken zu ordnen. »Peyton hat recht – das hat sie uns nie erzählt. Aber das erklärt wohl auch, warum mein Babytagebuch nicht so ausführlich ist wie das von Peyton und Savannah.«

»Wie meinst du das?« Adrian wirkte alarmiert.

»Nur dass Mom nach der Entführung wohl so fertig war, dass sie vergessen hat, es regelmäßig zu führen«, erklärte Courtney. »Und da wir nach dem Vorfall ja umgezogen sind … hat sie wohl auch gar nicht die Zeit dazu gehabt. Oder?«

»Natürlich.« Adrian rührte in seinem Kaffee, obwohl er ihn ja schwarz trank. Er sah ziemlich bedrückt aus, als ob er sich an etwas Schmerzliches erinnerte, über das er nicht nachdenken wollte.

Das war wirklich ganz schön heftig. Einerseits verstand

Peyton jetzt, warum er das Gefühl gehabt hatte, eine Gefahr für sie zu sein. Aber andrerseits war er ihr *Vater*. Er hätte doch wenigstens bis zu einem gewissen Grad an ihrem Leben teilnehmen können, selbst wenn er nicht in derselben Stadt wohnte.

»Aber hättest du uns denn nicht besuchen können?«, fragte Savannah, als hätte sie Peytons Gedanken gelesen. »Ohne dass jemand was davon gemerkt hätte? Es wäre echt gut gewesen zu wissen, dass dir etwas an uns liegt. Dass es dich überhaupt gibt.«

»Ich weiß«, sagte Adrian. »Ich habe einen großen Fehler gemacht, indem ich mich nach diesen Ereignissen in meine Arbeit gestürzt habe. Eure Mutter wollte nicht, dass ihr etwas mit mir zu tun habt, und ich konnte es ihr nicht verdenken.« Sein Blick war verschwommen, als sei er aufrichtig betrübt, dass die Dinge so gelaufen waren. »Eure Großmutter war nie damit einverstanden, aber die Entscheidung lag bei eurer Mutter. Und ich habe diese Entscheidung hingenommen. Ich wollte ihr Geld für euren Unterhalt zukommen lassen, aber das hat sie zurückgewiesen. Sie behauptete, auch ohne Hilfe für ihre Familie sorgen zu können. Also habe ich das Geld treuhänderisch für euch angelegt, für später.«

Ein Treuhandfonds? Peyton wusste nicht so recht, was sie davon halten sollte. »Wenn das Leben in Vegas tatsächlich so riskant ist, warum sind wir dann jetzt auf einmal sicher?«, fragte sie. »Okay, wir sind keine kleinen Kinder mehr, aber wir sind auch nicht gerade geübt darin, Kidnappern zu entgehen.«

»Ihr werdet rund um die Uhr in Sicherheit sein«, sagte Adrian. »Das verspreche ich euch. Ich habe Profis engagiert, die euch bewachen, und zwar so, dass ihr kaum etwas davon bemerken werdet.«

»Warum hast du denn damit bis jetzt gewartet?«, fragte Peyton.

»Ich habe euch schon euer ganzes Leben lang bewachen lassen«, sagte Adrian. »Die Männer, die ich anstelle, sind die Besten, sodass sie euch in Kalifornien nicht aufgefallen sind. Dort waren sie natürlich auch anders gekleidet als hier – aber jetzt tragen sie wieder ihre offiziellen Anzüge. Ich denke, es ist an der Zeit, dass ich sie euch vorstelle.« Er tippte etwas in sein Handy und sofort traten drei Männer ein.

Alle drei waren groß, trugen identische schwarze Anzüge und einen Bluetooth-Knopf im rechten Ohr. Altersmäßig jedoch unterschieden sie sich enorm. Das Haar des ältesten war bereits grau und das Gesicht faltig. Der zweite sah etwas jünger als Adrian aus, hatte dunkles Haar und kantige Züge. Der letzte jedoch konnte kaum älter als Peyton sein. Sein blondes Haar war fast bis zur Kopfhaut abrasiert, sein Körper wie gemeißelt – das konnte man selbst unter dem Anzug sehen –, sodass man ihn ohne Weiteres für einen Zwölftklässler aus dem Highschool-Footballteam hätte halten können. Der hatte mit Sicherheit noch nicht so viel Erfahrung wie die beiden anderen.

»Mädels, das sind Carl, Teddy und Jackson«, stellte Adrian sie vor und deutete bei jedem Namen auf einen der Männer.

Carl war der Älteste, Teddy derjenige, der in Adrians Alter zu sein schien, und Jackson der Jüngste. Selbst sein Name klang wie der eines Footballspielers. Er sah Peyton mit einem festen und selbstsicheren Blick aus seinen haselnussbraunen

Augen an und ihr Magen flatterte. Wie alt er wohl tatsächlich sein mochte? Okay, älter als sie war er schon, aber maximal fünfundzwanzig.

»Nett, Sie kennenzulernen«, sagte Courtney, und Peyton musste die Lippen zusammenpressen, um nicht loszulachen. Es war immer wieder zum Schreien komisch, wie Courtney selbst noch in den abwegigsten Situationen höflich blieb.

»Jeder ist persönlich für eine von euch verantwortlich«, erklärte Adrian. »Carl kümmert sich um Savannah, Teddy um Courtney und Jackson ist für Peyton zuständig. Sie behalten euch stets im Auge, egal wo ihr euch befindet, und werden dabei so unsichtbar wie möglich für euch sein. Aber da eure Sicherheit hier in Vegas drastischere Maßnahmen erfordert als in Fairfield, werdet ihr sie ab und zu wohl doch bemerken. Heute haben sie sich noch komplett bedeckt gehalten, da ihr ja noch nichts von ihnen wusstet und sie euch keinen Schrecken einjagen wollten, aber von nun an warten sie im Korridor auf euch, wenn ihr euer Apartment verlasst, und begleiten euch im Fahrstuhl nach unten. Danach werden sie größtenteils unsichtbar für euch sein. Natürlich müsst ihr euch daran erst gewöhnen, aber am besten benehmt ihr euch einfach so wie immer. Und ich kann euch versichern, sie sind keine Babysitter, sie berichten mir also nichts über das, was ihr macht, es sei denn, es ist aus Sicherheitsgründen notwendig.«

Adrian entließ die Bodyguards und Peyton lächelte Jackson zum Abschied zu. Wahrscheinlich durfte er kaum Gefühle zeigen, vor allem nicht vor Adrian, aber sie hatte den Eindruck, dass er zurücklächelte. Es passte ihr zwar nicht so wirklich, dass ihr jemand auf Schritt und Tritt folgte, aber

Jackson war ein ziemlich heißer Typ … Vielleicht konnte man mit ihm ja jede Menge Spaß haben. Einen Versuch war's wert.

»Mein Bodyguard kann ja kaum älter sein als ich«, sagte sie in der Hoffnung, dass Adrian sein Alter preisgeben würde.

»Jackson ist wirklich noch jung und trotzdem schon einer der Besten seines Fachs«, sagte Adrian. »Er wird seine Aufgabe, dich in jeder Situation zu beschützen, bestens meistern.«

Im ersten Moment war Peyton enttäuscht, nichts über Jacksons Alter rausgekriegt zu haben, aber andrerseits würde Jackson ab jetzt ja immer in ihrer Nähe sein. Da würde sie sein Alter schon noch erfahren.

»Wie bereits besprochen, werdet ihr ein Jahr hier verbringen und auf die Goodman gehen«, sagte Adrian. Als Peyton die Arme verschränkte, setzte er hinzu: »Oder eben auf eine andere Schule, falls du nach zwei Monaten beschließen solltest, dass die Goodman nichts für dich ist. Wenn das Jahr um ist, könnt ihr euch selbst aussuchen, wo ihr hinwollt. Ich werde eure Entscheidungen unterstützen, sofern sie vernünftig sind. Aber es gibt ein paar Regeln.« Er sah alle nacheinander fest an, ehe er fortfuhr: »Da Sommerferien sind, müsst ihr abends zu keiner bestimmten Uhrzeit zu Hause sein – eure Bodyguards passen ja auf euch auf –, aber ich erwarte, dass ihr nachts nach Hause kommt. Sobald das Schuljahr wieder anfängt, gibt es ein Zeitlimit, aber über die Einzelheiten reden wir später noch. Ich habe auch nichts dagegen, wenn ihr zum Essen ein Glas Wein trinkt oder mal mit Freunden einen Drink nehmt, auch wenn eure Mutter so zu kämpfen hat. Aber ich erlaube euch das, weil ich selbst so erzogen wurde und der Ansicht bin, dass ein Verbot nur dazu führen würde, dass ihr heimlich trinken und es dann erst recht übertreiben würdet, wie so viele in eurem Alter. Aber wenn ich euch dabei erwische, dass ihr verantwortungslos mit Alkohol umgeht und euch in der Öffentlichkeit lächerlich macht, dann ist Schluss.«

Er machte eine bedeutungsvolle Pause, dann fuhr er fort: »Wie ich vorhin schon im Apartment sagte, habe ich kein Problem damit, wenn ihr eure Kreditkarten nach Lust und Laune nutzt. Ich würde mich sogar darüber freuen, weil ihr bis jetzt wahrscheinlich nur sehr eingeschränkt leben konntet. Aber es gibt eine Bedingung. Ihr dürft nichts tun, was eine schlechte Presse für die Familie zur Folge haben könnte. Wir alle haben schon von der einen oder anderen berühmtberüchtigten Hotelerbin gehört – Namen zu nennen, dürfte unnötig sein –, denen ich Hausverbot erteilen musste wegen … nun, sagen wir, ungebührlichen Verhaltens. Es ist in eurem eigenen Interesse, nicht negativ aufzufallen. Benutzt euren gesunden Menschenverstand und verhaltet euch vernünftig, denn die Klatschspalten werden *ganz bestimmt* über euch berichten. Es werden Fotos von euch gemacht und ins Netz gestellt. Und ich möchte nicht, dass dadurch ein negatives Licht auf unsere Familie fällt. Sollte es doch dazu kommen, werden eure Kreditkarten stark limitiert, und es gibt frühe Ausgangssperren. Habt ihr mich verstanden?«

Peyton nickte nur, damit er das Thema endlich fallen ließ. Sie hatte genug von seinem Vortrag. Zu Hause hielt sie sich auch nicht an Regeln, vor allem weil ihre Mutter sowieso nicht besonders streng war, und hier würde sie erst recht tun und lassen, was sie wollte, ganz egal welche Grenzen Adrian ihr zu setzen versuchte. Sie hatte in Fairfield keine unlimitierte Kreditkarte gebraucht und wollte sich auch jetzt nicht von so was abhängig machen. Außerdem wusste doch niemand, wer sie waren.

Noch nicht.

Adrian sah Peyton so direkt an, dass ihr mulmig wurde. »Keine negativen Schlagzeilen heißt auch: kein Flirt mit deinem zukünftigen Stiefbruder«, stellte er fest. »Diese Grenze darf nicht überschritten werden.«

»Ich habe nicht mit ihm geflirtet«, wehrte Peyton ab und war froh, dass Adrian offenbar nichts von ihrem Auge auf Jackson gemerkt hatte. Sie hatte keine Lust darauf, dass er etwas unterband, noch ehe es überhaupt etwas war. »Er hat gelangweilt ausgesehen und ich wollte nur freundlich sein. Mehr nicht.«

Adrian schien ihr nicht zu glauben, ritt aber auch nicht weiter darauf herum. »Ich bin froh, dass wir das besprochen haben, aber jetzt sollten wir in den Club aufbrechen. Einige eurer zukünftigen Mitschüler werden auch dort sein. Brett macht euch miteinander bekannt.« Er trank seinen Kaffee aus und fuhr fort: »Es tut mir leid, dass wir seit eurer Ankunft nicht mehr Zeit zum Kennenlernen hatten. Ich hätte mir wirklich ein besseres Timing gewünscht, aber hier ist eine Menge los. In ein paar Tagen jedoch werden wir genug Zeit haben – nach der großen Eröffnungsfeier des Hotels und der *Residences* am Samstagabend.«

Damit stand er auf, um das Steakhaus zu verlassen. Und Peyton war schon gespannt darauf, was sie wohl im *Myst* erwartete.

8

Madison

Madison Lockhart liebte das *Myst*. Es war der extravaganteste Nightclub in ganz Vegas, in dem sich ein Wasserfall von der Decke über drei Stockwerke hinweg in die Lagune im Erdgeschoss ergoss. Sie saß mit ihren Freunden in einer halbrunden Sitznische in der VIP-Lounge und wartete gespannt darauf, DJ-Superstar David Guetta auf der Bühne zu sehen. Auf der erhöhten und in Spotlights getauchten Tanzfläche groovten bereits ein paar Leute ab – vor allem Erwachsene, die schon ein paar Drinks intus hatten. Normalerweise zog das *Myst* ja jüngere Leute an, aber diese Party zum vierten Juli war eben ein ganz besonderes Event. Es ging das Gerücht, dass das Feuerwerk hier noch besser war als das im *Caesars Palace* und dass es sogar zu David Guettas Musik choreografiert wurde. Madison konnte es kaum erwarten.

Sie beobachtete, wie ihre Eltern die Tanzfläche betraten. Es war einer der wenigen Abende, an denen sie beide freihatten. Ihr Vater war Chefarzt der Neurochirurgie im *Sunrise Hospital and Medical Center* – das beste Krankenhaus im ganzen Bundesstaat – und ihre Mutter arbeitete dort als Anästhesistin. Dass beide so relaxed aussahen, kam selten vor.

Sie bedeuteten ihr winkend, zu ihnen zu kommen, aber Madison schüttelte den Kopf. Das ging ja mal gar nicht!

»Ich glaube, deine Eltern wollen, dass du mit ihnen tanzt«, grinste Oliver Prescott, der neben ihr saß.

Madison verdrehte die Augen. Sie und Oliver waren seit der Grundschule eng befreundet, aber immer, wenn sie ihn jetzt ansah, fiel ihr auf, wie sehr er sich im letzten Jahr verändert hatte. Oliver hatte ja schon immer gut ausgesehen, aber seit einigen Monaten trainierte er und das sah man ihm deutlich an. Jeder Muskel seines Körpers war klar definiert. Das Haar hatte er sich seit der zehnten Klasse wachsen lassen. Es war zwar nicht richtig lang, sah aber viel besser aus als dieser abrasierte Look, den er in der Neunten ausprobiert hatte. Die neue Frisur betonte seine dunklen Augen. Und wenn Oliver eins wusste, dann, wie er seine Augen einsetzen konnte. Er hatte den perfekten Blick drauf, um jedes Mädchen dahinschmelzen zu lassen. Er konnte wirklich *jede* haben, und das wusste er. Aber egal ob Studentinnen oder Promi-Girls – lange hielt es Oliver nie bei einer aus.

Madison hoffte, dass er nicht ebenso wie Damien auf die Diamond-Sisters abfahren würde. Das wäre echt ätzend. Aber obwohl Oliver und Damien viel gemeinsam hatten, stand Damien mehr auf Gefühle, verabredete sich zu Dates und machte die Mädchen in sich verliebt, während Oliver gleich auf Sex aus war. Allerdings nicht bei Madison. Sie wollte auf keinen Fall ihre Freundschaft riskieren, auch wenn sie glaubte, sich im Falle einer echten Beziehung auf ihn verlassen zu können. Außerdem hatte er diesen Sommer einen Ausflug an die Spieltische unternommen, was Madison missfiel, aber als

Sohn eines der reichsten Hotelbesitzer in Vegas konnte er sich so was natürlich leisten.

Oliver rückte näher an sie heran. »Irgendwas nicht in Ordnung?«, fragte er leise.

Warum wurde sie das in letzter Zeit eigentlich von allen gefragt? Erst Damien und jetzt Oliver. Nervig.

»Quatsch«, fegte sie die Frage beiseite und schenkte sich ein Glas Champagner aus der Flasche ein, die zur Tischreservierung gehörte. Scheiß auf die Kalorien – sie musste sich entspannen. Dafür würde sie eben morgen weniger essen und länger trainieren. »Was soll denn nicht in Ordnung sein?«

Ehe Oliver antworten konnte, kam Damien in die Nische gefegt und legte schwungvoll den Arm um Madisons Schultern. Er strahlte eine Hitze ab, als ob er getanzt hätte. »Du siehst umwerfend aus«, raunte er ihr ins Ohr. Er roch nach Wodka-Orange, und Madison fragte sich, wie viele er schon gekippt hatte.

»Danke.« Madison war froh, das Kleid von Shoshanna gewählt zu haben. Sie liebte Schwarz – es machte nicht nur schlank, sondern stand ihr auch am besten. Besonders dieses Kleid hier, das ärmellos war und ihr gemeißeltes Schlüsselbein betonte und bis zur Mitte des Oberschenkels reichte, es war also kurz, aber nicht *zu* kurz. Dazu kam, dass die meisten anderen Mädchen rote, weiße oder blaue Outfits trugen, sodass ihres herausstach. Oliver rückte ein Stück von ihr ab und sagte etwas zu ihrer Freundin Larissa. Oliver und Larissa hatten so eine Art »Agreement« getroffen – Freundschaft mit einem gewissen Benefit für beide. Allerdings hatte Madison den Verdacht, dass Larissa mehr für Oliver empfand, als sie zugeben wollte, während es für ihn nur just for fun war. Und das war auch gut so, denn er und Larissa hätten ein furchtbares Paar abgegeben. Er brauchte eine, die ihn herausforderte, und das tat Larissa ganz sicher nicht.

»Du siehst auch ziemlich gut aus«, sagte Madison zu Damien. Was nicht gelogen war. Die meisten Mädchen auf der Party wären wohl selbst vor einem Mord nicht zurückgeschreckt, um so dicht bei ihm zu sitzen. »Das gefällt mir.« Sie berührte das dünne Lederband, das er um den Hals trug, und ließ die Finger über seine Haut gleiten. »Neu?«

Ihm stockte der Atem bei ihrer Berührung und Madison verzog die Lippen zu einem Lächeln. »Hab ich schon 'ne ganze Weile«, sagte er und legte seine Hand über ihre. »Aber da es dir gefällt, trage ich es ab jetzt öfter.«

Sie wollte die Berührung nicht ausdehnen – Damien ab und an zu spüren, gefiel ihr zwar, aber sie wollte ihm nicht *zu* viel vormachen. Sie ließ ihre Hand wieder in den Schoß sinken und scannte den Raum nach einer bestimmten Person ab.

Sie brauchte nicht lange, um Brett Carmel an der Bar zu entdecken. Allein.

»Ich hab genug von dem Champagnerzeug«, verkündete Madison. »Ich hol mir was anderes.«

Damien ließ sie aus der Nische. Sein Blick folgte jeder ihrer Bewegungen. »Soll ich mitkommen?«

»Nicht nötig.« Sie warf einen Blick zur Bar, um sicherzugehen, dass Brett noch dort war. War er. »Bin gleich wieder da.«

Sie schlenderte durch den Club und merkte, wie sie die Aufmerksamkeit der anderen Gäste auf sich zog. Sie genoss das Gefühl. Brett jedoch beachtete sie nicht, bis sie auf den Hocker neben ihm glitt.

»Ist hier noch frei?«, fragte sie und drehte den Hocker so, dass sie ihn direkt ansah.

»Yep.« Er blickte stur geradeaus und nahm einen Schluck aus seiner Bierflasche. Sein mangelndes Interesse an ihrer Anwesenheit enttäuschte sie, aber das war kein Grund aufzugeben. Vielleicht war er einfach nicht gut drauf.

Sie deutete auf sein Bier. »Hat man dir kein Glas dafür angeboten?« Im VIP-Bereich bestellte kaum jemand Bier, aber der Barkeeper hätte es wenigstens etwas stilvoller servieren können.

»Aus der Flasche schmeckt's besser.« Er nahm erneut einen Schluck und sah sich um, als ob er nach jemand anderem Ausschau hielt. Was hatte er denn bloß? Die meisten Jungs wären hellauf begeistert über ihre Nähe gewesen, aber Brett hatte tatsächlich die Nerven, sich völlig unbeeindruckt zu geben.

Ihr Selbstvertrauen schwand. Warum nur interessierte sich Brett nicht für sie? Sie hatte vielleicht nicht gerade den Ruf, das netteste Mädchen der Schule zu sein, aber sie war ja schließlich nicht gemein oder nuttig. Nuttig auf keinen Fall. Sie warf sich nicht gleich jedem an den Hals, der auf sie stand (und das taten viele!), sondern wartete lieber auf den einen, mit dem sie *wirklich* zusammen sein wollte. Manchmal hatte Madison die Hoffnung auf eine romantische Beziehung schon fast aufgegeben und war kurz davor gewesen, sich mit irgendeinem Kumpel in ihr erstes Mal zu stürzen. Oliver wäre wahrscheinlich auf der Stelle bereit, wenn sie ihn fragte. Aber da schimmerte immer noch ein Fünkchen Hoffnung in ihr, dass ihr erstes Mal etwas Besonderes sein würde – mit einem, den sie liebte und der sie auch liebte.

»Sag mal ...« Sie überlegte, wie sie das Gespräch mit Brett in Gang bringen könnte. »Ich hab dich in letzter Zeit gar nicht mehr hier gesehen.«

»Weil ich in letzter Zeit nicht mehr hier war.«

»Aha.« Er machte aber auch keinerlei Anstalten, diese unangenehme Situation irgendwie zu verbessern. »Warum hast du dich dann heute für den Club entschieden?«

»Gezwungenermaßen.«

Darauf wusste Madison endgültig nichts mehr zu sagen, also bestellte sie beim Barkeeper ein Glas Meursault-Chardonnay. Der Typ wollte ihr Alter wissen und scannte ihren Ausweis ein. Dann, nachdem er die Bestätigung bekommen hatte, gab er ihn wieder zurück. Der Ausweis ließ sie nie im Stich. Er war gefälscht, aber so spitzenmäßig, dass es noch nie Probleme gegeben hatte. Oliver hatte solche Ausweise für alle in ihrer Clique über irgendwelche dunklen Kanäle besorgt.

Madison hob das Glas an die Nase und sog den Duft ein. Meursault war ihr Lieblingswein – voll und butterzart mit einem Hauch von Honig im Abgang. Das bedeutete zwar noch mal hundert Kalorien weniger, die sie morgen zu sich nehmen durfte, aber sie hatte diese flüssige Unterstützung dringend nötig. Sie ließ den Wein im Glas kreisen und nahm einen Schluck. »Köstlich.« Sie genoss den lieblichen Nachgeschmack, während sie Brett das Glas so hinhielt, dass er ihr in den Ausschnitt sehen konnte. »Mein Lieblingswein. Willst du mal versuchen?«

Er stützte einen Ellbogen auf der Theke ab und kniff sich

in den Nasenrücken. »Nicht wirklich.« Er seufzte und sah sie mit einem fast mitleidigen Ausdruck an. »Madison«, sagte er mit besonderer Betonung ihres Namens. »Falls du von dem Zwischenfall vor zwei Wochen eine Neuauflage versuchst: Ich hab dir doch schon erklärt, dass wir zusammen nicht funktionieren. Während der Sommerferien ist es zwar nicht so offensichtlich, wie ihr, du und deine Clique, mich in der Schule links liegen lasst, aber wenn sich das nicht ändert, dann wird das nie was.«

»Das könnte sich aber ändern«, sagte Madison. »Deine Mutter ist mit Adrian Diamond liiert, sodass du jetzt locker zu meinen Freunden passt. Und wenn ich ihnen sage, dass sie dich akzeptieren sollen, dann tun sie es.«

»Du kapierst es einfach nicht.« Brett sah traurig und zugleich ein wenig frustriert aus. »Ich mag dich, Madison, weil du klug und entschlossen bist, aber ich bin immer noch derjenige, der ich eben bin, und ich möchte mich nicht ändern, nur um zu deinen Freunden zu passen. Ich hab meine eigenen Freunde, mit denen ich viel gemeinsam habe. Wenn du willst, kannst du zur Abwechslung ja mal mit uns abhängen.«

Er hatte sie schon öfter dazu aufgefordert. Und es war jedes Mal verlockend gewesen, doch dann hatten ihre Freunde auf sie eingeredet, dass da eine Party sei, die sie auf keinen Fall verpassen dürfe und zu der sie einfach mitkommen *müsse*. Mit ihrer Clique auszugehen, machte einfach immer Spaß, das konnte sie nicht ausschlagen. Andrerseits wurden die ständigen Partys mit der Zeit etwas monoton. Ob ihr die Bars oder Kneipen, in die Bretts Clique ging, vielleicht auch gefallen würden?

»Ich weiß nicht, Brett«, sagte sie offen. Wenn ihre Freunde herausfanden, dass sie nach der Schule etwas mit den schrägen Typen unternahm, mit denen Brett befreundet war, würden sie ihr garantiert die Hölle heißmachen. Sie würden ihr Interesse an ihm niemals verstehen. Was Madison ja irgendwie nachvollziehen konnte, verstand sie es doch selbst kaum.

»Okay«, sagte er, »dann weiß ich echt nicht, was du noch von mir willst.«

Madison runzelte die Stirn. *Ich will herausfinden, warum ich dich so wenig interessiere,* dachte sie und nahm erneut einen Schluck Wein, um nicht die Fassung zu verlieren. Natürlich durfte Brett nicht merken, wie sehr sie seine Gleichgültigkeit verletzte. »Ich hab mir einen Drink geholt, hab dich hier gesehen und wollte nur Hi sagen. Ist das so schlimm?«

»Hast du Nick schon erzählt, was zwischen uns beiden gelaufen ist?«, fragte Brett, ohne auf ihre Frage einzugehen.

Bei der Erwähnung ihres Exfreundes zuckte Madison zusammen. »Nein«, erwiderte sie. Sie wollte nicht daran erinnert werden, wie sie mit Nick am Tag nach der Knutscherei mit Brett Schluss gemacht hatte. Nick hatte es zwar nicht direkt ausgesprochen, aber sie wusste, dass er ihr die Begründung nicht abnahm, ihre Gefühle für ihn hätten einfach nachgelassen. Und auch wenn sie die heißen Küsse mit Brett nicht bereute, so schämte sie sich doch, Nick hintergangen zu haben. Er war ein echt netter Typ. Und hatte eine Bessere verdient als sie. Eine, die ihn mehr liebte, als sie es jemals getan hatte – oder jemals tun würde.

»Dann solltest du es auch dabei belassen.« Brett nahm

wieder einen Schluck Bier. »Ich will nämlich nicht derjenige sein, der eure Beziehung kaputt gemacht hat.«

»Und ich will das, was zwischen uns war, nicht ungeschehen machen«, sagte sie so ruhig wie möglich, um sich ihren Frust nicht anmerken zu lassen. Sie umklammerte ihr Weinglas fester, nippte noch einmal daran und bemühte sich, nicht zu scharf zu klingen. »Aber abgesehen davon – als du mich geküsst hast, hast du doch auch nicht gefunden, dass ›wir zusammen nicht funktionieren‹.«

»Hör mal, Madison, es tut mir echt leid, wenn ich dir was vorgemacht habe«, sagte Brett. »Aber wie ich dir ja schon mal gesagt hab, war ich an dem Abend betrunken. Ich konnte nicht mehr klar denken. Und es ist nun mal so, dass uns einfach nichts verbindet und wir uns in völlig unterschiedlichen Cliquen bewegen. Wir beide – das würde einfach nicht hinhauen.«

»Und ich habe dir ja schon mal gesagt, dass das überhaupt kein Problem ist«, widersprach Madison. »Wenn ich mich für dich starkmache, dann bist du in unserer Clique absolut willkommen.« Sie schlug die Beine übereinander und lächelte ihn hoffnungsvoll an. Denn wenn das wirklich Bretts größtes Problem war, warum es zwischen ihnen nicht klappen konnte, dann war das echt leicht zu lösen. Genauso leicht, wie es für ihn wäre, sie und ihre Freunde heute Abend nach David Guettas Auftritt zum Abhängen zu sich in sein Apartment einzuladen.

Brett warf einen Blick auf die Nische, in der Madison mit Damien und ihren anderen Freunden gesessen hatte. »Ich weiß, dass du mit der Gruppe da drüben befreundet bist, aber ich habe meine eigenen Freunde und bin lieber mit denen zusammen.«

»Du meinst die Typen von der Staatlichen?«, fragte Madison. Er hatte doch wirklich mehr drauf als diese Loser.

»Yep«, sagte Brett. »Nette Leute, die mich so mögen, wie ich bin, und nicht, weil meine Mutter mit Adrian Diamond zusammen ist. Was zerbrichst du dir überhaupt den Kopf? Jeder Junge der Goodman ist doch hinter dir her. Und bis zum Sommer hast du nicht mal gewusst, dass es mich gibt.«

»Ich hab dir bereits letztes Schuljahr Nachhilfe in Bio gegeben«, widersprach Madison. »Ich wusste sehr wohl, dass es dich gibt. Und hab immer gedacht, dass wir gut miteinander auskommen.«

»Das war ja auch so«, gab Brett zu. »Aber nur in den Tutorenstunden. Sobald deine Freunde in der Nähe waren, hast du so getan, als ob du mich nicht kennst.«

»Gar nicht wahr«, sagte Madison, auch wenn sie wusste, dass er recht hatte. Sie erinnerte sich daran, wie Brett sie im Schulkorridor gegrüßt hatte und Larissa daraufhin wissen wollte, woher sie denn diesen Loser kannte, der mit den Schülern von der Staatlichen abhing. Und Madison hatte gelacht und erklärt, dass sie ihm Nachhilfe gab und dass es schon komisch sei, dass er deswegen gleich einen auf Kumpel machen würde. Doch dann hatte sie sich geschämt und schnell das Thema gewechselt.

»Es *ist* wahr«, beharrte Brett. »Aber davon mal abgesehen – ich bin an einer anderen interessiert.«

Er hatte die Wahl zwischen ihr und einer anderen – und entschied sich für die andere? Das war unfassbar. Seit sie im

Sommer vor der achten Klasse rund zehn Kilo abgenommen hatte, war ihr das nicht mehr passiert. Tränen traten ihr in die Augen, doch sie schluckte sie tapfer runter. Es war jetzt besser, zu gehen, aufzustehen und zu ihren Freunden zurückzukehren. Damien würde sich freuen.

Und wenn Brett sie zusammen mit Damien sah, würde ihn das vielleicht eifersüchtig machen …

Sie scheuchte den Gedanken fort. Mit Damien zu flirten, machte Spaß, aber er war einer ihrer besten Kumpel, und es wäre unfair, ihn so zu verletzen, wie Brett sie verletzt hatte. Und wer konnte schon voraussagen, ob Damien sie nicht bald ebenso satthaben würde wie jedes Mädchen, mit dem er ging? Vielleicht war der einzige Grund seines dauerhaften Interesses an ihr der, dass sie ihm nicht nachlief wie alle anderen.

Gerade als Madison aufstehen und sich von Brett verabschieden wollte, sah sie Adrian Diamond mit seinen drei Töchtern in den Club kommen. Die Mädchen waren ja wohl die absoluten Landeier. Die Kleine trug ein Aqua-Kleid, das wie aus einem billigen Halloween-Laden aussah, die große Blonde in ihrem dämlichen pinkfarbenen Sommerkleidchen sah aus, als würde sie in Kansas in die Kirche gehen, und die mit den schrägen blauen Strähnen im Haar hätte in ihrem kurzen schwarzen Rock – eindeutig Kunstleder – auch direkt aus einer Wohnwagensiedlung kommen können. Die schwarzen kniehohen Stiefel und der übertriebene Lidstrich machten alles noch schlimmer.

Sie passten einfach nicht hierher. Nicht in einer Million Jahren.

»Adrian Diamonds Töchter«, sagte Madison angewidert. »Hast du die schon kennengelernt?«

»Yep«, antwortete Brett, ohne sie anzusehen. Stattdessen heftete er seinen Blick auf das Diamond-Mädchen mit dem welligen blonden Haar – die Große in dem albernen pinken Sommerfetzen. Und was noch schlimmer war – in Bretts Blick lag eindeutig etwas Sehnsüchtiges. Eine heiße Welle der Eifersucht stieg in ihr auf. Was natürlich absolut lächerlich war, denn die dürre Bohnenstange konnte Madison in keinster Weise das Wasser reichen. Trotzdem war Brett wohl tatsächlich verknallt in seine … ja, was eigentlich? Wie lautete der korrekte Ausdruck für die Tochter des Freundes der eigenen Mutter?

Wie auch immer, der Blick, mit dem er sie ansah, gehörte verboten.

»Die sehen eindeutig nicht so aus, als ob sie aus der Gegend wären.« Madison stützte einen Ellbogen auf die Theke und umklammerte das Weinglas vor sich.

Brett stellte seine Bierflasche so unsanft ab, dass Madison zusammenzuckte. »Ich geh und sag mal Hallo«, sagte er. »Viel Spaß noch heute Abend.«

Noch ehe Madison antworten konnte, war er aufgestanden. Was hatte sie denn nur verbrochen, dass er sie so abservierte? Okay, sie hätte in der Schule netter zu ihm sein können, aber bei der Nachhilfe kamen sie doch immer gut miteinander aus. Und vor zwei Wochen, als er sie geküsst hatte, war doch so richtig klar geworden, dass er sie genauso begehrte wie sie ihn. Aber jetzt ließ er sie einfach so an der Bar sitzen. Das war doch alles nicht normal.

Ihre Augen füllten sich erneut mit Tränen und sie starrte in ihr Glas. Sie würde sich auf keinen Fall umdrehen und zusehen, wie Brett die Mädchen begrüßte. Das wäre einfach zu schmerzlich. Stattdessen würgte sie ihre Tränen hinunter, nahm noch einen Schluck Wein und ließ ihn genüsslich die Kehle hinabgleiten. Sie schloss die Augen und stellte sich vor, wie er die Eifersucht und die Wut fortspülte, die sie verspürte. Sie zwang sich, regelmäßig zu atmen wie in ihrem Yogakurs. Positive Energie einatmen, negative ausatmen.

Fast eine Minute verging, bis sie wieder ganz bei sich war. Und sie musste jetzt aufhören, die Beleidigte zu spielen. Brett hatte ihr klar zu verstehen gegeben, dass er nicht interessiert war. Das tat weh, aber das war noch lange kein Grund, ein Bild des Jammers abzugeben.

Sie straffte die Schultern, stand auf und strich ihr Kleid glatt. Es war voll geworden im Club, während sie mit Brett geredet hatte. Bunte Spotlights schossen im Takt mit der wummernden Musik durch den Raum und künstlicher Nebel ergoss sich über die Tanzfläche. Madison sah sich prüfend um. Ein schneller Check, wer wo saß. Doch dann spannte sich jeder Muskel ihres Körpers an, als sie die Person erblickte, die sie gehofft hatte, *nicht* zu sehen.

Ein paar Nischen entfernt von ihrer eigenen saß – Nick Gordon. Seine blonden Locken schimmerten im zuckenden Licht, und er lachte über etwas, was irgendwer gesagt hatte. Er hatte dieses typische sympathische Grinsen im Gesicht, das ihr seit März, mit Beginn ihrer Beziehung, so vertraut geworden war. An seinem Tisch saßen lauter Footballspieler, Volleyballmädchen und Cheerleader der Goodman-High.

Mit den meisten der Cheerleader hielt es Madison in der Regel nicht länger als fünf Minuten aus – sie wirkten dermaßen bemüht mit ihren gebleichten Haaren und ihrer Sonnenstudiobräune. Von den Footballspielern kannte sie fast alle, denn Nick war der Quarterback des Teams, und in den drei Monaten ihrer Beziehung hatte er sie natürlich zu der einen oder anderen lahmen Provinzparty seiner Freunde mitgeschleppt. Okay, so schlecht waren die auch wieder nicht gewesen – nicht zusammen mit Nick –, aber das war einfach eine andere Welt. Was teilweise auch der Grund dafür war, warum es zwischen ihnen nicht geklappt hatte.

Trotzdem gab es ein paar Events auf dem Strip, die er – oder jeder, der was auf sich hielt – auf keinen Fall verpassen durfte, und David Guetta, der zum ersten Mal im *Myst* auflegte, gehörte definitiv dazu.

Sie musste ihm aus dem Weg gehen. Sie mochte ihn zwar immer noch, aber jedes Mal, wenn sie miteinander geredet hatten, seitdem Schluss war, hatte er so gequält ausgesehen, dass sie am liebsten im Boden versunken wäre.

Apropos im Boden versinken, das war vielleicht gar keine schlechte Idee. Nicht im wörtlichen Sinn natürlich, aber sie konnte sich durchaus für eine Weile in eine Etage tiefer verziehen. Und sie wusste auch schon, mit wem.

Zu Madisons Glück war der Tisch, an dem ihre Freunde saßen, in der Nähe der Bar, deshalb musste sie auf dem Weg dorthin nicht an Nick und seinen Freunden vorbei. Sie trank ihren Wein aus und ging auf die Nische zu. Für einen Augenblick hatte sie gegen einen Anfall von Übelkeit zu kämpfen – Meursault sollte man besser nicht so runterstürzen –, doch schon kurz darauf prickelte ihr Kopf wohlig, und sie strich sich ihr Haar vor die Schultern, was – wie sie wusste – sehr sexy aussah, und lächelte den Jungs, die sie beobachteten, aufreizend zu.

Damien und Oliver starrten ihr entgegen. Als sie ankam, musste sie sich auf der Lehne der Bank abstützen, um nicht zu wanken, doch sie versuchte, es kokett aussehen zu lassen und nicht zu verraten, wie beschwipst sie eigentlich war.

Damien kam sofort aus der Nische und bat sie mit einer Geste herein. »Schön, dass du wieder da bist«, sagte er. »Mit wem hast du denn da geredet?«

»Mit so einem Loser aus der Schule.« Madison verdrehte die Augen. »Er war allein an der Bar und hat ein Gespräch mit mir angefangen.« Damien durfte auf gar keinen Fall mitbekommen, wie schroff sie zurückgewiesen worden war. Es war auch ohne Mitwisser schon erniedrigend genug. »Hab ein bisschen gebraucht, um mich loszueisen.«

»Wie nett von dir, dich auf ihn einzulassen«, sagte Damien mit vor Sarkasmus triefender Stimme.

»Und was habt ihr gemacht?«, fragte sie.

»Wir haben eine Wette abgeschlossen.« Oliver rieb sich grinsend die Hände. »Wenn die Sommerferien vorbei sind, schuldet mir Damien einen Riesen.«

»Echt?« Madison sah Damien mit hochgezogener Augenbraue an. »Wie das?«

»Oliver wettet, dass er alle drei Diamond-Schwestern noch vor Ende der Sommerferien mühelos ins Bett bekommt«, erklärte Damien. »Und ich hab dagegen gewettet. Vor allem weil die jüngste ja schon auf mich steht.«

»Ihr seid ekelhaft.« Madison tat so, als interessiere sie das nicht. Dabei brachte allein schon die Erwähnung dieser Mädchen ihr Blut zum Kochen. Jetzt war ein schneller Themenwechsel angesagt.

Sie versuchte, möglichst unauffällig über Damiens Schulter zu blicken, um zu sehen, was Nick und seine Freunde gerade machten. Zum Glück schien ihr Ex zu sehr mit seiner Clique beschäftigt zu sein, um sie zu bemerken.

»Komm mit.« Sie griff nach Olivers Hand und zog ihn näher an sich heran. Zuerst schien er überrascht, doch dann verzog er das Gesicht zu einem schiefen Lächeln, und das Grübchen in seiner rechten Wange wurde sichtbar.

»Wo willst du mich denn hinzerren, Madison?«, fragte er, auch wenn es ihm ganz eindeutig nicht unangenehm war. Er ließ seine Hand in ihrer und wartete auf ihre Antwort.

»Einen Stock tiefer.« Sie beugte sich dicht zu ihm und flüsterte verschwörerisch: »Ich will tanzen.«

»Gut, gehen wir tanzen.« Er umfasste ihre Hand fester, glitt aus der Bank und zog sie beim Aufstehen näher an sich. Dann hob er den Arm, sodass sie darunter eine Drehung vollführen konnte. Sie lachte. Sie liebte es, wie sich ihr Kleid dabei um sie herum bauschte. Er legte ihr den anderen Arm um den Rücken, zog sie an sich und presste seine Stirn an ihre.

»Komm«, sagte sie und zog ihn in Richtung Wendeltreppe. Ohne Olivers Hand loszulassen, warf sie einen Blick über die Schulter, um zu sehen, was an dem Tisch los war, den sie gerade verlassen hatten.

Damien hatte sich auf ihren Platz in der Nische gesetzt.

Er sprach mit Larissa, schenkte sich noch einen Drink ein – und blickte Madison hinterher. Stumm hob er sein Glas und prostete ihr zu. Sie hätte schwören können, einen Anflug von Eifersucht in seinem Blick zu entdecken. Doch sie schüttelte den Gedanken ab und musste bei dieser Vorstellung sogar lächeln. Damien und eifersüchtig, weil sie mit Oliver tanzte? Also bitte! Oliver war der Letzte, um den sich Damien Gedanken machen musste.

Auf dem Weg durch die VIP-Lounge grüßten sie ein paar Leute, und sie grüßte zurück, selbst wenn sie die Leute gar nicht kannte. Als sie an Nicks Tisch vorbeikamen, packte sie Olivers Hand fester und zog ihn wieder näher an sich.

Er lehnte den Kopf an ihren und flüsterte ihr ins Ohr: »Ich schätze, dieser kleine Auftritt ist wegen Nick?«

»Nein.« Sie konzentrierte sich weiter ganz auf Oliver. »Einfach nur zum Spaß.«

Er zog eine Augenbraue hoch. »Du konntest noch nie gut lügen.«

»Stimmt doch gar nicht.« Sie machte eine erstaunte Miene. »Nur *dich* konnte ich noch nie anlügen.«

»Sollte ich das als Kompliment nehmen?«, fragte er belustigt.

Dann machte Madison den Fehler, einen verstohlenen Blick in Nicks Richtung zu werfen. Ihre Blicke trafen sich, und er sah aus, als habe ihm jemand einen Schlag in die Magengrube versetzt. Madison musste sich an Oliver lehnen, um nicht den Halt zu verlieren. Wenn ihr Nick doch bloß nicht in den letzten Frühjahrsferien auf den Pisten von Deer Valley begegnet wäre, dann wäre das alles nicht passiert. Ihn zu daten war von Anfang an eine blöde Idee gewesen, auch wenn sie die Zeit mit ihm genossen hatte. Er war so süß und lieb. Und nach der Woche in Deer Valley waren sie auch das restliche Schuljahr über zusammengeblieben.

Bis Madison abrupt den Schlussstrich gezogen hatte.

Nick hob den Arm, als wolle er ihr zuwinken, aber da wandte sie schnell den Blick ab. »Komm schon«, sagte sie zu Oliver und zog ihn weiter auf die Treppe zu. Unten wollte sie sich einfach von der Musik treiben lassen und den ganzen Mist vergessen, den sie sich irgendwie selbst eingebrockt hatte.

www.campusbuzz.com

Goodman-Highschool › Las Vegas › Nevada

Red Rock Overlook

Gepostet Montag, 04.07., 18:01

Ihr labert alle vom *Myst*, aber wer will da schon am vierten Juli hin? Das *Myst* ist Mist. Die einzigen Leute, die dort Spaß haben, sind total blau.

Wenn ihr mich fragt, dann ist Red Rock Overlook angesagt. Das Feuerwerk toppt alles, was sonst so los ist auf dem Strip: vor der schönsten Naturkulisse zusammen mit richtig entspannten Leuten, und das Beste: Es ist UMSONST! Ich weiß nicht, was *ihr* vorhabt, aber *ich* bin heut Abend dort.

1: Gepostet Montag, 04.07., 18:23

red rock overlook? im ernst? wer zum teufel geht denn DA hin?

können nur loser sein. moment mal, chatten jetzt etwa schon die von der staatlichen in unserem forum?

2: Gepostet Montag, 04.07., 18:47

Wer immer das war, hat entweder einen zu schlecht gefälschten Ausweis, um ins *Myst* reinzukommen, oder steht nicht auf der VIP-Liste. Sonst wüsste derjenige nämlich, wie dämlich das ist, was er da von sich gibt. Jeder, der schon mal im *Myst* war, weiß, dass es alles um Längen schlägt, vor allem aber bei Mörderhitze in den Bergen zu hocken.

3: Gepostet Montag, 04.07., 19:42

ihr seid alle so was von bescheuert. wen interessiert denn der »coolste« ort für ein feuerwerk?

4: Gepostet Montag, 04.07., 19:57

Dich, wie's aussieht, wenn du dich hier einschaltest. Aber jetzt wird's höchste Zeit, sich für heute Abend fertig zu machen. *Myst* oder Red Rocks?

Rein rhetorische Frage. Die, auf die's wirklich ankommt, kennen die Antwort. Wir sehen uns!

9

Savannah

Im *Myst* kam Savannah aus dem Staunen nicht mehr heraus. Sie fühlte sich wie Alice im Wunderland, in einem tropischen Wunderland. Mit einem *Wasserfall* im Inneren. Savannah hatte noch nicht mal einen echten Wasserfall gesehen und dann das hier: Schöner als alles, was die Natur je hervorbringen konnte, davon war sie überzeugt. Von hinten ausgeleuchtet sah er aus wie aus einer anderen Welt. Sie wollte am liebsten ganz nach oben rennen, um von dort aus das Wasser hinunter in die Lagune stürzen zu sehen. Doch Adrian führte sie und ihre Schwestern direkt durch den VIP-Eingang im zweiten Stock in den Club, und sie wollte ihn nicht in Verlegenheit bringen, indem sie sich benahm wie eine Zehnjährige in einem Süßwarenladen.

Schließlich war sie ja jetzt eine Hotelerbin. Die Leute hier waren einen Anblick wie diesen gewöhnt und sie wollte genauso cool wirken wie alle anderen. Nicht viele Menschen hatten die Chance, ein neues Leben anzufangen, und Savannah wollte die Chance nutzen, um sich neu zu erfinden.

Ab sofort war sie nicht mehr Savannah Diamond, das Landei, das im Schatten der hübscheren und witzigeren besten Freundin stand, das Mädchen, das mit dem Style der anderen aus dem Volleyballteam nicht mithalten konnte. Jetzt war sie Savannah Diamond, Tochter eines der reichsten Hotelbesitzer der Welt. Sie konnte mehr sein als das naive Mädchen mit den fantastischen Träumen. Sie konnte mehr sein als Evies Schatten. Sie konnte die teuren Taschen und Schuhe kaufen, mit denen die coolen Mädchen der Schule rumliefen. Sie würde nicht mehr die Außenseiterin sein, sondern endlich dazugehören – vor allem mit neuen Klamotten, Strähnchen und Extensions. Sie spürte fast schon, wie ihr das neue Haar über den Rücken wallte. Vielleicht konnte sie sogar den peinlichen Vorfall in der achten Klasse vergessen, als sie bei der Talentshow in der Schule vorgesungen und plötzlich den Text nicht mehr gewusst hatte. Alle hatten sich über sie lustig gemacht. Dabei hatte sie einen Monat lang jeden Tag geübt, doch als sie dann auf der Bühne stand und ins Publikum blickte und sah, wie sie alle anstarrten, war *alles* weg gewesen.

Seither mied sie jegliches Publikum.

Die *neue* Savannah Diamond brauchte natürlich auch einen heißen Boyfriend an ihrer Seite. Einen wie Damien Sanders. Ihr Puls raste, wenn sie nur daran dachte, wie er in der Tür zu ihrem Apartment gestanden hatte mit seinen dunkelbraunen Augen, den zerzausten Haaren und diesem umwerfenden Lächeln.

Er hatte gesagt, dass er im *Myst* sein würde. Jetzt musste sie ihn nur noch finden.

Auf der Tanzfläche wimmelte es von Leuten im Alter ihrer Eltern, also sah sie sich am Rand des Clubs um. Die Sitznische in ihrer Nähe sah schon eher nach Highschool-Leuten aus, Marke Footballjungs und Cheerleader. Ein Muskelpaket verteilte Drinks und alle klatschten begeistert – außer einem blonden Typ mit Locken, der aussah, als würde er gleich losheulen. Er tat Savannah richtig leid; wie ein ausgesetztes Hündchen starrte er vor sich hin.

Aber das war nicht ihr Problem. Sie wollte unbedingt Damien finden. Allerdings konnte sie nur hoffen, dass Courtney sich nicht als ihre Babysitterin aufspielen würde. Ihre Schwestern mochten Damien nicht, das war Savannah schon aufgefallen, aber sie konnten ihr wirklich etwas mehr zutrauen. Savannah war absolut in der Lage, auf sich selbst aufzupassen.

Ehe Savannah sich weiter umsehen konnte, gesellte sich Brett zu ihnen. Nach der kurzen Unterhaltung beim Abendessen mochte sie Brett. Er war zwar kein großer Redner, aber er war trotzdem irgendwie süß, und sie hatte sich schon immer einen Bruder gewünscht. Einen gut aussehenden natürlich, der ebenso gut aussehende Freunde hatte, die er ihr vorstellen konnte. Das war doch der Zweck von großen Brüdern, oder? Peyton wäre es nicht im Traum eingefallen, Savannah mit den Jungs bekannt zu machen, die sie kannte (wobei Savannah auf Peytons schräge Typen auch gut verzichten konnte), und Courtney war so mit Schule und Jobben beschäftigt, dass sie gar nicht erst mit Jungs ausging.

Da kam ihr eine Idee – vielleicht war Brett ja mit Damien befreundet. Vielleicht war Damien sogar sein *bester* Freund, sodass sie ihn häufig sehen würde. Das wäre einfach genial. Und absolut möglich, schließlich war in letzter Zeit so ziemlich alles genial für sie gelaufen.

Adrian deutete auf einen der Tische und verkündete, er würde sich zu Rebecca und einigen Freunden setzen, dann überließ er sie ihrem zukünftigen Stiefbruder.

»Hi, Brett«, begrüßte ihn Savannah extra freundlich. »Wie läuft's denn so auf der Party?«

»Passt schon.« Brett steckte die Hände in seine Gesäßtaschen und zuckte die Schultern, als handelte es sich um eine langweilige Unterrichtsstunde und nicht um den coolsten Club, den Savannah je gesehen hatte. Okay, den *einzigen* Club. Doch selbst wenn sie schon mal in einem Club gewesen wäre – darauf hätte sie wetten können –, das *Myst* würde ihn toppen. »Um ehrlich zu sein, ist das hier nicht so mein Fall.«

»Oh, aha.« Savannah fummelte am Saum ihres Kleides herum. Allmählich kamen ihr Zweifel, dass sie über ihn Unmengen von Leuten kennenlernen würde. Aber sie gab noch nicht auf. »Adrian hat gesagt, dass du uns mit ein paar aus der Goodman bekannt machen könntest?«

»Also, da drüben sitzen die Sportfreaks.« Brett deutete auf die Gruppe, die Savannah bereits beim Eintreten bemerkt hatte – die Football-Clique und der Typ mit dem traurigen Welpenblick. »Zwei Nischen weiter sitzen die Überkandidelten, Superengagierten, die unbedingt in den Schulausschuss gewählt werden wollen. Und dann, noch etwas weiter, haben wir die Leute, die in Geld schwimmen und sich für die Größten auf Erden halten.« Er schüttelte missbilligend den Kopf, als er zu ihnen hinübersah. »Ich weiß, dass euer Vater gesagt hat, dass ich euch mit einigen von der Goodman bekannt machen könnte, aber meine richtigen Freunde gehen auf eine staatliche Schule und feiern heute Abend woanders.«

Savannahs Hoffnung auf einen coolen, witzigen Stiefbruder, der mit allen möglichen heißen Typen befreundet war, schwand immer mehr. Es sah ganz danach aus, als würde sie Damien allein finden müssen.

»Ich hol mir was zu trinken«, beschloss sie. »Bin gleich wieder da.«

Es sei denn, sie stieß auf Damien.

»Ich komm mit«, bot sich Peyton an. »Ein Drink klingt gut.«

Savannah war davon wenig begeistert, aber immerhin blieb Courtney bei Brett. Peytons Kunstledermini sah allerdings geradezu peinlich billig aus, verglichen mit dem, was die anderen trugen. Wenn ihre älteste Schwester doch wenigstens in Sachen Mode auf sie hören würde! Na ja, vielleicht änderte sich das ja, wenn Peyton raffte, was man so in Las Vegas trug. Doch das konnte Savannah selbst nicht so richtig glauben. Peyton hörte nie auf irgendjemanden, schon gar nicht auf sie.

Savannah folgte Peyton zur Bar, während sie das Wummern der Musik in ihrem Körper spürte – ein Remix ihres Lieblingssongs, der ständig im Radio kam. Sie konnte es kaum erwarten, David Guetta später auftreten zu sehen. Sie würde jede Menge Fotos machen und auf Facebook posten. Evie und die anderen aus dem Volleyballteam würden *ausflippen*, wenn sie die sahen. Bis jetzt war so viel los gewesen, seit sie in Vegas eingetroffen war, dass sie Evie noch gar nichts von alldem hier erzählt hatte. Ihre beste Freundin hatte ihr mittags getextet, um zu hören, wie es ihr ging, aber das war einfach zu viel für eine SMS. Savannah hatte versprochen, sie morgen früh anzurufen, und war schon jetzt gespannt, was Evie zu ihren Erzählungen sagen würde.

Die Nebelschwaden, die von der erhöhten Tanzfläche strömten, umhüllten jetzt auch Peyton und Savannah. Es war wie in einem Dschungelparadies. Da entdeckte Savannah das dunkelhaarige Mädchen, das zusammen mit Damien im Fitnessstudio gewesen war, Hand in Hand mit einem braunhaarigen Typen. Wer immer sie auch sein mochte, überlegte Savannah, an heißen Typen mangelte es ihr sicher nicht. Ähnlich wie bei Evie, nur dass diese Typen hier tausendmal heißer waren. Von Jungs wie Damien oder dem an der Hand des Fitnessgirls konnte selbst Evie nur träumen. Umso besser, wenn tatsächlich was zwischen Damien und Savannah laufen würde. Evie würde ja so was von eifersüchtig werden, vor allem wenn sie die Fotos online sah.

Savannah hielt erneut nach Damien in den Sitznischen Ausschau. Die Gruppe der Superengagierten sah wirklich total nach Schulausschuss aus, jetzt, nachdem Brett es erwähnt hatte – die Jungs trugen fast alle karierte Shorts und Lacoste-Polos, die Mädchen gemusterte Kleider, die nur von Lilly Pulitzer stammen konnten. Die typische Streber- und *Ich-bin-bei-jeder-AG-dabei*-Clique. Genau das Richtige für Courtney, gesetzt den Fall, sie zog sich mal was anderes an als ihre üblichen Jeans, T-Shirts und Flipflops. Vielleicht verhalf der Umzug nach Vegas Courtney ja zu etwas mehr Spaß am Leben. Und vielleicht würde sie ja sogar mal eine Lücke in ihrem vollgepackten Terminplan finden, um einen Jungen zu daten.

So was Verrücktes sollte es ja durchaus geben.

Und dann entdeckte Savannah ihn, unter den Leuten,

die – laut Brett – »in Geld schwimmen und sich für die Größten auf Erden halten«. Savannah blieb unvermittelt stehen. Damien war in ein Gespräch mit einem hübschen Mädchen mit kurzen blonden Haaren vertieft, die Köpfe verschwörerisch dicht beieinander, und das Mädchen lachte über etwas, was er sagte. Ihr Selbstvertrauen schwand.

Das sah gar nicht gut aus.

»Arschloch Nummer eins direkt vor uns«, sagte Peyton zu Savannah.

Savannah warf ihrer Schwester einen bösen Blick zu. Peyton hatte wirklich keinen Grund, so gehässig zu sein. Sie hatten nun mal einen unterschiedlichen Geschmack in Bezug auf Jungs und Savannah hatte einen *guten* Geschmack – sie mochte sportliche Typen mit einer netten Clique. Peyton hingegen stand auf Loser, die so viel auf Partys rumhingen, dass sie fast von der Schule flogen. Wenn Peyton Damien also nicht ausstehen konnte, dann war er genau der Richtige für Savannah.

»Ich fand ihn nett«, betonte Savannah. »Wir sollten ihn begrüßen. Er hat doch gesagt, dass er uns treffen will, als wir im Apartment geredet haben.«

»Er hat gesagt, dass er *dich* treffen will«, korrigierte Peyton ihre Schwester. »Und jetzt sieht er her.« Sie verdrehte die Augen und tat so, als würde sie sich plötzlich nur noch für ihren abgeblätterten schwarzen Nagellack interessieren. »Na super.«

Er winkte ihnen zu. Savannah konnte es kaum glauben. Nervös spielte sie mit ihren Fingern und fieberte dem restlichen Abend entgegen.

»Ich verzieh mich an die Bar«, sagte Peyton. »Viel Spaß mit deinem neuen Freund. Aber mach keinen Blödsinn und finde zuerst mal raus, ob er eine Freundin hat.«

»Mach ich«, erwiderte Savannah genervt und eilte auf Damiens Tisch zu, ehe Peyton noch etwas sagen konnte. Okay, was Peyton vor zwei Jahren passiert war, war wirklich schrecklich gewesen, aber das bedeutete doch noch lange nicht, dass jeder Junge ein Vollidiot war – auch wenn Peyton davon überzeugt war.

Damien richtete seine ganze Aufmerksamkeit jetzt auf Savannah. Sie bemühte sich, ihr Tempo zu zügeln und nicht zu rennen. Die neue, weltgewandte Savannah blieb beim Anblick von heißen Jungs ganz gelassen. Und egal, was passierte, sie würde *ruhig bleiben*, wenn sie mit ihm redete. Sie holte tief Luft. Das kriegte sie hin.

»Savannah Diamond«, sagte Damien, als sie vor ihm stand. »Du siehst umwerfend aus.«

»Danke«, sagte sie verlegen und konnte es nicht verhindern, dass sie rot anlief. Noch nie hatte ein Junge sie als »umwerfend« bezeichnet.

»Und, setzt du dich zu uns?« Er rutschte zur Seite, um für sie Platz zu machen. »Leute, das ist Savannah Diamond«, sagte er zu den anderen, die sie beobachteten, während sie sich setzte. »Eine der Töchter von Adrian Diamond. Sie sind heute angekommen.«

Er schenkte ihr ein Glas Sekt ein und stellte ihr jeden vor. Die Blondine, mit der er geredet hatte, hieß Larissa, der Junge in der Mitte Harrison, außerdem merkte sie sich eine Kaitlin, eine Tiffany und einen James, aber eigentlich sahen sie alle gleich aus. Savannah konnte sich Namen sowieso nie merken.

»Seit wann seid ihr hier im Club?« Damien nippte an seinem Drink, einem Cocktail mit O-Saft.

»Erst seit ein paar Minuten«, antwortete sie und bereute es auf der Stelle, denn jetzt würde er denken, dass sie sofort nach ihrem Eintreffen nach ihm Ausschau gehalten hatte.

Was ja auch stimmte, aber das musste er ja nicht wissen.

»Ich bin froh, dass ich dich erwischt hab, bevor mir jemand zuvorkommen konnte.« Er lächelte ihr entspannt zu und jegliche Zweifel verflüchtigten sich. Natürlich wollte er den Abend mit ihr verbringen. Das hatte er ja schon bei seinem Besuch im Apartment deutlich gemacht. Er wartete nicht darauf, dass vielleicht jemand Besseres auftauchte – er hatte auf *sie* gewartet. Ihr Puls raste, und sie spielte an ihren Armreifen herum, bis ihr einfiel, wie nervös das aussah. Also schloss sie beide Hände um ihr Sektglas, um sie ruhig zu halten. Hoffentlich würde sie seine Erwartungen erfüllen.

Aber wie um alles in der Welt sollte Savannah ihm bloß vortäuschen, dass ihr dieses Glamour-Leben völlig geläufig war? Sie kam aus einem ziemlich prolligen Stadtviertel außerhalb von San Francisco. Die Leute hier würden sie bestimmt durchschauen, und das würde noch viel schlimmer werden als diese vermasselte Talentshow in der achten Klasse. Wenn Evie jetzt hier wäre, würde sie in Lachen ausbrechen angesichts Savannahs Versuch, so zu tun, als wäre sie jemand anders.

Als sie Evie vor sich sah, lachend und sich das glänzende rote Haar zurückwerfend, traf sie eine Entscheidung. Für

Damien und seine Freunde *war* sie die Erbin eines unermesslichen Hotelvermögens. Und so würde sie sich auch benehmen.

»Darüber bin ich auch froh«, antwortete sie schließlich.

»Wir sollten eine Runde Kurze kippen, um deinen ersten Abend hier zu feiern«, entschied er und winkte dem Kellner zu. »Acht Eduardo Silver.« Das war keine Frage gewesen – Savannah musste einen Schnaps trinken. Bis jetzt hatte sie nur ein einziges Mal einen Schnaps probiert, zusammen mit Evie aus dem Barschrank ihrer Mom. Er hatte furchtbar geschmeckt und wie verrückt in der Kehle gebrannt, obwohl sie nicht mal die Hälfte getrunken hatte, und das auch nur Evie zuliebe. Außer diesem einen Mal hatte sie harte Getränke immer gemieden, denn genau das war das Zeug, mit dem sich Alkoholiker total kaputt machten. Solange sie nur ein Glas Wein zum Essen trank oder langsam an ihrem Sekt nuckelte, wenn sie mit Freunden unterwegs war, machte sie sich keine Sorgen, in die Fußstapfen ihrer Mutter zu treten und die Kontrolle zu verlieren. Harte Drinks standen jedoch auf einem ganz anderen Blatt.

Aber gegenüber Damien würde Savannah kein Theater machen. Sie würde diesen einen Schnaps eben runterkippen und so tun, als spüre sie das Brennen in der Kehle gar nicht.

»Will hier niemand unsere Ausweise sehen?«, fragte sie, besorgt darüber, was wohl passieren würde, wenn jemand ihr Alter erfuhr.

»Nope«, sagte Damien. »Wir haben hier bereits einen festen Tisch, und beim Einchecken habe ich meinen gefälschten Perso vorgezeigt, sodass sie annehmen, dass wir alle alt genug sind, um Alkohol zu trinken. Oliver wird dir und deinen Schwestern auch solche Ausweise besorgen – ich kümmere mich darum. Aber solange du bei uns sitzt, wird dich keiner fragen.«

Der Kellner stellte acht kleine Gläser vor sie hin, zusammen mit Salzstreuern und einer Schale mit Limetten. Savannah versuchte, nicht daran zu denken, wie sehr sie Schnaps hasste. Ein paar der Mädchen leckten die Stelle zwischen Daumen und Zeigefinger an und streuten Salz darauf. Savannah hatte keinen Schimmer, was das sollte, aber als Larissa ihr das Salz reichte, machte sie es ihnen nach.

»Auf Savannah Diamond!«, sagte Damien und hob sein Schnapsglas hoch. Alle anderen folgten seiner Geste, und auch Savannah hob ihr Glas, um die Runde vollzumachen.

Es kam ihr albern vor, sich selbst zuzuprosten, daher dachte sie stattdessen: *Darauf, dass alles so wird, wie ich es mir mit Damien wünsche.* Die anderen Mädchen leckten das Salz von den Händen und kippten den Schnaps hinterher, also tat Savannah es ihnen gleich und hielt den Atem an, um nicht schon vom Geruch überwältigt zu werden. Zum Glück gelang es ihr, alles auf einmal runterzuwürgen. Der Schnaps brannte wie damals mit Evie, allerdings kam es ihr diesmal nicht mehr ganz so schlimm vor. Nach dem Schnaps nahmen sich alle eine Scheibe Limette und lutschten sie aus, und Savannah hoffte inständig, dass niemand merkte, dass sie noch nie zuvor an diesem Tequila-Ritual teilgenommen hatte.

Sie stellte ihr leeres Glas neben das von Damien. »Nicht schlecht«, sagte sie. »Danke.«

»Nichts zu danken.« Er grinste. »Auf einen Tequila hab

ich immer Lust. Aber zurück zu dir – wie gefällt dir dein erster Abend in Sin City?«

»Es ist einfach wundervoll«, schwärmte sie. Die Wärme des Alkohols, die sich in ihr ausbreitete, entspannte sie. »Das *Myst* ist echt der Hammer. Ich hatte keine Ahnung, dass es so … groß ist.«

»Dabei ist das hier ja nur ein kleiner Teil«, sagte er. »Wie sieht's aus, sollen wir eine Tour machen? Ich führ dich rum.«

Savannah zog scharf die Luft ein und lächelte ihn an. Die Tequila-Götter hatten ihren heimlichen Trinkspruch erhört und ihren Wunsch erfüllt. »Klingt toll.«

»Ich zeig Savannah mal den Club«, sagte Damien zu den anderen am Tisch. »Wir sehen uns später.«

Savannah ließ alle wissen, dass sie sich gefreut habe, sie kennenzulernen, und stand zusammen mit Damien auf. »Wohin als Erstes?«, fragte sie.

»Wir fangen im Erdgeschoss an.« Er legte einen Arm um ihre Taille und führte sie um die Tanzfläche herum. Sie spürte seine warme Haut an ihrem Rücken. »Der Wasserfall stürzt in eine Lagune, in der man schwimmen kann. Macht irre Spaß.«

»Hier im Club kann man schwimmen?«, fragte Savannah ungläubig.

»Du wirst es gleich sehen.« Er nahm ihre Hand und führte sie zu einer schmiedeeisernen Treppe, die sich nach unten wand. Bei seiner Berührung schlug ihr Herz Saltos, und sie war froh, dass die schummrige Beleuchtung die Röte verbarg, die – das fühlte sie genau – ihre Wangen überzog.

»Ich hab gar keinen Badeanzug dabei«, sagte sie und versuchte, sich nicht anmerken zu lassen, dass sie innerlich fieberte, *weil er ihre Hand hielt.* »Ich hatte ja keine Ahnung, dass man hier schwimmen kann.«

»Kein Problem«, sagte er. »Unten gibt's eine Boutique, in der man welche kaufen kann, und Umkleideräume zum Umziehen. Das kannst du einfach auf euer Apartment buchen lassen.«

Als sie das Erdgeschoss betraten, traute Savannah ihren Augen kaum. Die Lagune war so groß wie ein Basketballfeld, und wo der Wasserfall herabstürzte, stieg Gischt auf. Um den Pool herum waren weiße Kabinen mit romantisch drapierten Vorhängen platziert. Die Leute machten es sich auf den gepolsterten Liegen bequem, hatten bunte Cocktails in der Hand und unterhielten sich angeregt.

»Wie findest du's?«, flüsterte ihr Damien ins Ohr und zog sie enger an sich.

»Unglaublich«, erwiderte sie, während sie beobachtete, wie eine Gruppe von Menschen ausgelassen im Pool tanzte. Das sah nach jeder Menge Spaß aus. »Ich hatte ja keine Ahnung, dass es so was überhaupt gibt.«

»Dann bleiben wir doch einfach hier und machen mit.« Er deutete auf die Boutique und die Umkleidekabinen. »Zieh dich um und wir treffen uns genau hier wieder, okay?«

»Okay«, hauchte sie und betrat so lässig wie möglich den Laden. Doch sobald sie außer Sicht war, stieß sie die Faust in die Luft, drehte eine kleine triumphierende Pirouette und lächelte ihrem Spiegelbild zu. Der Abend hatte gerade erst angefangen und war schon besser, als sie je zu träumen gewagt hätte.

* * *

Savannah schloss die Kabine ab, in der sie ihr Kleid abgelegt hatte. Ihr neuer Bikini war weiß mit einem blauen Stickmuster und brachte ihren flachen Bauch wunderbar zur Geltung. Okay, etwas mehr Oberweite hätte nicht geschadet, aber immerhin war sie nicht total platt. Hoffentlich hielt ihr Make-up. Wenn sie gewusst hätte, dass sie schwimmen gehen würde, hätte sie natürlich wasserfeste Mascara genommen.

Als sie Damien in seiner Badehose erblickte, brauchte sie eine Sekunde, um zu begreifen, dass er auf sie und nicht auf irgendein anderes Mädchen wartete. Sein Körper war so perfekt, wie sie es sich vorgestellt hatte, muskulös und gebräunt, und die blauen Strahlen der flackernden Spotlights ließen seine dunklen Augen blitzen. Ein paar Mädchen musterten ihn auf dem Weg in die Umkleidekabinen, aber er merkte es gar nicht. Er hatte nur Augen für sie.

»Und ich dachte, noch umwerfender als vorhin könntest du gar nicht aussehen.« Er nahm ihre Hände in seine, hielt sie auf Armeslänge von sich und ließ den Blick über jeden Zentimeter ihres Körpers gleiten.

Savannah trat verlegen von einem Fuß auf den anderen. Sie war zwar schon öfters von Jungs angebaggert worden, aber die waren immer in ihrem Alter gewesen und so dürr und ungelenk, dass sie ihretwegen bestimmt nie nervös geworden wäre. Verglichen mit Damien hatten sie wie Kinder ausgesehen. Er dagegen sah aus wie ein griechischer Gott.

»Mit Komplimenten kannst du wohl nicht so recht was anfangen, oder?«, fragte Damien.

»Kann ich schon«, widersprach sie. »Nur nicht …« Nur nicht, wenn sie von Jungs wie dir kommen, wollte sie schon sagen. Aber das ging natürlich gar nicht. »Nur kommt das eben nicht so oft vor.«

»Besser, du gewöhnst dich daran, denn wenn du weiter so rumläufst, wirst du noch ziemlich viel davon zu hören bekommen.« Er drückte ihre Hände und zog sie näher zu sich heran. »Also, bereit zum Schwimmen?«

Savannah warf einen Blick auf die Leute im Pool. Fast alle tanzten in der Mitte des Beckens. Die Scheinwerfer am Beckenboden strahlten sie geradezu überirdisch an. Dann bemerkte sie eine Gruppe, die sich um etwas scharte, das aussah wie …

»Ist das da mitten im Pool etwa eine Bar?«, fragte sie.

Wieder drückte Damien leicht ihre Hände. »Ja«, sagte er. »Noch nie eine Swim-up-Bar gesehen?«

Savannah schüttelte den Kopf und beobachtete, wie der Barkeeper einem Mädchen einen Drink servierte. Eigentlich wie an einer ganz normalen Bar, nur dass das Mädchen auf einem Hocker im Wasser saß. »So was gibt's in Fairfield nicht.«

Im nächsten Moment hätte sie sich am liebsten eine Ohrfeige verpasst. Hatte sie das tatsächlich laut gesagt? Sollte das etwa die neue weltgewandte Savannah sein? Aber der Tequila wärmte sie immer noch, und Damien hielt ihre Hände fest in seinen, und plötzlich hatte sie das Gefühl, gar nicht mehr vortäuschen zu müssen, jemand zu sein, der sie gar nicht war.

Der sie noch nicht war, korrigierte sie sich. Wenn sie sich erst mal an das Leben in Vegas gewöhnt hatte, würden Fairfield und die Savannah von dort endgültig Vergangenheit sein. Und Vergangenheit bleiben.

»Also, was hältst du davon, die Swim-up-Bar zu erkunden?«, fragte Damien, als sie den Beckenrand erreichten.

Sie saugte den Chlorgeruch ein und streckte die Zehen ins Wasser, um die Temperatur zu testen. »Schön warm«, stellte sie fest und tauchte den ganzen Fuß unter Wasser. »Wie ein herrliches Bad.«

»Natürlich«, sagte Damien und ließ sich ins Wasser gleiten. »Wir sind hier schließlich im *Diamond Hotel,* das seine Gäste bei Laune halten will, und die wollen bestimmt nicht gerne in kaltem Wasser schwimmen.«

»Obwohl die meisten viel zu betrunken aussehen, um das überhaupt zu merken.« Savannah folgte Damien in den Pool. Das Wasser reichte ihr bis zu den Hüften und umhüllte ihre Haut wie eine Decke. Sie löste die Arme, die sie um ihren Bauch geschlungen hatte, und ließ die Finger durch die warme Oberfläche gleiten. Das Wasser im Schwimmbad von Fairfield war immer kalt gewesen, sonst wäre sie mit Sicherheit viel öfter schwimmen gegangen.

»Zur Swim-up-Bar?«, fragte Damien und streckte ihr eine Hand hin. Savannah dachte kurz an Courtneys Worte über ihn: dass sie aufpassen solle, weil sie irgendwas an ihm misstrauisch mache. Pff, ihre Schwester und ihre Gefühle. Diesmal hätte sie gar nicht falscher liegen können. Damien war von Anfang an einfach nur nett und offen gewesen.

Er legte den anderen Arm um sie, um zu verhindern, dass sie ausrutschte, und führte sie zu zwei freien Hockern an der

Bar. Sie nahm Platz und beobachtete, wie sich Damien neben sie setzte. Das Wasser schwappte bis zu ihrem Bauchnabel.

Sein Knie berührte seitlich ihr Bein und Savannahs Herz schlug schneller. »Noch 'ne Runde Tequila oder ein Glas Sekt?«, fragte er. »Oder was du sonst willst – hier gibt es mit Sicherheit alles.«

»Einfach nur eine Cherry-Coke«, sagte Savannah, weil sich ihr Kopf vom Sekt und von dem Tequila schon benommen genug anfühlte. Und sie wollte nicht betrunken werden. Sie hatte miterlebt, wie ihre Mutter außer Kontrolle geriet, wenn sie zu viel gehabt hatte. Etwas, das ihr nie passieren würde.

Damien ließ die Drinks auf sein Zimmer schreiben – die Cherry-Coke für Savannah, einen Wodka Soda für sich selbst – und hob sein Glas. »Jetzt bist du dran mit einem Trinkspruch«, sagte er neckend und sah sie erwartungsvoll an.

»Auf … einen Neuanfang«, sagte sie entschlossen und stieß mit Damien an.

»Auf einen Neuanfang.« Er hob das Glas an die Lippen und nahm einen Schluck. »Erzähl doch mal …«, begann er. »Wie war die Stadt, in der du aufgewachsen bist?«

»Ich dachte, wir haben auf einen Neuanfang angestoßen?«

»Haben wir auch«, bestätigte er. »Aber ich möchte dich gern näher kennenlernen. Wenn du allerdings nicht darüber reden willst, ist das auch okay.«

»Nein, nein, das ist schon in Ordnung.« Savannah rückte etwas näher an Damien heran und sein Knie presste sich noch stärker an ihr Bein. Ein warmes Gefühl durchzuckte sie und machte es schwer, klar zu denken. Er berührte sie schon fast die ganze Zeit, seit sie im Club auf ihn gestoßen war. »Fairfield ist einfach nichts Besonderes. Eine Kleinstadt in Kalifornien – da ist nichts los. Zumindest nicht so wie hier.« Sie sah sich im Club um. »Die aufregendsten Discos gab's in der Schule. Ich fand sie immer ganz lustig, aber verglichen mit dem hier waren sie ziemlich lahm.«

Sie brach ab, als sie merkte, dass das total uncool klang. *Schuldiscos?* Wie dämlich. Unglaublich, dass Damien sich überhaupt noch mit ihr abgab – er musste sie für eine totale Loserin halten. Flirtete er etwa nur mit ihr, um sich später bei seinen Freunden über sie lustig zu machen? Ein paar der Volleyballmädels hatten hinter ihrem Rücken über sie gelacht, weil sie sich allzu sehr um ihre Freundschaft bemüht hatte, und das sollte sich auf keinen Fall bei Damien und seinen Freunden wiederholen. Wie peinlich wäre das denn!

»Warum habt ihr so lange mit der Entscheidung gewartet, hierherzuziehen?«, fragte er und schien an ihrer Antwort *echt* interessiert. Vielleicht redete er doch nicht nur mit ihr, um sich darüber lustig machen zu können.

Angesichts dieser Frage musste Savannah unwillkürlich lachen.

Er blickte verwirrt drein. »Was ist daran so komisch?«

»Es war nicht direkt unsere ›Entscheidung‹, herzuziehen«, begann sie. Am liebsten hätte sie ihm die Wahrheit erzählt, aber dass ihre Mutter auf Entzug in einer Rehaklinik war, wollte sie dann doch nicht preisgeben. Keine ihrer Freundinnen – mit Ausnahme von Evie – wusste von den Alkoholproblemen ihrer Mom. Und sie wollte nicht, dass Damien Mitleid mit ihr hatte oder, noch schlimmer, dass er deshalb womöglich schlecht von ihr dachte. »Meine Mutter hatte ... ein paar Probleme, deshalb konnten meine Schwestern und ich nicht bei ihr bleiben«, sagte sie. »Bis heute Morgen haben wir nicht mal gewusst, dass wir *hierher*kommen würden. Weißt du, unser Vater hatte eine Weile überhaupt keinen Kontakt zu uns. Bis heute Nachmittag, um genau zu sein.«

»Und mit ›eine Weile‹ meinst du ...?«

»Der Kontakt brach noch vor meiner Geburt ab.« Sie zuckte die Schultern und versuchte, unbekümmert zu klingen, aber es war unmöglich, die Traurigkeit in ihrer Stimme zu verbergen. »Mit ›einer Weile‹ meine ich also eher ›nie‹. Vielleicht hat er mit unserer Mutter in Kontakt gestanden, aber davon hat sie uns nie was gesagt. Sie wollte auf keinen Fall Geld von ihm. Außerdem hat er gesagt, dass es hier gefährlich für uns werden könnte, eben weil wir seine Töchter sind.«

Damien nickte. »Dann muss aber irgendwas ziemlich Unangenehmes passiert sein, dass er das Gefühl hatte, es sei sicherer für euch, nicht mit ihm in Verbindung gebracht zu werden.«

»Exakt.« Genauer wollte sie sich dazu aber nicht äußern. Das, was Adrian ihr und ihren Schwestern erzählt hatte, kam ihr dann doch zu persönlich vor. »Und was ist mit dir?«, fragte sie stattdessen, um von sich und ihrem kaputten Familienleben abzulenken.

»Was soll mit mir sein?«

»Du hast gesagt, du bist siebzehn«, sagte Savannah. »Du kommst also nächstes Jahr in die Zwölfte?«

»Yep«, sagte er. »Kann's kaum erwarten. Der krönende Abschluss.«

»Wie ist die Goodman denn so?«, fragte sie. »Adrian hat uns beim Essen eröffnet, dass wir ab Herbst tatsächlich dort anfangen werden. Und mein Gefühl sagt mir, dass sich diese Highschool ganz schön von der in Fairfield unterscheiden wird.«

»War das eine staatliche Schule?«

Savannah nickte. Als Peyton beim Essen getönt hatte, dass sie nicht auf eine Privatschule gehen wolle, hatte sie selbst nichts dazu gesagt. Immerhin ging Damien auf die Goodman, also wollte sie natürlich auch gern dorthin. Trotzdem war sie etwas beunruhigt. Was, wenn eine Privatschule viel zu anspruchsvoll für sie war? Sie war nicht so klug wie Courtney, das Familiengenie, auch wenn sie wusste, dass sie nicht gerade dumm war. Nur leider versagte sie jedes Mal, wenn sie unter Druck stand, egal ob bei Klausuren oder auf der Bühne. Wie peinlich, wenn sie an der Goodman nicht mitkäme und alle sie für dämlich hielten.

»Anders wird es dort auf jeden Fall«, sagte Damien. »Aber ich bin sicher, dass du klarkommst. Und überhaupt, es sind ja noch zwei Monate, bis es wieder losgeht, da solltest du dir jetzt noch keine Gedanken machen. Willst du mal was Cooles sehen?«

»Was noch Cooleres als das hier?«

»Sicher.« Er stand auf und hielt ihr erneut die Hand hin.

»Na dann.« Sie legte ihre Hand in seine und er zog sie vom Hocker und damit wieder näher an sich heran. So nahe, dass es Savannah den Atem raubte. Er strich ihr eine Haarsträhne aus dem Gesicht und sein Finger hinterließ eine heiße Spur auf ihrer Wange. Wenn sie nicht von so vielen Menschen umgeben gewesen wären, hätte er sie bestimmt geküsst. Oder vielleicht tat er es ja auch gleich. Hier, inmitten all dieser Leute.

Savannah wusste nicht recht, was sie davon halten sollte, wenn andere so einen privaten Moment mitbekämen – vor allem bei ihrem *ersten* Kuss von Damien. Würde ihn das nicht irgendwie weniger speziell machen, als wenn sie alleine wären?

»Mir nach.« Also doch kein Kuss. Er hatte sich offensichtlich dagegen entschieden. Savannah verspürte eine gewisse Enttäuschung. Hatte sie etwas falsch gemacht? Doch dann verwarf sie den Gedanken. Hatte sie nicht gerade noch gedacht, dass er sie hier lieber *nicht* küssen sollte? Mann, ihre Gefühle spielten echt verrückt.

Sie gingen ans gegenüberliegende Ende des Beckens, wo die Wände wie das Äußere einer Höhle aussahen und zu einem Gang zusammenliefen, der zu einem schwach erleuchteten Weg führte. Es erinnerte Savannah an eine Szene aus *Phantom der Oper*, in der das Phantom Christine durch den unterirdischen See führt. Sie hatte sich den Film zusammen mit Courtney x-mal ansehen müssen.

»Ist das etwa eine Höhle?«, fragte sie Damien.

»Genau.« Sein Gesicht wirkte dunkler in dem schwachen Licht und die flackernden Schatten ließen ihn gefährlich aussehen, wie einen Meergott. »Lust, sie zu erkunden?«

»Ja«, stimmte Savannah begeistert zu. Damien war nicht nur heiß *und* nett, sondern anscheinend auch romantisch. Der Abend konnte kaum noch perfekter werden.

Damiens Hand schloss sich fest um ihre und sie betraten

die Höhle. Drinnen roch es feucht und ein stetes Tropfen bildete ein beruhigendes Hintergrundgeräusch. Savannah fuhr mit ihrer freien Hand über die Wände – sie fühlten sich wie echte Felsen an, ebenso buckelig und rau. Alle paar Meter zweigten schmale Pfade vom Hauptgang ab. Damien spähte in jeden hinein, bis er schließlich vor einem davon stehen blieb. Sie waren jetzt so weit weg vom Höhleneingang, dass Savannah kaum noch etwas sehen konnte.

»Ladys first«, sagte Damien, und Savannah trat ein. Der schmale Durchgang führte zu einem Raum, der Savannah an einen unterirdischen Whirlpool erinnerte. An der hinteren Wand erkannte sie eine Art Zweiersofa unter Wasser, auf dem sogar, wie's aussah, Kissen lagen.

Der ideale Ort für Damiens ersten Kuss. Warum sonst hatte er sie hierhergebracht?

Plötzlich merkte sie, wie nervös sie war – ihre Kehle war wie zugeschnürt und auf dem Weg hierher hatten sich nach und nach alle ihre Muskeln verkrampft. Sie musste sich entspannen. Es war doch schließlich nicht ihr erstes Mal. Sie hatte zwar noch nicht viele Jungs geküsst, aber den einen oder anderen schon, auf jenen Partys, zu denen Evie und sie heimlich gegangen waren. Na gut, die meisten Küsse davon waren beim Flaschendrehen zustande gekommen. Aber technisch gesehen blieb ein Kuss ein Kuss, oder?

Nur dass sie bei den anderen Jungs nicht am ganzen Körper gezittert hatte. Und verglichen mit Damien waren diese Jungs eben wirklich nur *Jungs* gewesen. Er dagegen war viel älter und erfahrener und hatte *sie* unter allen Mädchen ausgewählt, mit denen er heute Abend hätte zusammen sein können.

Warum eigentlich gerade sie? Und wie kam sie eigentlich dazu, so zu tun, als wäre sie eine andere? Bildete sie sich vielleicht ein, sie könnte sich an einem einzigen Abend neu erfinden? Damien würde sie schnell durchschauen und in ihr genau die unerfahrene Fast-Zehntklässlerin aus der heruntergekommenen Provinzstadt erkennen, die sie war.

Hey, ganz locker bleiben, beruhigte sie sich, und tatsächlich gelang es ihr, sich zu entspannen. Sie warf einen Blick zurück auf Damien. Dann fiel ihr plötzlich Courtneys Warnung wieder ein. Ja, nett wirkte er schon, aber woher wollte Savannah wissen, wie er wirklich war?

Nicht darüber nachdenken, befahl sie sich. Jetzt war sie nun mal hier, mit *ihm,* und sie war glücklich. Also, wenn glücklich gleichbedeutend war mit dermaßen nervös, dass sie froh war, im Wasser zu stehen, weil sie sonst vielleicht umgekippt wäre.

Sie hatten das Zweiersofa erreicht und Damien ließ sich darauf sinken und zog Savannah neben sich. Ihr Herz hämmerte wie verrückt, und es hätte sie nicht gewundert, wenn er es hätte hören können. Sie war sich jeder ihrer Berührungspunkte bewusst – die Seite ihres Beines, sein Arm um ihren Rücken, ihre Schulter, mit der sie an seiner Brust lehnte. Zu ihrer eigenen Überraschung zitterte sie gar nicht. Bis jetzt war Fummeln das Äußerste gewesen, wozu es mit Jungs gekommen war (und das auch nur ein Mal), aber ein Typ wie Damien hatte wahrscheinlich schon ganz andere Erfahrungen mit Mädchen gemacht … vielleicht sogar das volle Programm. Was erwartete er von ihr?

»Du wirkst ein bisschen angespannt.« Damien fuhr ihr in kleinen kreisförmigen Bewegungen über den Rücken. Seine

Berührung war angenehm, und sie zwang sich, locker zu werden.

»Bin ich nicht«, log sie und versuchte, ruhig und selbstbewusst zu klingen. »Das ist der beste Abend überhaupt.«

»Umso besser«, sagte er, und im nächsten Moment lagen seine Lippen auf ihren, voll und perfekt. Zuerst küsste er sie ganz sanft und streichelte mit der Hand über ihre Wange. Dann wurden seine Küsse drängender, als habe er den ganzen Abend nur auf diesen Augenblick gewartet. Er zog sie auf seinen Schoß und Savannah legte ihm die Arme um den Hals und fuhr ihm mit den Fingern durch das dichte, weiche Haar. Ihr Blut pulsierte heftiger, und Hitze stieg in ihr auf, als sich ihre Körper so dicht aneinanderpressten, als ob sie nicht genug voneinander bekommen könnten.

Seine Lippen wanderten an ihrem Hals entlang und Savannah legte den Kopf in den Nacken. Ihr Herz pochte so wild, dass er es jetzt auf jeden Fall spüren musste. Dann kehrten seine Lippen zu ihren zurück und sie küsste ihn leidenschaftlich. Sie wünschte, dass dieser Moment niemals endete, und verlor sich so sehr in den Empfindungen und Gefühlen, die durch ihren Körper strömten, dass sie kaum mitbekam, wie seine Hand langsam von ihrem Rücken glitt … wie sich seine Finger um ihre Brust schlossen … wie nur noch der dünne Stoff ihres Bikinis zwischen seiner und ihrer Haut lag.

Was, wenn er ihre Brüste nicht groß genug fand? Wahrscheinlich waren die B-Körbchen, die sie gerade mal trug, die reinsten Minimuffins, verglichen mit den anderen Mädchen, die er bisher hatte. Und das Bikinioberteil war nicht mal gepolstert! Wenn sie doch nur rechtzeitig daran gedacht hätte!

Andererseits wäre es aber doch auch irgendwie peinlich gewesen, wenn er nur Ausgestopftes gefühlt hätte. Da er ihr weiter über die Brust strich und keineswegs enttäuscht zu sein schien, beruhigte sie sich wieder und konzentrierte sich ganz aufs Küssen.

Dann ließ er seine Hand ganz langsam und so unmerklich nach unten gleiten, dass sie nichts spürte außer seiner Berührung. Bis seine Finger zwischen ihren Bauch und das Tangahöschen glitten und tiefer rutschten und sie dort berührten, wo sie bisher noch keiner berührt hatte.

Savannah schnappte nach Luft, fuhr zurück und beendete den Kuss, der noch vor einer Sekunde so leidenschaftlich gewesen war.

»Alles okay?«, fragte er langsam und mit leiser, belegter Stimme.

»Ja, bestens«, antwortete Savannah – etwas zu schnell, um glaubwürdig zu klingen. Sie setzte sich wieder in seinem Schoß zurecht. Zu ihrer Erleichterung zog er die Hand aus dem Bikinihöschen und legte ihr den Arm um die Taille. »Es ist nur, dass wir uns doch heute erst kennengelernt haben und … also, das geht mir ein bisschen zu schnell.«

Falls er sie bis jetzt nicht für unerfahren gehalten hatte, dann aber sicher *ab* jetzt.

Damien schloss die Augen und lehnte den Kopf an die Wand. Er atmete so betont gleichmäßig, dass Savannah den Verdacht hatte, er versuche, seinen Ärger zu unterdrücken. Mist, sie hätte locker sein und mitmachen sollen. Schließlich hatte er ja nicht mit ihr schlafen wollen – zumindest *noch* nicht.

Vielleicht reagierte sie aber auch nur über. Er glaubte doch wohl nicht, dass sie so was mit jedem Jungen machte, den sie gerade erst kennengelernt hatte, oder? Die einzigen Mädchen, von denen sie wusste, dass sie schon Sex gehabt hatten, waren Elft- und Zwölftklässlerinnen aus dem Volleyballteam. Sogar Evie hatte bisher nur Petting gemacht, und das auch nur ein Mal. Aber vielleicht hatten die Mädchen in Las Vegas – selbst wenn sie noch nicht mal in der Zehnten waren – ja gleich beim ersten Date Sex.

Wenn das hier überhaupt als Date bezeichnet werden konnte.

Sie musste sich zusammenreißen, um nicht die Hände vors Gesicht zu schlagen und zu weinen. Sie hatte irgendwie das Gefühl, versagt zu haben, und sie hatte keine Ahnung, was sie jetzt machen sollte. Andere Mädchen aus Vegas hätten wahrscheinlich alles für Damiens Aufmerksamkeit getan, aber sie hatte es mit ihrem Mangel an Erfahrung vermasselt.

Nach ein paar Sekunden, die sich ewig hinzogen, sah er sie an. Sein Blick war wieder weich, nicht so, als habe er sich gerade noch über sie geärgert. »Was möchtest du denn lieber machen?«, fragte er langsam.

Savannah war froh, dass er sich wieder beruhigt hatte, doch dann spannten sich seine Wangenmuskeln an, als ob er immer noch versuchte, seinen Ärger hinunterzuschlucken. Enttäuschung durchfuhr sie und auch ein Anflug von schlechtem Gewissen. Obwohl gar kein Anlass bestand, sich schuldig zu fühlen, denn das hier war nicht ihr Fehler. Aber sie hatte ihm die Sache vermasselt. Und wenn sie ihn jetzt wieder küsste, versuchte er vielleicht erneut, sie *da unten* zu berühren. Ja, Damien war echt heiß, aber sie wollte sich keinen Druck von ihm machen lassen, weiter zu gehen, als sie jetzt wirklich wollte.

»Es ist ja nicht so, dass ich dich nicht mag«, versuchte sie, ihm zu erklären, während sie spürte, wie ihr die Röte ins Gesicht schoss. »Ich mag dich nämlich. Echt. Es ist nur … das ist alles so schnell gegangen … und ich hab nicht gewusst …« Sie fuhr sich durch die Haare und konnte ihm nicht in die Augen sehen. Musste sie das etwa laut aussprechen?

»Angekommen«, unterbrach Damien sie. »Willst du vielleicht einfach wieder nach oben?«

»Okay.« Sie stieß erleichtert die Luft aus und merkte erst jetzt, dass sie den Atem angehalten hatte. Sie stand auf. Die Höhle wirkte auf einmal beengend.

Bis zu diesem Moment war der Abend einfach fantastisch gewesen. Wie hatte sie es nur so verbocken können? Jetzt würden Damien und seine Freunde feststellen, dass Savannah – Adrian Diamonds Tochter hin oder her – unerfahren und uncool war und einfach nicht dazugehörte, sosehr sie es auch versuchte.

Das alles wusste er jetzt also – hatte sie damit ihre Chancen bei ihm für immer verspielt?

10

Courtney

Courtney war noch nie in einem Nightclub gewesen, und das *Myst* machte ihr auch wieder klar, warum. Sie hatte noch nicht mal die U-18-Partys in dem Club in San Francisco besucht, in den Peyton mit ihren Freunden immer ging. Laute Musik, Unmengen von Leuten, die sie nicht kannte, der penetrante Geruch nach Alkohol und Zigaretten – sie konnte kaum klar denken. Am liebsten wäre sie nach oben ins Apartment gegangen, um sich auf dem Bett zusammenzurollen und zu lesen. Oder vielleicht sogar zu lernen. Ihre Leistungen in Mathe waren nicht so, wie sie sein sollten, und sie musste dringend daran arbeiten, wenn sie ein Stipendium für eine gute Uni bekommen wollte.

Dann wurde ihr schlagartig etwas bewusst, woran sie bisher noch nicht gedacht hatte. Daheim war ein Stipendium für eine gute Uni überlebenswichtig gewesen. Ohne Stipendium kein Studium. Aber hier war Adrian Diamond ihr Vater und Geld spielte keine Rolle mehr. Falls man sie in Stanford annahm, konnte sie dorthin, auch ohne Stipendium. Klar war ein Stipendium immer noch wichtig, denn die Uni war eine teure Angelegenheit, und es kam ihr nicht richtig vor, dass ihr jemand so viel Geld zur Verfügung stellte. Aber die Erkenntnis, dass sie nicht unbedingt ein Stipendium *brauchte*, war irgendwie befreiend. Als fiele ihr eine Last von den Schultern. Courtney wollte natürlich so gute Noten wie möglich erreichen, aber es wäre nicht das Ende ihrer Zukunft, wenn sie nicht perfekt in der Schule war.

Innerhalb weniger als einem Tag hatte ihr Leben sich total verändert, und das fühlte sich völlig unwirklich an.

Jetzt war allerdings kein guter Zeitpunkt, um darüber nachzudenken, wie diese Veränderungen ihr Leben in Zukunft beeinflussen würden, denn wie es aussah, saß sie den restlichen Abend im *Myst* fest. Die anderen hatten sie mit Brett allein gelassen, und sie war ein bisschen sauer auf ihre Schwestern, dass diese einfach so abgedampft waren. Savannah wollte nach Damien suchen – Courtney hoffte inständig, dass sie ihn nicht finden würde – und Peyton wollte wahrscheinlich an der Bar einen Jungen aufreißen.

Keine der beiden Missionen klang so, dass Courtney gerne dabei gewesen wäre.

Dass sie sauer war, hatte allerdings nichts mit Brett zu tun. Sie hatte ihr Gespräch beim Essen sehr genossen. Peyton und Savannah drängten sie ja andauernd, sich mal zu verabreden, doch jedes Mal, wenn sie es dann tatsächlich mit den Jungs in Fairfield versucht hatte und anfing, über die Schule zu reden oder über das Buch zu diskutieren, das sie gerade in Englisch lasen, dann hatte sie nichts als verständnislose Blicke geerntet. Bei Brett war das anders. Er schien ehrgeizig und absolut zielorientiert zu sein. Es war erfrischend, endlich mal jemand kennenzulernen, der ihr ähnlich war. Genau der Typ, mit dem sie sich ein Date vorstellen konnte – wenn er nicht ihr Stiefbruder in spe gewesen wäre.

Courtney beneidete Brett um seine eindeutigen Zukunftsziele. Sie selbst wusste nur, dass sie irgendwas aus ihrer Leidenschaft für Bücher machen wollte. In der Buchbranche gab es ja unzählige Jobs. Sie konnte zwar noch nicht sagen, für welchen davon sie geeignet wäre, tendierte jedoch zum Beruf des Lektors. An der Fairfield-High hatte sie es geliebt, bei den Tutorenkursen zu helfen, die mittags stattfanden, auch wenn die meisten, denen sie Nachhilfe gab, nur da waren, weil ihre Lehrer sie dazu verdonnert hatten. Sie liebte es, an einem Text herumzufeilen, einen Rohentwurf zu etwas im Unterricht Vorzeigbarem zu machen. Es gefiel ihr, wenn das Ergebnis ihrer Arbeit ein richtig guter Text war.

»Und, was hältst du vom *Myst?*«, fragte Brett.

»Ganz … nett.« Courtney versuchte, nicht zu negativ zu klingen. Es war ja auch nicht direkt gelogen. Der Club war wirklich beeindruckend. Der Wasserfall ließ sie an einen Dschungel denken – was ganz entspannend hätte sein können, *ohne* die wummernde Musik und die vielen betrunkenen Leute, die überall herumhingen.

»Du stehst wohl nicht so auf Clubs, oder?«

»Was hat mich verraten?«, fragte Courtney lachend.

Die Intensität seines Blickes überraschte sie. »Man merkt dir an, dass du dich lieber richtig mit jemand unterhältst, und ein Club ist dafür nicht so ganz der passende Ort. Wenn David Guetta erst mal da ist, wird es völlig unmöglich, den anderen über die Musik hinweg noch zu hören. Dabei hast du interessante Dinge zu erzählen, die nicht so einfach überdröhnt werden sollten. Außerdem stürzt du nicht gleich an die Bar. Leute, die gerne in Clubs gehen, halten gern die ganze Zeit einen Drink in der Hand.«

Er fand das, was sie zu sagen hatte, interessant? Wie nett. Sie lächelte. »Ich unterhalte mich wirklich gern mit dir«, sagte sie und war selbst überrascht von ihrer Direktheit. »Das Essen wäre ziemlich schleppend gewesen ohne dich. Diese ganze Situation mit Adrian …« Sie spielte an ihrer Tasche herum, unsicher, ob sie fortfahren sollte.

»Ist ganz schön schwierig für euch, stimmt's?«, fragte Brett und kam einen Schritt näher. Courtney starrte ihn an. Sie hatte das Gefühl, sich in seinen grünen Augen verlieren zu können. Als ihr bewusst wurde, was sie da gerade dachte, wandte sie den Blick ab und verbannte den Gedanken aus ihrem Kopf. Sie würden bald Stiefgeschwister sein. Sie konnte zwar nicht abstreiten, dass sie sich irgendwie zu ihm hingezogen fühlte, aber es war absolut unangemessen.

Allerdings spürte sie schon jetzt, dass sie sich selbst ständig aufs Neue daran würde erinnern müssen, sobald sie in seiner Nähe war. Adrian hatte eindeutige Regeln aufgestellt: Courtney musste jegliche Gefühle für Brett unterdrücken. Abgesehen davon war es doch wirklich lächerlich, dass sie so was überhaupt empfand. Sie kannte ihn doch erst ein paar Stunden. Innerhalb so kurzer Zeit konnte sie doch unmöglich Interesse für ihn entwickeln. Aber es war kein Wunder, dass ihre Gefühle verrücktspielten, nach der plötzlichen Landung in Las Vegas und der nicht minder plötzlichen Bekanntschaft mit ihrem bis dahin unbekannten Vater. Morgen früh würde die Welt schon wieder ganz anders aussehen und sie würde sich völlig normal fühlen und sich unter Kontrolle haben wie immer.

»Ja, das ist alles ziemlich heftig.« Es war anstrengend, gegen die laute Musik anzuschreien. Wenn das so weiterging, würde sie am Ende des Abends keine Stimme mehr haben.

Der nächste Song dröhnte sogar noch lauter. Brett versuchte, etwas zu sagen, aber die Musik übertönte ihn vollkommen.

»Was?«, brüllte Courtney, beugte sich näher an ihn heran und legte die Hand trichterartig ans Ohr. Dabei streifte sie seine Schulter und bei der Berührung machte ihr Magen einen Salto. Seine Nähe war ihr zwar alles andere als unangenehm, aber auf diese Weise würden sie ihre Unterhaltung vom Essen niemals richtig fortsetzen können.

»Wie wär's, wenn wir von hier abhauen?«, fragte er und sie konnte seinen kühlen Atem auf ihrer Wange spüren. »Ich kenne da ein Plätzchen, von dem man das Feuerwerk sehen *und* sich unterhalten kann.«

Sie war noch nie einfach so mit einem Jungen »abgehauen«, geschweige denn mit einem, den sie gerade erst kennengelernt hatte, doch in Bretts Gegenwart fühlte sie sich richtig wohl. »Aber was wird Adrian dazu sagen?«, fragte sie. »Ich würde ja schon gerne weg von hier … Ich will nur keinen Ärger bekommen, und das gleich am ersten Tag.«

»Adrian ist vollauf damit beschäftigt, sich unter die Leute zu mischen. Jeder hier möchte ein paar Takte mit ihm reden«, sagte Brett. »Falls er tatsächlich merken sollte, dass du gegangen bist, kannst du doch sagen, dass du von der Reise müde und nicht in Stimmung für den Club warst. Ich glaube nicht, dass du deshalb Ärger bekommen wirst.«

Courtney sah zu Adrian hinüber, der in ein Gespräch mit einem dunkelhaarigen Mann vertieft war, der einen ganz ähnlichen Anzug wie er selbst trug. Es wäre ein Leichtes, einfach zu verschwinden – aber was, wenn ihre Schwestern sie brauchten, vor allem Savannah? Savannah war noch nie in einem Club wie diesem gewesen, und auch wenn sie selbst garantiert davon überzeugt war, dass sie klarkommen würde, konnte man bei ihr nie sicher sein. Sie hatte einfach viel zu romantische Vorstellungen.

Andererseits – Peyton war ja zusammen mit Savannah aufgebrochen, sie konnte also ein Auge auf Savannah haben. Und dann gab es jetzt ja auch die Bodyguards. Besser gesagt nicht erst jetzt – anscheinend hatten sie schon *immer* Bodyguards gehabt, aber erst jetzt wussten sie davon. Savannah war also in Sicherheit.

Die Erkenntnis, dass sie nicht mehr die Verantwortung für ihre Schwester trug, erleichterte Courtney irgendwie. Vielleicht war das Gute an diesen ganzen Veränderungen, dass sie sich jetzt mehr auf sich selbst konzentrieren konnte, ohne sich ständig Sorgen um ihre Schwestern machen zu müssen. Vielleicht konnte sie jetzt endlich eine ganz normale Sechzehnjährige sein, ohne über ihre ganze Familie wachen zu müssen.

Eine Vorstellung, die sie ebenso belebte wie beängstigte.

»Mein Bodyguard wird mich doch nicht verraten, oder?«, fragte sie. Adrian hatte beim Essen ja gesagt, die Bodyguards seien keine Babysitter, aber sie wollte lieber auf Nummer sicher gehen.

»Wir machen ja nichts, was dich in Gefahr bringt, also hat

er gar keinen Grund, deinem Vater zu erzählen, wo wir hingehen«, antwortete Brett. »Seit meine Mutter und Adrian offiziell zusammen sind, hab ich auch einen Bodyguard. Und ich kann dir versichern, dass sie uns alle Freiheiten lassen, solange wir nichts Unvernünftiges machen.«

»Und ohne Adrians Wissen irgendwo hinzugehen, ist nicht unvernünftig?«

Brett grinste. »Verglichen mit dem, was die Leute in Vegas sonst so treiben, ist das total brav. Ich bezweifle, dass sich unsere Bodyguards darüber Gedanken machen. Wir geben ihnen einfach Bescheid, wo wir hingehen, und sie werden uns nur folgen, um unsere Sicherheit zu garantieren und um dafür zu sorgen, dass wir wieder nach Hause kommen. Sie sind da, um ernsthafte Gefahren von uns abzuwenden, sonst nichts. Also, falls du nicht vorhast, einem Feuerwerkskörper zu nahe zu kommen, wenn er losgeht, ist alles in bester Ordnung.«

So gesehen … »Okay«, stimmte sie schließlich zu und war richtig froh darüber, vor allem weil es ein Lächeln auf Bretts Gesicht zauberte. »Ich muss nur noch meinen Schwestern texten, damit sie Bescheid wissen. Aber dann nichts wie weg von hier.«

»Gott sei Dank.« Er seufzte erleichtert. »Ich hatte nämlich von vornherein schon keine Lust, den ganzen Abend hier festzustecken.«

»Hättest du denn nicht auch ohne mich gehen können?«

»Schon.« Er nickte. »Aber dann hätte ich dich hier allein lassen müssen, und das wollte ich nicht.«

Courtney stockte fast der Atem. »Na ja, nicht ganz allein,

meine Schwestern sind ja auch noch da«, sagte sie. »Aber ich hätte es auch schade gefunden, wenn du gegangen wärst.«

»Schön.« Er streckte den Arm aus, als wolle er sie berühren, ließ ihn dann aber – zu ihrer Enttäuschung, wie sie zugeben musste – schnell wieder sinken. Aber es war richtig so.

Vielleicht musste sie sich das nur oft genug sagen, um es am Ende wirklich zu glauben.

* * *

Als sie zusammen aus dem Hotel traten, steuerte Brett auf ein rotes Cabrio zu.

»Das ist dein Auto?« Es sah so teuer aus, dass Courtney Angst hatte, es zu berühren. Was sie jedoch gar nicht musste, denn er öffnete ihr die Tür.

»Ja«, sagte er, während sie auf den Beifahrersitz glitt. »Es gibt im Hotel eine Lamborghini-Niederlassung, deshalb hat Adrian mir einen zum Einzug geschenkt.«

Courtney hatte nicht mal zu ihrem sechzehnten Geburtstag ein Auto bekommen – nicht, dass sie das erwartet hätte, aber ein paar aus ihrer Klasse hatten ein gebrauchtes gekauft – und Brett hatte einfach *zum Einzug in ein Apartment* ein Auto gekriegt. Und nicht irgendeines. *Einen Lamborghini*. Sie konnte sich nicht mal vorstellen, wie viel der gekostet haben mochte.

Du könntest auch bald einen haben, hörte sie eine kleine Stimme in ihrem Hinterkopf, die sie jedoch sofort zum Schweigen brachte. Sie würde das Privileg, plötzlich Zugang zu so viel Geld zu haben, nicht missbrauchen. In Fairfield war sie mit ihrem Fahrrad rundum zufrieden gewesen. Sie hatte es zwar nicht mit nach Vegas bringen können, aber sie würde genug sparen, um sich ein neues zu kaufen. Im *Diamond Hotel* gab es einen Coffeeshop – gleich diese Woche würde sie dort nach einem Job fragen.

Brett setzte sich hinters Steuer und sah Courtney an. »Bereit für was echt Tolles?«, fragte er. Seine Augen blitzten fröhlich.

»Egal was, es ist mit Sicherheit besser als der Club«, erwiderte sie lachend.

»Du bist echt cool, Courtney«, sagte er, als sie losfuhren. Der Vegas Strip war wunderschön bei Nacht – funkelnde Lichter erleuchteten alle Gebäude, die Stadt brummte vor Leben. »Die Umstände, die dich und deine Schwestern hierhergeführt haben, scheinen ja ziemlich beschissen zu sein, aber ich bin froh, dass ihr da seid.«

»Es ist ziemlich schwierig für uns«, antwortete sie, »vor allem weil alles so schnell gehen musste. Und Vegas ist nun mal eine ganz andere Welt als Fairfield. Ich hoffe, dass meine Schwestern gut damit klarkommen.«

»Du fühlst dich verantwortlich für sie, stimmt's?«

»Für Savannah mehr als für Peyton«, sagte sie. »Peyton versucht so zu tun, als ob sie niemanden braucht, auch wenn ich weiß, dass das nicht stimmt. Aber Savannah ist als Nesthäkchen total behütet aufgewachsen. Mom hat ihr nie so viel zugemutet wie mir und Peyton.«

»Savannah ist also eher Mommys Liebling?« Brett schien überrascht. »Ich hätte erwartet, dass du das bist, mit deinem Ehrgeiz und weil du zu Hause zum Unterhalt beigetragen hast.«

»Nein, ich bin wohl eher der Nesthaken«, sagte Courtney

lachend, auch wenn es ein bisschen verkniffen herauskam. Über so was redete sie normalerweise nicht. »Meine Mutter hat sich nicht mal die Mühe gemacht, mein Babytagebuch zu führen.«

»Hm.« Brett runzelte die Stirn. »Seltsam.«

»Für meine Mutter war ich mein ganzes Leben lang … eine Enttäuschung.« Sie versuchte, unbekümmert die Schultern zu zucken, auch wenn es ihr immer noch wehtat. »Als ob sie mehr von mir erwartet hätte. Heute Abend beim Essen, als Adrian mir und meinen Schwestern von meiner Entführung erzählt hat, dachte ich, das würde vielleicht das Verhalten meiner Mutter erklären. Aber es macht keinen Sinn – sie hätte doch *froh* sein müssen, dass mir nichts passiert war, und nicht verbittert. Ich habe so sehr versucht, ihr immer alles recht zu machen, sie nicht zu enttäuschen, aber es war nie genug. Als wäre *ich* ihr nicht genug.«

»Das stimmt auf keinen Fall«, sagte Brett. »Meine Mom hat mir erzählt, was dir passiert ist, und ich habe zwar keine Ahnung, warum deine Mutter sich so ablehnend verhalten hat, aber es klingt total unfair. Du hast viel mehr verdient. Wir kennen uns zwar kaum, aber nach allem, was du mir erzählt hast, arbeitest du härter als jeder andere.«

»Danke«, sagte Courtney. Bretts Freundlichkeit tat ihr gut. Aber eigentlich wollte sie jetzt nicht über ihr Familiendrama reden, vor allem nicht über die Entführung. Da gab es noch eine Menge zu verarbeiten. »Nun, verrätst du mir vielleicht, wo wir hinfahren?«

»An den besten Platz, um das Feuerwerk anzusehen«, antwortete er. »Vertrau mir einfach.«

»Ich vertraue dir«, hörte Courtney sich selbst sagen. Sie vertraute nicht vielen Menschen, geschweige denn, dass sie es so offen aussprach – aber bei Brett musste sie nicht lange nachdenken.

»Das ging ja schnell«, bemerkte Brett. »Wenn man bedenkt, dass wir uns erst seit wenigen Stunden kennen.«

»Ich hab ein Gespür für Menschen«, erklärte sie. »Und ich mag dich.« Sie wandte ihr Gesicht von ihm ab, überrascht, wie unverblümt sie über ihre Gefühle sprach.

»Ich mag dich auch«, sagte er mit etwas leiserer Stimme.

Courtneys Wangen röteten sich. In Bretts Gegenwart fühlte sie sich nervös und gelassen zugleich. So hatte sie sich noch nie bei irgendjemandem gefühlt. »Aber du könntest mir doch wenigstens einen Tipp geben, oder?«, fragte sie.

»Überraschungen liegen dir wohl nicht?«

»Nicht wirklich«, gab sie zu. »Ich plane immer alles ganz genau.«

»Diese Überraschung wird dir gefallen«, versprach er. »Es dauert noch etwa fünfundzwanzig Minuten. Kannst du damit leben?«

»Nein«, sagte Courtney halb im Scherz. »Wie wär's, wenn du es mir einfach jetzt schon verrätst?«

»Keine Chance.« Brett grinste ungerührt.

Mit einem Seufzer gab Courtney es auf. Während der restlichen Fahrt unterhielten sie sich ungezwungen. Sie war froh, ihr Familiendrama eine Weile zu vergessen, und erfuhr, dass Brett ein absoluter Filmfan war (bis auf Girlie-Filme) und alle ihre Lieblingsfilme kannte. Ihr Musikgeschmack war zwar unterschiedlich, aber er versprach, ihr eine Playlist zu machen, und Courtney freute sich schon darauf, die Musik zu hören, die ihm gefiel. Musik verriet eine Menge über einen Menschen und sie wollte unbedingt mehr über Brett erfahren.

»Ich bin überhaupt kein Fan von EDM«, sagte er. »Und du wohl auch nicht, nachdem du ja nur zu gerne raus bist aus dem Club.«

»Was ist denn *EDM?*«, fragte sie und bemerkte selbst, wie skeptisch sie klang. Hörte sich nach irgendwas aus *Fifty Shades of Grey* an.

»Electronic Dance Music«, erklärte er. »Was hast du denn gedacht?«

»Nichts.« Courtney spürte, wie sie rot wurde. Auf keinen Fall würde sie verraten, was ihr durch den Kopf gegangen war. »Aber du hast recht, das, was sie da im Club gespielt haben, ist nicht mein Ding.«

Schon bald veränderte sich die Umgebung. Sie fuhren durch eine ausgedehnte Wüstenlandschaft. Die kargen Berge erstreckten sich meilenweit. Da es jetzt bereits dunkel war, konnte man es nicht sehen, aber von ihrem Flug wusste Courtney, dass sie von einem leuchtenden Braun waren und fast rötlich aussahen.

»Der Park ist nachts normalerweise nicht geöffnet, aber am vierten Juli machen sie eine Ausnahme«, berichtete Brett, als sie an einem Schild vorbeifuhren, auf dem *Red-Rock-Canyon-Naturschutzgebiet* stand.

»Wegen des Feuerwerks.«

»Genau.«

Der Parkplatz war fast voll und die Leute holten Essen

und Getränke aus ihren Kofferräumen. Obwohl es Nacht war, war es immer noch heiß, war Courtney froh, dass sie das luftige Sommerkleid trug statt wie gewöhnlich Jeans und T-Shirt. Aber warum hatte sie nicht daran gedacht, vor der Abfahrt Flipflops anzuziehen? Jetzt musste sie mit den Pumps klarkommen – oder barfuß gehen.

Auf der weitläufigen Fläche gleich neben dem Parkplatz tummelten sich jede Menge junge Leute, die auf Decken lagen, tranken und lachten. Es mussten Hunderte sein. Ein paar Gruppen hatten Gettoblaster dabei, aber die Musik schallte bei Weitem nicht so ohrenbetäubend wie im Club. Dort, wo das Gelände schroff abfiel, war ein schützendes Metallgeländer angebracht. Von da aus blickte man in einen Talkessel mit spärlich belaubten Bäumen, durch den ein Wasserlauf strömte, und am Horizont erhoben sich rote, zerklüftete Berge. Der fast volle Mond tauchte den Park in ein übernatürliches magisches Licht.

»Komm.« Brett hielt ihr die Hand hin, ließ sie dann aber wieder sinken. »Ich möchte dich meinen Freunden vorstellen.«

Klar, dass er die Hand zurückgezogen hatte – das einzig Richtige in ihrer Situation –, aber wenn nicht, dann hätte sie sie wahrscheinlich ergriffen. Was war nur los mit ihr? Sie war doch sonst nie so impulsiv. Es kam ihr vor, als würde Brett eine unbekannte Seite in ihr wecken. Und sie war sich nicht ganz sicher, was sie davon halten sollte.

Er führte sie zu einer großen blauen Decke, auf der es sich zwei Mädchen und ein Junge bequem gemacht hatten. Der Junge saß so dicht neben dem einen Mädchen, dass Courtney ein Pärchen vermutete. Das andere Mädchen saß weiter weg und wirkte irgendwie vergrätzt. Courtney spürte Schuldgefühle in sich aufsteigen – was, wenn Brett und dieses Mädchen …? Doch dann schob sie den Gedanken beiseite. Sie und Brett würde sowieso nie mehr als Freundschaft verbinden. Sie war bereits für ihre Mutter eine Enttäuschung, da wollte sie nicht auch noch ihren Vater enttäuschen, indem sie gegen seine Regeln verstieß.

Brett stellte sie seinen Freunden vor. Der Junge und das Mädchen, die offenbar zusammen waren, hießen Scott und Vanessa, die andere hieß Dawn. Brett setzte sich und Courtney nahm neben ihm Platz, wobei sie auf genügend Abstand zwischen ihnen achtete.

»Gehen deine Freunde auch auf die Goodman?«, fragte Courtney.

»Nein«, sagte Brett mit einem kleinen Lachen. »Sie gehen auf die Palo Verde – die staatliche Schule, auf der ich früher war.«

»Beim Abendessen vorhin hat deine Mutter so geklungen, als ob du schon seit Ewigkeiten auf der Goodman wärst«, sagte Courtney. »Wann hast du gewechselt?«

»Das *hätte* meine Mutter vielleicht gerne, wenn ich dort schon seit Ewigkeiten wäre«, erwiderte Brett. »Aber die Schulgebühren waren einfach viel zu hoch, zumal die Palo Verde eine der besten staatlichen in der Gegend ist, und mir hat es da gefallen. Die Leute dort kenne ich schon ewig. Aber nachdem es zwischen meiner Mutter und deinem Vater ernst wurde und wir ins *Diamond* gezogen sind, hat er nichts davon wissen wollen, dass ich weiter auf eine staatliche Schule gehe, und hat die Goodman davon überzeugt, mich im Januar aufzunehmen. Und mit ›überzeugt‹ meine ich, dass er der Schule eine großzügige Spende zukommen ließ.«

»Magst du die Goodman denn nicht?«, fragte Courtney überrascht. Aufgrund ihres Gesprächs beim Essen hätte sie vermutet, dass ihm die schulische Herausforderung gar nicht groß genug sein konnte.

»Also, vom Anspruch her ist die Goodman-High natürlich super«, sagte Brett. »Als ich dort angefangen habe, bin ich mit dem Stoff sogar hinterhergehinkt, was sich nach ein paar Tutorenstunden aber gegeben hat. Die Klassen sind schön klein, und ich habe eine größere Chance, auf der UCLA genommen zu werden. Aber meine Freizeit verbringe ich lieber weiter mit meinen Freunden von der Palo Verde. Die Goodies sind alle ein bisschen …« Er brach ab, als suche er nach dem richtigen Wort. »Egal. Wirst schon sehen, wenn du dort anfängst.«

Aber Courtney ließ nicht locker. »Ein bisschen *was?*« Schließlich wollte sie vor ihrem Schulstart gewappnet sein.

»Na ja, sie sind eben sehr privilegiert«, erklärte er. »Es gibt zwar in jeder Klasse ein paar Stipendiaten, weil die Schule zu deren Aufnahme verpflichtet ist, aber davon mal abgesehen hat keiner von denen jemals einen Tag im Leben irgendwas gearbeitet. Die Winterferien verbringen sie in den Tropen, die Frühjahrsferien beim Skifahren in den Rocky Mountains oder den Alpen, und im Sommer reisen sie mindestens zwei Wochen durch Europa oder sind sonst wo im Ausland, oder sie nehmen an akademischen Kursen oder Sportprogrammen für Highschool-Kids an Colleges in aller Welt teil. Sie haben ein … etwas verzerrtes Weltbild. Deshalb bin ich – zur Enttäuschung meiner Mutter – lieber mit meinen Freunden von Palo zusammen.«

»Wow.« Courtney war überrascht. »Klingt wirklich ziemlich strange.«

Ehe er etwas erwidern konnte, rückte das Mädchen mit dem dünnen braunen Haar näher an Courtney heran und machte ihrem Gespräch ein Ende. »Wie lange bleibst du in Vegas?«, fragte Dawn.

»Ein Jahr mindestens«, antwortete Courtney und wiederholte damit Adrians Zeitangabe beim Essen. Dabei pulte sie an einem Faden herum, der sich aus der Decke gelöst hatte. Sie war noch nie von zu Hause fort gewesen und ein Jahr kam ihr sehr lang vor. Unvorstellbar lang.

»Cool«, sagte Dawn und blickte von Courtney zu Brett und wieder zu Courtney. »Stimmt das – dass eure Eltern zusammen sind?«

»Stimmt«, bestätigte Brett knapp.

»Dann seid ihr zwei so was wie …«

»Freunde«, sagte Courtney schnell, wobei sie Brett nicht ansah.

»Aha.« Dawn wirkte nicht gerade überzeugt.

Jetzt rückte Brett etwas näher an Courtney heran, und ihr Magen machte einen Hüpfer, während sie so tat, als würde sie nichts bemerken, damit Dawn nicht noch misstrauischer wurde. »Um wie viel Uhr fängt das Feuerwerk an?«, fragte Brett in die Runde.

»Es kann jetzt jede Minute losgehen«, sagte Vanessa. Dawn rutschte zu Vanessa und Scott hinüber und die drei unterhielten sich über irgendeine Band, die sie mochten. Courtney war froh, wieder allein mit Brett reden zu können. Na ja, so allein, wie es die Umstände eben zuließen.

Es wäre ihr viel lieber gewesen, wenn sie das Feuerwerk nur zu zweit hätten ansehen können.

»Erzähl mir was von dir«, sagte Brett so leise, dass nur sie ihn hören konnte. »Was Schönes.«

Courtney überlegte. Über ihre Vergangenheit wollte sie nicht reden – nicht in Anwesenheit von Scott, Vanessa und Dawn, abgesehen davon, dass dieses Thema auch nicht unbedingt unter die Rubrik »Schönes« fiel. Sie sah zum Himmel empor und betrachtete die Sterne, die über ihr funkelten. »Irgendwann möchte ich gerne durch die Welt reisen. Paris, Rom, New York …« Davon hatte sie ihr Leben lang geträumt. Vielleicht konnte es ja jetzt für sie, als Tochter von Adrian Diamond, Wirklichkeit werden? »Ich möchte die Bilder im Louvre sehen und die Met, die Ruinen von Rom und vielleicht sogar einen aktiven Vulkan.«

»Rom ist ziemlich cool«, erwiderte Brett. »So voller Geschichte. Rom ist eine meiner Lieblingsstädte.«

»*Eine* deiner Lieblingsstädte?« Courtney machte sich gar nicht erst die Mühe, ihre Überraschung zu verbergen. »In wie vielen Städten warst du denn schon?«

»In einigen.« Brett rieb sich den Nacken und wirkte verlegen. Wahrscheinlich waren es so viele, dass er sie nicht mal mehr an seinen Fingern – samt Zehen – abzählen konnte. »Aber einen aktiven Vulkan hab ich noch nie gesehen.«

»Dann warst du noch nie auf Hawaii?«

»Doch, schon«, sagte Brett. »Aber bei unserer Helikoptertour über die Insel hatte sich der Vulkan gerade eine Auszeit genommen.«

»Du hast mein Mitleid.« Courtney musste lachen. »Wie kommt es, dass du schon so weit gereist bist? Wenn deine Mutter sich die Privatschule nicht leisten konnte, ehe sie zu Adrian gezogen ist, dann …«

»Meine Mutter hat sich erst vor zwei Jahren von meinem Vater scheiden lassen«, erklärte ihr Brett. »Er ist Anwalt, wir hatten also genug Geld für Familienurlaube. Aber da er selbst als Junge auf einer staatlichen Schule war, sah er nicht ein, für eine Privatschule horrend viel Geld hinzulegen – auch wenn meine Mutter das gerne wollte –, wenn ich genauso gut auf eine der besten staatlichen Schulen gehen konnte.«

»Klingt vernünftig«, fand Courtney.

Ehe die beiden weiterreden konnten, ging das Feuerwerk los. Es war eindrucksvoller als jedes andere Feuerwerk, das Courtney jemals in Fairfield gesehen hatte. Was vielleicht auch ein bisschen daran lag, dass zwischen ihr und Brett die Funken sprühten. Sie konnte nicht aufhören, ihn aus den Augenwinkeln anzustarren. Er sah gedankenverloren aus, obwohl sie hätte schwören können, dass auch er ihr ab und zu einen Blick zuwarf. Zwanzig Minuten später kam das große Finale – eine Explosion nach der anderen mit kaum einer Sekunde Abstand dazwischen. Einige Raketen stiegen wie Kometen in den Himmel auf, andere stoben auseinander wie Meteoritenschauer, die weit über den Himmel reichten.

Als alles vorbei war, saß Courtney so dicht neben Brett, dass sich ihre Arme fast berührten.

»Wie hat es dir gefallen?«, fragte er, ohne von ihr abzurücken.

»Es war wunderbar«, erwiderte sie. »Danke, dass du mich mitgenommen hast.« Sie fühlte sich ganz benommen und schob sich eine Haarsträhne hinters Ohr, wobei ihr Arm seinen streifte. Sie erstarrte bei der Berührung und er sah sie noch eindringlicher an als jemals zuvor an diesem Abend.

»Bereit zum Abgang, ihr zwei?« Dawn zerstörte den magischen Augenblick, indem sie aufstand und sich den nicht vorhandenen Staub von den Jeans klopfte.

Aus ihrer Trance gerissen fuhr Courtney zurück. Was, wenn die anderen nicht da gewesen wären? Was wäre dann zwischen ihr und Brett geschehen? Sie hatte zwar noch nie einen Jungen geküsst, aber sie hatte das Gefühl, dass er sie küssen wollte – so, wie er sie angesehen hatte. Und sie wusste nicht, ob sie ihn daran gehindert hätte.

Bei diesem Gedanken schüttelte sie unwillkürlich den Kopf. Noch nie in ihrem ganzen Leben hatte Courtney irgendwelche Regeln missachtet.

Was immer das zwischen ihr und Brett da gerade war – sie durfte es nie wieder zulassen.

11

Peyton

Peyton saß an der Bar in der VIP-Lounge im *Myst* und nippte an einem Martini, den ihr irgendein Typ spendiert hatte. Sie sah, wie Damien Savannah nach unten führte, und beschloss, die beiden in Ruhe zu lassen. Per SMS hatte sie Courtney zwar versichert, dass sie ein Auge auf Savannah haben würde, aber die beiden schienen ja nicht vorzuhaben, den Club zu verlassen. Was konnte ihrer Schwester in aller Öffentlichkeit schon passieren? Außerdem hatten sie doch ihre Bodyguards. Peyton hoffte nur, dass sich Savannah nicht zu sehr in Damien verknallte, denn dann wäre sie umso unglücklicher, wenn es wieder aus war. Sie wusste, wie sich diese Demütigung anfühlte, und das wünschte sie keinem, am wenigsten ihrer Schwester.

Scheiß drauf, dass sie jetzt allein an der Bar saß. Sie rührte in ihrem Drink, nahm noch einen Schluck und verdrängte den Gedanken an ihre Mutter. Peyton trank ganz gerne mal etwas, aber sie war keine Alkoholikerin. Alkoholiker tranken immer und überall, sie brauchten den Alkohol wie Nahrung. Peyton dagegen trank nur, wenn sie ausging und nur zum reinen Genuss. Sie hatte ja mitbekommen, wie schlimm es mit ihrer Mutter geworden war, seit sie zu Hause einsam vor sich hin trank, und diese Grenze wollte sie nie überschreiten.

Ihr Handy summte. Sie zog es heraus und sah Mikes Namen auf dem Display aufleuchten. Sie verzog das Gesicht und warf das Handy in die Tasche zurück. Sie würde ihn schon noch anrufen, um mit ihm Schluss zu machen, aber jetzt war echt nicht der richtige Zeitpunkt, um sich mit ihm auseinanderzusetzen. Schon gar nicht in einem lauten Club wie diesem.

Stattdessen beobachtete sie die Menschenmenge um sich herum. Mal sehen, ob sie ihren Bodyguard ausfindig machen konnte – Jackson. Eigentlich gefiel ihr der Gedanke nicht, dass er sie schon so lange ohne ihr Wissen im Visier gehabt hatte, aber andererseits gab es Schlimmeres, als einen heißen Typen auf den Fersen zu haben. Laut Adrian waren ihre Bodyguards immer in ihrer Nähe, ohne sich in der Öffentlichkeit zu erkennen zu geben – was in dem dunklen und vollen Club ein Leichtes war. Und Jackson schien sich gut darauf zu verstehen.

Schließlich entdeckte Peyton ihn doch. Sie grinste in sich hinein. Der Abend wurde allmählich interessanter. Jackson stand an der Ecke des Tresens, hinter einer großen Gruppe von Leuten, die nach Studenten aussahen. Wenn er nicht Anzug und Krawatte getragen hätte, wäre er gut als einer von ihnen durchgegangen.

Was Peyton wieder zu der Frage brachte, wie alt Jackson eigentlich war. Und wie war dieser junge Typ zu diesem Beruf gekommen?

Es gab nur eine Möglichkeit, das herauszufinden.

Sie nahm ihr halb leeres Glas und schlenderte ans Ende der Bar, von wo aus Jackson sie im Blick hatte. Sie hätte erwartet, dass er sich verziehen würde, nachdem Adrian ja gesagt hatte, ihre Bodyguards würden sie in der Öffentlichkeit in Ruhe lassen, aber er blieb, wo er war. So, wie Peyton ihn ansah, wusste er wohl, dass sie ihn nur aus einem Grund anpeilte: um mit ihm zu reden.

Jackson richtete sich etwas auf und hob eine Augenbraue, aber ansonsten zeigte er keine Regung. Die meisten Typen hätten gelächelt, sich ihr zugewandt, sie gefragt, ob es ihr hier gefalle oder – ganz klassisch – ob sie oft hierherkomme. Aber er nicht. Er sah sie einfach nur schweigend an und schluckte, und Peyton konnte sehen, wie sein Adamsapfel auf und ab hüpfte.

Sie ließ sich auf dem Barhocker nieder, der ihm am nächsten stand. Er war sowieso schon größer als sie, aber jetzt, wo sie saß, überragte er sie total. Da er anscheinend nicht der redselige Typ war, musste sie wohl das Gespräch beginnen.

»Hi«, sagte sie einfach.

Er straffte die Schultern und sah sie unbewegt mit distanziertem Blick an. »Kann ich etwas für Sie tun, Ms Diamond?« Seine Stimme war kraftvoll und ruhig und jedes Wort klang wohlbedacht. Was perfekt zu seinem Äußeren passte.

»Ms Diamond?« Peyton zog die Nase kraus und lachte. Sie war erst siebzehn. Noch nie hatte sie jemand mit Miss angesprochen. »So wird meine Mutter angeredet. Mein Name ist Peyton. Und du bist doch höchstens … drei Jahre älter als ich?«

Jackson räusperte sich. »Mein Alter tut nichts zur Sache«,

sagte er. »Ich arbeite für Ihre Familie, und das Protokoll verlangt, dass ich Sie förmlich anrede, da Ihr Vater mein Arbeitgeber ist.«

Peyton schnaubte leicht. »Und da du für Adrian arbeitest: Besagt das Protokoll nicht auch, dass du tust, worum seine Tochter dich bittet?«

»Kommt drauf an.«

»Auf was?«

»Darauf, ob das, was Sie möchten, möglicherweise meine Fähigkeit beeinträchtigt, auf Sie aufzupassen«, sagte er und ließ den Blick über die Menge schweifen. »Meine Aufgabe ist es, Sie zu schützen, egal was passiert.«

Er sah zwar mehr oder weniger wie ein Gleichaltriger aus, *klang* aber so, als sei er in den Dreißigern und würde zu einem Kind sprechen. Das verlangte wohl sein Job von ihm. Ob sie ihn dazu bringen konnte, seine Maske fallen zu lassen? Sicher eine zähe Angelegenheit, aber Peyton war keine Herausforderung zu groß. Der Gedanke gefiel ihr. Sie schlug aufreizend die Beine übereinander und setzte ein bewusst neckisches Lächeln auf. Oh ja, das würde Spaß machen.

»Ich kann mir kaum vorstellen, wie meine Bitte, mich beim Vornamen zu nennen, dich daran hindern sollte, mich zu beschützen.«

Sie hätte schwören können, dass sich seine Mundwinkel zu einem winzigen Lächeln verzogen, aber es war bereits wieder verschwunden, ehe sie ganz sicher war. »Da haben Sie wohl recht, Peyton.«

»Schön.« Sie lehnte sich zurück und legte einen Arm lässig auf den Tresen. »Und ich nenne dich Jackson. Das ist doch dein Vorname, oder? Du bist ja wohl keiner von denen, die jeder mit Nachnamen anspricht?«

»Sie stellen eine Menge Fragen«, sagte er und lächelte jetzt wirklich. »Aber sollten Sie Ihre Zeit nicht lieber mit Ihren Freunden verbringen, statt mit mir zu reden?«

»Ich habe hier keine Freunde«, stellte Peyton klar. »Bis jetzt bist du der einzige.«

Sein Ausdruck wurde wieder abweisender, aber die Sommersprossen auf seiner Nase ließen ihn dann doch nicht total stahlhart aussehen. »Ich bin Ihr Bodyguard, Peyton, nicht Ihr Freund.«

»Du sollst also jede Minute, in der ich wach bin, auf mich aufpassen, und wir dürfen keine Freunde sein?« Peyton tat verwirrter, als sie war. »Klingt doch absurd.«

»Das ist mein Job«, erklärte er. »Und ich habe nicht vor, ihn zu verlieren, nachdem ich ihn gerade erst bekommen habe.«

»Aber ich dachte, ihr alle hättet schon ewig auf mich und meine Schwestern aufgepasst.« Jetzt war Peyton wirklich verwirrt.

»Das trifft auf Carl und Teddy zu.« Jackson blieb frustrierend förmlich. »Ich bin erst seit ungefähr sieben Monaten Ihr Bodyguard, nachdem mein Vorgänger in Rente gegangen ist.«

»Seit sieben Monaten«, wiederholte sie und starrte in ihr Glas. »Das heißt also, dass du das Schlimmste mitbekommen hast.«

»Was meinen Sie damit?«, fragte er.

Sie sah ihn wieder an und war überrascht über seinen besorgten Blick. »Na ja, vor sieben Monaten ist es mit meiner Mutter steil bergab gegangen. Es war ja schon immer ziemlich schlimm, aber ab diesem Zeitpunkt ...« Peyton versuchte sich zu erinnern, was damals los gewesen war. »Da hat sie ihren ersten Job als Kellnerin verloren und hat in einer Woche drei verschiedene Typen mit nach Hause gebracht. Echt ätzend.«

»Ja.« Er schluckte. »So um die Zeit habe ich angefangen.«

»Wahrscheinlich hast du uns alle für einen jämmerlichen Haufen gehalten.« Vor ihren Freunden hatte Peyton ihr Leben zu Hause geheim gehalten. Aber für Jackson war es jetzt ja ein offenes Geheimnis.

»Nein, habe ich nicht.« Er schüttelte den Kopf. »Überhaupt nicht. Ich war von Ihnen beeindruckt. Und bin es immer noch. Sie sind stärker als die meisten in Ihrem Alter.«

»Ach ja?« Peyton lachte. »Wie kommst du denn darauf?«

»Weil ich nie vergessen werde, was mit dem letzten Typen passiert ist, den Ihre Mutter in jener Woche angeschleppt hatte«, sagte er. Peytons Kehle schnürte sich zu, denn sie wusste sofort, welchen er meinte. »Der Kerl, der die Drogen in Ihr Haus gebracht hat. Ich habe durch ein offenes Fenster beobachtet, wie Sie ins Zimmer kamen, in der einen Hand ein Handy, in der anderen ein Messer; wie Sie ihn angeschrien haben, er solle mitsamt den Drogen verschwinden, oder Sie würden die Polizei rufen und ihn lebenslänglich hinter Gitter bringen. Ich hatte die ganze Zeit die Hand an meiner Pistole, bereit, hineinzustürzen und Sie zu beschützen, falls er handgreiflich würde. Zum Glück ist er davongerannt, aber das war wirklich leichtsinnig von Ihnen. Was, wenn er nun auch bewaffnet gewesen wäre?«

»Daran hab ich in dem Moment gar nicht gedacht«, sagte sie. Später war ihr natürlich klar geworden, wie gefährlich die Aktion gewesen war. »Ich wusste nur, dass meine Mutter mit dem Alkohol schon genug Probleme hatte, und wollte auf keinen Fall, dass der Loser auch noch einen Junkie aus ihr macht. Das sollte sie meinen Schwestern nicht auch noch antun.«

»Sie haben ihnen nie davon erzählt, oder?«

»Nein«, sagte Peyton. »Es war schon ziemlich spät, als es passierte. Sie haben schon geschlafen. Meine Mutter hatte sich bewusstlos gesoffen, und deshalb ist der Loser wahrscheinlich ins Wohnzimmer gekommen, um sich einen Schuss zu setzen. Er hatte wohl nicht erwartet, dass ich noch wach war. Der hatte doch tatsächlich die Nerven, mich zu fragen, ob ich auch einen Schuss wolle.« Sie schnaubte abfällig. »Was für ein Idiot.«

»Tja, er hatte eben keine Ahnung, mit wem er es da zu tun hatte.« Jackson fixierte ihre Augen, und in diesem Moment spürte Peyton deutlich, wie es zwischen ihnen knisterte. Er hatte genau den Blick drauf, mit dem Jungs sie ansahen, wenn sie sie küssen wollten, und sie beugte sich näher zu ihm heran. Doch er wich zurück und das Knistern verschwand. »Wir sollten uns wirklich nicht unterhalten, Peyton. Ich bin Ihr Bodyguard, sonst nichts.«

»Ich finde, das können wir ruhig tun«, widersprach sie. »Ich verpetze dich auch nicht bei Adrian, versprochen.« Sie ließ ihr langes Haar über eine Schulter fallen und sah ihn verführerisch an, wohl wissend, dass diesem Blick kein Typ widerstehen konnte.

Er zog die Brauen zusammen, als ringe er mit sich selbst, und sah sie so eindringlich an, dass Peyton schon dachte, er würde sich doch noch öffnen. »Es gehört sich nicht«, sagte er schließlich. »Sie sollten sich lieber Gleichaltrigen widmen.«

Sie zog eine Grimasse und lehnte sich zurück. Er schien ihr tatsächlich einen Korb zu geben. »Nur noch eine Frage, dann lasse ich dich in Ruhe«, sagte sie, auch wenn sie hoffte, sich nicht an dieses Versprechen halten zu müssen.

Er blieb stumm, was Peyton als Aufforderung nahm, fortzufahren.

»Wie alt bist du denn nun?«, fragte sie.

»In drei Monaten werde ich dreiundzwanzig.«

»Also zweiundzwanzig«, sagte sie triumphierend. Nur fünf Jahre älter als sie – gar nicht so schlecht. »Und wie bist du so jung zu diesem Job gekommen?«

»Sie haben gesagt: *eine* Frage«, erinnerte er sie. »Das sind schon zwei.«

»Okay, okay«, schnaubte Peyton und trank ihren Martini aus. Dieses Mal hatte er gewonnen, aber sie würde nicht lockerlassen. Nicht, wo er so viel mehr über sie wusste als alle anderen. »Für heute Abend lasse ich dich in Ruhe, aber glaub nicht, dass ich so tue, als würdest du nicht existieren, nur weil du den Auftrag hast, mir meine Privatsphäre zu lassen. Im Aufzug oder wo immer wir uns sonst sehen, werde ich dich ganz sicher nicht ignorieren.«

»Einen schönen Abend noch, Peyton« war Jacksons einzige Antwort.

Sie begriff den Wink, dass sie jetzt endlich gehen sollte, schob ihr leeres Glas über den Tresen und drängte sich durch die Menge zur Mitte des Clubs, von wo aus sie über die Brüstung hinweg das Treiben im ersten Stock beobachtete. Die Tanzfläche war vollgestopft, und nach diesem unbefriedigenden Gespräch mit Jackson wollte Peyton nichts lieber, als sich ins Gewühl zu stürzen und sich in der Musik zu verlieren. Sie ging nach unten, betrat die Tanzfläche und ließ sich von dem lauten Beat mitreißen. Sie tanzte mit verschiedenen Jungs, aber immer nur ein paar Minuten, um sich beim nächsten Song einen anderen zu suchen. Sie hoffte, dass Jackson ihre Show genoss. Wenn er sah, dass sein Desinteresse sie kaltließ, würde er sie beim nächsten Mal bestimmt nicht so schnell gehen lassen. Er war jetzt ihr Fernziel. Aber bis dahin wollte Peyton Spaß haben.

Da entdeckte sie das dunkelhaarige Mädchen aus dem Studio. Ihre Blicke kreuzten sich und der Ausdruck des Mädchens wurde hart. Sie tanzte mit einem Jungen, der etwas größer war als sie, und zwar so eng, dass ihre Körper zu einem verschmolzen. Peyton hätte gerne sein Gesicht gesehen. Aber er drehte ihr den Rücken zu und sie sah nur sein dunkles, zerzaustes Haar.

Das Mädchen flüsterte ihm etwas ins Ohr. Er drehte den Kopf und sein Blick traf auf den von Peyton. Es lag etwas in diesem Blick, was sie neugierig darauf machte, wie es wohl war, mit ihm zu tanzen – sich gemeinsam mit ihm in der Musik zu verlieren. Er hatte weiche Gesichtszüge, doch sein Grinsen sagte Peyton, dass er keineswegs ein Unschuldsengel war. Er sagte etwas zu dem Mädchen, woraufhin sie zur Treppe marschierte, die in die VIP-Lounge führte. Im Vorübergehen schoss sie Peyton einen bösen Blick zu.

Der Typ nahm Peyton ins Visier und kam auf sie zu. Ihr Puls beschleunigte sich, und sie konzentrierte sich ganz auf die Musik, um ruhig zu bleiben.

»Wollen wir tanzen?« Seine Stimme war viel weicher, als Peyton vermutet hätte.

»Warum nicht«, sagte sie gelassen. Das war genau die Art von Annäherung, die sie gewohnt war. Wer immer dieser Junge war, er gab ihr ein begehrenswertes Gefühl – ein riesiger Fortschritt gegenüber dem Gespräch mit Jackson.

Die Musik wurde jetzt schneller und er zog sie enger an sich, sodass ihre Wange seine berührte. Er roch nach Alkohol und Rauch, aber egal. Sie wahrscheinlich auch.

»Welche von den süßen Diamond-Schwestern bist du?«, fragte er dicht an ihrem Ohr.

»Woher willst du wissen, dass ich eine der Diamond-Schwestern bin?« Sie lehnte sich zurück, um zu ihm aufzusehen, und versuchte, geheimnisvoll zu klingen. Neuigkeiten verbreiteten sich hier anscheinend wie ein Lauffeuer.

»Einfach drauflosgeraten.« Er strich ihr mit dem Daumen über den Rücken und sie erschauerte bei seiner Berührung. »Um genau zu sein, ich hab dich vorhin mit Adrian reinkommen sehen.«

»So?« Sie fühlte sich geschmeichelt, dass sie ihm aufgefallen war. »Ich bin Peyton.«

»Peyton«, wiederholte er. »Hübscher Name. Gefällt mir.«

»Danke.« Das hatte noch keiner gesagt. »Und du bist …«

»Oliver«, antwortete er, und sein Tonfall klang irgendwie von oben herab. Er schien davon auszugehen, dass die meisten Leute wussten, wer er war. »Oliver Prescott.«

»Na dann … hallo, Oliver«, sagte sie und lächelte ihn verführerisch an – genau wie Jackson vorhin. Aber im Gegensatz zu Jackson hatte das bei Oliver den Effekt, dass er sich umso enger an sie drückte. Der Remix eines bekannten Popsongs setzte ein und sie schmiegte sich an ihn. »Deine Freundin hat nicht sehr glücklich ausgesehen, als du sie weggeschickt hast, um mit mir zu tanzen.«

»Meine Freundin?« Oliver lachte. »Madison ist nur eine aus meiner Clique.«

»Aha.« Peyton hatte sich schon viele Jungs geangelt, aber die mit einer festen Freundin kamen nie infrage. Sie wollte keinesfalls das Risiko eingehen, verletzt zu werden oder sich am falschen Ort Feinde zu machen.

»Sehe ich etwa aus wie der Typ, der seine Freundin einfach wegschickt, um mit einer anderen zu tanzen?« Er wirkte amüsiert, aber Peyton hatte den Eindruck, dass er das durchaus ernst meinte.

»Abgesehen davon, dass ich dich erst wenige Minuten kenne …«, sie zog eine Augenbraue hoch, »schadet es nie, auf Nummer sicher zu gehen. Aber ich glaube dir.«

»Ach, du vertraust mir so einfach?«

»Ja, weil Madison definitiv nicht wie die Art von Mädchen aussieht, die zulassen würde, dass ihr Freund so was macht«, sagte Peyton.

»Da hast du allerdings recht.« Spielerisch ließ er einen Finger über ihren Arm gleiten, als wolle er jeden Zentimeter von ihr erkunden. Peyton genoss seine Berührung. Sein Nacken war leicht feucht von Schweiß und sie ließ ihre Finger durch sein weiches Haar gleiten.

»Wohnst du auch im Hotel?«, fragte sie.

»Nicht im *Diamond*«, sagte er. »Ich wohne gegenüber im *Gates*. Es gehört meinem Vater, wie noch ein paar andere auf dem Strip.«

»Dann sind deine und meine Familie also Konkurrenten?«

»Keine Konkurrenten«, sagte er und zog sie noch näher an sich. »Aber die Geschäfte unserer Väter sind doch gerade nicht so wichtig.«

»Nein«, hauchte Peyton. »Sind sie nicht.«

Eine Sekunde später lagen seine Lippen auf ihren. Er küsste sie so sanft, als ob er erst einmal ihre Reaktion testen wolle. Zuerst war sie wie benommen, doch dann grub sie die Finger in seine Haare und erwiderte den Kuss. Unwillkürlich stellte sie sich dabei vor, wie es wäre, wenn sie stattdessen Jackson küssen würde. Wenn sich seine kräftigen Arme um ihre Taille schlingen und seine vollen Lippen auf ihren liegen würden. Die Vorstellung, jemanden zu verführen, der eigentlich absolut tabu war, gab ihr einen Kick und ließ ihr Blut schneller pulsieren. Sie drängte sich so eng an ihn, dass kein Blatt mehr zwischen sie gepasst hätte. Natürlich war ihr klar, dass es Oliver war – nicht Jackson –, aber sie wusste ja, dass Jackson zusah.

Plötzlich sah sie Mikes Bild vor sich – seine süßen blauen Augen und das Leuchten darin, wenn er sie ansah –, und Peyton kniff die Augen fester zusammen, als ob sie damit jede Erinnerung an ihren Noch-Boyfriend auslöschen könnte. Es funktionierte tatsächlich. Während sie knutschend weitertanzten, wünschte sie sich, irgendwo ungestört zu sein.

Sie machten noch drei Songs lang so weiter, bis Peyton

entschied, endlich vorzuschlagen, von hier abzuhauen. Doch genau in diesem Moment wurde die Musik leiser, und die Ansage ertönte, dass in fünf Minuten David Guetta auf die Bühne kommen und das Feuerwerk anfangen würde. Peyton fluchte still vor sich hin. Der Augenblick – der sehr *ausgedehnte* Augenblick – zwischen ihr und Oliver war dahin. Sein Körper berührte zwar immer noch ihren, aber ohne die verführerische Intensität von gerade eben.

Er legte seine heiße, feuchte Stirn an ihre. »Lass uns nach oben gehen und das Feuerwerk von dort aus ansehen. Dann kannst du auch ein paar von meinen Freunden kennenlernen.«

»Okay«, stimmte sie zu, obwohl sie ihn viel lieber weitergeküsst und Freunde und Feuerwerk sein gelassen hätte.

Er ging voraus, und als sie die VIP-Lounge erreichten, sah Peyton sich nach Jackson um, konnte ihn jedoch nirgends entdecken. Nachdem sie ihm vorhin so auf die Pelle gerückt war, bemühte er sich jetzt vielleicht mehr darum, außer Sicht zu bleiben.

Dennoch wusste sie, dass er ganz in ihrer Nähe war.

12

Madison

Madison konnte kaum fassen, dass Oliver sie für dieses Zirkuspferd hatte stehen lassen. Was bildete er sich ein?

Als sie oben ankam, überlegte sie, wie sie an den Tisch mit ihren Freunden zurückgelangen konnte, ohne auf Nick zu stoßen. Sie würde es nicht aushalten, wenn er sie wieder darauf ansprach, warum sie Schluss gemacht hatte. Ausgerechnet wegen Brett, der jedoch nicht »mehr als ein guter Freund« für sie sein wollte und ansonsten nicht an ihr interessiert war. Zum Heulen. Einfach ätzend. Niemand durfte das je erfahren – nicht mal Oliver. Normalerweise erzählte sie Oliver alles, aber das hier – never ever.

Ohne einen Blick in Nicks Richtung zu werfen, machte Madison einen großen Bogen durch den Club. Sie konnte ihm nicht ewig aus dem Weg gehen, das wusste sie, aber solange noch keine Schule war, konnte sie sich von ihm fernhalten.

Der vierte Juli sollte eigentlich der Höhepunkt des Sommers sein, stattdessen war ihr dieser ganze Tag gründlich vermiest worden. Die Ankunft der Diamond-Sisters in der Stadt, Damien, der sich an eine von ihnen ranmachen wollte, Olivers dämliche Wette, und dann hatte er sie auch noch auf der Tanzfläche stehen lassen. Ganz zu schweigen von Bretts Abfuhr.

Kalorienlimit hin oder her – sie brauchte noch einen Drink.

Sie setzte sich an die Bar, bestellte erneut einen Chardonnay, genoss das volle, sanfte Aroma und fühlte sich gleich ein wenig besser. Sie warf einen Blick auf die Nische, in der ihre Clique immer noch saß – Larissa dicht neben Harrison, während Kaitlin, Tiffany und ein paar andere eine Runde Tequilas kippten.

Damien fehlte. Die beiden anderen Diamond-Schwestern hatte sie auch nirgends gesehen. Und Brett schien ebenfalls gegangen zu sein.

Was war eigentlich los?

Sie seufzte. Am liebsten wäre sie in ihr Zimmer hinaufgegangen und hätte sich einen Film angesehen, aber es war nicht ihre Art, sich einfach so auszuklinken und aufzugeben. Sie wollte *Spaß* haben an diesem Abend. Vielleicht lernte sie ja einen Neuen kennen, der sie Brett vergessen ließ.

»Sieht so aus, als ob dein Abend genauso toll verläuft wie meiner«, sagte eine Stimme hinter ihr.

Madison drehte sich abrupt um. Wenn sie geglaubt hatte, der Tag könne gar nicht schlimmer werden, hatte sie sich getäuscht. Es war natürlich Nick. Sie musterte ihn und war überrascht, wie mitgenommen er aussah. Unter seinen blitzblauen Augen lagen dunkle Ringe.

Er setzte sich auf den Barhocker neben sie und brachte ein schwaches Lächeln zustande, was ihr schlechtes Gewissen verstärkte.

»Mein Abend *ist* toll«, log sie. »Ich bin nur an die Bar, um schnell mal was zu trinken – bin praktisch schon wieder auf dem Weg zu meinen Freunden.« Sie machte eine Geste zu dem Tisch, an dem Larissa allen gerade Sekt nachschenkte. Wenn sie nur eine Minute eher hinübergegangen wäre, dann hätte sie die Begegnung mit Nick vermeiden können. In der Hoffnung, dass er den Wink verstand, nahm sie ihr Glas und rutschte vom Hocker.

»Warte.« Sein flehender Blick ließ sie innehalten. »Ich wollte mit dir reden.«

»Es gibt nichts mehr zu reden.« Beim harten Klang ihrer Stimme zuckte Madison selbst zusammen.

»Doch, gibt es.« Er sah so niedergeschlagen aus, dass Madison es nicht schaffte, einfach zu gehen. »Ich hab so viel über alles nachgedacht, was zwischen uns passiert ist, und es ergibt einfach keinen Sinn. Du hast doch gesagt, dass du mit keinem jemals so glücklich warst, aber dann bist du ins *Diamond* gezogen, und auf einmal war alles anders. Was ist passiert, Madison? Du weißt doch, dass du mir alles sagen kannst, oder? Lass mich doch nicht so auflaufen.«

»Ich hab's dir doch schon gesagt.« Madison hasste es, alles noch mal durchkauen zu müssen. Wieso machte er es sich selbst so schwer?

»Du hättest ›das Interesse verloren‹, ich weiß«, murmelte Nick. »Aber das kauf ich dir nicht ab.« Er sah sie direkt an und Madison zuckte angesichts seiner Hartnäckigkeit überrascht zusammen. »Ich will, dass du mir die Wahrheit sagst. Was es auch ist, ich habe Verständnis dafür. Versprochen. Erst dann werden wir von vorn anfangen und wieder glücklich sein können.« Madison wollte etwas sagen, aber er hielt sie zurück. »Sag jetzt nicht, dass du glücklich bist, weil ich weiß, dass es eine Lüge ist. Lüg mich nicht an, Mads.«

Nick sah so verletzlich aus. Madison hasste, was sie jetzt tun musste.

»Na schön. Du willst die Wahrheit wissen?«

Seine Augen weiteten sich vor Hoffnung. Sie wusste, dass sie ihm jetzt wehtun würde, aber da musste sie durch. Ein klarer Schnitt war die einzige Möglichkeit für ihn, wieder glücklich zu werden. Das Beste war also tatsächlich, einfach ehrlich zu ihm zu sein – auch wenn es ihm das Herz zerreißen würde.

»Einen Abend lang lief etwas mit einem anderen, als wir noch zusammen waren«, sagte sie so ruhig wie möglich. Es kam ihr so vor, als stehe sie neben sich und hörte sich selbst dabei zu.

Nick sah sie an, als würde er sie nicht wiedererkennen. »Was?«, fragte er schließlich fassungslos. »Du hast mit einem anderen *geschlafen?*«

»Ich hab mit niemandem geschlafen – so gut müsstest du mich eigentlich kennen –, aber ich hatte mich in einen anderen verliebt, und wir haben uns geküsst.« Madison versuchte, nicht darüber nachzudenken, wie schmerzhaft das für ihn sein musste.

»Das glaub ich nicht.« Er schüttelte abwehrend den Kopf, als wollte er der Wahrheit einfach nicht ins Gesicht sehen.

»Es stimmt aber.« Sie ließ den Wein in ihrem Glas kreisen und fühlte sich fürchterlich. Als ob etwas in ihr zerbrechen würde. Nick sah so am Boden zerstört aus. »Es tut mir leid«, sagte sie und versuchte, die Tränen zurückzuhalten, während sie sich einredete, das Richtige zu tun. Nick war so ein netter Kerl.

Schließlich fragte er: »Wer war es?«

»Das spielt doch keine Rolle.« Madison brachte es nicht über sich, Bretts Namen auszusprechen – sonst würde sie gleich losheulen. Wenn sie sich bloß nie in Brett verliebt hätte. Wenn sie doch nie seine Biologie-Tutorin geworden wäre, wenn sie bloß nie mit ihm *geredet* hätte! Ihr Leben wäre so viel einfacher verlaufen. Was ihre Beziehung zu Nick allerdings auch nicht besser gemacht hätte. Nick war ein toller Junge, aber Madison glaubte an »Seelenverwandtschaft«, und Nick war einfach nicht »der Richtige«.

Nick schlug mit der flachen Hand auf den Tresen. »Für mich spielt es aber eine Rolle«, sagte er so heftig, dass sie zusammenzuckte. »Sei wenigstens so fair und sag, wer es war.«

»Niemand von Bedeutung.« Sie rang um Fassung. »Es war eine einmalige Sache und ich fühle mich furchtbar deswegen, aber ich kann nicht ändern, was passiert ist. Es tut mir leid.« Sie wollte gehen, doch Nick umklammerte ihr Handgelenk und hielt sie zurück.

»War es Oliver?« Bei dem Namen verzog er das Gesicht.

»Oliver?« Über diese Vermutung musste Madison wirklich lachen. »Wie kommst du denn auf Oliver?«

»Ich hab euch beide vorhin zusammen gesehen«, sagte er und lockerte seinen Griff. »Ihr habt ziemlich vertraut gewirkt.«

»Und was, wenn es Oliver gewesen wäre?« Besser, er hatte Oliver in Verdacht, als dass er die Wahrheit herausfand. Im

Hintergrund hörte sie, wie David Guetta und das Feuerwerk angekündigt wurden, und Madison riss sich von ihm los.

»Dann solltest du wissen, dass er unten auf der Tanzfläche mit einer der Diamond-Schwestern rumgeknutscht hat«, sagte Nick. »Sie waren noch ziemlich heftig zugange, als ich vorbeigekommen bin.«

Madison hasste die Vorstellung von Oliver und diesem Zirkuspferd. Doch dann ärgerte sie sich über sich selbst, weil sie auf eine von Olivers zahllosen Affären eifersüchtig war. Das Diamond-Girl war sowieso nur Teil seiner dämlichen Wette mit Damien. Sobald er sie abgeschleppt hatte, würde er sie fallen lassen und sich eine Neue suchen. »Hat denn inzwischen jeder von diesen Diamonds gehört?«, fragte sie.

»So was spricht sich hier schnell rum«, erwiderte Nick.

»Also, es war nicht Oliver, und es ist mir egal, mit wem er knutscht. Und tu mir bitte den Gefallen und lass mir etwas Freiraum.« Eigentlich wollte sie noch sagen, dass sie gerne weiterhin mit ihm befreundet wäre, wenn ein bisschen Gras über alles gewachsen wäre, aber sie schaffte es nicht. Schließlich war sie ja diejenige gewesen, die ihn betrogen hatte.

»Wie auch immer.« Er hob geschlagen die Hände. »Ich hau ab. Man sieht sich.«

Madison blickte ihm nach, während ihr ihre eigenen Worte im Kopf widerhallten. Das Schlimmste daran war, dass alles der Wahrheit entsprach. Sie war wirklich schrecklich. Und es gab nichts, womit sie Nick trösten konnte.

Sie ging zu ihren Freunden zurück und tat so, als sei nichts gewesen. Gemeinsam traten sie auf den Balkon, um das Feuerwerk anzusehen. Kurz darauf tauchten Damien und

Savannah auf, gefolgt von Oliver und Peyton. Beim Anblick dieser beiden neuen Pärchen dröhnte Madison der Kopf. Sie massierte sich die Schläfen, um sich ein bisschen zu entspannen. Es half nicht.

Damien und Oliver versuchten, sie zu sich zu winken, doch sie ignorierte sie und schob sich stattdessen zwischen Larissa und Kaitlin. Hier fühlte sie sich wenigstens vorübergehend in Sicherheit.

Sie war so aufgewühlt, dass sie das Feuerwerk kaum wahrnahm. Als es schließlich vorüber war, murmelte sie etwas davon, sich nicht wohlzufühlen, und beschloss, nun doch auf ihr Zimmer zu gehen. Um sich nicht mit quälenden Gedanken über Brett, Nick oder diese Diamonds herumschlagen zu müssen, nahm sie eine Schlaftablette und ging sofort ins Bett.

Morgen würde sie sich bestimmt besser fühlen.

Morgen war schließlich auch noch ein Tag.

www.campusbuzz.com

Goodman-Highschool › Las Vegas › Nevada

Die Diamond-Sisters

Gepostet Dienstag, 05.07., 09:26

Die Diamond-Sisters sind gestern Abend im *Myst* aufgekreuzt. Savannah, Courtney und Peyton. Die Gerüchte stimmen also. Sie sind in der Stadt, und sie sind hier, um zu bleiben. Und nicht nur das, sie fangen im Herbst auch auf der Goodman an. Wird für einigen Wirbel sorgen, was?

Abgesehen von ihrem furchtbaren Style (immerhin, die Jüngste, Savannah, sah nicht ganz so schlimm aus wie die anderen beiden) haben sie Adrians gutes Aussehen geerbt (okay, er ist alt, aber er sieht wirklich toll aus). Schätze, eine gewisse tonangebende Brünette – ich nenne keine Namen – kann sich auf ernsthafte Konkurrenz gefasst machen.

1: Gepostet Dienstag, 05.07., 09:40

okay, zwei von ihnen sind heiß, aber die mit den blauen strähnen ...??? mit ihrem meterdicken make-up, dem nuttigen outfit und den gruseligen goth-armreifen sieht sie wie 'ne touristenschlampe aus.

2: Gepostet Dienstag, 05.07., 09:45

oliver prescott war da wohl anderer meinung. hat den ganzen abend mit ihr auf der tanzfläche rumgeknutscht. und wenn man von dem make-up und den haaren absieht, ist sie auch wirklich die heißeste von den dreien. hätte nichts dagegen, auch mal ranzudürfen. wir alle wissen ja, wie schnell oliver seine mädels ablegt. hab gehört, dass zwischen ihm und einem freund 'ne wette läuft: bis zum schulanfang will er alle drei diamond-schwestern ins bett kriegen. sie ist also jederzeit zu haben.

3: Gepostet Dienstag, 05.07., 10:08
oliver ist so ein scheißkerl, der treibt's doch mit jeder.

4: Gepostet Dienstag, 05.07., 10:23
mir egal, ich find ihn trotzdem heiß!

5: Gepostet Dienstag, 05.07., 10:37
Das sagt ihr nur über Oliver, weil ihr ihn nicht kennt. Jemand wie Oliver zu kriegen, ist wie ein Sechser im Lotto. Er ist süß und echt nett, aber wenn man so ein jämmerliches Etwas ist, das dazugehören will, aber nicht dazugehört, kann man das natürlich nicht wissen.

6: Gepostet Dienstag, 05.07., 10:46
oooh – ist das etwa peyton, die sich da für ihren typen starkmacht? verlieb dich bloß nicht zu sehr! aber keine sorge, ich bin da und tröste dich, wenn er dich fallen lässt.

7: Gepostet Dienstag, 05.07., 10:59
hat wohl was mit damien sanders zu tun. hab gehört, dass die beiden nur deshalb solche aufreißer sind, weil sie heimlich was miteinander haben. schade um die 2 heißesten typen der ganzen schule.

8: Gepostet Dienstag, 05.07., 11:08

So was Idiotisches. Damien und Oliver sind beste Freunde. Und übrigens war Damien den ganzen Abend mit Savannah Diamond zugange. Es heißt, dass sie zusammen in den Höhlen verschwunden sind und aussahen, als ob sie's richtig krachen lassen würden …

9: Gepostet Dienstag, 05.07., 11:11

Hab auch so was gehört. Einen Abend in Vegas und schon Sex mit Damien Sanders. So was Nuttiges!

10: Gepostet Dienstag, 05.07., 11:24

Was ist eigentlich mit der dritten Schwester? Courtney. Sie ist nicht mal fünf Minuten gesichtet worden.

11: Gepostet Dienstag, 05.07., 11:36

wer weiß? und wen interessiert's? hört endlich auf zu chatten und lebt euer eigenes leben.

12: Gepostet Dienstag, 05.07., 11:50

sagt derjenige, der selbst chattet!

13

Savannah

Nach dem Aufwachen checkte Savannah als Erstes ihr Handy. Sie jubelte innerlich, als sie eine SMS entdeckte. Doch dann stellte sie zu ihrer Enttäuschung fest, dass sie von Evie war.

> schön, dass du gestern angerufen hast, auch wenn's ECHT superspät war (oder früh?) und du mich aufgeweckt hast … kann's immer noch nicht fassen, dass ADRIAN DIAMOND dein Vater ist. also, auch wenn's erst einen Tag her ist, ohne dich ist es hier nicht das gleiche. sag bescheid, sobald du ein iphone hast, und wir können FACETIMEN! Xxoo S. E. C. 4 life! <3

Damien hatte sich nicht gemeldet. Dabei hatte er sie gestern noch mal geküsst, nachdem er sie zum Apartment gebracht hatte, und gesagt – wow, echt Wahnsinn! –, dass er ihr am Morgen texten würde. Jetzt war es Morgen – oder fast schon Mittag, da sie ausgeschlafen hatte –, aber keine Nachricht von ihm. Hatte sie was falsch gemacht?

Vielleicht spielte er ja auch das typische Spielchen und wollte drei Tage verstreichen lassen, ehe er sich wieder bei ihr meldete. Savannah hasste dieses Spiel. Andererseits wollte sie aber auch nicht verzweifelt rüberkommen und ihm als Erste schreiben.

Am besten war es wohl, wenn sie heute »rein zufällig« auf ihn stieß. Wo er wohl am ehesten abhängen würde?

Dann fiel es ihr ein – im Fitnessstudio. Normalerweise ging Savannah erst ein paar Wochen vor der Volleyballsaison regelmäßig zum Training, aber in *dieser* Situation würde sie eben heute damit anfangen. Abgesehen davon, dass sie keine Ahnung hatte, wie schwierig es sein würde, an der Goodman ins Volleyballteam aufgenommen zu werden, und es nichts schaden konnte, so früh wie möglich in Form zu kommen. Falls die überhaupt ein Volleyballteam hatten. Was eigentlich, wenn nicht? Immerhin spielte sie schon seit der sechsten Klasse Volleyball. Vielleicht konnte sie das ja sogar mit Damien besprechen, wenn sie ihm über den Weg lief.

Überhaupt gab es gar keinen Grund, *nicht* mit dem Training anzufangen. Daheim konnte sie nur während des Schuljahrs trainieren, denn da konnte sie kostenlos an die Geräte in der Fairfield-High. In den Sommerferien trainierte sie gar nicht, weil dann Joggen die einzige Alternative war. Und dafür war es tagsüber definitiv zu heiß und ihre Gegend abends nicht sicher genug. Doch jetzt hatte sie ja auf derselben Etage ein Studio.

Stellte sich nur noch die Frage, was sie anziehen sollte. Sie hatte ja noch gar keine Zeit zum Shoppen gehabt, aber immerhin besaß sie noch ein paar coole Sportklamotten aus Kalifornien. Die schwarzen Stretchshorts und das Top mit den Spaghettiträgern, in denen sie gerne trainierte, waren nicht teuer gewesen, betonten aber ihren schlanken Körper.

Und auch wenn sie gerne so groß und hübsch wie Courtney gewesen wäre oder Peytons Kurven und hohe Wangenknochen gehabt hätte, wusste sie ihre eigenen Vorzüge zur Geltung zu bringen. Sie hielt ihre Haare hoch, posierte vor dem Spiegel und lächelte sich zu. Nach dem Schlafen hing ihr Haar immer furchtbar schlaff herunter. Wie ihr eine Haaraufhellung wohl stehen würde? Bisher hatte sie nie das Geld gehabt, um sich die Haare zu färben. Aber jetzt, mit der neuen Kreditkarte, konnte sie ihr Äußeres endlich nach ihren Wünschen stylen. Wenn sie ein neuer Mensch werden wollte, musste sie sich natürlich auch äußerlich verändern.

Um herauszufinden, was der Friseursalon des Hotels im Angebot hatte, trat sie an ihr neues MacBook Pro, das Adrian gestern Abend, während sie aus waren, ins Apartment hatte bringen lassen. Nicht nur für sie, sondern natürlich auch für Peyton und Courtney, zusammen mit der Nachricht, dass sie die Laptops ja benötigen würden, sobald die Schule losging, und dass es ihm leidtäte, nicht mehr Zeit mit ihnen verbringen zu können, weil er mit der großen Eröffnungsfeier beschäftigt sei. Aber er hoffe, das bald gutmachen zu können. Savannah war dankbar für den Laptop, denn sie hatte noch nie einen eigenen gehabt. Was sie allerdings tatsächlich traurig stimmte, war, dass Adrian so wenig Zeit für sie und ihre Schwestern hatte. Hoffentlich änderte sich das auch wirklich, sobald die Eröffnung gelaufen war.

Sie rief das *Diamond Hotel* auf und fand eine Liste mit den Angeboten des Salons: Extensions, Strähnchen, Maniküre, Pediküre, Augenbrauenzupfen, Wimpernfärben und -verlängern. Schminkkurse und Gesichtsmassagen wurden ebenfalls angeboten. Alles wahnsinnig teuer – ein normaler Haarschnitt kostete hundertfünfundzwanzig Dollar! –, aber wegen des Geldes musste sie sich ja keine Gedanken mehr machen. Sie wusste zwar nicht, wie ein Haarschnitt so viel wert sein konnte, aber sie würde es herausfinden.

Wie es aussah, konnte sie locker einen ganzen Tag in diesem Salon verbringen. Hoffentlich hatten sie morgen noch einen Termin frei. Sie stellte eine Liste zusammen mit allem, was sie gemacht haben wollte, und griff zum Telefon.

»*Diamond Spa & Salon*«, meldete sich eine freundliche Stimme am anderen Ende. »Wie kann ich Ihnen helfen?«

»Ich würde gerne für morgen ein paar Termine vereinbaren.« Savannah versuchte, sich nicht anmerken zu lassen, dass sie zum ersten Mal in einen solchen Salon ging.

»Aber sehr gerne.« Die Frau klang irgendwie etwas übertrieben zuvorkommend. »Was darf's denn sein?«

Savannah las alles von ihrer Liste ab.

Im Hintergrund hörte sie ein Mausklicken. »Leider haben wir morgen nicht genug freie Termine, um das alles unterzubringen«, sagte die Frau. »Wie wäre es am Freitag um neun Uhr? So früh müssten Sie schon da sein, damit wir Zeit für alles haben.«

»Klar, das geht auch.« Natürlich hätte Savannah am liebsten schon morgen die Rundumerneuerung vornehmen lassen, aber bis Freitag war es ja nicht mehr lang.

»Wunderbar«, sagte die Frau. »Dürfte ich bitte Ihren Namen, das Gebäude und die Zimmernummer haben?«

»Savannah Diamond«, antwortete sie. »Ich wohne im *Residences*, in Zimmer 7501.«

»Ms Diamond«, entfuhr es der Frau. »Dieses Missverständnis tut mir leid – natürlich kann ich morgen die entsprechenden Termine für Sie frei machen, und ich buche Sie bei den besten Stylisten, die wir haben. Ist neun Uhr genehm?«

Savannah war beim Telefonieren herumgelaufen, doch bei diesen Worten blieb sie wie angewurzelt stehen. Konnte die Frau wirklich die Termine eines ganzen Tages umlegen, nur weil Adrians Tochter am Apparat war? »Ja, das klingt super«, sagte sie verblüfft. »Danke.«

»*Wir* haben zu danken«, erwiderte die Frau. »Ich heiße Jessie, und wenn Sie noch etwas benötigen sollten, lassen Sie es mich einfach wissen.«

Savannah stellte den Hörer wieder in die Basisstation und lächelte. Sie konnte es kaum erwarten, Evies Kommentare zu lesen, wenn sie ihr erst mal ihr »neues Ich« auf Facebook präsentiert hatte.

Dann textete sie an Evie, dass sie ihr ebenfalls fehle und dass sie natürlich facetimen würden, sobald sie ein iPhone hatte. Doch jetzt musste sie sich auf ihr Projekt *Damien finden* konzentrieren. Sie stellte Musik an und sang in ihre Haarbürste wie in ein Mikro, während sie knallpinken Lipgloss, Concealer und wasserfeste Mascara auflegte. Wenn sie Damien im Fitnessstudio traf, wollte sie natürlich gut aussehen.

Zum Glück waren Peyton und Courtney nicht im gemeinschaftlichen Wohnzimmer. Da sie keine Lust auf eine weitere Inquisition hatte wie die, der Courtney sie letzte Nacht unterzogen hatte, als sie zurückgekommen war, hinterließ sie eine Nachricht auf dem Dielentisch. So würden sich ihre Schwestern nicht fragen, wo sie abgeblieben war, und Savannah konnte trotzdem ihre eigene Entscheidung treffen. Schließlich war sie alt genug. Okay, Damien war schon heftiger rangegangen, als sie erwartet hatte, aber das kam daher, dass er älter und erfahrener war. Er hatte es respektiert, als es ihr zu viel wurde, und das zählte doch schließlich. Oder?

Als sie das Apartment verließ, standen alle drei Bodyguards vor der Tür. Savannah wusste, dass sich Adrian um ihre Sicherheit Sorgen machte – was ja nach Courtneys Entführung auch klar war –, aber schwebten sie denn tatsächlich in so großer Gefahr, dass sie auch im Hotel bewacht werden mussten? Das erschien ihr dann doch übertrieben. Na gut. Immerhin hatte sich ihr Bodyguard Carl während ihres Abenteuers mit Damien nicht sehen lassen. Solange er ihr nicht in die Quere kam, war es Savannah egal. Die ganze Zeit einen Aufpasser auf den Fersen zu haben, war ein ziemlich geringer Preis dafür, dass sie in eine so unglaubliche Welt eintauchen durfte.

»Guten Tag, Savannah«, sagte Carl.

»Tag«, erwiderte sie. Es war das erste Mal, dass sie miteinander redeten, und sie mochte ihn sofort. Er war der Älteste der drei, der Typ Großvater. Savannah hatte keinen ihrer Großväter je kennengelernt. »Ich gehe ins Fitnessstudio.«

»Nur zu«, sagte er. »Ich warte vor dem Studio auf dich.«

Als sie den Raum betrat, entdeckte sie das dunkelhaarige Mädchen, das sie schon gestern auf einem der Crosstrainer gesehen hatte. Am Abend hatte sie erfahren, dass sie Madison hieß. Madison trug einen schwarzen Sport-BH und eine

Yogahose. Ein Outfit, das ihren durchtrainierten Körper perfekt betonte. Bei ihrem Anblick sank Savannahs Selbstvertrauen. Warum sollte sich Damien für sie interessieren, wenn er mit *so einer* befreundet war? Abgesehen davon, dass Damien nicht mal da war. Savannah war enttäuscht, aber jetzt gab es kein Zurück mehr. Madison würde es bestimmt seltsam finden, wenn sie ins Studio kam und sofort wieder verschwand.

Alle Crosstrainer waren besetzt, bis auf den neben Madison. Savannah ging am liebsten auf den Crosstrainer, aber sich auf das Gerät direkt neben Madison zu stellen, war ihr unangenehm, also steuerte sie auf die Stepper im hinteren Teil des Raumes zu.

Sie begann zu trainieren und war schon bald in ihre iPod-Playlist versunken. Ihr iPod war alt und zerkratzt, denn er war bereits gebraucht gewesen, als sie ihn vor ein paar Jahren zu Weihnachten geschenkt bekommen hatte, aber sie hing sehr daran, zumal es ein Geschenk von Courtney und Peyton war. Wenn sie Musik hörte, stellte sie sich immer vor, als Sängerin auf der Bühne zu stehen. Vielleicht würde sie das eines Tages ja schaffen – wenn sie ihr Lampenfieber in den Griff bekam. Sie war zwar nicht gerade ein Gitarrengenie, aber sie konnte sich ganz passabel selbst begleiten, und sie hatte eine gute Stimme. Trotzdem war das Einzige, was sie bisher musikalisch hingekriegt hatte, mit ihrer Webcam ein paar Coverversionen aufzunehmen und sie auf ihrem Computer abzuspeichern. Wenn sie die Titel erst mal optimiert hatte, wollte sie sich einen YouTube-Account verschaffen und die Videos hochladen. Und dann würde sie vielleicht entdeckt werden.

Nach drei Songs verließ Madison den Crosstrainer und

sprang auf den Stepper direkt neben Savannah. Savannah brach der Schweiß aus. Was hatte Madison vor? Es gab doch diese unausgesprochene Studioregel, dass man zwischen sich und einer anderen Person, die trainierte, ein Gerät frei ließ – sofern es genügend freie Geräte gab. Und die Stepper *waren* frei. Warum brach Madison diese Regel?

Savannah hätte am liebsten sofort das Gerät gewechselt, aber wenn sie das innerhalb weniger als einer Minute tat, nachdem Madison hergekommen war, würde sie eindeutig verraten, dass dieses Mädchen sie verunsicherte. Also blieb ihr nichts anderes übrig, als noch gute zehn Minuten weiterzumachen.

Sie versuchte, ruhig zu bleiben, sich auf ihre Musik zu konzentrieren, und sah stur geradeaus. Aber dass sie seit ein paar Wochen nicht mehr trainiert hatte, machte sich jetzt bemerkbar. Ihre Beine taten weh und ihr Puls war schon ziemlich hoch. Vielleicht war es ganz gut, dass Damien nicht hier war. Verschwitzt und außer Atem kam sie sicher nicht sonderlich attraktiv rüber.

»Du bist doch eine von Adrian Diamonds Töchtern, nicht wahr?«, fragte Madison plötzlich, nachdem sie zu trainieren begonnen hatte. Wegen ihres iPods konnte Savannah ihre Stimme nur schwach hören.

Sie zog einen Ohrstöpsel heraus und sah Madison an. Wie Savannah hatte sie blaue Augen, die jedoch durch ihr dunkles Haar, das zu einem perfekten Pferdeschwanz zusammengebunden war, besonders betont wurden. »Ja«, antwortete Savannah. »Savannah Diamond.«

Madison nickte, und Savannah hatte das Gefühl, dass sie

ihren Namen bereits kannte. »Ich heiße Madison Lockhart«, stellte sie sich vor. »Meine Eltern sind mit Adrian befreundet, und er hat ihnen erzählt, dass seine Töchter herziehen würden. Wie gefällt es dir bis jetzt in Vegas?«

»Ich find's toll«, antwortete Savannah spontan. »Also, ich bin zwar erst einen Tag hier, aber es ist der helle Wahnsinn.«

»Wo kommst du gleich noch her?«

»Nordkalifornien.« Savannah starrte konzentriert auf ihren iPod, in der Hoffnung, dass Madison sie nicht nach ihrer Heimatstadt fragen würde. Wahrscheinlich hatte sie noch nie was von Fairfield gehört, aber sicher war sicher. »Aus der Nähe von San Francisco.« Okay, San Francisco war fast eine Stunde entfernt, aber es war immerhin die nächstgelegene Großstadt.

»Ich liebe Kalifornien«, erwiderte Madison. »Meine Großeltern wohnen in Newport Beach, da fahr ich jedes Jahr hin. Es ist wunderschön. Ganz anders als Vegas.« Sie sah auf ihr Handy, das eine SMS gemeldet hatte, und simste zurück.

»Newport Beach ist wirklich sehr hübsch.« Savannah war zwar noch nie dort gewesen, aber sie hatte ein paar Folgen von *O.C., California* gesehen, daher wusste sie, wie toll es dort war. Und wie viele superreiche Leute es dort gab.

»Ja«, stimmte Madison zu. »Du kommst doch im Herbst auf die Goodman, richtig?«

»Genau«, nickte Savannah. »Ich hoffe nur, dass der Unterschied zu meiner Schule in Kalifornien nicht allzu groß sein wird. Einen Haufen nachlernen zu müssen, ist wirklich das Letzte, worauf ich Lust hab.«

Madisons Blick jedoch ließ Savannah vermuten, dass sie

auf jeden Fall einiges würde aufholen müssen. »In welcher Klasse bist du denn?«, fragte sie, während sie einen höheren Widerstand auf ihrem Gerät einstellte. Savannahs Beine schmerzten viel zu sehr, um es ihr gleichzutun.

»Ich komme in die Zehnte«, sagte sie.

»Ich bin Schülertutorin und könnte dir, wenn nötig, in Mathe und Naturwissenschaften helfen«, bot Madison an. »Ich komme in die Elfte, den Stoff für die Zehnte hab ich also noch voll drauf.«

»Du bist Tutorin?« Zu spät merkte Savannah, wie überrascht ihre Worte klangen. Hoffentlich nahm Madison ihr das nicht übel, aber dieses Mädchen wirkte so gar nicht wie der intelligente, hilfsbereite Typ. Savannah stellte sich Tutoren eher wie Courtney vor – voll konzentriert aufs Lernen, sodass gar keine Zeit für Freunde und Partys blieb. Die Streber an der Fairfield-High interessierten sich jedenfalls nicht die Bohne für irgendeine Partyszene. Madison hingegen schien beliebt zu sein und ganz gerne Party zu machen.

»Ja«, sagte Madison. »Macht sich gut bei Uni-Bewerbungen.«

»Ach so.« An eine Uni-Bewerbung hatte Savannah bisher noch gar nicht gedacht. Insgeheim hoffte sie nämlich, mit ihrer Musik so viel Erfolg zu haben, dass sie gar nicht auf die Uni musste. Falls nicht, dann waren ihre Noten immerhin durchschnittlich, sodass sie auf eine Fachhochschule gehen oder eine Ausbildung zur Kosmetikerin machen würde. Aber eben nur *falls*. »Wo möchtest du denn studieren?«

»Stanford«, sagte Madison prompt.

»Wow.« Das schüchterte Savannah nur noch mehr ein.

»Meine Schwester Courtney will auch nach Stanford. Ist eine ziemlich gute Uni.«

»Stimmt«, bestätigte Madison, als sei sie bereits dort. Auf einmal hellte sich ihr Gesicht auf und ihre blauen Augen blitzten. »Ach, sieh mal, wer da ist.«

Savannah blickte auf und wäre beinahe vom Stepper gefallen. Damien marschierte so selbstbewusst herein, als gehöre ihm das Studio. Er schnappte sich ein Handtuch aus dem Regal, warf es über die Schulter und kam auf Savannah und Madison zu. Savannah konzentrierte sich auf eine gleichmäßige Atmung, um nicht nach Luft zu japsen, wenn sie mit ihm redete.

»Hallo, Mädels«, sagte er, als er bei ihnen war. »Darf ich mich euch anschließen?«

»Na klar.« Savannah versuchte, cool zu bleiben, während er auf den anderen Stepper neben ihr stieg. Schließlich hatte sie ja genau das gehofft – dass er im Studio auftauchen würde. Jetzt nur die Ruhe bewahren. Er mochte sie – das hatte er gestern Abend mehr als deutlich gemacht. Doch seine Gegenwart ließ sie fast automatisch verkrampfen.

»Du weißt doch, wie sehr ich deine Gesellschaft liebe«, schnurrte Madison.

»Lange nicht so wie ich die deine«, gab Damien zurück.

Flirtete Madison etwa mit Damien? Und er mit ihr? Savannah beschleunigte ihr Tempo und konzentrierte sich aufs Display.

»Woher kennst du Madison?«, fragte Damien Savannah. Immerhin, er beachtete sie. »Ich wollte euch gestern nach dem Feuerwerk miteinander bekannt machen, aber ehe ich die

Gelegenheit dazu hatte, war Madison schon weg.« Jetzt wandte er sich Madison zu. »Wo bist du denn abgeblieben, Mads?«

»Ich hatte Kopfweh.« Sie zuckte die Schultern. »Bin deshalb früh ins Bett.« Sie gab keine weitere Erklärung ab und ein paar Sekunden lang war das Surren der Geräte das einzige Geräusch im Raum.

»Madison und ich haben uns gerade eben kennengelernt«, beantwortete Savannah Damiens Frage. »Ein paar Minuten ehe du reingekommen bist.«

»Dann stör ich wohl gerade beim Mädels-Talk?«

»Nein, nein.« Savannah schüttelte den Kopf. »Ich freue mich, dass du hier bist. War nett mit dir gestern Abend.« Nachdem ihr das rausgerutscht war, befürchtete sie, zu direkt gewesen zu sein. Madison hielt sie wahrscheinlich für eine jämmerliche Loserin.

»Finde ich auch.« Das war genau die Bestätigung, die sie jetzt brauchte. Savannahs Hände zitterten, und sie umklammerte die Griffe fester, um nicht den Halt zu verlieren.

Madison drückte gelangweilt auf ihrem Handy herum und wirkte so, als wolle sie am liebsten abhauen. Damien warf ihr einen Blick zu und sah für einen Moment gekränkt aus.

War Damien an Madison interessiert und nicht an Savannah? War das gestern Abend nur ein Spielchen gewesen – hatte er nur testen wollen, wie weit er mit der Neuen kam?

Savannahs Brustkorb zog sich zusammen. Plötzlich fühlte sie sich wie in einer Falle, als ob die Wände des Studios sie zu erdrücken drohten. Wenn Damien was von Madison wollte, dann hatte Savannah keine Chance. Genau der gleiche Mist wie mit Evie: Savannah war zur zweiten Wahl verdammt. Wie bescheuert von ihr, zu glauben, dass sie sich innerhalb weniger als eines Tages in einen neuen Menschen verwandeln könnte.

»Sag mal, Savannah«, begann Damien. »Was machst du denn morgen Abend?«

»Morgen Abend?« Zu blöd, dass sie noch nichts geplant hatte, jetzt dachte er bestimmt, sie sei jederzeit verfügbar. »Weiß nicht genau. Warum?«

»Ich dachte, dass du vielleicht gerne ins *Luxe* im *Gates-Hotel* mitkommen würdest.«

»Ist das ein Club?«

»Yep. Also, wie steht's?«

Er fragte sie tatsächlich, ob *sie* mit *ihm* ins *Luxe* kommen wolle. Also, wie bei einem richtigen Date? Am liebsten hätte sie nachgefragt, aber natürlich musste sie sich cool geben. »Warum nicht?« Bei dem Gedanken daran, was morgen Abend zwischen ihr und Damien alles würde passieren können, wurde ihr ganz schwummrig. Es war verlockend, geheimnisvoll, aufregend. »Klar, gerne.«

»Gut«, sagte er. Ihre Angst, dass er in Wirklichkeit Madison wollte, war wohl übertrieben gewesen. Sonst hätte er jetzt bestimmt nicht *sie* gefragt.

Das restliche Training verlief ganz entspannt und die drei unterhielten sich locker. Damien und Madison erzählten ihr, wo sie in Vegas am liebsten hingingen, welches ihre Lieblingsrestaurants, Lounges, Hotels und Clubs waren. Sie erzählten ihr auch von den Schülern auf der Goodman, vor allem von ihrer Clique, damit sie wusste, an wen sie sich halten konnte, sobald die Schule anfing. Ihre Clique kannte sich schon seit der Grundschule, und Savannah konnte sich vorstellen, dass es schwierig werden würde, Anschluss zu finden, aber Damien schien gern bereit, ihr dabei zu helfen. Wie süß von ihm. Dass er sich heute Morgen nicht per SMS bei ihr gemeldet hatte, hatte also gar nichts zu bedeuten.

Natürlich musste sie das perfekte Outfit für das *Luxe* finden. Damien war der heißeste Junge, der sich je für sie interessiert hatte, und nach ihrer morgigen Verwandlung im Kosmetikstudio würde er wahrscheinlich total perplex sein. Wie in einem dieser alten Filme aus den Neunzigern: Das Mädchen kommt mit neuem Styling die Treppe runter, und der umwerfende Typ, auf den sie schon so lange steht, verliebt sich auf der Stelle in sie und erkennt, dass sie für ihn die einzig Richtige ist.

Eins war mal klar – nach dem Training musste sie unbedingt los zu einer Shoppingtour.

14

Courtney

Am Morgen nach dem vierten Juli erwachte Courtney gegen halb zehn. Savannah und Peyton schliefen noch, daher las sie ein bisschen. Als es schließlich halb zwölf war – Grandmas Mittagspausenzeit –, beschloss sie, sie anzurufen. Unruhig lief sie auf und ab, gespannt auf das folgende Gespräch. Nach dem zweiten Klingeln nahm Grandma ab.

»Hallo, Grandma«, sagte Courtney.

»Courtney!« Sie konnte das Lächeln in Grandmas Stimme hören. Courtney traten die Tränen in die Augen, als ihr bewusst wurde, dass sie ein Jahr lang nicht zurückkonnte. »Wie geht es euch? Gewöhnt ihr euch gut ein?«

»Hier ist alles sehr nett.« Courtney dachte kurz daran, was man alles vor ihr geheim gehalten hatte, und spürte eine gewisse Anspannung in sich aufsteigen, doch sie versuchte, ruhig zu bleiben. »Aber das hast du ja bestimmt schon gewusst. Warum hast du uns denn nie erzählt, wer unser Vater ist?« Obwohl sie sich sehr bemühte, konnte sie den vorwurfsvollen Unterton in ihrer Stimme nicht verhindern.

»Tut mir sehr leid, Süße«, sagte Grandma, und Courtney wusste, dass sie es auch so meinte. »Aber ich war eurer Mutter und eurer Sicherheit wegen dazu verpflichtet, nichts zu sagen, bis euer Vater es für richtig hielt, euch darüber aufzuklären. Ich bin sehr froh, dass er bereit war, euch jetzt bei sich aufzunehmen, angesichts des gesundheitlichen Zustandes eurer Mutter.«

»Wie geht es Mom?« Courtney presste den Hörer fester ans Ohr und hoffte auf eine gute Nachricht.

»Die Ärzte wollen ihr Zeit geben, mit ihrer persönlichen Lage klarzukommen, deshalb bleiben sie bei dem Entschluss, dass sie mit niemand außerhalb der Einrichtung Kontakt haben soll«, sagte Grandma. »Sie meinten, dass sie nicht gerade froh darüber sei, auf Entzug zu sein, aber immerhin versuche sie nicht wegzulaufen. Ich schätze, das ist schon mal ein Anfang.«

»Das ist es wohl.« Courtney seufzte. Ihre Mutter war jedes Mal ausgerastet, wenn jemand in ihrer Gegenwart von Entzug angefangen hatte, als handele es sich um ein schmutziges Schimpfwort. Wenn die Polizei ihr nicht mit einer heftigen Strafe wegen Alkohol am Steuer gedroht hätte, falls sie sich nicht mit einem Entzug einverstanden erkläre, wäre sie jetzt wahrscheinlich immer noch nicht in der Rehaklinik. Aber so war es besser und Courtney war dankbar dafür. »Adrian hat uns erzählt, dass er dir ein neues Haus gekauft hat, damit du Tante Sophie besser unterbringen kannst und Mom bei dir einziehen kann, wenn sie so weit ist. Wir hätten also auch bei dir bleiben können, oder?«

»Das hat er tatsächlich.« Grandma machte ein missbilligendes Geräusch. »Es gefällt mir zwar nicht, aber ich muss danach handeln, was das Beste für Tante Sophie und eure Mom ist. Für Tante Sophie wird der Umzug ein Problem, und ich mache mir Sorgen, wie sie erst reagieren wird, wenn eure Mutter bei uns einzieht.« Courtney wusste, was sie meinte. »Aber sosehr ich mir auch wünschen würde, dass du und deine Schwestern bei mir lebt, glaube ich nicht, dass Tante Sophie das aushalten würde. Ich habe gezögert, mit euch darüber zu reden, damit ihr euch keine Sorgen macht, aber ihr Krebs wird immer schlimmer. Die Ärzte meinen, dass sie bestenfalls noch ein Jahr hat.«

»Ach, Grandma«, sagte Courtney, obwohl die Nachricht sie nicht unvorbereitet traf. Tante Sophies Krebs war nicht heilbar. Dass er so schnell fortschreiten würde, hatte sie allerdings nicht erwartet. Courtney konnte sich kaum vorstellen, wie es war, wenn die eigene Schwester unheilbar krank war, und Tante Sophie war auch noch Grandmas Zwillingsschwester, sodass zwischen den beiden eine besonders enge Bindung bestand. »Eigentlich ist das nur ein Grund mehr, warum wir zu Hause sein sollten oder zumindest nah genug, um euch besuchen zu können.«

»Ich danke dir, Courtney«, sagte Grandma. »Aber ich will euch Mädchen nicht belasten. Ich bin zäh und komme damit zurecht. Jetzt will euer Vater an eurem Leben teilhaben und dieser Chance will ich nicht im Wege stehen. Ihr habt es verdient, dass euch die Zukunft offensteht. Es wird auch für mich hart, dass ihr so weit entfernt in Vegas lebt, aber ich weiß, dass es trotz der möglichen Gefahren die richtige Entscheidung ist.«

»Adrian hat uns gestern Abend von meiner Entführung als Baby erzählt«, sagte Courtney. »Das muss ich erst mal verarbeiten.«

Grandma zog erschrocken die Luft ein. »Er hat euch *alles* erzählt?«

Courtney wiederholte, was er beim Essen berichtet hatte. Als sie fertig war, seufzte Grandma auf, und es klang irgendwie erleichtert. Als ob sie noch mehr erwartet hätte. Aber was konnte das denn noch sein?

»Wir sind alle dankbar, dass du unversehrt geblieben bist«, sagte Grandma. »Das ist, was zählt. So, jetzt habe ich nur noch ein paar Minuten, ehe ich zur Arbeit zurückmuss. Sind Peyton und Savannah vielleicht auch in der Nähe?«

»Ich seh mal nach.« Courtney ging so leise wie möglich aus ihrem Zimmer. Peytons Tür war noch geschlossen, und kein Laut war zu hören, also schlief sie wohl noch, und Savannah hatte einen Zettel auf dem Tisch in der Diele hinterlassen, dass sie im Fitnessstudio war. Seltsam, Savannah ging eigentlich nie trainieren, bis sie sich für die Volleyballsaison fit machen musste.

Courtney gab die Information an Grandma weiter. »Ich sage ihnen, dass sie dich anrufen sollen, wenn du wieder zu Hause bist«, sagte sie. »Tut mir leid, dass ich während deiner Arbeitszeit gestört habe, aber ich musste mit jemand reden.«

»Du hast ganz sicher nicht gestört«, sagte Grandma. Courtneys Kehle zog sich vor Heimweh zusammen. Sie hängte auf und starrte das Telefon noch ein paar Sekunden an.

Da Savannah trainieren war und Peyton noch schlief, ergriff Courtney die Gelegenheit, um nach unten in den Coffeeshop zu gehen und in Erfahrung zu bringen, ob es da einen Job gab. Sie machte sich frisch, zog Jeans und ein T-Shirt an und verließ das Apartment. Teddy und Jackson standen draußen Wache.

»Guten Tag, Ms Diamond«, begrüßte sie Teddy. Ein komischer Name für einen Bodyguard, vor allem da er mit seinem massigen Körperbau eher an einen Grizzlybären erinnerte als an einen Teddy.

»Guten Tag, Teddy«, sagte sie. »Sie können gerne Courtney zu mir sagen.«

Er nickte, und Peytons Bodyguard – Jackson – zuckte zusammen und schüttelte den Kopf, als sei er mit dieser Formlosigkeit nicht ganz einverstanden.

»Haben Sie die ganze Nacht hier draußen verbracht?«, wollte Courtney von Teddy wissen, während sie den Korridor entlanggingen. Er musste doch schließlich auch mal schlafen.

»Nein.« Er lachte. »Wenn Sie und Ihre Schwestern schlafen, übernimmt der Nachtdienst. Ich bin erst vor ungefähr einer Stunde auf meinen Posten zurückgekehrt.«

»Ach so«, sagte Courtney. Würde er sie darauf ansprechen, dass sie gestern Abend die Party verlassen hatte, um mit Brett wegzufahren? Hoffentlich nicht. Sie betraten den Fahrstuhl und sie drückte den Knopf für die Lobby. »Könnten Sie mir vielleicht zeigen, wo der Coffeeshop ist? Ich hab ihn gestern zwar gesehen, aber ich weiß nicht mehr genau, wie man hinkommt.«

»Natürlich, Ms Courtney«, sagte er. Anscheinend hatte er nicht verstanden, dass das »Ms« vor dem Namen unnötig war. Aber Courtney ließ es auf sich beruhen.

Der Coffeeshop, das *Diamond Café*, war äußerst chic – an

der Decke hingen elegante Lichtleisten, und die Wände waren mit modernen, bunten Mosaiksteinen verziert, trotzdem herrschte in dem Laden die typische Café-Atmosphäre. Courtney holte tief Luft und lächelte. Der köstliche Duft nach frisch gerösteten Kaffeebohnen war herrlich vertraut.

»Ich nehme an, Sie kommen jetzt allein zurecht«, sagte Teddy, nachdem er sie dorthin begleitet hatte. »Mich sehen Sie erst wieder im Fahrstuhl nach oben.«

»Danke, Teddy.« Sie musste sich erst noch daran gewöhnen, ihn ständig um sich zu haben, aber er schien ja ganz nett zu sein. Außerdem hatte er kein Wort über ihren nächtlichen Ausflug verloren, was Courtney die Gewissheit gab, dass er sich tatsächlich nicht als ihr Babysitter aufspielte.

Sie wartete, bis sie an der Reihe war, und bestellte einen Vanilla Latte. Das Mädchen an der Kasse sah freundlich aus. Sie war vielleicht ein oder zwei Jahre älter als Courtney, auch wenn sie mit ihren Sommersprossen und den zwei kurzen Zöpfen viel jünger wirkte.

»Ich weiß, dass die Sommersaison schon angefangen hat, aber besteht vielleicht die Möglichkeit, dass ich mich hier für einen Job bewerben könnte?«, fragte Courtney, nachdem sie ihr Getränk bezahlt hatte – mit ihrem eigenen Geld, nicht mit der Kreditkarte von Adrian. »Ich bin gerade erst hergezogen, aber in meiner alten Stadt habe ich bei *Starbucks* gearbeitet, ich hab also Erfahrung.«

»Eine meiner Kolleginnen hat gerade gekündigt, du hast also Glück«, sagte das Mädchen lächelnd. Sie zog ein Stück Papier aus einem Schubfach unter der Kasse und reichte es Courtney zusammen mit einem Stift. »Ich heiße Rachel. Du kannst die Bewerbung an einem der Tische ausfüllen und mir dann zurückgeben, wenn du fertig bist.«

»Danke, Rachel«, sagte Courtney und lächelte zurück.

Während sie das Bewerbungsformular ausfüllte, ließ sie sich ihren Latte schmecken. Die Fragen waren ganz einfach und problemlos zu beantworten. Nur bei ihrer Adresse war sie unsicher. Man wollte hier ja nicht ihre Adresse in Kalifornien wissen – doch wie lautete eigentlich die Adresse des Hotels? Nun, dabei würde Rachel ihr sicher helfen können.

Nachdem sie ihre Antworten dreimal durchgelesen hatte, brachte sie die Bewerbung an die Theke zurück. »Fertig«, sagte sie zu Rachel.

»Super.« Rachel strahlte sie an. Sie beugte sich näher zu ihr heran und senkte die Stimme. »Ich hoffe, du kriegst die Stelle. Die meisten Leute hier sind Mitte bis Ende zwanzig, es wäre echt mal nett, jemanden hier zu haben, der ungefähr in meinem Alter ist.«

»Danke«, sagte Courtney. Der erste Hoffnungsschimmer an diesem Morgen. Hatte sie vielleicht gerade eine neue Freundin in Vegas gefunden? »Ich hoffe auch, dass ich sie kriege. Ich war nur nicht ganz sicher wegen meiner Adresse, weil ich erst gestern hergezogen bin. Wie lautet die Adresse der *Diamond Residences* denn?«

Rachel richtete sich etwas auf und bedachte Courtney mit einem skeptischen Blick. »Du wohnst in den *Diamond Residences?*«

»Äh, ja«, sagte Courtney und nagte an ihrem Daumennagel.

»Du bist doch nicht etwa …« Rachel beendete den Satz

nicht. Stattdessen sah sie sich Courtneys Bewerbung an. Sie zog scharf die Luft ein und sah wieder mit großen Augen auf. »Doch, bist du. Du bist eine von Adrian Diamonds Töchtern.«

Courtney nickte langsam und strich sich die Haare hinter die Ohren. Rachel sah sie an, als sei sie eine Berühmtheit, und Courtney errötete verlegen. Vielleicht hätte sie sich doch anderswo bewerben sollen. Aber das wäre albern gewesen, wo das *Diamond Café* so nahe bei ihrem Apartment lag.

»Soll das so 'ne Art Scherz sein?« Rachel trat einen Schritt zurück. Ihr eben noch freundlicher Blick war jetzt verletzt und verwirrt. »So was wie *The Simple Life*? Wahrscheinlich sind da irgendwo Kameraleute versteckt oder ihr macht es mit Drohnen von oben. Also, das kannst du vergessen.«

»Das ist kein Scherz.« Courtney sah sich um und schlang die Arme um sich. Die Leute glotzten schon. Sie wollte am liebsten weglaufen, aber stattdessen schluckte sie, ließ die Arme wieder sinken und straffte die Schultern. Sie musste es Rachel erklären. »Stimmt, Adrian Diamond ist mein Vater. Ich bin gestern aus einer Kleinstadt in Kalifornien hergezogen.« Rachel sah aus, als ob sie sie unterbrechen wollte, aber Courtney redete einfach weiter. »Ich weiß nicht, was dieses *The Simple Life* ist. Aber ich bin ganz normal groß geworden und habe immer schon gejobbt. Und das soll sich auch hier nicht ändern.« Sie schob Rachel demonstrativ die Bewerbung hin und sah sie fest an. »Ich bin qualifiziert. Ich kann hart arbeiten und ich will diesen Job. Ich wäre also sehr dankbar, wenn man meine Bewerbung in Erwägung ziehen würde.«

Rachel musterte sie ein paar Sekunden. Dann nickte sie.

»Okay. Dann will ich dir mal glauben. Ich geb deine Bewerbung an den Manager weiter. Inzwischen musst du dieses Formular von einem Elternteil oder Vormund unterzeichnen lassen.« Sie holte noch ein Blatt Papier aus dem Schubfach unter der Kasse und reichte es Courtney. »Eine Einwilligung. Da du noch nicht volljährig bist.«

Courtney faltete das Formular zusammen und schob es in die Gesäßtasche ihrer Jeans. Bei ihrem ersten Job hatte ihre Mutter etwas Ähnliches unterschrieben. »Danke, Rachel«, sagte sie. »Und ich hab es wirklich ernst gemeint – ich hoffe, dass ich die Stelle bekomme. In meinem vorigen Job waren auch alle älter als ich, deshalb wäre es wirklich nett, wenn ich jetzt mit dir zusammenarbeiten könnte.«

»Bis dann, Courtney.« Rachel war zwar nicht mehr ganz so freundlich wie am Anfang, aber auch nicht mehr so misstrauisch.

Als Courtney ins Apartment zurückkam, war Savannah immer noch im Fitnessstudio, und Peyton schlief noch, deshalb las sie erneut ein bisschen. Das weiße Sofa, auf dem sie es sich gemütlich machte, erinnerte sie an die Sofas, auf denen vor Jahrhunderten die Damen bei Hofe gesessen waren. Sie hätte den ganzen Tag darauf verbringen können. Ab und zu warf sie einen schuldbewussten Blick auf das dicke Buch für die Prüfungsvorbereitungen auf ihrem Nachttisch, aber der Roman, den sie las, war so spannend, dass sie unbedingt wissen wollte, wie's weiterging.

Nach ein paar Seiten klingelte es an der Tür. Widerstrebend legte sie ihr Lesezeichen ins Buch und stand auf, um zu öffnen. Da kam Peyton hinter ihr angeschlurft. Sie sah völlig verkatert aus. Was war denn gestern Abend mit ihr passiert? Ihr Haar war noch total verstrubbelt und sie hatte Ringe unter den Augen. Courtney würde sie später auf jeden Fall ausquetschen.

Als sie die Tür öffnete, erwartete sie, die Reinigungsfrau mit ihrem großen Wagen voller Putzsachen zu sehen. Aber es war nicht die Reinigungsfrau.

Es war ihr Vater.

»Guten Tag, Mädels«, begrüßte sie Adrian. Er hatte die Hände auf dem Rücken verschränkt, während er durch die Diele schlenderte, und die beiden obersten Knöpfe seines weißen Hemdes standen auf, sodass er legerer aussah als am Abend zuvor. Sein Nadelstreifenanzug wirkte allerdings so, als wäre er maßgeschneidert.

»Hi.« Courtney bekam einen ganz trockenen Hals und blickte zu Boden. Sie wusste immer noch nicht, wie sie mit dieser neuen Vatersituation umgehen sollte.

»Es war sehr nett mit euch gestern Abend beim Essen«, begann er. Trotz ihrer gemischten Gefühle ihm gegenüber war Courtney froh, dass er ihren ersten gemeinsamen Abend für gut befand. Das war immerhin ein Anfang. »Ich hoffe, ihr habt euch schon ein wenig eingelebt?« Er sah Courtney mit wohlwollendem Blick an, der jedoch gleich etwas weniger wohlwollend wurde, als er Peyton betrachtete. Ihre Mascara von gestern war verschmiert, und sie sah aus, als müsse sie sich gleich übergeben.

»Ja«, sagte Courtney rasch, um von Peyton abzulenken. »Das Apartment ist wirklich schön. Und danke übrigens für die Laptops.«

Das brachte ihr ein Lächeln ein. »Das freut mich. Wie ich ja schon geschrieben habe, braucht ihr die Laptops sowieso, sobald ihr auf der Goodman anfangt.« Er sah sich im Wohnzimmer um. »Ist Savannah auch da?«

»Sie ist im Fitnessstudio«, berichtete Courtney. »Ich weiß nicht, wann sie zurückkommt, aber ich kann sie antexten.«

»Nein, nein. Ich wollte zwar mit euch allen drei reden, aber in einer halben Stunde muss ich zu einer Sitzung, deshalb richtet ihr Savannah am besten aus, was ich euch jetzt mitteile. Morgen habe ich eine Verabredung zum Dinner mit einem Kollegen in einem seiner Hotels. Ich möchte, dass ihr drei auch mitkommt, und erwarte natürlich bestes Benehmen.« Er sah Peyton an, als müsse er sie besonders darauf hinweisen.

»Selbstverständlich«, erwiderte Courtney, ehe Peyton was Abfälliges einwerfen konnte – aber dafür war sie wohl noch viel zu verkatert. Sie schnaubte nur leise, was Adrian und Courtney jedoch einfach ignorierten.«Klingt gut.«

»Der Termin ist um acht«, ließ Adrian sie wissen. »Wir treffen uns um halb acht in der Lobby und werden von einem Wagen abgeholt.« Er warf einen kurzen Blick auf seine imposante goldene Armbanduhr. »Wie schon gesagt, wenn die große Eröffnungsfeier erst mal vorüber ist, habe ich endlich mehr Zeit, um euch drei richtig kennenzulernen. Aber wenn ihr schon vorher irgendwelche Fragen habt, dann immer nur raus damit. Ich hoffe, ihr lasst euch von dieser ganzen Situation – die zweifellos unangenehm ist – nicht einschüchtern. Ihr sollt wissen, dass ihr euch jederzeit vertrauensvoll an mich wenden könnt.«

»Nun, weißt du … ich hab viel über das nachgedacht, was du uns gestern beim Essen erzählt hast … über das, was mit mir als Baby passiert ist«, sagte Courtney und knetete nervös ihre Finger. »Ist das der einzige Grund, warum du dich so lange von uns ferngehalten hast? Oder gibt es da noch etwas?«

Adrians Blick verdüsterte sich, und Courtney fürchtete schon, etwas Falsches gesagt zu haben. »Was damals geschehen ist, war für die ganze Familie sehr schlimm«, sagte er mit belegter Stimme. »Deshalb kamen eure Mutter und ich überein, dass es das Sicherste für euch sei, nicht in Las Vegas zu leben.«

Aber »nicht in Las Vegas zu leben« musste ja nicht gleich bedeuten, dass Adrian völlig von der Bildfläche verschwand, vor allem, wo sich doch Bodyguards rund um die Uhr um sie kümmerten. Irgendwie kam es Courtney so vor, als stecke mehr hinter der Geschichte. Dass die Bodyguards sogar vor ihrer Wohnungstür standen, fand Courtney angesichts des sechzehn Jahre zurückliegenden Ereignisses übertrieben. Und warum hatte sich auch Grandma so gewunden, näher auf die Entführung einzugehen?

Was konnte so schlimm sein, dass er, Mom und Grandma glaubten, es vor ihnen geheim halten zu müssen?

»Das ist also der einzige Grund?«, fragte Courtney.

»Ja.« Adrian nickte und ging auf die Tür zu.

»Ach, noch eine Sache.« Courtney holte ihn ein und zog das Formular aus dem Coffeeshop aus ihrer Jeanstasche. »Ich hab mich heute Morgen im *Diamond Café* für eine Stelle beworben, aber dazu brauchen sie deine Unterschrift.«

Adrian nahm Courtney das Formular ab, zerriss es in zwei Teile und warf es in den nächsten Papierkorb.

Courtney fiel die Kinnlade herunter. »Was soll das denn?«

»Kommt gar nicht infrage, dass eine meiner Töchter für meine Gäste Kaffee zubereitet«, sagte er. »Das ist nicht angebracht, und offen gestanden ist es auch eine Zumutung für die Leute, die dort arbeiten und das Geld dringend nötig haben. Die Presse würde ein großes Ding daraus machen und fragen, was für eine Show du da abziehst, indem du für einen Minilohn arbeitest.«

»Du lässt mich also nicht arbeiten?« Courtney konnte es nicht fassen. »Was soll ich denn den ganzen Sommer über machen? Und wie soll ich Geld verdienen?« Sie konnte doch nicht den *ganzen* Tag auf die Prüfungen lernen und lesen. Mit *irgendwas* musste sie sich doch beschäftigen.

»Stimmt mit deiner Kreditkarte irgendwas nicht?«, fragte Adrian mit dem Anflug eines Lächelns.

»Nein.« Courtney wurde rot. »Aber das ist kein eigenes Geld. Es ist dein Geld. Ich habe es nicht verdient.«

»Du bist eine meiner Töchter, das Geld gehört also auch dir«, sagte er, als sei das das Offensichtlichste der Welt. »Wie ich gestern Abend doch wohl klar zu verstehen gegeben habe, verdient ihr es euch, indem ihr nichts anstellt und gut in der Schule seid. Ihr seid sozusagen Vollzeitschüler. Sobald die Schule losgeht, beinhaltet das auch außerschulische Aktivitäten, Sport und alles, was euch eure Studienberater empfehlen, um eure Uni-Bewerbungen aufzupeppen. Und in eurer Freizeit könnt ihr euch mit euren Freunden treffen. Wenn ihr darüber hinaus noch mehr tun wollt, gibt es hier in der

Gegend viele Möglichkeiten, sich ehrenamtlich zu engagieren. Rebecca zum Beispiel arbeitet für verschiedene Wohltätigkeitsorganisationen. Ich bin sicher, dass sie euch dabei behilflich sein wird, eine seriöse Freizeitbeschäftigung zu finden.«

Courtney schluckte. Noch nie hatte sie jemand davon abgehalten, zu arbeiten! Es würde ihr niemals richtig vorkommen, Geld auszugeben, das nicht ihr eigenes war, aber Adrian ließ ihr offensichtlich keine Wahl. Ihr blieb nichts anderes übrig, als einzuwilligen. »Okay, dann werde ich Rebecca bitten, mir zu helfen.«

Adrian nickte. »Aber jetzt müsst ihr mich entschuldigen, ich muss los. Nach dem Meeting bin ich wie jede Woche beim Golfspielen mit meinem Freund Garrett, aber übers Handy könnt ihr mich falls nötig erreichen. Macht euch einen schönen Tag.«

Sie verabschiedeten sich knapp, dann war er weg.

»Nicht gerade der liebevolle Vatertyp«, murmelte Peyton.

Courtney biss sich auf die Unterlippe. »Und ich werde das Gefühl nicht los, dass er uns was verheimlicht.«

»Wahrscheinlich verheimlicht er uns sogar eine ganze Menge«, sagte Peyton. »Er kennt uns ja gar nicht.«

»Es ist einfach merkwürdig«, fuhr Courtney fort, als hätte sie Peyton gar nicht gehört. »Die Entführung liegt schon so lange zurück. Ich meine, da hätten wir doch eigentlich schon viel früher mal etwas davon merken müssen.«

»Wie denn?«, fragte Peyton. »Du warst ein Säugling. Ich war ein bisschen über ein Jahr. Wie sollten wir uns da an irgendwas erinnern?«

»Stimmt schon«, gab Courtney zu. Aber sie glaubte weiterhin, dass Adrian ihnen nicht alles gesagt hatte.

»Ich hau mich noch ein bisschen hin.« Peyton stöhnte und schlang sich die Arme um den Körper. »Erinner mich daran, nie mehr Wein und Wodka durcheinanderzutrinken.« Sie schlurfte durch die Diele in ihr Zimmer und schloss die Tür hinter sich.

Courtney schüttelte missbilligend den Kopf und kehrte in ihr eigenes Zimmer zurück, um noch ein bisschen zu lesen. Doch sie konnte sich nicht auf ihr Buch konzentrieren. Das Gespräch mit ihrem Vater ging ihr nicht mehr aus dem Kopf. Es war weniger die Tatsache, dass er sie nicht jobben ließ – inzwischen konnte sie sich mit seinem Vorschlag, sich ehrenamtlich zu betätigen, sogar anfreunden –, sondern vielmehr, dass er sich einfach nicht die Zeit nahm, mal richtig mit ihnen zusammen zu sein. Okay, da war die Eröffnungsfeier des Hotels, die ihn in Beschlag nahm, aber er schaffte es doch auch, ein Golfspiel mit einem Freund unterzubringen. Warum dann nicht auch einen Nachmittag mit ihnen und nicht nur ein relativ kurzes Abendessen?

Apropos Abendessen – ob Brett morgen Abend wohl auch wieder dabei sein würde? Der Gedanke munterte Courtney auf, und sie griff prompt nach ihrem Handy, um ihm zu texten.

Sehen wir uns morgen Abend beim Dinner?

Eine Minute später summte ihr Handy.

Yep. Was machst du gerade?

Nichts, schrieb sie zurück. Warum?

Lust auf Lunch?

Courtney blieb die Luft weg. Hatte Brett sie gerade zu einem Date eingeladen? Sie las die SMS noch mal und suchte nach irgendeinem Hinweis. Aber beides war möglich, eine freundschaftliche Einladung *oder* ein Date.

Sie hoffte auf Letzteres.

Auch wenn das unmöglich war. Sicher lud er sie nur ein, weil sie demnächst Stiefgeschwister sein würden. Wie auch immer, mehr als Freundschaft war einfach nicht drin.

Yep, schrieb sie zurück. Bin in 15 min fertig.

Brett wollte sie vom Apartment abholen. Courtney eilte an ihren Schrank und stöberte darin herum. Sie suchte etwas Hübsches, wollte aber auch nicht zu aufgestylt aussehen. Also entschied sie sich für Jeansshorts und ein weißes Spitzentop, das sie sich bei Savannah auslieh. Sie schlüpfte in ihre Flipflops, und da es drinnen eher kühl war, zog sie noch eine leichte pfirsichfarbene Jacke über und schob die Ärmel bis zu den Ellbogen hoch.

Das Make-up sollte ebenso natürlich wirken: eine leichte Grundierung für Gesicht und Hals, Pastelltöne für die Augen, Peach-Blush für die Wangen, pinkfarbener Lipgloss und Mascara. Das war eigentlich schon mehr, als sie tagsüber gewöhnlich auflegte, aber sie wollte so gut wie möglich für Brett aussehen. Dann cremte sie sich die Hände ein, die sich in dem Wüstenklima von Las Vegas wie Sandpapier anfühlten, und bürstete sich noch ein letztes Mal die Haare.

Ihr Handy auf der Ablage summte. Mit Herzklopfen nahm sie es auf. Wer ihr wohl schrieb? Wie erhofft, war es Brett.

Geh jetzt los. Bin in ein paar Sekunden da.

* * *

Er wohnte auf der anderen Seite des Korridors, also würde es wirklich nur Sekunden dauern. Sie warf einen letzten Blick auf ihr Spiegelbild – warum machte sie sich eigentlich so verrückt? Es war gar nicht typisch für sie, dass sie ihrem Äußeren so viel Beachtung schenkte. Es war schön gewesen, gestern Abend mit Brett beim Feuerwerk. Und er war gern mit ihr zusammen, weil sie so viele Gemeinsamkeiten hatten. Aber nicht wegen ihres Aussehens. Warum also so ein Getue wegen eines zwanglosen Lunchs?

Dennoch raste ihr Puls, wenn sie nur daran dachte, ihn gleich zu sehen. In Kalifornien hatte sie nicht viele Jungs gekannt, außer die, denen sie Nachhilfe gegeben hatte, und mit keinem von denen hatte sie so gerne zusammen sein wollen wie jetzt mit Brett. Nicht mal, dass er sie beim Lesen unterbrochen hatte, störte sie.

Es klingelte. Courtney machte auf und musste tief durchatmen, als sie Brett sah. Sein Haar war zerzaust, und er trug Jeans und ein tannengrünes T-Shirt, das zu seinen Augen passte. Sie war froh, dass auch sie lässige Sachen gewählt hatte.

Sie begrüßten einander und gingen dann schweigend zum Fahrstuhl. Teddy folgte ihnen zusammen mit einem anderen Mann in einem ebensolchen Anzug, wie Teddy einen trug. Seine kurzen dunklen Haare und sein schmales Gesicht erinnerten Courtney an den Hauptdarsteller aus *Matrix*. Er war anscheinend Bretts Bodyguard. Courtney empfand ihr Schweigen als unangenehm. Gestern Abend hatten sie sich über so viel unterhalten können, aber jetzt fiel ihr nichts ein, um das Gespräch in Gang zu bringen. Und dass ihre Bodyguards alles hören konnten, was sie sagten, machte die Situation nicht gerade entspannter. Auch wenn die beiden sich nur um ihren Job zu kümmern schienen, war es einfach total unangenehm.

»Der gestrige Abend war wirklich toll«, sagte sie schließlich zu Brett, während sie den Fahrstuhl betraten. »Noch nie hab ich von einem so schönen Ort aus ein Feuerwerk gesehen.«

»Dachte ich's mir doch, dass es dir gefallen würde«, sagte er.

»Und deine Freunde waren echt nett.«

»Sie fanden dich auch nett.«

»Das haben sie gesagt?«

»Mussten sie gar nicht.« Er lächelte sie an. »Wer würde dich nicht mögen?«

Courtney schwieg. Sie wusste nicht recht, wie sie reagieren sollte, und war froh, als der Fahrstuhl in der Lobby ankam. Ihre Bodyguards ließen sie ein Stück vorangehen und sie und Brett durchquerten gemeinsam den Casinobereich. Vor einem Glücksspielautomaten stieß eine ältere Dame einen Jauchzer aus. Die blinkenden Lichter zeigten an, dass sie gewonnen hatte. Courtney verstand nicht, was man an diesen Automaten finden konnte. Stumpfsinnig auf Knöpfe zu drücken konnte doch unmöglich Spaß machen. Zu gewinnen allerdings wohl schon. Das Casino schien immer voll zu sein, egal um welche Tageszeit.

Die Leute, die sagten, dass New York niemals schlafe, hatten wohl noch nie Las Vegas besucht.

»Wohin gehen wir zum Essen?« Courtney versuchte, ihre Unterhaltung so unverfänglich wie möglich zu gestalten. Brett sollte nicht merken, dass ihre Gedanken in seiner Nähe verrücktspielten.

Er überlegte einen Moment. »Lieber im *Diamond* oder woanders?«

»Im *Diamond*«, entschied sich Courtney. »Da ich ein ganzes Jahr hier sein werde, muss ich ja lernen, wo was ist.«

»Nur ein Jahr?«, fragte Brett. »Du hast nicht vor, länger zu bleiben?«

»Das kann ich noch nicht sagen«, sagte sie. »Um ehrlich zu sein, habe ich mir darüber noch keine Gedanken gemacht, aber ich warte mal ab, wie's läuft. Natürlich kommt es auch darauf an, was meine Schwestern wollen. Also, Peyton ist ja nächstes Jahr mit der Schule fertig und macht wahrscheinlich ihr eigenes Ding, aber ich will mich nicht von Savannah trennen. Sie braucht jemanden, der ein bisschen aufpasst.« Dazu kam, dass auch Courtney sich nicht vorstellen konnte, ganz allein zu sein. Sie führte zwar ein recht selbstständiges Leben, aber von ihren Schwestern war sie noch nie getrennt gewesen.

»Savannah scheint Vegas ja gut zu gefallen«, bemerkte Brett.

»Allerdings«, sagte Courtney. »Sie hält es für eine Art Wunderland.«

»Vielleicht ist es das ja auch.« Brett blieb vor einem Restaurant mit dem Namen *Grand Café* stehen. »So, da wären wir. Hier gibt es das beste Essen im ganzen *Diamond*, zu jeder Tageszeit.«

Es machte seinem Namen alle Ehre, auch wenn es eher wie

eine luxuriöse Lounge aussah und weniger wie ein Café. Die Decke, von der Kristallkronleuchter hingen, musste rund zehn Meter hoch sein. Breite weiße Säulen stützten den Bogengang, durch den man das Restaurant betrat, und die grün-weiß gestreiften Vorhänge an den Seiten sahen aus wie aus einem Palast. In der hinteren Ecke saß ein Mann im Anzug an einem Flügel – Courtney erkannte den Song *Memory* aus dem Musical *Cats* – und die verspiegelte Rückwand ließ das Restaurant riesig erscheinen.

Es war voll, doch Brett zeigte der Empfangsdame seine VIP-Karte, und sofort besorgte sie ihnen einen Tisch. Courtney studierte die Speisekarte – man konnte sogar rund um die Uhr frühstücken, und sie entschied, dass sie die armen Ritter mit Frosties unbedingt versuchen musste. Was sich definitiv lohnte – sie verputzte alles bis zum letzten Bissen.

Der Kellner servierte die Rechnung und Brett legte eine schwarze American Express obendrauf.

»Adrian hat mir eine Blamex spendiert, nachdem er meiner Mutter einen Heiratsantrag gemacht hat«, sagte er zur Erklärung, als er Courtneys Blick sah.

»Eine Blamex?« Courtney hatte keine Ahnung, was das sein sollte.

»Eine Black American Express«, erläuterte er.

»Wir können uns die Rechnung ruhig teilen.« Courtney griff nach ihrer Geldbörse, obwohl das Frühstück teuer und sie nicht mehr sehr flüssig war. Trotzdem erschien es ihr irgendwie nicht richtig, die Kreditkarte – die »Blamex« – zu nehmen, die Adrian ihr gegeben hatte.

»Du machst wohl Witze«, sagte Brett lachend. »Unsere

Karten laufen doch beide auf Adrians Konto, also ist es völlig egal, wer zahlt.«

»Er hat echt nichts dagegen, dass wir sein Geld so leichtfertig ausgeben?«, fragte Courtney. »Es muss doch wenigstens ein monatliches Limit geben.«

»Kein Limit«, sagte Brett. »Ich würde ja kein Flugzeug und auch keine Jacht kaufen oder anfangen, Luxusautos zu sammeln, ohne ihn zu fragen, aber essen ist doch das Normalste der Welt und fällt wohl kaum unter die Rubrik ›leichtfertig‹.«

»Schon, aber mein Frühstück hat zwanzig Dollar gekostet«, stellte Courtney fest. »Purer Luxus, den ich mir bestimmt nicht ständig erlauben kann.«

»Courtney«, begann Brett etwas unsicher, als wüsste er nicht genau, wie er es ausdrücken sollte. »Meine Mutter hat mir erzählt, wie ihr aufgewachsen seid. Das hört sich ziemlich hart an, und ich würde lügen, wenn ich behauptete, dass ich mir vorstellen kann, wie das ist. Aber ab jetzt läuft euer Leben anders. Adrian – dein Vater – ist einer der reichsten Männer Amerikas. Du könntest jede Mahlzeit auswärts einnehmen oder den Zimmerservice bestellen und er würde es nicht mal merken.«

»Aber nur weil ich es könnte, heißt das doch nicht, dass ich es auch sollte«, sagte sie. »Es erscheint mir einfach nicht fair, wo es doch so viele Menschen gibt, die nicht wissen, wo sie ihre nächste Mahlzeit herkriegen sollen. Weißt du, daheim in Fairfield hatten wir immerhin genug im Haus fürs Frühstück und das Abendessen. Meine Schwestern und ich hatten es gut, verglichen mit manchen anderen aus der Schule. Aber es hat durchaus Zeiten gegeben, zum Beispiel, wenn meine Mutter wieder mal einen Job verloren und noch keinen neuen hatte, da war unser einziges richtiges Essen das in der Mensa, und sie hat viel zu viel getrunken, um zu merken, wie schlimm es stand. Und jetzt soll ich auf einmal jeden Tag teuer essen gehen, ohne weiter darüber nachzudenken? Ich kann mir nicht vorstellen, dass ich mich jemals daran gewöhnen werde. Das hier kommt mir längst noch nicht wie mein richtiges Leben vor.«

»Wow.« Brett senkte den Blick. »Tut mir leid, das war mir nicht klar.«

»Es muss dir nicht leidtun«, sagte Courtney. »Du kannst ja nichts dafür. Das hier ist einfach eine völlig andere Welt für mich. Adrian hat vorgeschlagen, dass ich mit deiner Mutter über eine ehrenamtliche Tätigkeit rede. Ich glaube, das mache ich. Bei all dem Glück, das mir jetzt in den Schoß gefallen ist, will ich auch etwas *geben*. Das ist das Mindeste, was ich tun kann.«

»Meine Mutter engagiert sich wirklich viel in karitativen Dingen und wird sich sicher über dein Interesse freuen«, sagte Brett, während er den Beleg abzeichnete. »Aber jetzt mal was anderes – bist du bereit, auf unsere Weltreise zu gehen?«

»Wie meinst du das?«

»Gestern Abend während des Feuerwerks hast du gesagt, dass du davon träumst, durch die Welt zu reisen«, sagte er. »Und der beste Zeitpunkt, damit anzufangen, ist jetzt.«

Meinte er das wirklich ernst? »Dass wir gestern Abend das *Myst* vorzeitig verlassen haben, hat Adrian ja vielleicht nicht gemerkt, aber ich glaube kaum, dass er es gerne sehen würde, wenn wir das Land verlassen«, gab sie zu bedenken. »Erstens hab ich nicht mal einen Pass. Zweitens hat Adrian noch nicht viel Zeit mit mir und meinen Schwestern verbringen können, und wenn es endlich so weit ist – nach der großen Eröffnung –, will ich natürlich da sein. Und außerdem – dürfen wir das überhaupt? Einfach abhauen, ohne zu fragen?«

»Ganz ruhig«, sagte Brett lachend. »Von ›abhauen‹ kann keine Rede sein.«

»Aber wie sollen wir dann durch die Welt reisen?« Jetzt war Courtney richtig verwirrt.

»Vertrau mir einfach«, sagte Brett. »Wie beim Feuerwerk. Das hat doch auch Spaß gemacht, oder?«

»Die Antwort darauf kennst du ja.«

»Eben«, sagte er. »Ich wollte es nur noch mal hören.«

»Okay, es war *der Wahnsinn*, das Feuerwerk mit dir anzusehen«, sagte sie lächelnd. »Es war mein schönster vierter Juli überhaupt.« Wenn man bedachte, dass sie das Feuerwerk sonst immer mit ihren Schwestern im Fernsehen angeschaut hatte, war es zwar nicht schwer, das zu überbieten. Aber selbst wenn Courtney den Unabhängigkeitstag schon jemals woanders erlebt hätte, wusste sie doch, dass dieser der beste bleiben würde.

»Umso besser.« Er sah zum Ausgang des Restaurants und dann mit einem Lächeln zu ihr zurück und ihr Herzschlag beschleunigte sich. »Dann mal los.«

* * *

»Willkommen in Venedig«, sagte Brett, als er sein Auto vor einem Hotel abstellte, das *The Venetian* hieß. Es befand sich nur zwei Hotels weiter und wäre somit auch zu Fuß zu erreichen gewesen – aber die Hotels hier bestanden aus so riesigen Komplexen, dass es gut fünfzehn bis zwanzig Minuten gedauert hätte, und das war in Vegas definitiv zu lang, wo es im Sommer so heiß und trocken war, dass man meinte, in einem Backofen zu sein.

Schon beim Eintreten starrte Courtney ehrfurchtsvoll um sich und erst recht, nachdem sie mit dem Aufzug in den ersten Stock gefahren waren. Courtney traute ihren Augen kaum – sie hatte tatsächlich das Gefühl, in einem anderen Land zu sein. Sie war zwar noch nie in Venedig gewesen und wusste daher natürlich nicht, wie originalgetreu es nachgebaut war, aber sie fühlte sich wie in den Kopfsteinpflastergassen von Venedig. Überall schmiedeeiserne Laternenpfähle und Buden, in denen venezianische Masken, Muranoglas und anderer Schnickschnack verkauft wurde. Die Decke, ein blauer Himmel mit wattigen weißen Wölkchen, war hell erleuchtet, sodass es wie bei mittäglichem Tageslicht aussah. Läden und Restaurants im Stile alter italienischer Häuser, deren Marmor- und Backsteinfassaden mit Säulen und Balkonen geschmückt waren, säumten die Straßen. Und mittendrin befand sich sogar ein Kanal, auf dem die Leute in langen schwarz-roten Gondeln übers Wasser schipperten, während bogenförmige Brücken die »Gassen« zu beiden Seiten miteinander verbanden.

»Lass mich raten – es gefällt dir?«, fragte Brett.

»Gefällt?« Überwältigt sah sich Courtney um. »Ich *liebe* es! Es kommt einem gar nicht wie in einem Hotel vor – es ist, als ob wir wirklich in Italien wären. Das ist unglaublich.«

»Ja, Themenhotels machen jede Menge Spaß«, stimmte

Brett zu. »Seit sie vor ein paar Jahren in Mode gekommen sind, gibt es auf dem Strip mehrere davon. Das *Venetian* ist das schönste, finde ich, aber da sind auch noch *Paris, Caesars Palace, New York New York* und einige andere. Und die werden wir nach und nach bereisen. Aber jetzt … was hältst du von einer Gondelfahrt auf dem Canal Grande?«

»Das wäre wundervoll«, rief sie begeistert. Gondelfahrten waren der Inbegriff von Romantik, wie geschaffen für ein Date. Sie warf Brett einen verstohlenen Blick zu, aber der wirkte ganz cool, als sei eine Gondelfahrt nichts Besonderes. Vielleicht interpretierte sie viel zu viel in das alles hinein.

Brett half ihr in eine schwarze Gondel, die eigentlich kaum mehr als ein besseres Kanu war. Der Gondoliere trug eine rote Schärpe über dem schwarz-weiß gestreiften Hemd und einen Strohhut mit rotem Band. Sie waren die einzigen Fahrgäste. Courtney setzte sich mit Blick nach vorne auf die mit rotem Samt ausgeschlagene Bank und Brett nahm neben ihr Platz. Sah Brett es vielleicht doch als Date? Warum sonst hatte er sich neben sie gesetzt statt gegenüber?

Aber da Courtney noch nie ein richtiges Date gehabt hatte, war sie sich nicht sicher, ob das wirklich etwas bedeutete. Bis auf ein Beinahe-Date mit Paulo Bernal, einem Jungen aus ihrem Englischkurs, hatte sie keinerlei Erfahrung in solchen Dingen. Paulo hatte ihr nach ihrem Dienst im *Starbucks* einen Kaffee spendiert, aber dann hatte sie schnell herausgefunden, dass ihre einzige Gemeinsamkeit tatsächlich nur der Englischunterricht war. Als sie nämlich anfing, über die Personen des Romans zu diskutieren, den sie gerade lasen, wirkte er total gelangweilt. Bestimmt war er nicht über die ersten

Seiten des Buches hinausgekommen. Unnötig zu erwähnen, dass er ihr kein zweites Mal einen Kaffee spendierte.

Immerhin, ihre Unterhaltungen mit Brett liefen schon mal um einiges besser.

Während sie an Läden vorbei- und unter Brücken hindurchglitten und das Wasser friedlich vor sich hin plätscherte, nahm Courtney die ganze Zeit die Nähe seines Armes neben ihrem wahr. Sie hatte das Gefühl, keine Sekunde länger still sitzen zu können, so aufgeregt und elektrisiert war sie, aber sie zwang sich, ruhig zu bleiben. Er sollte nicht merken, was er in ihr auslöste, zumal er selbst ganz entspannt und ungezwungen schien. Warum nur war das bei ihr so anders?

Nach der Gondelfahrt gönnten sie sich original italienisches Eis, das sie mit winzigen Plastiklöffeln aßen. Es war das leckerste, cremigste Eis, das Courtney je gegessen hatte. Als sie fertig waren, schlug Brett vor, sich das übrige Hotel anzusehen, und Courtney überließ ihm die Führung. Wo immer sie hinkamen, konnte sie nur staunen. Da war zum Beispiel das prächtig ausgestattete Casino – Marmorböden, echte Fresken an den Decken und goldene Kandelaber, die aussahen, als kämen sie direkt aus einem Schloss.

Sie durchquerten das Casino, bis sie ein goldenes Schild erreichten, das von der Decke hing und auf dem einfach nur das Wort *Phantom* stand. Unter dem Schild war das Bild der weißen Halbmaske aus dem berühmten Musical in den mosaikartigen Marmorboden eingelassen.

»Wird hier das *Phantom der Oper* gegeben?«, wollte Courtney wissen. Sie hatte das Musical unzählige Male auf DVD gesehen und kannte alle Lieder auswendig.

»*Phantom – das Las-Vegas-Spektakel*«, korrigierte sie Brett. »Eine abgeänderte Fassung. Sie haben ein paar Dialoge rausgenommen, aber alle Songs dringelassen. Außerdem haben sie zusätzliche Spezialeffekte eingebaut, die es in der Broadway-Version nicht gibt.«

»Woher weißt du das?«, fragte Courtney. »Hast du beide gesehen?«

»Yep. Eingefleischte Fans würden mich jetzt umbringen, aber ich finde die Vegas-Version besser.«

»Ich kenne nur den Film«, sagte Courtney. »Mein absoluter Lieblingsfilm. Und die Musik höre ich mir ständig an. Ich träume schon ewig davon, es ein Mal live zu sehen.«

»Worauf warten wir dann noch? Lass uns Eintrittskarten holen.« Er steuerte auf den Ticketschalter zu und Courtney folgte ihm. Die einzigen Musicalaufführungen, die sie gesehen hatte, waren Schulaufführungen gewesen. Wie wohl das *echte* Theatererlebnis sein würde? »Zwei Karten für heute Abend«, sagte Brett zu der Frau an der Kasse. »Fünfte Reihe Mitte, wenn's da noch Plätze gibt.«

Die Frau tippte etwas in ihren Computer. »Das macht dann hundertfünfundsechzig Dollar pro Person«, sagte sie.

Bevor Brett seinen Geldbeutel herausziehen konnte, trat Courtney näher.

»Das ist viel zu teuer«, sagte sie bestimmt. »Warum nehmen wir nicht den obersten Rang? Der Preis ist viel erschwinglicher und die Show ist ja dieselbe.«

Brett sah sie verblüfft an, doch dann lächelte er, als ob er das, was sie da gesagt hatte, niedlich fand. »Mach dir mal keine Gedanken«, beruhigte er sie. »Es wird Adrian gefallen, dass du auf diese Weise Las Vegas erkundest. Und glaub mir, diese Plätze kosten aus gutem Grund mehr. Sicher, es ist dieselbe Show, aber sie ist viel schöner, wenn man mittendrin sitzt.« Ehe Courtney weitere Einwände erheben konnte, reichte er seine Blamex über den Schalter. Die Frau händigte ihm die Tickets aus und er hielt Courtney eines hin. »Heute Abend um halb zehn«, sagte er. »Am besten, wir treffen uns um Viertel vor neun in der *Diamond*-Lobby und gehen von dort zusammen los.«

»Okay.« Einerseits hatte sie immer noch ein schlechtes Gewissen wegen den sündhaft teuren Karten, aber andererseits freute sie sich irrsinnig auf die Vorstellung. »Vielen Dank. Ich wusste ja noch gar nicht, dass du gerne ins Theater gehst.«

»Ich liebe die Musik und die Inszenierung«, erklärte er. »Andrew Lloyd Webber ist einfach ein großartiger Komponist. Einer der besten aller Zeiten.«

»Finde ich auch.« Courtney war beeindruckt. Keiner der Jungs in Fairfield hätte gewusst, wer *Das Phantom der Oper* komponiert hatte, geschweige denn dass einer von ihnen es hätte sehen wollen.

Brett war einfach perfekt.

Und der einzige Junge, in den sie sich nicht verlieben durfte.

Das Summen ihres Handys unterbrach ihre Gedanken. Eine SMS von Savannah.

»Savannah fragt, ob ich mit ihr und Peyton shoppen gehen kann«, sagte sie zu Brett, enttäuscht, dass sie nicht den ganzen Nachmittag mit ihm verbringen konnte. »Da sollte ich wohl mit.«

»Und du lädst mich gar nicht ein, mitzukommen?«, witzelte Brett. »Sozusagen zum vorfamiliären Bonding?«

Bei der Erwähnung der Tatsache, dass sie bald Stiefgeschwister sein würden, musste Courtney schlucken. »Ist eher so ein Schwesternding«, sagte sie und versuchte, lässig zu klingen, so als ob seine Bemerkung sie nicht weiter berührte. »In Kalifornien hatten wir nicht viel Gelegenheit zum Shoppen und Savannah ist schon ganz aufgeregt.« Und sie selbst hatte auch nichts dagegen, sich ein Kleid für das Musical heute Abend zu kaufen. Kein zu teures natürlich. Aber sie hatte durchaus bemerkt, wie wenig das Kleid, das sie gestern Abend getragen hatte, zu den Outfits der anderen im *Five Diamond Steakhouse* und im *Myst* gepasst hatte. Da wollte sie wenigstens zu ihrem ersten richtigen Theaterbesuch was Schickes tragen.

»Mach dir keine Gedanken«, sagte Brett. »Wir sehen uns ja in ein paar Stunden.«

»Die mir wie eine Ewigkeit vorkommen werden«, sagte sie, »weil ich mich schon so auf die Aufführung freue.«

Und auf dich, dachte sie.

Hör auf, befahl sie sich im nächsten Moment. Es war einfach sinnlos, sich etwas Verbotenes zu wünschen. Sie würden schon bald eine Familie sein und da war eine romantische Beziehung zu Brett absolut fehl am Platz.

Aber war sie das wirklich? Schließlich waren sie ja nicht blutsverwandt, und sie hatte das Gefühl, dass die Sache mit Brett etwas ganz Besonderes werden könnte, wenn sie es nur zuließ.

Andererseits wusste sie ja nicht mal, ob Brett für sie genauso empfand, und sie konnte ihn unmöglich danach fragen. Wie peinlich, wenn er total verwirrt reagieren würde, weil er *daran* überhaupt nicht gedacht hatte. Weil er nur mit ihr zusammen sein wollte, um sie als zukünftige Stiefschwester besser kennenzulernen.

Trotzdem – sie konnte und wollte die Hoffnung nicht aufgeben, dass es mehr war als das.

15

Peyton

Peyton hatte nicht die geringste Lust auf diese Shoppingmall. Daheim war sie nie in Malls gegangen. Von ihrem Job als Aushilfskellnerin in dem Pub um die Ecke hatte sie selten Geld übrig, da sie dafür sorgen musste, dass die Rechnungen bezahlt wurden. Ihre Mutter ignorierte die Stromrechnung, den Handyvertrag oder das Internet ja einfach. Wenn Peyton dann wirklich mal shoppen ging, suchte sie lieber nach ausgefallenen Sachen im Secondhandladen. Aber Savannah hatte sie so begeistert gefragt, dass es einfach nicht möglich gewesen war, ihr diesen Wunsch abzuschlagen. Überhaupt gab Peyton ihrer kleinen Schwester mit den riesigen blauen Augen viel öfter nach, als sie zugegeben hätte.

Dass sich ihr Style völlig von dem ihrer Schwestern unterschied, hatte einen großen Vorteil: Die beiden machten so gut wie nie den Versuch, sich was bei ihr »auszuleihen«, noch dazu ungefragt, so wie Courtney sich ab und zu an Savannahs Kleiderschrank bediente. Andrerseits waren Peytons Kosmetiksachen alles andere als sicher vor Savannah, deshalb hoffte sie, dass sich ihre Schwester endlich selbst damit eindecken würde, als sie nun das *Sephora* in der *Miracle Mile Mall* im *Planet Hollywood Hotel* erreichten. Peyton war es leid, ständig nach ihrem Lieblingslipgloss suchen zu müssen, um dann zu merken, dass Savannah ihn in die Schule mitgenommen hatte.

Die Produkte im *Sephora* waren natürlich teurer als die im Drogeriemarkt – die Preisspanne lag irgendwo zwischen dreißig und hundert Dollar –, was Savannah allerdings nicht davon abhielt, so viel Schminksachen zu kaufen, dass sie zwanzig Jahre damit ausgekommen wäre. Die Verkäuferin half ihr nur zu gerne bei der Auswahl – Pinsel, Lidschatten, Puder und Bronzepuder, Foundation, Rouge aus »Amazonas-Tonerde«, Eyeliner, Mascara, eine Wimpernzange, die einem mittelalterlichen Folterinstrument glich, Lipgloss und eine Lippenpflege, die laut Verkäuferin verhinderte, dass die Lippen in der trockenen Luft von Las Vegas rissig wurden.

Während Peyton sich gerade schminken ließ, kam Savannah mit einer Lidschattenpalette auf sie zu. »Die hier solltest du unbedingt nehmen«, sagte sie und hielt Peyton die Farben unter die Nase. »Passt perfekt zu dir.«

Peyton nahm die kleine schwarze Box der Marke *Too Faced* und betrachtete die einzelnen Farben, die *Smokey Eyes* versprachen. Die Schwarz- und Grautöne gefielen Peyton, erst recht, als sie mit einem Finger den dunkelsten Ton testete: tiefschwarz, viel besser als ihr derzeitiger Lidschatten, der sowieso fast zu Ende war.

»Genau dein Ding, das merke ich doch«, sagte Savannah. »Also, ab in unseren Korb?«

Peyton hatte keine Ahnung, wie viel der Lidschatten kosten würde – mit Sicherheit zu viel für neun verschiedene Farben –, aber er gefiel ihr so gut, dass sie entschied, gar nicht erst nachzufragen. Savannah ließ sowieso alles über ihre Kreditkarte laufen, während Peyton mit ihrer genau das gemacht hatte, was Adrian gesagt hatte: nämlich tief in ein Schubfach in ihrem Zimmer gesteckt. »Klar, mach nur«, sagte sie. »Und ich glaube, ich nehm noch das Rouge mit Namen ›Orgasm‹.«

»Wow, das ist von NARS.« Savannah hüpfte förmlich vor Begeisterung herum. »Das ist DIE Make-up-Marke schlechthin – alle Profis sagen, dass es ein absolutes MUST ist. Ich hab zwar was ganz Ordentliches, aber ich wollte schon immer mal das Original. Ich glaub, das nehm ich auch.«

Dabei hatte Peyton das Rouge nur gewollt, weil der Name so schön unanständig war.

Nachdem Peyton fertig geschminkt war, sah sie Savannah zusammen mit Courtney durch einen der Gänge streifen.

»Na, versucht Savannah dir auch irgendwas aufzuschwatzen?«, fragte sie Courtney.

»Das hier.« Courtney zeigte ihr eine dreieckige Lidschattenpalette. Auf dem braunen Samtdeckel stand in goldenen Großbuchstaben *NAKED*. »Ich weiß, dass ich was Ähnliches auch in der Drogerie finden würde, aber ich muss zugeben, dass ich diesen Namen schon mal gehört habe. Und ich hab die Farben getestet und sie sind wirklich toll.«

»Die Pastelltöne stehen dir bestimmt super«, pflichtete Savannah ihr bei. Sie war wie ein kleiner Teufel auf den Schultern ihrer Schwestern, der sie überredete, Schminksachen zu kaufen, die sie eigentlich gar nicht brauchten. »Los, Courtney, wenigstens diesen *einen* Artikel.«

»Na gut«, stimmte Courtney zu, eher Savannah zuliebe als sich selbst. »Mehr aber nicht.«

»Ich wette, es dauert nicht lang, bis du dich an Savannahs

Sachen vergreifst«, zog Peyton sie auf. Die drei hatten vielleicht nicht viel gemeinsam, aber Make-up liebten sie alle.

Courtney zuckte abwehrend die Schultern, während Savannah ihren Einkaufskorb prompt etwas fester an sich drückte.

Nachdem sie an der Kasse gezahlt hatten – eine ganze Menge, vor allem für Savannahs Zeug –, verließen sie den Laden.

»Auf zur *Fashion Show Mall!*«, rief Savannah enthusiastisch. »Unser Fahrer steht schon bereit. Ich hab ihm geschrieben, während wir dadrin waren.«

»Noch 'ne Mall?«, stöhnte Peyton. »Warum bleiben wir nicht einfach in dieser? Wo wir schon mal hier sind.«

»Weil es in der *Fashion Show* Läden wie *Saks* und *Neiman Marcus* gibt, und die gibt es hier nicht.« Savannah hatte sich eindeutig sachkundig gemacht. »Also los.« Zielstrebig ging sie voraus und beendete damit jede weitere Diskussion. Peyton warf Courtney einen genervten Blick zu, doch Courtney zuckte nur die Schultern und folgte Savannah. Eins war mal klar – dafür schuldete ihr Savannah einen Gefallen!

Zur *Fashion Show Mall* waren es nur fünf Minuten. Kaum hatten sie die Mall betreten, wusste Peyton auch, woher die Mall ihren Namen hatte. Inmitten der Haupthalle befand sich ein Catwalk, um den herum sich jede Menge Kundinnen scharten, während die Models in gleißendem Schweinwerferlicht zu heißen Rhythmen den Laufsteg entlangstaksten. Die Show war natürlich megaprotzig, wie alles in Vegas.

»Können wir nicht ein wenig zugucken?«, fragte Savannah mit sehnsüchtigem Blick auf die Models.

»Also, so viel Zeit haben wir nun auch wieder nicht«, stellte Courtney klar. »Du musst dich schon entscheiden: Modenschau oder shoppen?«

»Dann lieber shoppen«, sagte Savannah ein wenig schmollend.

Während sie die Modenschau hinter sich ließen, wandte sich Courtney an Peyton. »Sag mal, was hast du gestern Abend eigentlich noch gemacht? Ich hab dich gar nicht zurückkommen hören.«

»Hab noch mit 'nem Freund gechillt.« Peyton hatte nicht vor, ins Detail zu gehen, während sie den Abend insgeheim Revue passieren ließ. Nach dem Feuerwerk im *Myst* hatte Oliver gesagt, er habe genug von hier – vor allem weil sein Vater jede seiner Bewegungen beobachtete und er deshalb seine Drinks heimlich im Flachmann reinschmuggeln musste. Also hatten sie sich in den Nightclub eines anderen Hotels abgesetzt – wo den ganzen Abend über reichlich Alkohol geflossen war. Deshalb war Peytons Erinnerung daran auch etwas verschwommen, aber sie wusste noch genau, dass sie einfach nicht die Finger voneinander lassen konnten. Und dann hatte Oliver die geniale Idee gehabt, sich im Hotel ein Zimmer zu mieten.

Und was dort abgegangen war ... Peyton musste grinsen. Keiner von ihnen hatte sich zurückgehalten – und Oliver wusste ziemlich genau, was er tat.

What happens in Vegas, stays in Vegas ... Was allerdings keine Rolle mehr spielt, wenn man dort *lebt*.

Als sie das Hotel im Morgengrauen verlassen hatte, um in ihr Apartment im *Diamond* zurückzukehren, war keine Spur von Jackson zu entdecken gewesen, und Peyton war froh darüber. Wie peinlich, wenn der andere Typ, auf den sie stand, sie von ihrem nächtlichen Abenteuer zurückbegleitet hätte. Wenn sie gestern nicht ganz so viel getrunken hätte, wäre ihr das bestimmt eingefallen, *bevor* sie mit Oliver abgetaucht war, aber zum Glück mussten auch Bodyguards irgendwann mal schlafen ... Der nächtliche Ersatz war übrigens nicht halb so schnuckelig – und jung – wie Jackson. Als sie heute Nachmittag das Apartment mit Savannah zum Shoppen verlassen hatte, war Jackson allerdings wieder da gewesen. Wie viel er wohl von gestern Abend mitbekommen hatte? Ob es ihn überhaupt kümmerte? Er hatte sich jedenfalls nichts anmerken lassen.

»Mit einem Freund?«, mischte sich Savannah neugierig ein und riss Peyton aus ihren Gedanken. »Wir sind doch gestern erst angekommen. Wer war es denn?«

»Ein Typ, den ich im Club kennengelernt habe.«

»Aber du bist doch mit Mike zusammen?«, fragte Courtney.

»Mit dem mach ich Schluss.« Peyton war nicht stolz darauf, ihn betrogen zu haben, aber so was kam eben vor – war ihr selbst ja auch schon passiert. Gut möglich, dass Mike auch schon längst mit 'ner anderen rummachte. Er war zwar eigentlich nicht der Typ für so was, und die SMS, die er ihr gestern Abend geschickt hatte – dass sie ihm fehle –, stützte diese Theorie auch nicht gerade. Aber bei Jungs konnte man nie wissen. Selbst die nettesten stellten sich manchmal als fiese Schweine raus.

»Aber noch hast du nicht mit ihm Schluss gemacht?«

»Nein«, gab Peyton zu. »Werd ich aber. Und nur weil ich

noch nicht dazu gekommen bin, hör ich nicht auf, zu leben. Ich will das nicht einfach so per SMS machen, aber für einen Anruf war noch gar keine Zeit, bei allem, was hier los ist. Dass es aus ist, dürfte ihm aber sowieso klar sein.« Außerdem hasste sie es, Schluss zu machen, und drückte sich so lange davor, bis es absolut unumgänglich war.

Um deutlich zu machen, dass das Thema für sie beendet war, widmete sie sich demonstrativ den Läden, an denen sie vorbeikamen. Courtney war so furchtbar voreingenommen, was Peytons Liebesleben betraf, dabei hätte sie sich ruhig mal eine Scheibe davon abschneiden können. Courtney hatte noch nicht mal *einen* Typen geküsst, während Peyton *alle* bekam, die sie wollte. Fast alle. Natürlich gab es immer ein paar wie Jackson, die erst mal einen auf abweisend machten.

Dabei war Jackson eigentlich gar nicht ihr Typ. Sie mochte Draufgänger, die sich gern mal über Regeln hinwegsetzten. Sie wusste nicht viel über Jackson, aber er schien fest entschlossen, sich an seine Bodyguard-Regeln zu halten. Aber was das Draufgängerische anging ... als Bodyguard musste er ja wohl auch ein wenig Abenteuerlust im Blut haben. Keine Ahnung, welches Training er für diesen Job hatte absolvieren müssen, aber es musste ja wohl ein ziemlich hartes gewesen sein. Vielleicht würde sie ja mal etwas darüber erfahren – wenn er gesprächiger war als gestern Abend.

Sie warf einen neugierigen Blick über die Schulter, um festzustellen, ob er irgendwo in der Nähe war. Und da war er tatsächlich, am anderen Ende der Halle, zusammen mit Carl und Teddy. Nicht zu fassen, dass sie die Bodyguards nicht schon in Kalifornien bemerkt hatte.

Aus Spaß, weil die Security in der Öffentlichkeit ja eigentlich unsichtbar sein sollte, winkte sie Jackson zu.

Er reagierte nicht.

»Wem hast du denn da gewunken?«, fragte Savannah.

»Unseren Bodyguards«, sagte Peyton schadenfroh.

Courtney sah sich um. »Ich seh sie gar nicht.«

»Vielleicht sind sie in einem Laden verschwunden.« Peyton kicherte spöttisch, denn der Laden, vor dem die Männer gerade gestanden hatten, war *Victoria's Secret*.

Endlich erreichten sie einen der Shops, die Savannah erwähnt hatte. *Absolut absurd*, befand Peyton, als sie die T-Shirts sah, die über hundert Dollar kosteten, nur weil sie von einem bestimmten Label waren. Bei *Forever 21* bekam sie ähnliche T-Shirts für ein Zehntel! Savannah schien daran jedoch keinen Gedanken zu verschwenden, selbst Courtney probierte auf Savannahs Vorschlag hin ein paar Kleider an.

Das mit dem Make-up war eine Sache gewesen, aber in diesem Fall weigerte Peyton sich, Geld, das nicht mal ihr gehörte, für Zeug auszugeben, das so heillos überteuert war. An der Kasse reichte die Verkäuferin Savannah dann auch noch ihre Visitenkarte und sagte, sie würde sie benachrichtigen, sobald neue Sachen eingetroffen seien, die ihr gefallen könnten – als wäre sie Savannahs persönliche Einkaufsberaterin! Doch Savannah nahm die Karte, ohne zu zögern, an und dankte ihr.

»Wohin jetzt?«, fragte Peyton nach dem Luxus-Shopping. »Zurück ins *Diamond*?«

»Ins *Gates*«, bestimmte Savannah.

Das *Gates Hotel* war die neueste Errungenschaft von Olivers Vater, und dort wohnte er auch mit seinen Eltern, wie sie seit gestern Abend wusste.

»Warum ins *Gates?*« Peyton versuchte, gelangweilt zu klingen, während sie heimlich darauf hoffte, Oliver zu begegnen. Okay, sie trug nicht gerade die umwerfendsten Sachen – knappe Jeansshorts und ein schwarzes Top –, und sie fühlte sich immer noch ziemlich verkatert, aber das war ihr egal. Die Kosmetikerin im *Sephora* hatte sie ja gut geschminkt, sie sah also mit Sicherheit nicht total unmöglich aus.

»Die haben da ganz tolle Abteilungen – vor allem was Schuhe betrifft«, erklärte Savannah, als wäre ihr das immer schon klar gewesen.

»Und es ist nicht so weit weg vom *Diamond*«, setzte Courtney hinzu und sah auf die Uhr. »Ich will nämlich bald zurück sein.«

»Hast du noch was vor?« Peyton konnte ihre Überraschung nicht verbergen. Courtney war doch eher diejenige, die brav zu Hause blieb, um auf ihre Prüfungen zu lernen oder »einfach zum Spaß« ein Buch zu lesen. Peyton verstand nicht, was am Lesen Spaß machen konnte, wenn man genauso gut ausgehen konnte. Und falls ein Buch wirklich *so* gut war, würde es doch verfilmt werden, und man konnte es sich ansehen.

Auch Savannah blickte gespannt zu Courtney.

»Brett und ich sehen uns das *Phantom der Oper* an«, sagte Courtney schnell.

»Brett, der zukünftige Stiefbruder?«, fragte Peyton.

»Genau der«, erwiderte Courtney. »Ihr beide wart heute Morgen ja beschäftigt und ich hatte Hunger und bin deshalb mit Brett zum Lunch gegangen. Und als ich erzählt habe, wie sehr ich das *Phantom* liebe, hat er uns Tickets besorgt. Was ich wirklich sehr aufmerksam von ihm finde.«

Sie zuckte die Schultern, scheinbar ungerührt, aber dann verlor sich ihr Blick. Da war doch was im Busch! Peyton hatte gestern Abend beim Essen Courtneys und Bretts langweilige Unterhaltung mitbekommen und die beiden hatten vieles gemeinsam. Lief da etwas zwischen ihnen?

Bei jemand anderem hätte Peyton sofort Ja gesagt, aber Courtney hielt sich immer an Vorschriften und Regeln. Wahrscheinlich ging sie einfach nur mit Brett aus, weil sie sonst niemand kannte. Und Courtney war ziemlich wählerisch, wenn es um Jungs ging. Einmal hatte sie zu Peyton gesagt, dass die ganzen Typen auf der Highschool weder Zeit noch Aufwand lohnten.

Die Chance, dass sich diese Einstellung über Nacht geändert hatte, war gering.

Ihr Fahrer erwartete sie am Ausgang der Mall und auch bis zum *Gates* dauerte es nicht lang. Peyton hatte gestern Abend genug von Oliver erfahren, um zu wissen, dass sie ihn im Casino finden würde. Also hielt sie die Augen offen, als sie es durchquerten. So, wie Savannah ihren Kick in Shoppingmalls bekam, ging es Peyton mit Casinos. Sie liebte das Klingeln der Glücksspielautomaten, das Klimpern von Münzen, wenn jemand gewonnen hatte, und das allgemeine Geschnatter. Sie fühlte sich dabei leicht und unbeschwert, als würde sie schweben.

Oliver war leicht auszumachen. Er saß in einem roten Samtjackett, das Peyton an einen eleganten Bademantel erinnerte, an einem Blackjack-Tisch, in der Hand einen bernsteinfarbenen Drink. Laut einem Schild am Tisch lag der Mindesteinsatz bei zwanzig Dollar – pro Spiel. Ziemliche Abzocke. Wobei Peyton bezweifelte, dass Oliver nur um das Minimum spielte.

Als er sie entdeckte, ließ er seine restlichen Chips in die Tasche seiner Smokingjacke gleiten – es waren nicht mehr viele – und kam auf sie zu. Sie ließ ihr Haar vorne über die Schultern fallen und lächelte. Dieses Jackett war einfach lächerlich, vor allem da es ja erst später Nachmittag war, aber er sah trotzdem gut darin aus. Sie hoffte, dass Jackson ihn als genau den Jungen wiedererkannte, mit dem sie gestern Abend losgezogen war. Wenn er sah, wie schnell sich Peyton einen anderen geangelt hatte, würde er es vielleicht bereuen, sie an der Bar abgewiesen zu haben.

»Träume ich oder kommt der Typ da wirklich auf uns zu?«, flüsterte Savannah aufgeregt und drückte sich enger an Peyton. »Kennst du ihn?«

»Yep«, sagte Peyton. »Komm, wir sagen mal Hallo.«

Ihr Herz schlug plötzlich schneller. Seit wann brachte ein Junge sie so aus der Fassung?

»Peyton Diamond«, begrüßte er sie. »Was führt dich denn hierher? Nicht, dass ich enttäuscht wäre, dich zu sehen.«

»Wir gehen shoppen. Das sind übrigens meine Schwestern Courtney und Savannah.«

»Oliver Prescott«, stellte er sich vor und hielt ihnen die Hand hin. Als er die von Savannah nahm, zögerte er. »Hast du nicht gestern Abend im *Myst* zusammen mit Damien das Feuerwerk angesehen?«

Savannah strahlte, als er Damien erwähnte. »Stimmt«, sagte sie. »Ein Kumpel von dir?«

»Wir kennen uns seit Jahren.«

»Und, hast du was gewonnen?«, fragte Peyton mit Blick auf den Blackjack-Tisch, von dem er aufgestanden war.

»Pff.« Er zog eine Schachtel Zigaretten heraus und öffnete sie. Peyton deutete das als Nein. Er nahm eine heraus, zündete sie an, inhalierte und sah dem Rauch hinterher, der sich spiralförmig in die Luft erhob. »Ich hab mir nur ein wenig die Zeit vertrieben bis zu meiner Verabredung.«

Peyton hätte am liebsten gefragt, mit wem er denn verabredet war, aber sie beherrschte sich. *Klammern ist ätzend*, ermahnte sie sich. Kein Junge konnte es leiden, wenn ein Mädchen schon nach einer Nacht anhänglich wurde. Stattdessen sah sie sich im Casino um, als könne sie es kaum erwarten, zu shoppen.

»Wegen des Dinners morgen Abend weißt du ja Bescheid, oder?«, fragte Oliver.

»Dinner?«, fragte Peyton. Hatte Oliver sie gestern etwa eingeladen? Und hatte sie so viel getrunken, dass sie das nicht mehr wusste?

»Unsere Väter haben ein ›Familienessen‹ anberaumt«, klärte Oliver sie auf, trat an einen der unbesetzten Tische, um den Aschenbecher darauf zu nutzen. »Da müssen wir alle hin.«

»Ach, dann ist dein Vater der Geschäftspartner, von dem Adrian gesprochen hat?« Peyton hatte schon gehofft, dass Oliver sich zu einem richtigen Date mit ihr verabredet hatte, aber das war besser als nichts.

»Noch sind sie keine Geschäftspartner, aber das ist ihr Ziel«, sagte Oliver, »auch wenn sie für die Öffentlichkeit die Familienmenschen spielen. Aber bei dem Ruf, den dein Vater hat …« Er zögerte, als überlege er, mehr zu sagen, dann fuhr er fort. »Mein Dad möchte sichergehen, dass sein Entschluss, mit Adrian zusammenzuarbeiten, richtig ist.«

»Dein Dad hält also nichts vom Ruf unseres Vaters?«, fragte Peyton überrascht. Sie hatte nicht erwartet, dass sich solche stinkreichen Hoteltypen für irgendwas außer Geld interessierten. Anscheinend lag sie damit falsch.

»Er *hat* nichts davon gehalten«, verbesserte Oliver sie. »Adrian war bekannt dafür, die Frauen wie Hemden zu wechseln – Supermodels und Starlets, die halb so alt wie er waren. Aber jetzt ist er ja mit seiner alten Highschool-Liebe zusammen, und es sieht ganz so aus, als ob es was Ernstes wäre. Es geht das Gerücht um, dass sie bereits verlobt sind. Und ihr drei seid jetzt ja auch da. Wisst ihr eigentlich, wie froh er war, als ihr euch entschieden habt, bei ihm zu leben, nachdem ihr die ganzen Jahre über lieber bei eurer Mutter bleiben wolltet? Anscheinend bedeutet ihm Familie mehr, als die meisten gedacht hätten. Er hat alle überrascht. Positiv überrascht.«

»Nachdem wir *lieber* bei unserer Mutter bleiben wollten?«, echote Peyton fassungslos. Oliver wusste doch, dass sie und ihre Schwestern überhaupt keine Wahl gehabt hatten – sie hatte ihm gestern Abend die ganze Story erzählt. War er so betrunken gewesen, dass er sich nicht mehr daran erinnerte? »Du weißt, dass es nicht so war. Und warum interessiert sich dein Vater dafür, wie es in unserer Familie zugeht?«

»Das ist doch wohl offensichtlich, oder?« Oliver hob sein Glas und stürzte den Rest der Flüssigkeit hinunter. »Soviel ich weiß, kommt ihr Vorhaben ihnen beiden zugute. Irgend so ein Mega-Resort in Macau. Meine Familie hat – dank mir – schon genug Klatsch um die Ohren.« Er grinste boshaft. »Da hätten wir die Verbindung mit eurem Vater und seinen Frauengeschichten der letzten fünfzehn Jahre echt nicht brauchen können. Aber jetzt, wo ihr eine glückliche kleine Familie seid, muss sich mein Dad keine Gedanken mehr machen.«

»Wie schön, dass ihm unsere Anwesenheit so viel nutzt.« Der Sarkasmus in Peytons Stimme war nicht zu überhören. Das also war der Grund, warum Adrian sie nach all den Jahren plötzlich bei sich haben wollte. Sie hatte doch gleich gewusst, dass da was faul war, und Oliver hatte ihr die Bestätigung geliefert. Adrian benutzte sie nur, um noch reicher zu werden.

»Es war nett, dich kennenzulernen, aber wir müssen jetzt weiter«, unterbrach Courtneys Stimme Peytons Gedanken, zuckersüß und höflich wie immer. »Ich bin zum Theater verabredet und möchte nicht zu spät kommen.«

»Ja«, stimmte Savannah zu und wandte sich zum Gehen. »Wir sehen uns dann ja morgen beim Dinner.«

»Bis dann«, sagte Oliver.

Peyton hätte schwören können, dass Oliver ihr zuzwinkerte, als sie in Richtung Boutiquen losgingen.

Er war ein totaler Arsch, aber aus irgendeinem Grund gefiel er ihr noch besser als zuvor.

16

Madison

Madison feuerte ihr iPhone auf ihr riesiges Himmelbett, sodass ein Delle in der weichen weißen Daunendecke entstand. Die Nachricht ihrer Mutter kam zwar nicht überraschend, trotzdem ärgerte Madison sich.

Ich weiß, dass wir heute Abend eigentlich zusammen essen wollten, aber im Krankenhaus gibt es einen Notfall. Dein Vater und ich werden länger bleiben müssen als erwartet. Wir kommen erst am späten Abend nach Hause. Gruß, Mom.

Wie immer perfekt formuliert – eher wie eine geschäftliche Mail als eine SMS an die eigene Tochter. Madison kannte diese Situation nur zu gut. Dass beide Eltern gleichzeitig zu Hause waren, kam eigentlich nur vor, wenn sie schliefen. Die meiste Zeit war Madison allein. Deshalb liebte sie die Winter- und Frühjahrsferien so sehr – nicht weil schulfrei war, sondern weil ihre Eltern dann mit ihr verreisten. Nur dann hatte sie das Gefühl, eine richtige Familie zu haben.

Sie lief im Zimmer auf und ab, und die spitzen Absätze ihrer High Heels brachten die dicken, geraden Bahnen durcheinander, die das Hausmädchen mit dem Staubsauger im Teppich hinterlassen hatte. Ihr Zimmer im *Diamond* mit seinen deckenhohen Fenstern und dem Blick auf den Strip passte eigentlich viel besser zu einem Filmstar als zu einem Teenager. Es war also perfekt für sie.

Der Entschluss ihrer Eltern, ins *Diamond* zu ziehen, war der beste seit Jahren gewesen. Ihre Mutter war schon mit Adrian befreundet, seit er sein erstes Hotel auf dem Strip gebaut hatte, lange ehe Madison geboren wurde, und das Angebot, das er ihnen für das Vier-Zimmer-Apartment gemacht hatte, war viel zu günstig, um es abzulehnen. Sie hatten schon eine ganze Weile überlegt, aus dem Umland in die Stadt zu ziehen, und dieses Apartment hatte den Ausschlag gegeben.

Madison blickte hinunter auf den glitzernden Strip, der voller Touristen war, die von einem Hotel zum nächsten spazierten. Sie sah auf die Uhr. Erstaunt stellte sie fest, dass es schon Viertel nach acht war. Das Essen mit ihren Eltern hätte um Viertel vor neun sein sollen, sie war schon umgezogen und ausgehbereit.

Sie hatte lange gebraucht, um ihr Outfit für diesen Abend auszuwählen. Das kurze schwarze Satinkleid von Dolce & Gabbana betonte ihre Kurven und war trotzdem schlicht genug für ein stilvolles Essen mit ihren Eltern – und um danach mit ihren Freunden wegzugehen. Ihr dunkelbraunes Haar fiel ihr – dank ihres Glätteisens – ohne die kleinsten Wellen über ihre Schultern. Der rote Chanel-Lippenstift ließ sie älter als sechzehn wirken (Madison fand, dass sie für achtzehn oder neunzehn durchgehen konnte), und ihre Lieblingsmascara von YSL ließ ihre Wimpern fast so lang und dicht wie falsche aussehen, ohne dass sie tatsächlich welche ankleben musste.

Wie sollte sie die plötzlich gewonnene Zeit bloß totschlagen?

Sie nahm ihr iPhone und überlegte, wen sie antexten konnte. Brett kam nicht infrage – vorerst. Oliver war immer eine Option, aber nachdem er sie gestern Abend für dieses trashige Diamond-Girl hatte stehen lassen … Larissa würde nur zu gern etwas mit ihr unternehmen, aber Madison war nicht in der Stimmung, um mit ihr über Jungs zu reden, was ihr Hauptgesprächsthema war. Und alle anderen Mädchen aus ihrer Clique waren jetzt wahrscheinlich sowieso gerade mit Larissa zusammen.

Blieb nur Damien. Kein Problem, sie mochte seine Gesellschaft. Die Sache zwischen ihm und Savannah passte ihr allerdings ganz und gar nicht. Und in letzter Zeit hatte sich Damien ihr gegenüber komisch benommen. Ihr Flirten war immer freundschaftlich gewesen, aber auf einmal schien er es ernster zu nehmen. Das beunruhigte sie. Sie wollte ihre Freundschaft nicht aufs Spiel setzen.

Aber sie wollte unbedingt dem leeren Apartment entfliehen.

Drinks in der Lobby?, textete sie ihm.

Schon unten, kam die prompte Antwort.

Madison war erstaunt. Damien hatte in letzter Zeit mehr als sonst getrunken – fast so viel wie Oliver. Es geschah ziemlich unauffällig, aber am Ende des Abends war er meistens betrunken. Hoffentlich war das nur so eine Sommerferiensache, mit der zu Schulbeginn wieder Schluss war.

Bin in 1 min da.

Freu mich schon :), textete er nur einen Augenblick später zurück.

Madison blieb kurz vor dem Spiegel stehen und musterte sich von der Seite. Das schwarze Kleid machte schlank, aber sie hätte sich nach dem Training den Bagel mit Frischkäse verkneifen sollen. Wenn sie so weitermachte, würde sie die zehn Kilo, die sie vor der achten Klasse abgenommen hatte, bald wieder drauf haben. Und dann würde sie wieder das dicke Mädel in der Clique sein, das keiner beachtete. Das ging gar nicht. Ansonsten hatte sie heute zwar nur einen Salat mit fettarmem Dressing gegessen, aber sie konnte die Bagelkalorien praktisch schon jetzt auf ihren Hüften erkennen. In den nächsten Tagen musste sie sich auf Obst, Salat und mageres Fleisch beschränken.

Von der Bar in der Lobby hatte man einen wunderbaren Überblick über das Erdgeschoss, und Madison beobachtete gerne, wie die Touristen ihr Glück im Casino herausforderten. Aber am besten gefiel ihr die goldene Skulptur eines Mädchens im Zentrum der Bar. Das Mädchen verwandelte sich gerade in einen Baum. Aus ihrem Kopf und den erhobenen Händen wuchsen Äste bis zur Decke, aus ihren Füßen sprossen Wurzeln, und ihre Unterschenkel bildeten den Baumstamm. Irgendeine Anspielung auf die griechische Mythologie. Jedenfalls faszinierte dieses Mädchen Madison. Sie wusste einfach nicht, ob es glücklich oder traurig war. Jedes Mal, wenn sie vorbeiging, nahm sie sich vor, die Geschichte zu googeln, aber sie vergaß es immer wieder, wenn sie heimkam.

Sie entdeckte Damien auf einem Zweiersofa ganz vorne.

»Du siehst umwerfend aus«, begrüßte er sie. Er ließ den Blick über ihren Körper gleiten und fixierte dann ihre Augen. »Du siehst toll aus.«

»Das ist jetzt doppelt gemoppelt.« Madison lachte. Und dann passierte etwas sehr Seltsames – Damiens Wangen röteten sich. War er etwa nervös? Nein, entschied sie. Das lag bestimmt daran, dass er das Glas in seiner Hand – höchstwahrscheinlich Wodka on the rocks – schon zu drei Vierteln ausgetrunken hatte.

Sie setzte sich neben ihn und warf einen Blick auf die Getränkekarte. Da das Völlegefühl vom Bagel noch da war, entschied sie sich für Cola light statt Wein. Besser nicht schon so früh am Abend Kalorien ansammeln.

In diesem Moment entdeckte sie Brett Carmel, der mit Courtney Diamond in der Lobby stand. Beide waren gestylt, als hätten sie was Besonderes vor. Madison biss sich auf die Zähne, als sie daran dachte, wie Brett Courtney gestern im *Myst* angesehen hatte. Und um die Situation noch schlimmer zu machen, sah das trägerlose Kleid in sattem Pink, das Courtney trug, perfekt an ihr aus. Ein Aidan-Mattox-Kleid, wie sich Madison erinnerte – sie hatte es vor ein paar Tagen bei *Saks* gesehen. An der Schaufensterpuppe hatte es traumhaft gewirkt, an ihr jedoch, als sie es anprobierte, einfach nur schrecklich. Die geschnürte Taille betonte die verdammt perfekte Modelfigur der hochgewachsenen Courtney, und der volle Rock bauschte sich über ihren Knien, als ob das Kleid für sie entworfen worden wäre.

Zu allem Übel sah Brett Courtney auch noch an, als sei sie die einzige Person im ganzen Raum. Sie hatten die Köpfe zusammengesteckt, er sagte etwas zu ihr, und sie lachte. Madison drehte sich der Magen um. Zum Glück kam kurz darauf ihre Cola. Sie nahm einen Schluck von dem kalten Drink und entspannte sich.

»Madison?«, fragte Damien besorgt. »Alles in Ordnung?« Er hatte den Arm auf die Rücklehne des Sofas gelegt, und wenn er ihn senkte, würde er um ihre Schultern liegen. Sie hatte nichts dagegen. Es war schön zu wissen, dass Damien wegen ihr hier war. Und wenn Brett sie so sehen würde, kam er wenigstens nicht auf den Gedanken, dass sie sich immer noch nach ihm verzehrte.

»Alles okay«, erwiderte sie und blickte so fröhlich drein, wie sie konnte. »Warum fragst du?«

»Du hast irgendwie niedergeschlagen ausgesehen.«

»Ich hab nur an was gedacht.« Sie sah sich erneut im Raum um und tat so, als würde sie Brett und Courtney erst jetzt entdecken. »Das ist doch eine von den Diamond-Schwestern, oder?«

»Die mittlere. Da fällt mir ein – das war echt heftig heute, dass du mir schreibst, ich soll ins Fitnessstudio kommen, ohne zu erwähnen, dass du mit Savannah da bist.«

»Ich dachte, du würdest dich freuen, sie zu sehen«, sagte sie zuckersüß. Sie fand ihre Aktion immer noch lustig. Gleich nachdem Savannah ins Studio gekommen war, hatte Madison Damien angetextet. Damien würde schon bald genug von Savannah haben – so war es bei ihm mit den meisten Mädchen –, es konnte also nicht schaden, die ganze Sache etwas anzukurbeln. Savannah war viel zu klammerig und viel zu offensichtlich in ihn verschossen, um sein Interesse lange wachzuhalten. Vor allem nachdem bereits das Gerücht umging, dass sie leicht zu haben war.

»Nicht so sehr, wie dich zu sehen«, sagte Damien jetzt ganz ernst. Er wirkte gekränkt, doch schon einen Augenblick später verwandelte sich sein Ausdruck in ein spöttisches Grinsen. »Du wärst ja wohl auch beleidigt, wenn es nicht so wäre, oder?«

»Absolut am Boden zerstört.« Madison hob theatralisch eine Hand an die Stirn, als würde sie ohnmächtig, wie die Frauen in den alten Schwarz-Weiß-Filmen.

Damien musterte das Glas in seiner Hand. »Ich bin froh, dass du mich vorhin angesimst hast«, sagte er. »Mir ist in letzter Zeit eine Menge Zeug durch den Kopf gegangen.«

»Was denn für Zeug?«, fragte sie. So ernst sprach Damien selten. Hätte Madison ihn nicht so gut gekannt, dann hätte sie fast geglaubt, dass er Angst davor hatte, es zu erzählen.

»In Bezug auf Savannah?«, half sie ihm weiter. »Oder geht's um die rothaarige Cocktailkellnerin mit der missglückten Busen-OP, die dich seit fünf Minuten anglupscht?« Sie schenkte der Bedienung ein unfreundliches Lächeln und die Frau senkte den Blick und machte sich zu einer Gruppe älterer Herren an einem Casinotisch davon. Madison verzog angewidert das Gesicht, als einer der Männer – wahrscheinlich um die siebzig – der Kellnerin den Hintern tätschelte. Abartig.

»Kannst du es ihr zum Vorwurf machen, dass sie sich zu mir hingezogen fühlt?«, fragte Damien.

Madison verdrehte die Augen. »Wenn sich dein Ego noch mehr aufbläst, platzt es noch.«

»Mal ehrlich, Madison.« Er wurde wieder ernst. »Seit du ins Diamond gezogen bist, benimmst du dich irgendwie anders. Ich wollte nur wissen, ob alles okay ist.«

Madison liebte es, wenn sich jemand so um sie sorgte. Wenn jemand solche Fragen stellte und eine *ehrliche* Antwort wollte. Das kam nicht oft vor. Die meisten Leute waren davon überzeugt, dass die wundervolle Madison Lockhart alles im Griff hatte. »Ich glaube, es hat was mit der Sache mit Nick zu tun«, sagte sie und hoffte, dass er ihr diese Ausrede abkaufte.

»Warum hast du denn eigentlich mit ihm Schluss gemacht?«, fragte Damien. »Es lief doch so toll mit euch beiden und auf einmal ist es aus. Nicht, dass ich was dagegen habe, dass das heißeste Mädchen in Las Vegas Single ist.« Wieder grinste er spöttisch und seine dunklen Augen blitzten auf. »Ich weiß, du hast gesagt, dass du nicht mehr so viel für ihn empfindest und dass du froh bist, mit ihm Schluss gemacht zu haben, aber dafür bist du in letzter Zeit viel zu schlecht drauf. Was ist zwischen dir und Nick wirklich passiert?«

»Ich möchte im Moment nicht darüber reden«, wehrte Madison ab. »Aber sag mal, merkt man mir das wirklich so an?«

»Ich schon«, erwiderte Damien. »Und nur damit du's weißt, Larissa hat den Eindruck, dass du nicht mehr so viel Zeit mit ihr verbringen willst. Ich hab ihr gesagt, dass du dich hier erst eingewöhnen musst, und sie hat es anscheinend geschluckt.«

»Danke. Und es war wirklich nicht leicht für mich, mit Nick Schluss zu machen. Er ist ein toller Typ, aber einfach nicht der Richtige.«

»Glaubst du das denn im Ernst?«, fragte er. »Dass es für jeden den ›Richtigen‹ gibt?«

»Natürlich«, sagte sie. »Du etwa nicht?«

Damien zuckte die Schultern. »Hab nie darüber nachgedacht.«

»Und jetzt, wo du darüber nachdenkst?«

Er überlegte. »Na ja, hört sich zwar gut an, aber ich glaube nicht daran.«

»Aha«, sagte Madison. »Na dann …«

»Komm schon, Mads.« Sein Ton wurde wieder unbeschwerter. »Das ist *meine* Meinung. Was hast du denn erwartet?«

»Keine Ahnung.« Madison schüttelte den Kopf. Es war offensichtlich, dass Damien etwas für sie empfand, und vielleicht wollte sie insgeheim, dass er sie für seine Seelenverwandte hielt, auch wenn sie diese Gefühle nicht erwiderte.

Oder zumindest glaubte sie, dass sie sie nicht erwiderte. Es war alles so verwirrend. Allmählich wünschte sie, sie hätte sich nicht mit ihm verabredet.

Ihr Handy summte.

»Larissa und ein paar aus unserer Clique treffen sich gleich zum Sushi-Essen im *Cosmopolitan* und wollen später noch im *Marquee* aufschlagen«, gab sie Damien den Inhalt der SMS wieder. »Bist du dabei?«

»Wenn du dabei bist, dann ja«, sagte er und leerte sein Glas. »Aber erst brauch ich noch einen Drink.«

Madison lachte. Das war endlich wieder der alte Damien. Der Abend würde ihr guttun – kein Nick, kein Brett, einfach nur Spaß mit der üblichen Clique.

Trotzdem fragte sie sich, wohin Brett und Courtney wohl gingen. Warum ging er nicht mit ihr aus? Was war ausgerechnet an diesem Mädchen so toll?

Wie einfach das Leben doch sein könnte, wenn Damien derjenige, welcher, wäre …

Aber wer sagt denn, dass das Leben einfach sei?

www.campusbuzz.com

Goodman-Highschool › Las Vegas › Nevada

Madison Lockhart

Gepostet Mittwoch, 06.07., 11:25

Wer außer mir findet noch, dass Madison die größte Zicke der Schule ist? Die Frage ist: Warum geben sich trotzdem so viele Leute mit ihr ab? Nicht genug damit, dass ihr drei der heißesten Goodman-Jungs nachlaufen, als sei sie die Wiedergeburt der Aphrodite. Außerdem ist sie total nympho. Hab gehört, dass sie es mit allen dreien gleichzeitig getrieben hat. Und sie hat allein in diesem Sommer ungefähr zehn Pfund abgenommen. Wogegen ja nichts zu sagen wäre, wenn sie es *nötig* gehabt hätte, aber jetzt ist sie so dürr, dass es schaurig aussieht. Madison, wenn du das hier liest, iss mal ein paar Pommes. Kannst welche gebrauchen.

1: Gepostet Mittwoch, 06.07., 11:34

Hab sie gestern mit Damien in der Lobbybar gesehen. Hat praktisch auf seinem Schoß gesessen und er hat die Finger nicht von ihr lassen können. Vor aller Augen! Das will doch keiner sehen. Hätten lieber ein Zimmer nehmen sollen.

2: Gepostet Mittwoch, 06.07., 11:56

madison ist absolut hot. die fette zicke, die das gepostet hat, sollte besser den mund halten und trainieren gehen. du bist doch nur neidisch, weil du nie auch nur annähernd so umwerfend aussehen wirst wie madison. und sie ist überhaupt nicht »nympho«. offensichtlich kennst du sie nicht, wenn du das glaubst.

3: Gepostet Mittwoch, 06.07., 12:15
hab gehört, dass sie noch jungfrau ist und dass nick gordon sie deshalb abserviert hat.

4: Gepostet Mittwoch, 06.07., 12:31
Erstens ist Nick zu nett, um jemand wegen so was sitzen zu lassen. Zweitens hat Madison mit Nick Schluss gemacht. Drittens ist Madison einfach großartig, und wer das Gegenteil behauptet, ist bloß eifersüchtig – und sollte wahrscheinlich besser *keine* Pommes essen. Also, lasst sie in Ruhe.

5: Gepostet Mittwoch, 06.07., 12:49
Na, das kam ja wohl von Madison selbst oder von einer ihrer Cliquenfreundinnen. Nicht sehr schlau, Mädels.

6: Gepostet Mittwoch, 06.07., 13:10
sei nicht dämlich. madison und ihre freunde sind viel zu cool, um diese site aufzurufen. mädchen wie du hassen madison, weil sie neidisch sind, aber mädchen wie madison bemerken das nicht mal, weil es ihnen völlig egal ist, was ihr denkt.

17

Savannah

Savannah hatte einen unglaublichen Tag im *Diamond Spa & Salon* hinter sich. Der Salon sah aus wie ein goldener Palast und ebenso hatte man sie behandelt: wie einen königlichen Gast. Die Strähnchen und Extensions hatten ewig gedauert, aber jetzt fiel ihr goldenes Haar voll und schimmernd über den halben Rücken, wie bei den Models in der Shampoowerbung. Sie musste ständig die Finger hindurchgleiten lassen.

Aber das war noch lange nicht alles. Auch ihre Wimpern waren verlängert worden – ein wahres Geschenk! –, sodass ihre Augen etwas Dramatisches hatten, was vorher nicht da gewesen war. Na gut – ein Geschenk war es nicht gerade, sie hatten es – wie alle anderen Verschönerungen auch – von ihrer Karte abgebucht, aber irgendwie kam das für Savannah aufs Gleiche raus. Auch ihre kurzen, stumpfen Nägel waren verschönert worden: Durch die Gelbehandlung waren sie jetzt lang und hübsch und die elegante Frenchmaniküre mit den glitzernden Spitzen sah einfach genial aus. Immer wieder streckte sie die Hände aus und bewunderte das Ergebnis. Natürlich hatten auch ihre Füße eine Frenchpediküre bekommen. Und nachdem ihre Haut seit ihrem Eintreffen in Vegas trocken und schuppig geworden war, hatte man ihr Gesicht mit einem Peeling und viel Feuchtigkeitslotionen behandelt. Jetzt posierte sie in verschiedenen Haltungen vor dem Spiegel und stellte sich vor, sie sei ein berühmter Popstar beim Fotoshooting. An so was konnte sie sich gewöhnen!

Da klingelte es an der Wohnungstür. Das Herz schlug ihr bis zum Hals. War das Adrian? Sie zog ein paar Haarsträhnen über die Schultern und kam aus ihrem Zimmer, aber Peyton war schneller. Doch als sie öffnete, stand nicht etwa Adrian in der Tür, sondern Rebecca.

»Hi, Mädels.« Rebecca lächelte und strich mit den Händen über ihre Hose. »Macht ihr euch gerade fertig?«

»Ja.« Savannah fuhr sich erneut durch die Haare und hoffte, dass Rebecca etwas auffallen würde.

»Hast du was mit deinen Haaren gemacht?«, fragte diese auch prompt.

Savannah lächelte. »Hab heute Extensions machen lassen. Gefällt's dir?«

»Sieht sehr gut aus.« Rebecca lächelte zurück, und Savannah hatte das Gefühl, dass sie beide gut miteinander klarkommen würden. »Ist Courtney auch da? Ich hatte gehofft, mit euch allen reden zu können.«

»Sie steht gerade unter der Dusche.« Peyton stemmte die Hände in die Hüften und sah Rebecca mit zusammengekniffenen Augen an, als sei es unverschämt, einfach so vorbeizukommen.

»Ach so, okay.« Rebecca strich sich übers Haar, obwohl ihr Pferdeschwanz perfekt saß. »Ich ziehe mich auch gleich um, aber ich weiß ja, dass das alles neu für euch ist, deshalb wollte ich mal reinschauen und fragen, ob ich euch helfen soll, eure Garderobe für heute Abend auszuwählen.«

Peyton presste die Lippen aufeinander, ihr Blick wurde hart. »Hat Adrian dir das aufgetragen?«

»Nein.« Rebecca schluckte und Savannah hatte Mitleid mit ihr. Peytons abweisende Haltung war wirklich peinlich. »Ich wollte euch nur anbieten, dass ich für euch da bin, falls ihr Hilfe braucht. Ich weiß ja, dass Adrian mal wieder beschäftigt ist, aber ihr sollt nicht denken, dass ihm nichts an euch liegt. Das tut es, glaubt mir, aber wegen der großen Eröffnungsfeier hat er gerade wahnsinnig viel um die Ohren. Doch wenn die erst mal vorbei ist, kann er endlich Zeit mit euch verbringen, und darauf freut er sich schon sehr. Aber wie gesagt, ich bin immer für euch da, falls ihr was braucht.«

Savannah fand Rebeccas Angebot sehr nett und wollte gerade sagen, dass sie sehr gut Hilfe gebrauchen könne, um ein Kleid für den Abend auszuwählen, doch Peyton kam ihr zuvor.

»Nicht nötig. Wir können uns schon selbst anziehen.« Sie warf Savannah einen *Untersteh-dich-mir-zu-widersprechen-*Blick zu und Savannah sah beschämt zu Boden.

»Danke, aber ich glaube, wir kommen zurecht«, sagte sie leise, obwohl ihr Rebecca leidtat, aber sie wollte Peyton nicht in den Rücken fallen. »Dann bis heute Abend.«

»Alles klar. Sagt einfach Bescheid, falls ihr es euch anders überlegt.«

Savannah nickte schweigend und Rebecca verabschiedete sich und ging.

»Was sollte das denn?«, fragte Savannah ihre Schwester,

nachdem sie die Tür geschlossen hatte. »Ich hätte Rebeccas Hilfe gern angenommen.«

»Sie glaubt, sie kann den Platz unserer Mom einnehmen«, sagte Peyton abfällig. »Aber das lasse ich nicht zu, und ich hoffe, du auch nicht. Lass dich von ihrem netten Getue bloß nicht täuschen, okay?«

»Ich glaube nicht, dass sie Moms Platz einnehmen will«, widersprach Savannah. »Niemand könnte Mom ersetzen. Aber es *gibt* Rebecca nun mal und ihr Angebot klang doch wirklich ehrlich. Vielleicht will sie uns einfach nur kennenlernen.«

»Vielleicht.« Peyton zuckte die Schultern. »Aber ich bin nicht scharf drauf. *Ich* will *sie* nämlich nicht kennenlernen.«

»Also ich finde, wir sollten ihr eine Chance geben.«

»Wie du meinst«, sagte Peyton. »Mach von mir aus, was du willst. Ich werde mich jetzt umziehen – und ein Outfit auswählen, das Rebecca garantiert *nicht* gefallen wird.«

Savannah wusste, dass sie Peyton nicht umstimmen konnte, und ging in ihr Zimmer zurück. Sie stellte sich wieder vor ihren Spiegel, um ihre Verwandlung zu bewundern. Zum ersten Mal war sie mit sich zufrieden. Selbst wenn sie neben Courtney stand, würde man sie jetzt endlich mal beachten.

Apropos Courtney – sie musste sie unbedingt fragen, was da mit Brett lief. Die beiden schienen sich ja ziemlich gut zu verstehen, und obwohl Adrian jeglichen Flirt mit ihrem zukünftigen Stiefbruder verboten hatte, hätte es Savannah Courtney gegönnt, endlich auch mal einen Freund zu haben. Aber für Courtney kam es bestimmt nicht infrage, sich über

Adrians Regeln hinwegzusetzen, oder? Na ja, falls doch, würde Savannah ihr auf jeden Fall helfen, ihre Beziehung geheim zu halten. Courtney sollte auch mal glücklich sein dürfen! Andererseits – würde Courtney überhaupt glücklich sein *können*, wenn sie dafür lügen müsste? Puh, eine wirklich komplizierte Geschichte. Bis jetzt waren ja ihre Schwestern immer diejenigen gewesen, die auf sie aufgepasst hatten, und nicht umgekehrt.

Sie sah auf ihre neue Tiffany-Uhr – es war Viertel vor sieben. Wenn sie sich schnell umzog, hatte sie noch Zeit, mit Courtney zu reden, ehe ihr Vater sie zum Dinner abholte – bei dem er Olivers Dad beweisen wollte, dass er ein »Familienmensch« war, mit dem man bedenkenlos Geschäfte machen konnte.

Savannah stampfte aufgebracht in ihrem Zimmer herum, als sie an das dachte, was Oliver ihnen im *Gates* erzählt hatte. Sie hatte geglaubt, dass es Adrian wirklich wichtig war, sich während des Entzugs ihrer Mutter um sie zu kümmern, ebenso wie sie ihm abgenommen hatte, dass er aus Sicherheitsgründen so lange keinen Kontakt zu ihnen gehabt hatte. Die Sache mit Courtneys Entführung war schließlich ziemlich heftig gewesen und zeigte durchaus, dass Vegas nicht unbedingt das richtige Pflaster für kleine Kinder war. Aber jetzt, nach Olivers Story, war sich Savannah nicht mehr so sicher, wie ernst es Adrian mit ihnen wirklich meinte.

Trotzdem hatte in diesem Moment ein ganz anderes Problem Vorrang: Was sollte sie heute Abend anziehen? Sie öffnete die Tür des riesigen begehbaren Kleiderschranks und begutachtete die Sachen, die sie gestern bei ihrer Shoppingtour gekauft hatte. Sie wollte heute Abend strahlen, so sehr, dass jeder, der sie sah, Savannah Diamond würde kennenlernen wollen. Aber vor allem dachte sie an Damien, der sie gestern gefragt hatte, ob sie mit ins *Luxe* kommen würde. Ihr Herz schlug schneller bei der Erinnerung. Sie konnte es kaum erwarten, seine Reaktion auf die *neue* Savannah zu sehen.

Heute Abend würde Damien Sanders erkennen, dass sie, Savannah Diamond, genau die Richtige für ihn war. Savannah war sich immer noch nicht sicher, ob er an Madison interessiert war oder ob sie im Fitnessstudio einfach zu wenig Selbstvertrauen gehabt hatte. Aber selbst wenn er Madison interessant fand, würde er sie schnell vergessen, sobald er Savannah heute Abend sah. Vielleicht könnten sie und Madison irgendwann sogar Freundinnen werden. Madison schien selbstbewusst und beliebt zu sein, also eigentlich die ideale Freundin für Savannah, wenn im Herbst die Schule anfing. Und beim Training hatte sie ja schließlich doch noch ganz nett gewirkt.

Kaum war Savannah in ihr Mark + James-Kleid mit den Saphirpailletten geschlüpft, wusste sie, dass sie die richtige Wahl getroffen hatte. Das Kleid war kurz und ließ ihre Beine länger erscheinen, es hatte breite Träger und zeigte viel Haut, aber nicht *zu* viel, und der Push-up-Spitzen-BH machte eindeutig mehr aus ihren spärlichen Rundungen.

Den Unterschied würde Damien bestimmt bemerken.

Dazu die silbernen, zwölf Zentimeter hohen Jimmy Choos, und fertig war das Outfit. Sie warf ihr Haar zurück und schmiss sich noch ein letztes Mal vor dem Spiegel in Pose, bevor sie ihr Zimmer verließ, um mit Courtney zu reden. Vielleicht interpretierte sie ja auch zu viel, und Courtney traf sich nur deshalb mit Brett, weil sie und Peyton keine Zeit gehabt hatten, doch das würde sie jetzt ja herausfinden. Aber was, wenn Courtney *tatsächlich* auf Brett stand? Wäre das dann eigentlich Inzest, also zukünftig?

Quatsch, Courtney verstieß gegen keine Vorschriften. Courtney war wie ein Engel, dem Savannah niemals das Wasser reichen konnte. Sogar ihre Lehrer waren enttäuscht gewesen, als sie nicht so gute Noten erreicht hatte wie Courtney.

Doch das war jetzt Vergangenheit, denn Savannah sah besser aus als jemals zuvor und würde nie mehr im Schatten von irgendwem stehen. Weder in dem ihrer Schwestern noch in dem ihrer Freundinnen. Bei diesem Gedanken hob sich ihre Laune, als sie durch die Wohnung zu Courtneys Zimmer ging. In Peytons Zimmer rauschte die Dusche – typisch Peyton, bis zum letzten Moment zu warten, um sich umzuziehen. Sie konnte nur hoffen, dass Peyton nichts allzu Haarsträubendes zum Essen tragen würde.

Sie klopfte an Courtneys Tür.

»Komm rein«, rief Courtney, die vor ihrem Schminktisch saß. Sie trug ein violettes Bubble-Tube-Kleid von BCBG, das Savannah bei *Saks* für sie ausgesucht hatte. Ihr Körper sah darin noch modelmäßiger aus als sonst. Savannah wurde fast eifersüchtig, bis sie erneut ihr eigenes Spiegelbild sah. Die neue, glamouröse Version von Savannah, die ihr entgegenblickte, war einfach unschlagbar. Genau so hatte sie immer sein wollen. Jetzt musste sie sich nur noch absolut cool und sophisticated verhalten, dann war die Verwandlung perfekt.

»Tolles Kleid«, sagte Courtney anerkennend. »Dreh dich mal.«

Savannah drehte sich und ihre langen Haare wirbelten um sie herum. Ein herrliches Gefühl. »Deins ist aber auch genial«, sagte sie zu Courtney und machte es sich auf ihrem Bett bequem. »Willst du damit irgendwen Spezielles beeindrucken?«

Courtney hielt mitten im Auftragen ihres NARS-Lipgloss – Farbe Turkish Delight – inne. Den hatte ihr Savannah im *Sephora* empfohlen, und sie freute sich, dass Courtney ihn sogleich benutzte. »Nö«, antwortete Courtney und presste die Lippen aufeinander, um den Gloss gleichmäßig zu verteilen. »Außer Oliver und Damien kenne ich hier ja noch keinen.«

»Bis auf Brett«, bemerkte Savannah.

»Stimmt. Brett.« Courtneys Stimme bebte, und sie konzentrierte sich darauf, Concealer auf einen nicht existierenden Pickel zu tupfen. Wenn Courtney doch nur *ein Mal* aus sich rausgehen würde!

»Und du warst mit ihm gestern Abend im Musical«, fuhr Savannah fort. »Wie war's übrigens?«

»Es war traumhaft!« Courtney drehte sich auf ihrem Stuhl herum und sah Savannah an. Ihre Wangen waren gerötet und sie lächelte. Es war die glücklichste Courtney, die Savannah seit ihrer Ankunft in Vegas erlebt hatte. »Das Theater war der Oper in Paris nachgebaut und die Aufführung war einfach magisch. Unsere Plätze waren genau da, wo der Kronleuchter runterfällt.«

»Der Kronleuchter fällt auf die Zuschauer?«, fragte Savannah erstaunt. Dank Courtneys Begeisterung kannte sie den Film in- und auswendig und wusste, dass der Kronleuchter herunterfiel, aber sollte er nicht *auf die Bühne* fallen?

»Ja.« Courtney legte die Hände auf die Knie und beugte sich vor. »Er stürzt von der Decke, und erst kurz bevor er auf die Zuschauer knallen kann, wird er gestoppt. Ich glaube, ich hab wirklich aufgeschrien – es hat ausgesehen, als ob er direkt auf mich stürzen würde. Ganz am Anfang wird der Kronleuchter über den Zuschauern zusammengesetzt – er kommt in vier Teilen aus verschiedenen Ecken des Theaters und jeder Teil blinkt wie ein fliegendes Raumschiff –«

»Wie ein fliegendes Raumschiff?« Savannah sah Courtney an, als sei sie verrückt geworden.

»Ja, ja, glaub mir. Und als alle Teile zusammengesetzt waren, wurden die Vorhänge über den Seitenrängen aufgezogen, und die Logen waren voller Menschen in Kleidern wie aus dem neunzehnten Jahrhundert. Es waren keine richtigen Menschen – nur Schaufensterpuppen –, aber sie sahen so echt aus, als seien wir in der Zeit zurückgereist. Das musst du dir ansehen. Wir gehen mal zusammen hin.«

»Das wäre super«, sagte Savannah. Das *Phantom* live zu sehen würde ihr tatsächlich gefallen – sie liebte Musik –, aber im Moment gab es wichtigere Themen zu bereden. Zum Beispiel das Thema Brett. »Hat es Brett auch gefallen?«

»Ja.« Courtney blickte auf ihre Nägel. Sie waren unlackiert und kurz. Savannah *musste* sie in den Salon mitnehmen.

»Ein Junge, der dich ins *Phantom der Oper* ausführt …« Savannahs Lippen verzogen sich zu einem wissenden

Lächeln. »Klingt doch perfekt für dich, oder? Und er ist definitiv süß.«

Courtneys Augen verloren den Glanz, den sie bei ihrer Erzählung über die Aufführung angenommen hatten. »Er ist doch bald unser Stiefbruder.«

»Aber ihr seid ja nicht blutsverwandt«, stellte Savannah fest. »Und wie oft kommt es vor, dass du einen Jungen kennenlernst, der dich interessiert?«

»Weiß nicht.« Courtney knetete ihre Finger, was sie nur tat, wenn sie nervös war.

»Nie«, antwortete Savannah an ihrer Stelle. »Du bist *nie* an einem interessiert. Lass dich nicht von Dads blöden Regeln abhalten.«

Courtney zog eine Augenbraue hoch. »Seit wann nennst du ihn Dad?«

»Seit eben. Klingt besser als Adrian, oder nicht? Schließlich *ist* er unser Dad.« Es kam ihr zwar selbst seltsam vor, jemand Dad zu nennen, den sie kaum kannte, zumal sie ihr Leben lang keinen Vater gehabt hatte, aber Savannah hoffte, sich daran zu gewöhnen. Und sie hoffte, dass es ihm trotz Olivers Behauptungen wirklich ernst mit ihnen war.

»Klingt irgendwie merkwürdig«, sagte Courtney. »Aber jetzt mal von mir und Brett zu was anderem – da läuft nämlich *nichts*. Aber was ist denn zwischen dir und Damien im *Myst* gelaufen? Du bist noch gar nicht mit der Story rausgerückt.«

»Er hat mir nur den ganzen Club gezeigt.« Savannah log ihre Schwester nicht gerne an, und am liebsten hätte sie ihr erzählt, was mit Damien in der Höhle passiert war, aber das würde Courtney wahrscheinlich nur noch mehr gegen ihn aufbringen.

»Mehr nicht?« Courtney klang überrascht. »Er hat nicht versucht, dir näherzukommen?«

»Nein, mehr nicht.« Savannah sah auf ihre Hände und spielte mit ihren Armreifen. »Er ist echt nett, und er hat gefragt, ob ich heute Abend mit ins *Luxe* kommen will.«

»Und du hast Ja gesagt?«

»Klar.« Savannah verdrehte die Augen. »Übrigens, was hältst du von dem, was uns Oliver im *Gates* erzählt hat? Warum wir seiner Meinung nach eigentlich hier sind? Hat doch seltsam geklungen.«

»Ich weiß nicht, was ich davon halten soll«, sagte Courtney. »Es muss mehr dahinterstecken als das, was Oliver gesagt hat, denn ich glaube nicht, dass die Sache mit der Angst um unsere Sicherheit eine Lüge war. Trotzdem habe ich das Gefühl, dass Adrian uns was verschweigt.«

»Was meinst du?«

»Ich bin mir nicht sicher.« Courtney schlug die Beine übereinander und stützte das Kinn in die Hand. »Ist nur jedes Mal so ein Gefühl, wenn er davon spricht. Als ob eben mehr hinter der Geschichte steckt, als er zugeben will. Ein Geheimnis, das er uns nicht erzählt.«

»Kann sein«, sagte Savannah. »Oder auch nicht. Vielleicht solltest du ihn einfach fragen.« Doch sie wusste selbst, dass das leichter gesagt als getan war. Ihr Vater war eine einschüchternde Persönlichkeit. In Gegenwart von Erwachsenen benahm er sich total souverän und ungezwungen, aber gegenüber seinen eigenen Töchtern machte er total dicht. Sie wünschte, dass er sich ihnen öffnen würde, um sie kennenzulernen – aber ob das wohl jemals geschehen würde?

»Ich überleg's mir«, sagte Courtney.

»Was meinst du, wie es Mom wohl geht?«, fragte Savannah mit einem Kloß im Hals. »Als ich gestern Grandma zurückgerufen habe, hat sie gesagt, dass die Ärzte bei ihrer Entscheidung bleiben, sie von der Außenwelt abzuschotten. Jetzt mache ich mir dauernd Sorgen, ob das bedeutet, dass es ihr dort schlecht geht.«

»Sie halten es eben für das Richtige für sie.« Courtneys Augen wurden feucht und sie setzte sich zu Savannah aufs Bett. »Adrian hat die Klinik ausgesucht, wir müssen uns also darauf verlassen, dass es die beste ist.«

»Ich möchte dran glauben, dass Mom wieder gesund wird.« Savannah schluckte. »Aber was ist, wenn nicht? Was ist, wenn sie rauskommt und wieder alles von vorne anfängt?«

»So dürfen wir nicht denken.« Courtney nahm Savannah in den Arm und Savannahs ängstliche Zweifel verflüchtigten sich etwas. »Wir müssen fest daran glauben, dass die Behandlung anschlägt. Wenn wir das nicht tun und sie spürt das, wenn sie rauskommt, dann bereitet ihr das nur Schmerzen. Wir können nichts anderes tun, als sie zu unterstützen, wenn sie so weit ist, okay?«

»Okay.« Savannah nickte und blinzelte ihre Tränen fort. »Danke. Ich weiß nicht, woher diese Gedanken kommen. Ich bin ja gerne in Vegas und so, aber …«

»Es ist eben alles ganz anders als zu Hause«, beendete Courtney ihren Satz. »Ich kann dich gut verstehen. Mir fehlt sie auch. Selbst Peyton fehlt sie, auch wenn sie es nicht zugibt. Aber wir haben einander, daran müssen wir immer denken.«

»Danke«, wiederholte Savannah. Ihre Brust zog sich zusammen, und ihr schlechtes Gewissen, Courtney nicht alles über Damien erzählt zu haben, verstärkte sich. Es war an der Zeit, ehrlich zu sein.

Sie setzte gerade dazu an, Courtney ihr Herz auszuschütten, als diese mit Blick auf die Uhr darauf hinwies, dass sie sich beeilen müssten, sonst kämen sie zu spät zum Essen. Also hastete Savannah in ihr Zimmer zurück, um letzte Hand an ihr Make-up zu legen. Sie würde es Courtney später erzählen.

Savannah wollte perfekt aussehen, denn heute Abend würde sie einen glänzenden Auftritt hinlegen.

18

Courtney

Die Limousinenfahrt zum *Gates* hätte nicht unbehaglicher verlaufen können. Savannah und Peyton saßen auf den Sitzen mit Blick nach hinten, was bedeutete, dass Courtney und Brett auf den Seitensitzen Platz genommen hatten, da es die Höflichkeit gebot, Adrian und Rebecca in Fahrtrichtung sitzen zu lassen. Peytons Outfit war alles andere als passend für ein Familiendinner – der enge schwarze Rock betonte jede Rundung ihres Hintern und das ebenfalls schwarze Oberteil war so dünn, dass der Spitzen-BH durchschimmerte. Während Courtney und Savannah von Adrian Komplimente für ihre Kleider bekommen hatten, konnte Peyton froh sein, dass er sie nicht wieder ins Apartment zurückgeschickt hatte, um sich umzuziehen. Offenbar ging er nach dem Motto vor: *Sie hört schon auf zu rebellieren, wenn ich so tue, als ob es mir egal ist.* Was wahrscheinlich tatsächlich der beste Weg war, um mit Peyton klarzukommen.

Courtney hätte am liebsten allen von dem Musicalbesuch mit Brett erzählt, aber sie dachte an Adrians Bemerkung bei ihrem ersten gemeinsamen Abendessen und schwieg lieber. Was nicht sonderlich schwer war, da Savannah sowieso keinen zu Wort kommen ließ und Rebecca haarklein von ihrer

Rundumverwandlung berichtete. Selbst Adrian lobte ihr verändertes Aussehen.

Der Vorteil von Savannahs Redestrom war, dass Courtney sich nie unter Druck fühlte, irgendwas sagen zu müssen, was ihr in stressigen Situationen besonders schwerfiel. Und die Sitzordnung in der Limousine, so dicht neben Brett, *war* eine stressige Situation. Einmal stieß sie mit dem Arm an seinen, aber keiner rückte vom anderen ab. Courtney erstarrte und wusste nicht, was sie tun sollte. Schließlich rutschte sie auf ihrem Platz herum und zog ihren Arm doch etwas weg. Sie wollte nicht, dass Adrian oder Rebecca beobachteten, was zwischen ihnen los war.

Besser gesagt, was mit Courtney los war. Schließlich wusste sie ja nicht, wie Brett zu ihr stand. Nach dem *Phantom* gestern Abend waren sie direkt ins Hotel zurückgefahren, und Courtney hatte die restliche Nacht mit Lesen verbracht und versucht, in die Romanwelt einzutauchen und nicht an die reale Welt zu denken.

Aber nach dem Gespräch mit Savannah konnte sie nicht länger einfach so darüber hinweggehen. Savannah hatte eindeutig Details wissen wollen, aber Courtney wollte ihre wahren Gefühle auf keinen Fall preisgeben. Gefühle, die sie *nicht haben durfte*.

Was sie jedoch nicht davon abgehalten hatte, Brett beim Hinuntergehen von Savannahs Verdacht, dass da was lief, zu texten. Das war eigentlich gar nicht Courtneys Art, aber sie wollte nicht schon in ihrer ersten Woche in Vegas Unannehmlichkeiten bekommen, daher erschien es ihr sinnvoll, Brett wissen zu lassen, dass sie vielleicht kurz davor waren, gewisse Grenzen zu überschreiten. Jetzt wünschte sie, die SMS nicht geschrieben zu haben – Brett hielt sie womöglich für theatralisch –, aber dazu war es zu spät.

Sie spürte, wie Brett sich neben ihr bewegte, und beobachtete, wie er sein iPhone herausholte und selbst eine SMS tippte. Leider bewegten sich seine Finger so schnell über das Display, dass sie nicht erkennen konnte, an wen er textete.

Er steckte das Handy wieder ein und kurz darauf vibrierte es in Courtneys Handtasche. Aber statt nachzusehen, ob Brett tatsächlich ihr geschrieben hatte, schlug sie die Beine übereinander, wobei sie auf genügend Abstand zu Brett achtete, und nahm die Hände von der Tasche.

Es kam ihr wie eine Ewigkeit vor bis zum *Gates*, auch wenn die Fahrt vermutlich nicht länger als fünf Minuten gedauert hatte. Beim Aussteigen griff Courtney endlich in ihre Handtasche, um ihre Nachricht zu lesen.

Ein Glücksgefühl durchströmte ihren Körper, als sich bestätigte, dass die SMS von Brett war. Doch als sie las, was da stand, verflog dieses Gefühl so schnell, wie es gekommen war.

Worüber machst du dir Sorgen? Zwischen uns läuft doch nichts, woran irgendwer Anstoß nehmen könnte. Wir wissen ja beide, dass das nicht sein darf.

Sie las den Text noch einmal, um sicherzugehen, dass sie sich nicht verlesen hatte. Hatte sie nicht. In ihrem Hals bildete sich ein Kloß, und sie weigerte sich, Brett anzusehen. Warum nur war sie so dämlich gewesen, ihm überhaupt zu texten?

Diesmal sparte sie sich eine Antwort-SMS. Was sollte sie auch sagen? Sie wollte nicht zustimmen, aber auch nicht widersprechen. Schließlich konnten sie und Brett die Sache unmöglich per SMS klären, inmitten der Familie. Außerdem wollte sie nicht, dass Adrian und Rebecca dadurch vielleicht merkten, wie vertraut sie nach nur zwei Tagen waren.

Als sie wieder aufblickte, waren die anderen bereits am Hoteleingang, und sie beeilte sich, ihnen zu folgen.

»Schatz«, sagte Rebecca zu Adrian. »Die Mädchen brauchen wirklich neue Smartphones. Ihre jetzigen sehen ja praktisch wie Antiquitäten aus.«

»Du hast recht.« Adrian nahm sein Handy aus der Tasche, tippte etwas ein und steckte es zurück. »Ich habe Bernard gerade angewiesen, einen Hotelangestellten loszuschicken und ihnen iPhones zu besorgen. Sie sollten im Apartment sein, wenn sie zurückkommen.«

»iPhones?«, quietschte Savannah vor Begeisterung. »Ich hab mir schon immer eines gewünscht. Oh, viiiielen Dank.«

»Ich will keins«, sagte Peyton. »Mein jetziges Handy ist vollkommen in Ordnung.«

»Und du kannst es ja auch weiter benutzen«, erwiderte Adrian prompt. »Falls du aber doch beschließt, mal auf ein iPhone umzusteigen, dann liegt es für dich bereit.«

Courtney war noch ganz benommen von Bretts SMS, trotzdem bedankte auch sie sich bei Adrian, obwohl sie nie den Wunsch nach einem iPhone gehabt hatte. Aber wenn er die Smartphones sowieso besorgte, konnte sie ihres auch nutzen. Es war sicher zuverlässiger als das alte Klapphandy, das sie jetzt hatte.

Um sich von ihrer Enttäuschung abzulenken, sah sie sich interessiert im *Gates*-Hotel um, obwohl sie es ja bereits von ihrem gestrigen Besuch mit Peyton und Savannah kannte. Es war wie ein tropischer Countryklub ausgestattet, überall Grünzeug – Palmen, Blumen und riesige fleischige Pflanzen. Über sich hörte sie sogar Vogelgezwitscher.

Ohne einen Ton zu sagen – was bei dem Lärmpegel nicht weiter auffiel –, folgte sie Adrian und Rebecca durch das Casino. Schließlich kamen sie zu einem Restaurant namens *Aqua* mit einem für Vegas typischen protzigen Eingang: Das Licht spiegelte sich in den Marmorfliesen und Säulen aus Obsidian flankierten die gläserne Doppeltür. Der Empfangstresen war hell erleuchtet und Courtney warf einen Blick auf die ausliegende Speisekarte.

Das *Aqua* war ein chinesisches Fischrestaurant. Da sollte es doch eigentlich auch eine gute vegetarische Auswahl geben. Wie alle Restaurants in Vegas, die sie bisher gesehen hatte, war es sündhaft teuer, aber wenigstens wurde sie nicht wieder in ein Steakhaus geschleppt.

Als sie den Gastraum betraten, bemühte sich Courtney, Brett aus dem Weg zu gehen. *Zwischen uns läuft doch nichts,* hämmerte es unablässig in ihrem Kopf.

Einerseits war das ja genau das, was sie auch wollte – dass nichts zwischen ihnen lief. Aber die Worte von Brett zu lesen und sich vorzustellen, dass er sie auch so meinte, tat furchtbar weh. Warum waren ihre Gefühle so irrational? Sie wollte schreien oder weinen oder … ihr Handy an die Wand pfeffern. Stattdessen ließ sie den Blick durchs Restaurant gleiten – braune Marmorfliesen, Holztische mit passenden modernen Stühlen in beruhigenden Brauntönen –, atmete ein paarmal tief durch und war froh, die Feuchtigkeit in ihren

Augen wegblinzeln zu können. Hoffentlich hatte niemand was davon bemerkt.

Die Empfangsdame teilte ihnen mit, sie seien die Ersten ihrer Gesellschaft, und führte sie in den hinteren Bereich zu einem langen Tisch mit neun Stühlen. Adrian wies jedem einen Platz an.

»Logan Prescott sitzt am oberen Ende des Tisches«, sagte er. »Ich werde neben ihm sitzen und Rebecca neben mir, dann Oliver, dann Savannah. Auf der anderen Seite sitzt Logans Frau Ellen neben ihm, dann Brett, neben Brett Courtney und dann Peyton.« Damit nahm er seinen Platz am Tisch ein. Die Sitzordnung war nicht verhandelbar.

Neben Brett. Die Worte ließen Courtney beinahe erstarren. Sie riss sich zusammen und schaffte es, sich zu setzen, während sie stur geradeaus blickte, wo Oliver ihr gegenübersitzen würde. Sie wusste nicht viel von Oliver, aber bei ihrer gestrigen Begegnung im Casino hatte er sehr von sich eingenommen gewirkt. Wenigstens saßen ihre Schwestern in ihrer Nähe, sie konnte also mit ihnen reden, wenn Oliver ihr auf die Nerven ging und die Konversation mit Brett schwierig wurde.

Courtney wollte sich gerade die Serviette auf den Schoß legen, als sie zwei Exemplare vor sich entdeckte – eine weiße und eine schwarze Serviette. War die eine für die Vorspeise und die andere für den Hauptgang? Oder eine für dunklere Speisen und die andere für helle? Sie warf einen Blick auf Adrian und Rebecca, um es ihnen nachzumachen, doch Adrian nahm die schwarze Serviette und Rebecca die weiße. Keine große Hilfe. Also blieb ihr nichts anderes übrig, als sich an Brett zu wenden.

»Warum haben wir zwei Servietten?«, flüsterte sie ihm zu.

»Damit du die nehmen kannst, die zu deiner Garderobe passt«, erklärte er ihr.

»Im Ernst?« Reiche Leute hatten echt seltsame Sitten.

»Ja«, sagte er. »Du solltest die schwarze nehmen.«

»Okay.« Sie folgte Bretts Empfehlung, breitete die schwarze Serviette auf ihrem Schoß aus und ließ die weiße liegen. In diesem Moment erhob sich Adrian.

»Da seid ihr ja«, sagte er und lächelte jemandem hinter Courtney erfreut zu.

Courtney überlegte, ob sie auch aufstehen sollte, aber da sich sonst niemand erhob, drehte sie nur den Kopf, um zu sehen, mit wem Adrian redete. Ein kleiner dunkelhaariger Mann in einem grauen Anzug kam auf den Tisch zu, hinter ihm Oliver, etwas legerer gekleidet mit blau gestreiftem Hemd und dunklen Jeans. Neben Oliver ging eine Frau, die wohl seine Mutter war. Ellen Prescott war die perfekte High-Society-Mom: cremefarbenes Pencil-Kleid, das bis zu den Knien reichte, und perfekt gesträhntes Haar, das zu einem akkuraten Bob gesprayt war.

Nach der Vorstellungsarie bestellte Logan Prescott eine Flasche Champagner – mit vier Gläsern. Courtney war überrascht. Sie hatte zwar gar nicht vorgehabt, Alkohol zu trinken – aber hatte Adrian ihnen nicht zu verstehen gegeben, dass er nichts dagegen hatte, wenn sie zum Essen ein Glas Wein oder Champagner trinken würden?

Offenbar hatte Logan Prescott andere Grundsätze.

»Was haltet ihr Mädchen denn bis jetzt von Vegas?«,

fragte Logan und beugte sich von seinem Platz aus erwartungsvoll vor.

»Es ist sehr schön«, antwortete Courtney. »Wenn auch ganz anders als die kalifornische Kleinstadt, aus der wir kommen.«

»Es ist Wahnsinn!«, schwärmte Savannah.

»Ganz okay«, warf Peyton trocken und mit Blick auf Logans Glas Champagner ein, als sei sie ein wenig neidisch darauf.

Logan stellte ihnen noch weitere Fragen – was sie für Hobbys hätten, in welche Klasse sie gingen und so weiter, bis der Kellner ihre Bestellungen aufnahm. Courtney entschied sich für eine vegetarische scharf-saure Suppe und vegetarisches Lo Mein. Sie aß schon seit der dritten Klasse kein Fleisch mehr, nachdem sie einen Schulausflug auf eine nahe gelegene Farm gemacht hatten, um zu lernen, dass Milch nicht einfach so aus dem Tetrapack kam. Doch als sie in die großen braunen Augen der Kühe geblickt hatte und begriff, dass Fleisch zu essen bedeutete, eine tote Kuh zu essen, hatte sie auf der Stelle beschlossen, nie wieder etwas davon anzurühren.

»Du hättest deine Töchter nicht all die Jahre verstecken sollen«, sagte Logan zu Adrian, nachdem der Kellner gegangen war. »Wie schön, sie endlich kennenzulernen.«

»Und ich könnte nicht glücklicher sein, dass sie eingewilligt haben, bei mir zu leben«, sagte Adrian. »Es war wunderbar, dass sie in Nordkalifornien aufwachsen konnten, aber jetzt, da sie reife junge Damen sind, bin ich sicher, dass sie hier gut zurechtkommen werden.«

Reife junge Damen? Courtney biss sich auf die Lippen, um sich ein Lachen zu verkneifen. Sie selbst wurde zwar oft »reif« für ihr Alter genannt, aber Peyton und Savannah sicher nicht. Peyton befand sich immer noch in einer Art Rebellion nach der Sache mit dem fiesen Typen, der ihr in der neunten Klasse das Herz gebrochen hatte. Und Savannah ... Nun, sie wollte ihre Schwester nicht unbedingt als *selbstvergessen* bezeichnen, denn Savannah war wirklich lieb und nett, aber sie war eben viel behüteter aufgewachsen als Peyton und sie selbst.

»Eine kluge Wahl von euch.« Ellen seufzte. »Vielleicht hätten wir es ähnlich machen sollen ...«

»Schon in Ordnung.« Logan legte eine Hand über die seiner Frau. »Wir sind hier unter Freunden. Wir können ehrlich zueinander sein.«

»Nun denn«, sagte Ellen und sah Courtney und ihre Schwestern an. »Oliver hatte nicht so viel Glück wie ihr. Vegas ist ihm zu Kopf gestiegen. Logan und ich hoffen, dass ihr einen guten Einfluss auf ihn habt.«

Es war merkwürdig, dass Ellen über Oliver redete, als sei er gar nicht anwesend. Oliver musste sich ziemlich herabgesetzt vorkommen. Und bildete sich Courtney das nur ein, oder hatte sich Ellen tatsächlich an *sie* gewandt, als sie das mit dem guten Einfluss gesagt hatte?

Gespannt auf Olivers Reaktion sah Courtney ihn an. Seine dunklen Augen wirkten irgendwie verschleiert, als ob er gedanklich ganz woanders wäre. Was Courtney ihm nicht verübeln konnte. Sie wäre ziemlich sauer gewesen, wenn jemand über sie geredet hätte, als sei sie gar nicht im Raum.

»Du hast dich doch noch nicht zu meinem Wohltätigkeitsdinner morgen Abend verabredet, oder?«, wandte Ellen sich jetzt direkt an Oliver. Die gespannte Haut über ihren Wangenknochen verriet, dass sie ein Facelifting hinter sich hatte. Oder zwei.

»Nei-in.« Er sah sie mit einem solch gereizten Blick an, dass klar war, dass sie die Antwort schon kannte. Courtney war überrascht: Oliver hatte doch bestimmt kein Problem damit, sich mit einem Mädchen zu verabreden?

»Es wäre doch wunderbar, wenn du eine der Schwestern einladen würdest«, sagte Ellen munter und sah jetzt definitiv Courtney an. »Du kommst nächstes Schuljahr doch auch in die elfte Klasse, nicht? Genau wie Oliver.«

»Ja«, erwiderte Courtney zurückhaltend. Versuchte Ellen etwa, sie mit Oliver zu verkuppeln? Taten Eltern so was noch? Immerhin befanden sie sich im einundzwanzigsten Jahrhundert – und nicht in einem Roman von Jane Austen. Aber irgendwie wurde sie das beklemmende Gefühl nicht los, dass Ellen genau das vorhatte.

Jetzt wandte sie sich wieder an Oliver, ein falsches Lächeln auf den grellroten Lippen. »Da du und Courtney in die gleiche Klasse gehen werdet, solltet ihr euch kennenlernen, ehe die Schule wieder anfängt. Findest du nicht auch?«

Oliver richtete den Blick auf Courtney, als ob er sie an diesem Abend zum ersten Mal wahrnehmen würde. »Doch, natürlich«, sagte er mit plötzlich erwachtem Interesse. »Courtney, möchtest du mich morgen Abend vielleicht zu dem Wohltätigkeitsdinner meiner Mutter begleiten?«

Alle am Tisch sahen sie an und ihr blieb das Herz stehen.

Warum passierte das ausgerechnet ihr? Es gab bestimmt genug Mädchen, die Olivers Bad-Boy-Gehabe vielleicht attraktiv fanden, aber Courtney fand ihn einfach nur arrogant. Sie hatten mit Sicherheit nicht das Geringste gemeinsam. Peyton dagegen konnte den verschiedensten Typen was abgewinnen – *sie* wäre für diese Aktion doch viel besser geeignet.

Doch dann erkannte sie, wie sie die Situation zu ihrem Vorteil ausnutzen konnte. Mit der SMS an Brett hatte sie sich lächerlich gemacht, und wenn sie das nächste Mal allein waren, wurde es mit Sicherheit etwas peinlich. Aber wenn sie diese Einladung zum Essen annahm, signalisierte sie Brett vielleicht, dass sie absolut kein Problem damit hatte, einfach nur mit ihm befreundet zu sein. Und sie musste sich auch keine Gedanken darüber machen, Oliver vielleicht zu verletzen, denn der war auf keinen Fall *ernsthaft* an ihr interessiert. Seine Mutter drängte ihn zu diesem Date, und er machte mit, um einer Auseinandersetzung aus dem Weg zu gehen. Wenn sie also zustimmte, taten sie ihren jeweiligen Eltern einen Gefallen, und sie konnte sogar noch einen Nutzen daraus ziehen.

»Sie haben erwähnt, dass es sich um ein Wohltätigkeitsdinner handelt«, wandte sie sich an Ellen. »Welche Sache wird denn unterstützt?«

»Wir sammeln Geld, um amerikanischen Highschool-Absolventen zu einem Stipendium an einer Universität und zu einem akademischen Abschluss zu verhelfen«, erklärte Ellen stolz.

»Das klingt sehr gut«, sagte Courtney und meinte es auch

so. Von einem solchen Projekt hätte sie auch profitiert, bevor sie nach Vegas gekommen war, und sie wollte gerne etwas dazu beitragen. Was ihren Entschluss noch verfestigte. Also wandte sie sich wieder Oliver zu, der immer noch auf ihre Antwort wartete. »Ich würde sehr gerne mitkommen.«

»Du wirst es nicht bereuen.« Er grinste und es lief ihr kalt über den Rücken. Hoffentlich hatte er wirklich kein Interesse an ihr. Sie wollte nicht, dass er irgendwas versuchte, was sie in Verlegenheit brachte. Wenn doch, musste sie ihm einfach klarmachen, dass sie nur aus Höflichkeit zugesagt hatte.

Ellen strahlte.

Und Brett mied während des gesamten Essens ihren Blick.

19

Peyton

Peyton schäumte während des Essens vor sich hin. Oliver und *Courtney*? Die beiden verband doch rein gar nichts. Aber Ellen Prescott schien sich zum Ziel gesetzt zu haben, dass Oliver Courtney zu dem blöden Wohltätigkeitsdinner mitschleifte.

Vielleicht weil Courtney Ellen Prescott an sich selbst erinnerte?

Sie schauderte beim Gedanken daran, dass sich ihre fleißige, bodenständige Schwester in ein solch künstliches Wesen verwandeln könnte. Diese Frau hatte eindeutig zu viele Schönheits-OPs hinter sich! Jedes Mal, wenn Ellen die Gabel an den Mund hob, fragte sich Peyton, wie viel Kollagen wohl aus ihren Schlauchbootlippen herausquellen würde, wenn sie aus Versehen hineinstach. Nein, Courtney hatte absolut nichts mit diesem Plastikmonster gemeinsam.

Aber das Schlimmste war, dass Oliver sich völlig ungerührt zeigte. Er hätte doch wohl sagen können, dass er lieber mit Peyton gehen würde, oder? Schließlich kannten sie sich schon. Und Courtney kannte er *überhaupt* nicht. Abgesehen davon, dass Courtney auch nicht Olivers Typ war. Und er war ein Spieler, trank viel, nahm ab und zu Drogen, war also definitiv viel zu wild für sie. Courtney würde ihm eine Abfuhr erteilen, sobald er versuchte, sich mit seinen üblichen Tricks an sie ranzumachen.

Um sich abzulenken, überlegte Peyton, warum Courtney wohl eingewilligt hatte, Oliver zu begleiten. Sie war konfliktscheu. Es wäre unhöflich gewesen, in Gegenwart beider Familien abzulehnen, und Courtney konnte einfach niemanden vor den Kopf stoßen. Außerdem schien sie sich mehr für dieses Wohltätigkeitsding zu interessieren als für Oliver. Vielleicht würde sie ihm bei diesem Pseudodate sogar Peyton ans Herz legen?

Am Ende profitierte Peyton sogar noch davon.

Das versuchte sich Peyton einzureden – bis sie Oliver dabei erwischte, wie er Courtney während des Hauptgangs abcheckte. Und zwar nicht mal unauffällig.

Was für ein Arsch.

Peytons Ärger verwandelte sich in Wut. Nicht, dass sie in Oliver verliebt gewesen wäre – aber sie wollte ihn zappeln lassen, wie sie es mit jedem tat. Außer bei dem einen Mal vor ein paar Jahren war *sie* diejenige, die mit den Jungs Schluss machte, nicht umgekehrt. Sie würde nicht zulassen, dass Oliver so tat, als habe es die gemeinsame Nacht gar nicht gegeben. Noch heute Abend sollte er seine Aufmerksamkeit wieder auf diejenige richten, die sie verdiente – nämlich auf sie. Dafür würde sie sorgen.

Dass sie während des gesamten Essens kein Wort sagte, fiel keinem auf. Dann noch das langweilige Herumsitzen bei den typischen After-Dinner-Drinks, bis sich Logan endlich um die Rechnung kümmerte. Alle standen auf. Oliver ignorierte sie immer noch. Was sollte das? Sie hatten doch schließlich miteinander *geschlafen*, zum Teufel. Und auf einmal benahm er sich, als sei sie Luft. Sie hätte zumindest irgendein verbindendes Zeichen erwartet. Stattdessen ging er ans andere Tischende, wo Ellen ihn anhielt, um ein paar Worte mit ihm zu wechseln.

Peyton drehte sich nach Savannah um – und hielt erneut irritiert inne angesichts der Veränderung ihrer kleinen Schwester. Mit ihrem saphirfarbenen Paillettenkleid, den High Heels und den Extensions konnte Savannah glatt als Star durchgehen.

»Du kommst doch noch mit ins *Luxe*, ja?« Savannah klang total enthusiastisch, was Peyton wieder daran erinnerte, dass sie immer noch das naive fünfzehnjährige Mädchen aus Fairfield war, egal wie elegant sie auch rüberkam. Heute Abend würde sie auf jeden Fall besser auf sie aufpassen müssen. Es war ungewohnt für Peyton, dass ihre Schwestern mit ihr zusammen in einen Club gingen, denn zu Hause war das nie vorgekommen. Sie wusste, dass sie am vierten Juli Mist gebaut hatte, als sie nur noch Augen für Oliver gehabt hatte, aber zum Glück hatte Savannah nichts Schlimmes angestellt, wie zum Beispiel den Club mit Damien zu verlassen. Heute würde sie definitiv darauf achten, dass Savannah nichts passierte.

»Auf jeden Fall«, antwortete Peyton und zwang sich, Oliver nicht anzusehen.

Savannah beugte sich näher heran. »Ich kann es immer noch nicht fassen, dass Damien mich eingeladen hat und auch noch direkt vor Madison. Es war genial. Du hättest dabei sein sollen. Madison hat ausgesehen, als würden ihr gleich die Augen aus dem Kopf fallen. Ob sie wohl auf ihn steht?« Savannah hob die Hand, um an einem Nagel zu kauen, ließ sie jedoch schnell wieder sinken. »Ist ja auch egal, denn wenn er an ihr interessiert wäre, hätte er doch *sie* gefragt und nicht *mich*. Meinst du nicht auch?«

Wow – Savannah war also richtig in Damien verknallt. Leider. Peyton hatte schon zu viel hinter sich, um diese Sache durch die rosarote Brille zu sehen. »Doch, klar«, versicherte sie Savannah, dann senkte sie die Stimme. »Aber falls er dir doch wehtun sollte, dann sag mir Bescheid, und ich kümmer mich drum.«

»Das würde Damien nie tun«, erwiderte Savannah, während sie am Saum ihres Kleides herumfummelte – *so* überzeugt, wie sie zu klingen versuchte, war sie davon also nicht. Immerhin redete Savannah wenigstens, was man von Courtney nicht gerade behaupten konnte, die schweigend neben ihnen stand und mit ihrem Handy herumspielte. Courtney war ja meistens eher still, aber nicht *so* still.

»Alles okay?«, fragte Peyton.

»Meinst du mich?« Courtney sah von ihrem Handy auf. Ihre Augen waren feucht, als würde sie gleich losweinen. »Ja, alles okay.«

»Stimmt doch gar nicht«, sagte Peyton. »Wie wär's, wenn wir uns auf die Toilette zurückziehen und reden?«

Courtney biss sich auf die Lippe und schüttelte den Kopf. »Ist wahrscheinlich einfach nur Heimweh. Nichts Ernstes.«

»Dir fehlt Mom?« Für Peyton waren die vergangenen Tage eine Befreiung gewesen – zum ersten Mal musste sie nicht hinter Mom her sein und dafür sorgen, dass ihre Schwestern so wenig wie möglich von der Misere daheim mitbekamen. Andererseits dachte sie auch an die Zeit zurück, als sich ihre Mutter noch für das Leben ihrer Töchter interessiert hatte und mit ihnen ins Schwimmbad oder ins Kino gegangen war – doch Peyton hatte die Hoffnung praktisch schon aufgegeben, diese Mom noch einmal zu erleben. Jetzt allerdings bestand eine reelle Chance darauf, und auch sie machte sich Gedanken, wie es ihrer Mutter bei ihrem Entzug wohl erging.

Courtney nickte. »Ja, und Grandma. Aber wenn ich mir mein Buch schnappe und ein bisschen Schlaf bekomme, geht's mir bestimmt gleich besser.«

In diesem Moment trat Oliver zu ihnen, selbstgefällig wie immer. »Ihr kommt doch auch noch mit ins *Luxe*, oder?«, fragte er geschmeidig. Peyton wusste nicht, ob sie froh sein sollte, als er sie ansah – oder sauer, dass er Courtney und Savannah mit demselben Blick bedachte.

»Denke schon.« Peyton zuckte die Schultern. »Vielleicht.« Nur nicht zu viel Begeisterung zeigen.

»*Vielleicht?*« Savannah verzog das Gesicht und verschränkte die Arme. »Vor einer Sekunde hast du noch gesagt, dass du auf jeden Fall mitkommst.«

Verdammt! Genau das war der Grund, warum Peyton es bis jetzt immer vermieden hatte, irgendwas mit Savannah zu unternehmen. Sie war einfach viel zu naiv und durchschaubar.

Peyton wandte sich an Courtney, um von ihrer eigenen Bloßstellung abzulenken. »Kommst du auch mit?«

»Ich glaube nicht.« Courtney seufzte und legte die Hand an die Stirn. »Ich hab ein wenig Kopfweh. Besser, ich lass es heute mal ruhig auslaufen und gehe zurück ins Apartment.«

»Na gut«, sagte Peyton, ohne sich anmerken zu lassen, wie froh sie darüber in Wirklichkeit war. Das war ihre Chance, Oliver wieder für sich zu gewinnen und rauszufinden, was er sich beim Essen eigentlich gedacht hatte. »Gib einfach Bescheid, wenn du was brauchst, okay?« Was Courtney sowieso nicht tun würde, das wusste Peyton, aber sie wollte es zumindest angeboten haben.

Draußen vor dem Restaurant verabschiedeten sich die Prescotts von Adrian und Rebecca, und alle zusammen machten unheimlich viel Getue darum, wie nett das Essen gewesen sei und wie sehr sie sich gefreut hatten, alle kennenzulernen. Total aufgesetzt. Wie Peyton das hasste.

»Na, schon entschieden, ob du mit ins *Luxe* kommst?«, fragte Oliver breit grinsend. Wie eingebildet er war. Aber auch unglaublich süß, wenn er sie so ansah.

Peyton holte einen Kaugummi aus ihrer Handtasche und steckte ihn in den Mund. »Bin dabei«, sagte sie.

»Gut.« Diesmal wirkte sein Lächeln aufrichtig. Vielleicht interessierte er sich ja doch für Peyton. Dass er Courtney zum Essen eingeladen hatte, lag ja nur an dem Druck seiner Mutter. Eindeutig.

»Also, was ist? Stehen wir jetzt einfach weiter rum oder gehen wir in den Club?« Savannah sah ungeduldig von Peyton zu Oliver.

»Ich muss erst noch was aus meinem Zimmer holen«, sagte Oliver. »Wir treffen uns dann im *Luxe*.«

Es gab Peyton einen kleinen Stich. Wollte Oliver etwa nicht gemeinsam mit ihr im Club auftauchen?

»Na, dann bis nachher«, sagte sie so lässig wie möglich, um sich ihren Ärger nicht anmerken zu lassen. Warum benahm er sich bloß so rätselhaft?

Sie sah sich nicht mehr nach ihm um, während sie und Savannah in Richtung Club gingen.

* * *

Das *Luxe* war laut Oliver der zweitteuerste Club in Vegas – nach dem *Myst* –, was man schon von draußen sehen konnte. Die Schlange vor dem Eingang erstreckte sich durch die ganze Hotelhalle. Mädchen in Miniröcken und tief ausgeschnittenen Tops beugten sich über die Absperrseile aus rotem Samt und versuchten, die Aufmerksamkeit der Türsteher zu erregen, die sie prompt ignorierten.

Doch als Peyton und Savannah den VIP-Eingang erreichten, hoben die Türsteher sofort das Seil, um sie einzulassen. Es spielte keine Rolle, dass sie noch nicht volljährig waren, denn Oliver hatte sie auf seine Gästeliste gesetzt. Die VIP-Behandlung trug den Schwestern natürlich einige böse Blicke der Mädels ein, die schon ziemlich weit vorne in der Schlange standen, aber das kümmerte Peyton nicht. Schließlich hatte sie selbst schon x-mal jenseits der Absperrung gestanden und dabei zugesehen, wie die VIPs an ihr vorbeimarschierten. Das war zwar nicht fair, aber jetzt war eben sie mal an der Reihe. Und es war echt praktisch, nicht stundenlang vor dem Club warten zu müssen.

Eine junge Frau, ungefähr Mitte zwanzig, mit langem

braunen Haar und Elfenbeinhaut, empfing sie am Eingang, stellte sich als Devan vor und sagte, sie würde sie zu ihrem Pavillon begleiten. Das *Luxe* war kleiner als das *Myst*, aber die intensiven Braun- und Goldtöne verliehen ihm eine extravagante Atmosphäre. Auf den gepolsterten Sofas, die um die Tische gruppiert waren, saßen hauptsächlich Mittzwanziger, aber hie und da entdeckte Peyton auch ein paar Cliquen ihres Alters. Das Eindrucksvollste im ganzen Club war der riesige Kronleuchter über der Tanzfläche. Der größte Kronleuchter, den Peyton je gesehen hatte. Darunter bewegten sich die Leute mit hochgereckten Armen zur Musik. Ein Meer aus Körpern, das rhythmisch wogte.

Durch riesige Goldvorhänge hindurch schritten sie in den Außenbereich, wo sich zweistöckige Pavillons um eine Art Spielerparadies erhoben. Jeder hatte einen Drink in der Hand.

Ja, das hier war ganz nach Peytons Geschmack.

Devan brachte sie zu dem Pavillon, der für Olivers Clique reserviert war. Die luftige Holzkonstruktion mit den großen offenen Fenstern gab den Gästen darin das Gefühl, an allem beteiligt zu sein, was sonst so im Club vorging. Besonders vom ersten Stock aus, in den man über eine Wendeltreppe in der Ecke gelangte, hatte man einen großartigen Blick über den Club. Peyton erkannte ein paar von den Leuten, die oben an den Tischen saßen, aus dem *Myst*.

»Da oben ist Damien«, rief Savannah eifrig. »Lass uns raufgehen und Hi sagen.«

Damien stand an der Balustrade und redete mit Madison und einem zierlichen blonden Mädchen, das Larissa hieß, wie Peyton sich erinnerte. Zu ihrem Ärger musste sie feststellen, dass auch Madison Schwarz trug. Ein Kleid mit langen schwarzen Pailettenstreifen und Leggins darunter. Viel Haut zeigte sie nicht gerade. Damien redete angeregt auf sie ein, während sie etwas geistesabwesend wirkte.

Savannah packte Peytons Hand und zog sie auf Damien und die beiden Mädchen zu. Bei Savannahs Anblick fiel Damien wortwörtlich die Kinnlade runter. Peyton schien er gar nicht zu bemerken.

»Du siehst ja … fantastisch aus«, stieß er schließlich hervor.

»Danke.« Savannah fuhr sich durch ihr langes Haar. Sie hatte sich eindeutig noch nicht an die neue Haarpracht gewöhnt.

»Seit wann bist du da?«

»Seit eben«, antwortete sie. »Das ist ja ein irrer Club.«

»Kann man so sagen.« Er zog sie näher zu sich heran und legte ihr einen Arm um die Schulter. Savannahs Augen leuchteten auf – so was von verliebt –, und obwohl es Peyton nicht recht war, wie er ihre kleine Schwester anmachte, sparte sie sich jeglichen Kommentar. Sie wollte Savannah nicht in Verlegenheit bringen. Und solange sie dabei war, konnte ja nichts passieren. »Aber das *Myst* gefällt mir besser«, sagte er und sah Savannah tief in die Augen. »Hier gibt's nämlich keine Höhlen, und so heiß, wie du aussiehst, ist das doch wirklich schade.«

Savannah wurde rot und bedankte sich verlegen für das Kompliment, während sie jeglichen Blickkontakt mit Peyton vermied.

Peyton verschränkte die Arme und sah Damien herausfordernd an. Jetzt konnte sie nicht mehr an sich halten. »Was genau meinst du denn mit den Höhlen?« Sie konnte sich schon vorstellen, was er meinte – auf jeden Fall nichts Jugendfreies, aber das hätte Savannah doch wohl erwähnt. Oder?

»Entspann dich«, erwiderte er. »Ist nur so ein Insiderwitz.«

»Genau«, pflichtete Savannah ihm bei und warf Peyton einen eindringlichen *Halt-dich-da-bloß-raus-*Blick zu.

Damien flüsterte Savannah etwas ins Ohr und sie kicherte. Was Peyton jedoch nur in ihrem Vorhaben bestärkte, die beiden an diesem Abend nicht aus den Augen zu lassen. So unauffällig wie möglich natürlich, also wandte sie sich ab und beugte sich über die Balustrade, um den Leuten unten im Spielerparadies zuzuschauen.

Da entdeckte sie Oliver. Er saß an einem der Pokertische und schob gerade einen Stapel Chips in die Mitte.

»Ich geh mal runter zu Oliver«, informierte sie Savannah und deutete auf den Tisch, an dem er saß. »Versprich mir, dass du nicht abhaust, ohne mir Bescheid zu geben, okay?« Es gehörte zwar zu den unausgesprochenen Regeln, dass sie – wenn sie miteinander loszogen – einander Bescheid sagten, bevor sie woanders hingingen, aber Peyton wollte Savannah noch mal verdeutlichen, wie ernst sie es meinte. Allerdings – in welche Schwierigkeiten konnte Savannah schon geraten, umgeben von jeder Menge Leuten im Pavillon, abgesehen davon, dass ihre Bodyguards ja auch noch auf sie aufpassten?

»Versprochen«, sagte Savannah. »Viel Spaß!«

Peyton verließ den Pavillon, blieb aber unvermittelt stehen, als sie Jackson neben dem Eingang an der Wand lehnen sah.

Er trug Anzug, wie immer, aber ansonsten sah er … ganz entspannt aus. Hätte Peyton es nicht besser gewusst, dann hätte sie glatt angenommen, dass er zum Vergnügen hier war. Aber würde Jackson überhaupt zum Vergnügen in einen Club gehen? Sie hatte keine Ahnung, was er in seiner Freizeit machte, aber wie der Partytyp kam er ihr nicht vor. Dazu war er zu ernst.

Sie war sich nicht sicher, ob sie ihn ansprechen sollte, nachdem er beim letzten Mal so zurückhaltend reagiert hatte. Aber nachdem sie einander jetzt schon ein paar Sekunden lang angestarrt hatten, *musste* sie ja was sagen, um die Situation nicht zu peinlich werden zu lassen.

»Solltest du nicht unsichtbar bleiben?«

»Sie sind an dem jungen Prescott interessiert, oder?« war seine einzige Antwort.

Peyton kniff die Augen zusammen, während sie innerlich über seine Frage grinste. Wie es aussah, hatte ihr Flirt mit Oliver doch Wirkung gezeigt. »Was geht dich das an?«

»Er ist kein guter Umgang für Sie«, sagte Jackson. »Sie sollten besser die Finger von ihm lassen.«

»Wie war das bitte?« Sie verschränkte demonstrativ die Arme. »Wie kommst du dazu, mir zu sagen, mit wem ich chillen soll und mit wem nicht?«

»Ich soll Sie schließlich beschützen.«

»Ja, vor Kidnappern und anderen … Gefahren!«, sagte sie. »Aber doch nicht vor dem Sohn von Adrians zukünftigem Geschäftspartner. Und woher weißt du überhaupt was über Oliver? Du hast sicher noch nie ein Wort mit ihm gewechselt.«

»Ich hab ihn gegoogelt«, sagte Jackson und zuckte die Schultern.

Peyton lachte, dann presste sie schnell die Lippen aufeinander. Sie wollte ihre coole Fassade unbedingt aufrechterhalten. »Und was hast du Schreckliches bei Google entdeckt?«

»Er gehört definitiv nicht zu den netten Typen, Peyton.« Seine braunen Augen blitzten ärgerlich auf, als ob er etwas wusste, wovon sie keine Ahnung hatte. »Er ist ein Spieler, und er behandelt Frauen wie eine Sache, die man sich einfach nimmt. Ich will nur verhindern, dass Sie verletzt werden.«

»Wow.« Sie konnte kaum glauben, dass Jackson sich so in diese Sache reinhängte – bestimmt war er eifersüchtig. »Und was genau hast du rausgefunden?«

»Ich werde meine Quellen nicht zitieren, weil ich keine hundertprozentige Sicherheit bezüglich ihrer Zuverlässigkeit habe.« Er sah sie eindringlich an und Peyton spürte ein deutliches Knistern zwischen ihnen. »Ich kann Ihnen nur empfehlen, ihn selbst zu googeln.«

»Ich werde ihm ganz sicher nicht nachspionieren«, erwiderte sie. »Er ist immerhin der Sohn eines der wichtigsten Hotelbesitzer hier, da ist es kein Wunder, wenn tonnenweise Gerüchte über ihn im Netz kursieren.«

»Ich halte das für keine kluge Entscheidung.« Er seufzte und fuhr sich mit der Hand über sein kurzes Haar. »Sie sollten mir vertrauen, Peyton. Ich sage das nur, um Ihnen zu helfen.«

Was zur Hölle sollte das? Noch zwei Abende zuvor hatte ihr Jackson deutlich gemacht, dass er sich nicht in ihr Privatleben einmischen durfte, und jetzt machte er sich Gedanken um ihre Gefühle für Oliver? Peyton wusste nicht, was für ein Spiel er spielte – falls es überhaupt ein Spiel war –, aber sein plötzliches Interesse faszinierte sie.

»Wenn ich es nicht besser wüsste, würde ich daraus schließen, dass dir doch was an mir liegt.« Sie trat so nahe an ihn heran, dass kaum mehr ein Spalt zwischen ihnen war. »Hast du deine Einstellung geändert, nicht mit mir ... *befreundet* sein zu wollen?« Sie betonte das Wort besonders, um durchaus mehr als Freundschaft anzudeuten. Er wusste bereits so viel über sie, und die Art, wie er sie ansah, zeigte eindeutig, dass er sich von ihr angezogen fühlte. Es funkte definitiv zwischen ihnen.

Er zog scharf die Luft ein und wich zurück. »Meine Einstellung hat sich nicht geändert«, sagte er. »Sie sind noch ein Teenager, Peyton, und es wäre unprofessionell, wenn wir befreundet wären. Es ist nur mein Job, auf Sie aufzupassen.«

»Wie du meinst.« Peyton zog eine Augenbraue hoch und lächelte vielsagend. Jackson mochte seine Gefühle unter Kontrolle haben, aber sein Blick hatte ihr deutlich gezeigt, was sich hinter seiner Bodyguard-Fassade abspielte. Noch machte er einen Rückzieher, aber die Sache war noch lange nicht gelaufen. »Danke für die Hilfe, aber ich werde jetzt zu Oliver rübergehen«, sagte sie mit heimlicher Genugtuung darüber, Jacksons Warnung einfach in den Wind zu schlagen. »Schönen Abend noch.«

Sie schenkte ihm ein Killerlächeln und schlenderte dann mit besonders aufreizendem Hüftschwung auf die Casinotische zu. Sie erwischte Oliver genau in dem Moment, als er den Pokertisch verlassen wollte.

»Na, ein kleines Vermögen gewonnen?«, fragte sie scherzhaft und deutete auf die Handvoll Chips, die er in die Tasche gleiten ließ.

»Nicht wirklich.« Er zuckte mit gespielter Enttäuschung die Schultern. »Aber ich hab dem Casino ungefähr einen Tausender gestiftet. Du wärst überrascht, wenn du wüsstest, wie wohltätig ich bin.«

Peyton hob die Augenbrauen. Sie war tatsächlich überrascht: Er hatte tausend Dollar beim Kartenspielen verschwendet?

»Ich brauch einen Drink«, sagte sie. »Kommst du mit zur Bar?«

Er willigte ein, und nachdem er ihnen Drinks bestellt und dem Barkeeper einen Hunderter zugesteckt hatte, weil er ihn entgegen dem Verbot seiner Eltern bediente, stellte Peyton fest, wie nervös sie war.

»Also, du und Courtney …«, begann sie und nahm einen tiefen Zug von ihrer Margarita – in der so viel Tequila war, dass es ihr in der Kehle brannte.

»Was soll sein mit mir und Courtney?«

»Du gehst morgen Abend mit ihr zu diesem Essensding.«

»Stimmt«, sagte er lässig.

»Du hättest auch mit mir hingehen können.«

»Ach, komm schon«, sagte er. »Du hast doch gesehen, was da gelaufen ist. Ist doch keine große Sache.«

Peyton kochte innerlich, weil er so von oben herab tat. »Für mich vielleicht schon?!«

»Was ist denn eigentlich passiert, dass du so verkorkst mit Beziehungen umgehst?«

Die Frage traf Peyton völlig unerwartet. »Was meinst du damit?«

»Ich kenne deinen Typ«, sagte Oliver. »Du musst was ziemlich Schlimmes erlebt haben, wenn du jetzt so 'ne Show abziehst.«

»*Show?*«, blaffte Peyton ihn an. »Ich zieh keine Show ab.«

»Du meinst also, wenn du versuchst, so zu tun, als würde dich nichts berühren, ist das keine Show?«

Peyton nahm erneut einen Schluck. »Das willst du gar nicht wirklich wissen.«

»Oh doch, ich glaube schon.« Er rutschte näher zu ihr heran.

Peyton wusste nicht, was sie dazu trieb, fortzufahren – vielleicht war es der Alkohol oder dass sie weit weg von Fairfield war oder dass Oliver ehrlich an ihrem Schicksal interessiert zu sein schien – wie auch immer, jedenfalls schüttete sie ihm plötzlich ihr Herz aus.

»Es war im Frühjahr in der Neunten«, begann sie. »Ich war seit sechs Monaten mit einem Typ namens Vince zusammen. Ich dachte, es wäre was Ernstes, und er würde mich lieben.«

»*Liebe* in der neunten Klasse?« Oliver lachte. »So was gibt's nicht.«

»Ich hab's aber geglaubt«, fuhr Peyton ihn an. »Sag mal, willst du die Geschichte nun hören oder nicht?«

»Mach weiter.«

»Er machte bei einem Schülerprojekt für die Vereinten Nationen mit und jedes Frühjahr fuhren sie zu einem großen Treffen nach North Carolina.«

»Klingt nach Ärger.«

»Exakt. Da war diese Zehntklässlerin, eine richtige Schlampe, und sie haben auf der ganzen Fahrt miteinander rumgemacht. Als sie zurück war, hat sie in ihrem Online-Diary darüber berichtet. Eigentlich dachte sie, dass niemand was von diesem Tagebuch weiß. Aber jemand ist dahintergekommen und hat den Eintrag an die gesamte Schule gemailt. Samt Bildern von dem Pärchen. Aber am schlimmsten war der Teil, wo sie erzählte, wie sie mit ihm getanzt hat und er Eiswürfel an Stellen gesteckt hat, die ich hier nicht näher benennen will.«

»Klingt sexy.« Oliver lachte.

»Es war *eklig*«, betonte Peyton. »Die ganze Schule hat davon gewusst und er hat sich nicht mal entschuldigt. Hat einfach mit mir Schluss gemacht, als ob ich ihm nie was bedeutet hätte, und fing ein paar Tage später an, die andere offiziell zu daten.«

»Scheiße«, sagte er, und es klang ehrlich.

»Ja, und jetzt kommst du und lässt mich für meine Schwester fallen. Aber wenn ich ihr erzähle, dass wir was miteinander hatten, wird sie da auf keinen Fall mitmachen.«

»Hör mal.« Er streckte die Hände aus, als wolle er ihr bedeuten, sich zu beruhigen. »Meine Mutter ist der Meinung, Courtney könnte einen guten Einfluss auf mich haben, und wenn ich mit ihr zu diesem Date gehe, hab ich erst mal wieder meine Ruhe. Es hat überhaupt nichts zu bedeuten, deshalb ist es wirklich keine große Sache.«

»Jetzt bezeichnest du es schon als *Date?*« Peyton wurde mit jeder Sekunde wütender.

»Klar«, sagte er. »Was soll es denn sonst sein?«

Peyton fasste es nicht. Was für ein arroganter Idiot, nach dem, was sie ihm erzählt hatte, *so* zu reagieren und auch noch zu glauben, dass Courtney da mitmachen würde. »Und was ist mit uns?«

»Für so eine öffentliche Geschichte eignet sich Courtney nun mal besser«, sagte Oliver. »Ist doch nur wegen meiner Mutter. Wir zwei können uns doch trotzdem treffen. Ohne dass jemand davon weiß.« Er ließ die Finger über Peytons Schenkel gleiten und sie rückte etwas ab. Wie bescheuert von ihr, dass sie Oliver ihr Herz ausgeschüttet hatte. Das würde ihr nicht noch mal passieren.

»Du machst wohl Witze«, fuhr sie auf. »Courtney ist meine *Schwester.* Wenn du meinst, dass ich sie in so was hineinziehe, hast du dich geschnitten.«

Er beugte sich näher zu ihr heran. »Ist das denn schlimmer als das, was du gerade machst? Mit deinem Freund? Oder hast du etwa inzwischen mit ihm Schluss gemacht?«

»Was zwischen mir und Mike läuft, tut hier gar nichts zur Sache«, sagte sie. »Außerdem hast du schon von ihm gewusst, bevor wir rumgemacht haben, und es hat dich nicht gerade gestört.«

»Und es stört mich immer noch nicht«, sagte er selbstgefällig. »Ich wollte dich nur darauf hinweisen.«

»Beschissener Hinweis.«

Er strich ihr mit den Fingern über die Wange. »Entspann dich mal ein bisschen«, sagte er. »Ist doch echt kein Ding. Du regst dich über nichts auf.«

Peyton wollte ihm gerne glauben. Aber so leicht traute sie keinem über den Weg. Sie wich seiner Berührung aus und er ließ die Hand sinken. Die Stelle, wo seine Finger sie gestreichelt hatten, fühlte sich kalt an. »Es ist nicht nichts«, sagte sie. »Und glaub bloß nicht, dass Courtney an dir interessiert sein könnte. Du bist nicht ihr Typ.«

»Nicht ihr Typ?« Oliver zog eine Augenbraue hoch. »Auf mich stehen alle.«

Peyton war immer wieder aufs Neue über seine unerschütterliche Überheblichkeit erstaunt. »Tut mir leid, dir das sagen zu müssen, aber nicht jede steht auf eingebildete Arschlöcher.«

»Du anscheinend schon.« Er lachte.

»Aber Courtney nicht.«

»Das werden wir ja sehen.« Er klang unbekümmert. »Und sorry, dass ich *dir* das jetzt sagen muss, aber … obwohl ich anscheinend *dein* Typ bin, bist du nicht meiner. Ich dachte, wir wären einer Meinung, dass wir beide nur just for fun ein wenig die Zeit miteinander vertreiben. Aber Courtney …« Er zögerte, und sein Blick schweifte kurz in die Ferne, ehe er sie wieder ansah. »Courtney *ist* mein Typ. Süß und unschuldig – so was findet man selten in Vegas, vor allem unter meinen Freunden. Im Gegensatz zu dir bin ich an *ihr* wirklich interessiert.«

Der Typ hatte doch echt nicht mehr alle Latten am Zaun, ihr das einfach so ins Gesicht zu sagen! »Du bist doch an niemandem wirklich interessiert«, fauchte sie und rückte noch weiter von ihm ab. Wie blöd war sie denn gewesen, sich auf *den* einzulassen? »Nur an dir selbst.«

»Ach, komm schon.« Er setzte eine arrogante Miene auf. »Jetzt hör aber auf. Du wirfst dich mir an den Hals – und erwartest im Ernst, dass ich mich in dich verliebe? Wenn du das willst, meine Süße, dann musst du dich schon etwas rarer machen. Wer so leicht zu haben ist, braucht mich wirklich nicht zum Schurken abstempeln.«

Peyton war wie vor den Kopf geschlagen. So etwas hatte noch nie jemand zu ihr gesagt.

Oder vielleicht hatte sie sich seit Vince auch nie mehr so weit auf einen Jungen eingelassen, dass es dazu kommen konnte. Vegas hatte ihr wohl das Hirn verbrannt! Vielleicht lag es aber auch daran, dass sie noch nie jemandem wie Oliver begegnet war, weil es solche Typen in Fairfield gar nicht gab – die wussten nicht mal, dass Fairfield überhaupt existierte. Andrerseits, Jungs waren nun mal Jungs, ob sie nun aus einer abgehalfterten Gegend Kaliforniens stammten oder Hotelerben in Las Vegas waren. Auf jeden Fall würde Peyton sich nie mehr vom Glamour dieser Stadt blenden lassen, das schwor sie sich.

»Wie auch immer.« Peyton versuchte, unbekümmert zu klingen. »Courtney wird nicht auf dich reinfallen.«

»Bist du da so sicher?«

»Hundertpro.« Sie sah ihn finster an. »Sie ist meine Schwester. Ich *kenne* sie.«

»Du willst also behaupten, dass sich Courtney nie für mich interessieren würde, sogar wenn du ihr *nicht* erzählst, dass wir was miteinander hatten, und sie nie von diesem Gespräch hier erfährt?«

»Yep.«

»Na schön«, sagte Oliver herausfordernd. »Auf *den* Beweis bin ich gespannt.«

»Was springt für mich raus, wenn ich recht habe?«

»*Falls* du recht hast, hast du bei mir was gut – egal was«, schlug Oliver vor. »Und wenn ich recht habe, hab ich bei dir was gut, auch egal was.«

In diesem Moment unterbrach eine Person das Gespräch, von der Peyton niemals geglaubt hätte, dass sie froh darüber sein würde, sie zu sehen – Madison.

»Na, wie geht's euch beiden denn heute Abend?«, fragte Madison und legte Oliver die Hand auf den Ellbogen. Dafür, dass sie angeblich nur Freunde waren, kamen sie sich aber ziemlich nahe. Sie warf ihr langes Haar über die Schulter und musterte Peytons Outfit. »Schönes Top.«

»Danke«, sagte Peyton, zu sauer auf Oliver, um sich anmerken zu lassen, dass sie Madisons falsche Freundlichkeit durchschaute.

»Du hast doch nichts dagegen, wenn ich mir Oliver eine Minute ausleihe?« Ihre Stimme war zuckersüß.

Gerettet von Madison Lockhart. Wer hätte das gedacht? »Kein Problem«, sagte sie. »Ich hab sowieso Kopfweh und wollte gerade gehen.«

»Du Arme«, sagte Madison, auch wenn sie keineswegs mitleidig klang. »Dann gute Besserung.«

»Und sag Courtney, dass ich mich auf morgen Abend freue«, setzte Oliver hinzu.

Peyton machte sich nicht die Mühe, zu antworten, und ging wortlos davon. Zur Hölle mit Oliver.

Nachdem sie Savannah getextet hatte, dass ihr nicht gut sei und dass sie verschwinden würde, steuerte sie auf den Ausgang des Clubs zu und blinzelte die Tränen fort, die ihr in die Augen zu steigen drohten. Musste ja nicht gleich jeder mitkriegen, wie beschissen sie sich fühlte. Sie wollte einfach nur ins Apartment und sich einschließen. Nach irgendeiner Late-Night-Show und viel Schlaf würde es ihr morgen früh hoffentlich besser gehen. Vielleicht fand sie ja sogar einen Actionthriller on demand, mit einer umwerfenden weiblichen Heldin, die sie von ihren Gedanken über Beziehungsstress und beschissene Jungs ablenkte.

Natürlich erwartete sie am Ausgang des Clubs der unvermeidliche Jackson. Sein mitleidsvoller Blick machte klar, dass er ihr Gespräch mit Oliver gesehen – oder vielleicht sogar gehört – hatte. Auf keinen Fall wollte sie, dass er sagte, er habe sie ja gewarnt. Er war schließlich nur fünf Jahre älter als sie und hatte einfach nicht das Recht dazu, ihr vorzuschreiben, mit wem sie zusammen sein durfte und mit wem nicht. Seine Job war es, ihre körperliche Sicherheit zu garantieren, nicht ihre seelische. Ihr Privatleben ging ihn absolut nichts an.

Er sah aus, als wolle er etwas sagen, aber Peyton kam ihm zuvor. »Denk gar nicht erst daran«, zischte sie ihn an. »Ich will heute Abend mit keinem mehr reden. Aber wenn du mir einen Gefallen tun willst, dann sorg dafür, dass Savannahs Bodyguard sie nicht zusammen mit Damien abhauen lässt.«

Er nickte schweigend und hielt professionell Abstand zu ihr. Es bedurfte keiner weiteren Worte.

20

Madison

Madison glitt auf Peytons Platz, ohne die Hand von Olivers Arm zu nehmen. Sie schlug die Beine übereinander, stützte einen Ellbogen auf den Bartresen und musterte ihn.

»Was war das denn?« Sie machte eine Geste in Richtung Ausgang, wohin Peyton gerade verschwunden war. »Sie sieht ein bisschen angepisst aus.«

»Ein bisschen?« Oliver lachte. »Nach nur einer gemeinsamen Nacht ist sie total verrückt nach mir und völlig ausgerastet, weil ich ihre lammfromme Schwester zu diesem Wohltätigkeitsdinner meiner Mutter eingeladen habe und nicht sie.«

»Du hast es *echt* schwer.« Madison schüttelte mit gespieltem Mitleid den Kopf. »So viele Mädels, die verrückt nach dir sind. Wie wirst du damit bloß fertig?«

»Es ist hart, aber ich komm zurecht.« Oliver grinste spöttisch. »Was soll ich sagen? Meinem Charme kann einfach keine widerstehen.«

»Es liegt an deinen Augen«, sagte Madison, überrascht von ihren eigenen Worten. »Du hast so einen gewissen Blick.«

»Einen gewissen Blick?« Er wirkte amüsiert.

»Genau.« Sie überlegte, wie sie erklären konnte, was sie

meinte. »Wenn du eine anschaust, ist es, als ob sie die Einzige auf der Welt wäre. Als ob du nur für sie da bist und ihr wirklich zuhörst.«

»Und du bist immun dagegen?«

»Scheint so.« Madison kicherte. »Im Gegensatz zu Peyton Diamond, wenn ich diese kleine Szene von eben richtig deute.«

»Du bist die Einzige, die nicht drauf anspringt«, sagte er nachdenklich.

»Aber bei mir versuchst du es ja auch nicht wirklich.«

Oliver nahm einen Schluck von seinem Drink und sah immer noch verwirrt aus.

»Also, welche Schwester hast du zu diesem Dinner eingeladen? Courtney oder Savannah?«, fragte Madison betont beiläufig.

»Courtney«, sagte er. »Du hättest dabei sein sollen. Meine Mutter hat mich praktisch dazu gezwungen. Nicht, dass es mir was ausmacht – immerhin bringt es mich einen Schritt näher, meine Wette gegen Damien zu gewinnen. Außerdem ist sie heiß.«

»Sie ist ganz okay«, sagte Madison, während sie versuchte zu verbergen, wie verletzt sie war, dass Oliver nicht *sie* eingeladen hatte. Diese Dinners fanden regelmäßig statt und bis jetzt hatte er eigentlich immer Madison mitgenommen. Es hätte auch nicht gut ausgesehen, wenn er jedes Mal mit einem anderen Mädchen aufgekreuzt wäre, und Ellen Prescott mochte sie, außerdem waren sie ja auch schon ewig befreundet.

Aber klar, ihre Eltern waren zwar gut betucht, spielten

jedoch bei Weitem nicht in derselben Liga wie die Diamonds. Zusammen verdienten ihre Eltern fast eine Million Dollar pro Jahr. Adrian Diamond hatte über eine *Milliarde,* genau wie Logan Prescott. Beide standen auf der Forbes-Liste der vierhundert reichsten Leute der USA.

In Ellen Prescotts Augen passten Oliver und Courtney perfekt zueinander. Und Madison war ein armer Schlucker.

Ein wütender Hitzeschwall durchfuhr sie bei diesem Gedanken. Sie lehnte sich zurück und schlug die Beine übereinander – in gehörigem Abstand zu Oliver.

»Courtney ist allerdings gar nicht mein Typ«, sagte er und nagte an seiner Unterlippe, als wäre er tief in Gedanken.

»Jedes Mädchen ist doch dein Typ.« Madison lachte.

»Das stimmt nicht«, sagte er ernst.

»*Natürlich* nicht«, erwiderte sie voller Ironie.

»Wenn jede mein Typ wäre, dann würde mich Peyton über einen One-Night-Stand hinaus interessieren«, verteidigte sich Oliver.

»Das letzte Mal, dass du ernsthaft mit einer gegangen bist, war zu Beginn der siebten Klasse«, erinnerte Madison ihn. »Kaitlin. Und dann hast du nach vier Monaten mit ihr Schluss gemacht.«

»Ich wollte ihr eine Chance geben«, erwiderte er. »Nur ein weiterer Beweis dafür, dass eben nicht jede mein Typ ist.«

Madison seufzte. »Womit wir wieder beim Anfangsproblem wären.«

»Es ist komplizierter, als du denkst.« Er stellte sein Glas hart auf den Tresen. »In mir sehen doch alle nur Logan Prescotts Sohn. Mein *Erbe.*«

»Ich nicht.«

»Aber wir sind ja auch nicht zusammen.«

»Stimmt.« Plötzlich hatte Madison das Bedürfnis, der Situation zu entfliehen. Sie hatte in Oliver noch nie etwas anderes als einen Kumpel gesehen, aber jetzt, wo es um dieses Thema ging, fragte sie sich, ob sie wohl ein gutes Paar abgeben würden.

Sie schob den Gedanken von sich. Oliver war ein Spieler. Die Geschichte mit Brett hatte sie wahrscheinlich mehr durcheinandergebracht, als ihr bewusst war. Und jetzt verpfuschten ihr auch noch die Diamond-Sisters ihr Leben.

Die Sommerferien sollten doch entspannend sein und Spaß machen, stattdessen entwickelten sie sich zu einem Albtraum.

»Übrigens«, sagte Oliver. »Ich hab gehört, dass du und Damien gestern Abend in der Lobbybar ziemlich eng miteinander wart.«

Bei der Erinnerung an die Lobbybar musste Madison wieder daran denken, wie sie Brett zusammen mit Courtney gesehen hatte. Am liebsten hätte sie Olivers Glas genommen und es an die Wand geworfen. Was war denn so Besonderes an Courtney Diamond? Zuerst Brett und jetzt auch noch Oliver. Courtney wurde zu einem größeren Problem, als Madison erwartet hatte.

»Komm, lass uns noch was trinken«, beschloss Madison, ohne auf Olivers Kommentar einzugehen. Sie musste das ganze Theater vergessen. Sie trank eigentlich nie, wenn sie Probleme hatte – was wahrscheinlich daran lag, dass sich ihre Probleme für gewöhnlich schnell in Wohlgefallen auflösten.

Diesmal allerdings nicht, und das bereitete ihr Kopfzerbrechen. Ausnahmsweise mal wollte sie wie die anderen Mädchen sein und sich im Halbrausch vergessen.

Wenn sie eines Abend mal was trank, war das ja wohl nicht gleich das Ende der Welt, oder?

Oliver musterte sie. »Bin dabei«, sagte er schließlich. »Was möchtest du haben?«

Madison überlegte, was wohl am schnellsten wirken würde. »Einen Long Island Ice Tea«, entschied sie. Nicht der stilvollste Drink, aber der effektivste.

»Bist du sicher?« Er sah sie besorgt an. »Wir wissen doch beide, dass du nicht gerade viel verträgst.«

»Machst du dir etwa Sorgen um mich?«

»Wollte es nur mal gesagt haben.« Er trank sein Glas in einem Zug leer. »Aber ich weiß, dass du dich im Griff hast. Dann also zwei Long Island Ice Tea.«

Der Barkeeper hantierte mit ein paar Spirituosenflaschen und füllte die Gläser dann mit ungefähr zwei Zentimeter Cola auf. Der Cocktail bestand praktisch nur aus Alkohol. Perfekt.

Madison nippte daran und war verblüfft über den süßen Geschmack. »Den Alkohol schmeckt man ja kaum«, sagte sie zu Oliver, während sie ihn eindeutig *spürte*.

»Ist das gut oder schlecht?«

Sie beugte sich näher zu ihm und flüsterte: »Ich mag den Geschmack dieser harten Sachen eigentlich nicht. Aber sag's nicht weiter.«

»Das bleibt unser Geheimnis.« Er nahm einen großen Schluck und leerte sein Glas um die Hälfte. Madison tat es ihm nach, und es dauerte nicht lange, bis die Gläser leer waren.

»Bereit für noch einen?«, fragte sie herausfordernd.

»Ganz sicher?«, fragte er. »Ich hab nämlich keine Lust, dich am Ende hier rauszutragen.«

»Ganz sicher«, sagte sie. »Ich spür den ersten ja noch nicht mal.« Was glatt gelogen war, aber egal. Sie spürte den Drink noch nicht *genug*, um Brett und die verhassten Diamonds zu vergessen.

»Na dann.« Oliver wirkte etwas unsicher, bestellte aber trotzdem noch zwei Drinks.

Auch die zweite Runde dauerte nicht lange. Madison drehte sich der Kopf. Sie konnte sich auf keinen Fixpunkt mehr konzentrieren, ohne dass die Welt um sie herum schwankte. Das Blöde war nur, dass die Drinks ihre Probleme immer noch nicht weggeschwemmt hatten. Im Gegenteil – vielmehr brach alles über sie herein. Sie hasste sich dafür, Nick monatelang hingehalten zu haben, obwohl sie genau gewusst hatte, dass ihre Gefühle, die in den Frühjahrsferien in Deer Valley aufgekeimt waren, im Alltag keinen Bestand haben würden. Sie hasste sich dafür, auf das niedrigste Niveau abgesunken zu sein und ihn betrogen zu haben. Noch nie zuvor hatte sie jemand betrogen und es war ein schreckliches Gefühl. Und dann servierte sie der Typ, mit dem sie Nick betrogen hatte, auch noch eiskalt ab. Es war einfach jämmerlich.

Das Gespräch mit Nick kam ihr wieder in den Sinn. Der Schmerz in seinen Augen, als sie ihm ihren Betrug gestanden hatte, wollte sich nicht aus ihrem Gedächtnis löschen lassen.

Sie hatte ihn verletzt. Warum nur waren ihre Gefühle für ihn nicht so stark wie seine für sie? Dann könnte alles so einfach sein.

Und was war eigentlich an diesen Diamond-Provinzzicken dran? Oliver war *ihr* bester Freund, aber er hatte Courtney zu diesem Wohltätigkeitsdinner eingeladen. Und auf der Party zum vierten Juli hatte Oliver sie für diese Peyton stehen lassen, dieses Freakgirl, das lieber wieder in dem Zirkuswagen verschwinden sollte, aus dem es gekommen war. Und dann war da noch Savannah, die glaubte, Damien mit ihrem süßen Kleinstadtlächeln und einer Verschönerung à la Las Vegas um den Finger wickeln zu können. Dabei machte sich Damien überhaupt nichts aus Savannah, was Madison ihr am liebsten vor aller Welt ins Gesicht geschrien hätte.

Madisons Blick wanderte hinüber zu dem Pavillon, wo Damien und Savannah am Geländer lehnten – er hatte den Arm um sie gelegt –, als seien sie schon ein richtiges Paar. Er würde ihr ja doch nur das Herz brechen. Während sie die beiden noch ein paar Sekunden beobachtete, verspürte sie Übelkeit in sich aufsteigen. Dann löste sich Savannah von Damien und ging zu den Toiletten.

Das war Madisons Chance. Letztlich würde sie Savannah damit nur einen Gefallen tun. Vielleicht würde sie ihr später noch dankbar sein.

»Du siehst aus, als ob du was im Schilde führst.« Oliver riss sie aus ihren Überlegungen.

»Wart's ab.« Sie lächelte teuflisch. »Bin gleich wieder da.«

Damit warf sie ihr schimmerndes Haar über die Schulter und stolzierte auf den Pavillon zu, was auf Zwölf-Zentimeter-High-Heels und mit zwei Long Island Ice Tea intus gar nicht so einfach war. Im Vorbeigehen spürte sie die begehrlichen Blicke der anderen – alle liebten sie. Warum nur Brett nicht? Beim Gedanken an ihn biss sie die Zähne aufeinander. Jetzt war nicht der richtige Zeitpunkt, um den Kopf hängen zu lassen. Jetzt war der Zeitpunkt, um Savannah Diamond in ihre Schranken zu weisen.

Madison marschierte die Stufen zum Pavillon hoch. Zum Glück gab es ein Geländer, sonst hätte sie ernsthafte Schwierigkeiten gehabt.

Beim Durchqueren des ersten Stocks grüßte sie ihre Freunde flüchtig, während sie sich darauf konzentrierte, dass ihre Stilettos nicht in den Holzplanken stecken blieben. Schließlich entdeckte sie ihn – Damien Sanders. Er lehnte immer noch am Geländer und redete jetzt mit Larissa. Sie ging auf ihn zu und blieb direkt vor ihm stehen. Warum hatte sie eigentlich noch nie bemerkt, wie sexy seine Augen waren? Erst jetzt fielen ihr die goldenen Fleckchen um die Pupillen auf, die geradezu überirdisch schimmerten.

Er konnte nicht mal Hi sagen, da legte sie ihm schon eine Hand auf die Brust und drückte ihre Lippen auf seine.

Eine Sekunde lang reagierte er nicht, doch dann erwiderte er ihren Kuss – und wie. Die Welt um Madison versank. Seine Hand streichelte ihren Nacken, und sie drückte ihren Körper enger an seinen, bis kein Blatt mehr zwischen sie gepasst hätte. Seine Haut strahlte Hitze aus und seine Körperwärme überflutete sie.

Schließlich löste er sich und schmiegte seine Hand um ihre Wange. »Mads«, sagte er sanft und seine Lippen streiften ihre. Seine Stimme klang verwundert, als wisse er nicht genau, ob er träumte oder nicht. »Was ist los?«

»Ich hab dich geküsst.« Sie neigte den Kopf nach hinten, um ihn anzusehen. »Und du hast mich zurückgeküsst.«

»Allerdings«, erwiderte er und drückte seine Lippen erneut auf ihre. Madison schlang die Arme um ihn, um nicht das Gleichgewicht zu verlieren, denn von den Drinks drehte sich immer noch alles in ihrem Kopf. Ihr Kuss wurde trotz des Publikums um sie herum immer leidenschaftlicher. Sie hatte das Verlangen, ganz mit ihm zu verschmelzen. Nach all den Jahren ihrer Freundschaft konnte sie kaum glauben, dass sie bis heute nicht gewusst hatte, wie gut Damien Sanders küssen konnte. Sie hatte zwar Gerüchte darüber gehört, aber es selbst zu spüren, war etwas ganz anderes.

»Damien?«, fragte eine leise Stimme hinter ihr.

Madison löste sich von ihm und sah über ihre Schulter – direkt in die leuchtend blauen Augen von Savannah Diamond. Die Extensions und Strähnchen und das neue Kleid hatten ein ganz anderes Mädchen aus ihr gemacht, aber mit Madison konnte sie es natürlich immer noch nicht aufnehmen.

Savannah blinzelte ein paarmal, als ob sie ihren Augen nicht recht traute. Ihr Gesicht zeigte blankes Entsetzen. Dann rollte eine vereinzelte Träne über ihre Wange, und ihr Kinn zitterte, als würde sie gleich losschluchzen.

Madison hatte erwartet, dass Savannah wütend ausrasten oder so tun würde, als sei ihr die Szene egal. Dass Savannah weinen könnte, hatte sie nicht erwartet. Savannah war noch so jung und naiv, und plötzlich fühlte Madison sich, als habe sie nach einem Hundebaby getreten. Doch dann rief sie sich ins Gedächtnis, dass das alles nur einem guten Zweck diente. Savannah würde es noch viel schlechter gehen, wenn Damien sie fallen ließ, nachdem sie sich erst so richtig in ihn verliebt hatte. So war es besser für sie.

»Gibt's ein Problem?«, fragte Madison zuckersüß und ließ ihre manikürten Fingernägel über Damiens Arm gleiten.

Savannah öffnete den Mund, um etwas zu sagen, aber stattdessen strömten ihr jetzt die Tränen über die Wangen. Dann wandte sie sich abrupt um und rannte die Stufen hinunter. Sie verließ den Pavillon so fluchtartig wie Cinderella, nachdem ihre Stiefschwestern sie auf dem Ball des Prinzen bloßgestellt hatten.

Damien starrte auf den Fleck, an dem Savannah gerade noch gestanden hatte, und Madison glaubte schon, dass er ihr nachlaufen würde. Hatte sie zu sehr darauf vertraut, dass Damien in sie verliebt war? Vielleicht lag ihm ja wirklich was an Savannah. Aber diesen Eindruck hatte er gestern während ihrer Unterhaltung in der Lobbybar nicht gerade gemacht. Er hatte Savannah kaum erwähnt.

»Sie ist wohl ein bisschen … sauer«, sagte Madison schließlich und versuchte, die Situation herunterzuspielen. Damien wirkte immer noch verblüfft, aber wenn er wirklich vorgehabt hätte, Savannah nachzugehen, dann hätte er das gleich gemacht. Diese Situation war allerdings neu für ihn. Damien machte nie ein Mädchen in aller Öffentlichkeit fertig. Das war mehr Olivers Stil.

Nun ja, eigentlich war *sie* es ja gewesen, die Savannah vor allen Leuten fertiggemacht hatte, aber egal.

»Sie war ziemlich in mich verliebt«, sagte Damien und fuhr sich mit der Hand durchs Haar. Dann konzentrierte er sich wieder auf Madison und musterte sie, als suche er nach einer Antwort. »Warum jetzt auf einmal?«, fragte er leise.

»Wie meinst du das?« Sie riss die dunkelblauen Augen weit auf und hoffte, möglichst unschuldig zu wirken.

»Du weißt genau, was ich meine.«

»Ich …« Madison überlegte. Den wahren Grund konnte sie ihm ja schlecht sagen. »Als ich dich da stehen sah, da hat es auf einmal klick gemacht. Du ziehst mich an, Damien. Das hast du schon immer getan. Ich war nur so dumm und hab's bis heute nicht kapiert.« Die Drinks hatten ihr den Kopf so vernebelt, dass es ihr nicht schwerfiel, ihm das zu sagen, was er hören wollte. Dennoch verspürte sie den Anflug eines schlechten Gewissens. Hoffentlich hatte er auch genug getrunken und würde sich später nicht mehr allzu genau an die Einzelheiten dieses Gesprächs erinnern.

»Stimmt«, sagte er. »Also, nicht dass du dumm wärst. Du bist so was von clever. Aber –«

»Bist du nervös?«, fragte sie.

»Nein.« Damien lachte, als sei das die verrückteste Annahme der Welt. »Du bist perfekt.«

Dann küsste er sie erneut und diesmal mit so viel Gefühl, als ob sich nun endlich alles so fügte, wie er es sich gewünscht hatte. Was ja auch stimmte – mit Betonung auf *er*. Andererseits – wenn sie gar nichts für ihn empfand, warum hatte sie dann so auf ihn reagiert, als sie sich vorhin geküsst hatten?

Da sie nicht weiter darüber nachdenken wollte, stellte sie sich Brett an seiner Stelle vor, schlang die Arme um seinen Hals und zog ihn eng an sich.

In was manövrierte sie sich da eigentlich hinein?

Sie wusste nur eines – sie brauchte noch einen Drink.

www.campusbuzz.com

Goodman-Highschool › Las Vegas › Nevada

Der heißeste Typ?

Gepostet Mittwoch, 07.06., 16:27

Die Spiele sind eröffnet ... Wer ist der heißeste Typ der Schule? Auf die Plätze, fertig, LOS!

1: Gepostet Mittwoch, 07.06., 16:39

Natürlich Nick Gordon. Absolut heiß. Hab gehört, er und Madison haben Schluss gemacht. Weiß jemand Details?

2: Gepostet Mittwoch, 07.06., 17:03

Über sich selbst schreiben gilt nicht, Nick.

3: Gepostet Mittwoch, 07.06., 17:56

Oliver Prescott.

4: Gepostet Mittwoch, 07.06., 18:32

oliver soll vorgestern nacht in einem hotelzimmer verbracht haben – mit diesem diamond-girl mit den blauen strähnen.

5: Gepostet Mittwoch, 07.06., 18:59

eine schlampe wie die denkt wahrscheinlich auch noch, er steht auf sie ... haha, was für'n witz ...

6: Gepostet Mittwoch, 07.06., 19:06

Oliver hängt viel mit Madison Lockhart rum. Vor allem seit

Madison mit Nick Schluss gemacht hat. (Übrigens: Auch wenn von allen Seiten alles Mögliche behauptet wird, ich weiß ganz sicher, dass Madison mit Nick Schluss gemacht hat, nicht andersrum.) Madison und Oliver sind seit Ewigkeiten beste Freunde. Aber wir alle wissen ja, dass Mädchen und Jungs nicht befreundet sein können, ohne dass sich einer davon in den andern verliebt. So was geht nie gut aus. Vielleicht hat sie mit Nick Schluss gemacht, weil sie ihn mit Oliver betrogen hat. Würde doch Sinn machen …

7: Gepostet Mittwoch, 07.06., 19:15

Vielleicht würde es sogar »Sinn machen«, wenn du eine Ahnung davon hättest, wovon du überhaupt redest.

Zurück zum Hauptthema: der heißeste Typ der Schule. Meine Wahl fällt auf Damien Sanders. Wahnsinnig sexy, aber auf subtile Art. Mit dem jederzeit.

8: Gepostet Mittwoch, 07.06., 20:38

Damien Sanders = absolut einverstanden. Außer Konkurrenz.

9: Gepostet Mittwoch, 07.06., 21:58

EDWARD CULLEN

10: Gepostet Mittwoch, 07.06., 22:34

HAHAHAHA, schön wär's.

21

Savannah

Alle starrten Savannah an, als sie sich durch die Menge drängte, aber das war ihr egal. Sie wollte nur eines – dieses schreckliche Bild aus ihrem Kopf verbannen. Wie Damien die Arme um Madison Lockhart geschlungen und vor allen Leuten im Club mit ihr geknutscht hatte. Madison war doch im Fitnessstudio so nett zu Savannah gewesen, und Savannah hatte schon gehofft, eine neue Freundin gefunden zu haben. Und dann machte sie so was! Und dann dieser Blick, als Madison sich umgedreht und Savannah angesehen hatte – so als hätte sie nur mit Damien geknutscht, um sie zu verletzen. Was hatte Savannah ihr denn getan, dass Madison sie so hasste?

Jetzt verstand Savannah, wie Peyton sich gefühlt haben musste, als Vince sie betrogen und die ganze Schule es mitbekommen hatte. Damals hatte sie gedacht, dass Peyton überreagierte – sie hatte sich ein Wochenende lang in ihr Zimmer eingeschlossen und schwermütige Musik gehört und so laut geschluchzt, dass Savannah und Courtney sie in der ganzen Wohnung gehört hatten. Erst jetzt wusste Savannah, *wie* schlimm so etwas war.

Sie hatte geglaubt, Damien sei an ihr interessiert, dabei hatte sie ihm offenbar überhaupt nichts bedeutet. Wie naiv sie gewesen war. Und dann waren da auch noch die Mädchen, die auf die Goodman gingen und alles mitgekriegt hatten, sodass sie sie niemals in ihre Clique aufnehmen würden, wenn sie im Herbst dort anfing. Sie würde auf immer den Stempel des blöden Mädchens tragen, das in den Sommerferien auf Damien hereingefallen war und das *Luxe* tränenüberströmt verlassen hatte.

Gedemütigt schlug sie die Hände vors Gesicht. Sie war schon fast am Ausgang, als sie mit jemand zusammenstieß.

»Hey.« Der Junge packte sie bei den Armen, damit sie nicht hinfiel. Er sah sie an und sein Ausdruck wurde mitfühlend. »Alles okay?«

Aufgelöst wie sie war, fiel ihr trotzdem auf, dass der Junge ziemlich niedlich aussah. Nein, nicht niedlich. *Richtig heiß*. Mit seinen blonden Locken, den tiefblauen Augen und dem leuchtenden Teint erinnerte er sie an einen Engel. Das genaue Gegenteil von Damien.

Wieder stiegen ihr Tränen in die Augen.

»Das heißt wohl Nein«, sagte er.

»Ja.« Savannah wischte sich die Tränen fort. Wie gut, dass wenigstens ihre Mascara wasserfest war. »Ich meine nicht Ja zu Nein. Sondern ja, alles okay.«

Er sah sie zweifelnd an. »Bist du sicher?«

»Ja.« Sie schniefte. »Na ja, vielleicht nicht ganz.«

»Du bist neu hier, stimmt's?«, fragte er. »Ich glaube, ich hab dich am vierten Juli im *Myst* zusammen mit ein paar Leuten gesehen, die ich kenne.«

Der vierte Juli im *Myst* ... als sie den ganzen Abend mit Damien verbracht hatte ... Savannah schüttelte die Erinnerung ab. »Bin gerade erst hergezogen«, sagte sie zu dem Jungen. »Savannah Diamond.«

Seine blauen Augen blitzten auf, und Savannah ahnte, dass er bereits gewusst hatte, wer sie war. »Nick Gordon.«

Der Name kam ihr bekannt vor. Dann fiel ihr ein, wo sie ihn schon mal gehört hatte. Damien hatte ihn beiläufig erwähnt.

Der Ex von Madison.

Besser, sie redete nicht mit ihm. Madison hasste sie sowieso schon genug – warum sonst sollte sie mit Damien herumknutschen, wo sie doch wissen müsste, dass Savannah an ihm interessiert war? Da würde es ihr sicher auch nicht gefallen, wenn sie erfuhr, dass Savannah mit ihrem Ex redete. Savannah wollte ihr nicht noch *mehr* Gründe liefern, sie im Herbst zur Außenseiterin an der Goodman zu machen. Also, nichts wie weg, ehe jemand sie zusammen sah, da konnte Nick noch so heiß sein.

»Wie gefällt es dir denn bis jetzt in Vegas?«, fragte er, als wäre es das Normalste der Welt, tränenüberströmt aus einem Club zu stürmen.

»Ganz offensichtlich super.« Sie schniefte erneut.

Er schob die Hände in die Gesäßtaschen seiner Kakihose. »Sorry. Blöde Frage.«

»Schon okay«, sagte Savannah. »Es war einfach ein beschissener Abend, sonst nichts. Ich wollte gerade zurück ins Apartment.«

»Möchtest du vielleicht darüber reden?«, fragte er. »Wir könnten woanders hingehen – ich kann diesen Laden sowieso nicht ausstehen. Ganz wie du willst.«

Sie wusste, dass sie jetzt Nein sagen sollte. Aber er wirkte so nett, so als ob er ihr wirklich helfen wolle. Und wenn sie den Club verließen, würden Madison und ihre Freunde ja gar nicht mitbekommen, dass Savannah mit ihm redete. »Klingt gut«, fand Savannah, denn die Alternative war, allein in ihrem Zimmer zu heulen, und *das* klang echt beschissen. »Danke.«

»Kein Problem.« Er ging auf den Ausgang zu und winkte ihr, ihm zu folgen. Und sie folgte ihm.

Die Geräusche der Glücksspielautomaten in der Lobby waren angenehmer als die laute Musik im Club. Nick machte den Eindruck, als wüsste er genau, wo er hinwollte, und sie schloss zu ihm auf. Keiner von ihnen sagte etwas. Wenigstens versuchte er nicht, Small Talk zu machen. Wenn es ihr nicht gut ging, schottete sie sich am liebsten ab. Nick schien das zu spüren.

Die Bilder von Madison und Damien tauchten immer wieder vor ihrem inneren Auge auf, sie ließen sich einfach nicht verscheuchen. Savannah überlegte, was Evie ihr wohl raten würde. Evie hatte gern ein bisschen Spaß mit Jungs und nahm sie niemals ernst. Manchmal hatte Savannah den Eindruck, dass sich die Typen gerade deshalb in Evie verliebten. Und selbst wenn es Evie mal ernster mit einem war, ließ sie ihn trotzdem ziemlich schnell für den Nächsten stehen. Einmal hatte sie tatsächlich auf einer Party mit einem Jungen Schluss gemacht und noch am selben Abend was mit seinem besten Freund angefangen.

Evie würde ihr also raten, Damien nicht weiter nachzuheulen und keinen Gedanken mehr an Madison und die anderen

Goodman-Mädels zu verschwenden, sondern sich auf den heißen Typ zu konzentrieren, der sich in diesem Moment um sie kümmerte. *Lebe den Augenblick,* konnte sie ihre beste Freundin fast flüstern hören.

Savannah beschloss, genau das zu tun.

Nick entdeckte einen Stehtisch am Ende der Bar und schnappte ihn sich, ehe ein älteres Paar dorthin gelangte. Savannah hievte sich auf den Barhocker und ließ ihre Füße über dem Boden baumeln. Wie angenehm, sich setzen zu können, denn High Heels waren alles andere als bequem. Vor allem Zwölf-Zentimeter-High-Heels waren nichts anderes als Folterinstrumente, auch wenn sie von den angesagtesten Schuhdesignern stammten.

»Möchtest du was trinken?«, fragte Nick und winkte den Kellner an ihren Tisch.

»Eine Cherry-Coke wäre super.« Savannah hatte erst mal genug von Alkohol. Außerdem zweifelte sie daran, dass man im *Gates* genauso locker damit umgehen würde wie in den Bars im *Diamond,* wo sie die Tochter des Besitzers war.

Für sich selbst bestellte Nick ein Glas Wasser, Leitungswasser, nicht mal Mineralwasser. Der Kellner rümpfte die Nase – wahrscheinlich weil er damit rechnete, dass das Trinkgeld ziemlich gering ausfallen würde.

»Also, wer ist der Grund dafür, dass du aus dem Club gestürmt bist?«, fragte er.

»Wieso glaubst du, dass ein ›wer‹ der Grund ist?«

»Weil ich die Clique kenne, mit der ich dich bereits im *Myst* gesehen habe«, erklärte er. »Und so, *wie* ich sie kenne, kann es sich nur um einen ›wer‹ handeln.«

Savannah beschloss, sich auf ihr Bauchgefühl zu verlassen und ihm zu vertrauen.

»Damien Sanders«, gab sie zu.

Nick presste die Fingerspitzen aneinander und verzog das Gesicht.

»Was hat er gemacht?«, fragte Nick.

»Eigentlich ist es keine große Sache«, sagte Savannah. Sie und Damien waren ja noch nicht offiziell zusammen gewesen, also hatte er sie nicht betrogen. Außerdem dachte sie an Evies Ratschlag Nummer eins in Bezug auf Jungs – sie mögen keine Dramaqueens und Mädchen, die schlecht über andere reden. Vielleicht war es dafür schon zu spät, da Nick ja gesehen hatte, wie sie verheult aus dem Club gerannt war, aber Savannah konnte jetzt immerhin noch versuchen, cool damit umzugehen.

»Für mich sah das aber ganz anders aus«, sagte er. »Außer das ist deine Kennenlernmasche, dass du mit Jungs zusammenstößt und die Fräulein-in-Nöten-Nummer abziehst. Dann hast du wohl recht – dann ist es keine große Sache.«

Savannah lachte. »Okay, ich dachte, dass er auf mich steht«, begann sie und überlegte, wie sie das, was sie dann erlebt hatte, am besten ausdrücken sollte. »Wir haben geredet, dann bin ich auf die Toilette gegangen, und als ich zurückkam, war er voll mit Madison beschäftigt.«

»Damien ist ständig mit Madison beschäftigt«, sagte Nick bitter. »Aber die beiden sind nur Freunde. Das hat nichts zu bedeuten.«

»Du meinst also, es hat *nichts* zu bedeuten, wenn er vor versammelter Mannschaft mit ihr herumknutscht?«, fragte Savannah.

Nick richtete sich schockiert auf und nahm einen Schluck Wasser. »Äh, nein, *das* meinte ich nicht«, sagte er schließlich. »Bis jetzt haben sie immer nur geflirtet, aber es war nie ernst gemeint. Andererseits gibt es wohl vieles, was ich bis vor Kurzem von Madison nicht wusste.«

»Du bist mit ihr befreundet?« Savannah fand es angebracht, die Unwissende zu spielen – sie war ja schließlich erst seit ein paar Tagen in Las Vegas – und so zu tun, als hätte sie keine Ahnung, dass sie ein Paar gewesen waren.

»*Befreundet*«, schnaubte Nick aufgebracht. »Wir waren mehr als das. Wir waren zusammen.«

»Und was ist dann passiert?«

»Da bin ich mir immer noch nicht ganz sicher«, sagte er.

»Aber du willst sie zurück?« Eine gewagte Frage, doch sie hatte den Eindruck, dass Nick noch lange nicht über Madison hinweg war. Auch wenn es ihr ein Rätsel war, wieso er sich ausgerechnet für Madison interessierte. Nick wirkte so nett … ganz im Gegensatz zu Madison.

Andererseits konnte sie nicht wissen, wie Nick wirklich war. Sie kannte ja keinen von diesen Leuten richtig. Im Moment war Nick zwar nett, aber das konnte auch nur Show sein. Nach der Sache mit Damien würde sie das nicht wundern. Aber irgendwas an Nick fühlte sich … echt an.

Sie wollte ihm eine Chance geben.

»Ich sollte sie nicht zurückhaben wollen«, sagte Nick, und sein Blick wurde härter.

»Du willst sie aber zurück.«

Er nickte.

»Kann ich verstehen«, sagte sie. »Also, ich will damit nicht sagen, dass das, was zwischen mir und Damien gelaufen ist, der Geschichte zwischen dir und Madison irgendwie ähnlich war, aber ich würde die Zeit gerne zurückdrehen und Madison davon abhalten, mit ihm im Club rumzuknutschen.«

»Und wie würdest du das anstellen?«, fragte Nick belustigt.

»Die Zeit zurückdrehen?« Savannah dachte kurz nach. »Tja, dazu würde ich wohl Superkräfte brauchen. Keine Ahnung, wie man so was bekommt – vielleicht würde es mit einem DeLorean klappen wie in ›Zurück in die Zukunft‹ …«

»Nein, ich meine nicht, die Zeit zurückzudrehen«, fiel ihr Nick lachend ins Wort. »Sondern Madison davon abhalten, was sie im Club getan hat. Sorry, aber ich kenne die beiden, und wenn sie etwas wollen, dann lassen sie niemand dazwischenfunken.«

»Ach so.« Savannah merkte, wie dämlich sie geklungen haben musste mit ihrem Gerede von einer Zeitreise. »Vielleicht hätte ich Damien dazu gekriegt, den Club mit mir zu verlassen und woanders hinzugehen?« Sie zuckte die Schultern. »Ich weiß nicht. Wenn die zwei zusammen sein wollen, dann kann ich wahrscheinlich nichts dran ändern.« Das war unleugbar die Wahrheit und ein plötzlicher Schmerz durchzuckte sie. Sie senkte den Blick und unterdrückte die Tränen, die wieder aufzusteigen drohten.

»Eben«, sagte Nick. Seine Stimme klang weich und verständnisvoll. »Du kannst nichts dafür.«

Savannah versuchte zu lächeln, aber es war ein gezwungenes Lächeln. Es tat zwar gut, hier mit Nick zu sitzen, aber das, was Damien ihr angetan hatte, erfüllte sie mit einer schmerzhaften Leere. Damien hatte sich nicht mal die Mühe gemacht, sie richtig kennenzulernen. Vielleicht hätte er sie dann ja netter gefunden als Madison.

»Erzähl mir doch mal was von dir«, sagte Nick und riss Savannah aus ihren Gedanken.

»Was zum Beispiel?«

»Hmm ... Was willst du denn später mal machen, nach deinem Abschluss?«

»Ich will Sängerin werden.« Da musste Savannah nicht lange überlegen.

Nick setzte zu einer Antwort an, und sie merkte, dass er überrascht war. »Was für eine Art Sängerin?«

»Pop«, sagte sie, richtig belebt von diesem Themenwechsel. »Das, was in den Charts ist. Ich hab selbst schon ein paar Songs geschrieben, aber nichts Besonderes. Ich hatte die Idee, einen *YouTube*-Account anzulegen und eigene Videos mit Coversongs hochzuladen – auf die Weise könnte man durchaus entdeckt werden –, aber ich hab's noch nicht gemacht. Aber irgendwann sicher.«

»Worauf wartest du denn noch?«

»Weiß nicht.« Sie zwirbelte ihren Strohhalm in der Cola herum. »Ich hab wohl Angst davor, dass man mich nicht gut findet.«

Er sah sie aufmerksam an. »Hast du schon mal vor Publikum gesungen?«

»Nur vor meinen Schwestern«, sagte sie. Auf keinen Fall würde sie ihm von ihrem Desaster bei der Talentshow in der achten Klasse erzählen. »Und vor Evie, meiner besten Freundin daheim in Kalifornien.«

»Und wie fanden sie dich?«

»Na ja, ich meine, es sind meine *Schwestern* und meine *beste Freundin*. Die *müssen* ja sagen, dass ich gut bin.«

»Die *müssen* gar nichts«, erwiderte er. »Wenn sie sagen, du bist gut, dann bist du das auch.«

»Das sagst du nur, um nett zu sein.« Savannah lächelte. »Du kannst es ja gar nicht wissen.«

»Noch nicht«, sagte er. »Aber bald.«

»Wie meinst du das?« Savannah spielte an ihren Armreifen herum und ließ sie um ihr Handgelenk klirren.

»Wirst schon sehen.« Er legte Geld für ihre Cola auf den Tisch und stand auf. »Komm mit und stell keine Fragen. Ich versprech dir, dass es Spaß machen wird.«

* * *

Das *Imperial Palace Hotel & Casino* war eine totale Bruchbude. Ein weißer Kasten mit blauer Verkleidung, der eingeklemmt zwischen dem *Harrah's* und dem *Flamingo* lag und Savannah an ein japanisches Pappmaschee-Haus erinnerte. Innen sah es nicht besser aus. Der abgewetzte Teppich war ziemlich schmutzig, und alles stank nach Rauch, als hätten sich die Möbel damit vollgesogen.

Eine Sängerin im knappen Glitzerfetzen schmetterte Christina-Aguilera-Songs von einem Podest in der Mitte des Casinos, aber keiner achtete auf sie. Was schade war, denn sie hatte ein schöne Stimme. Savannah hoffte, dass ihre Karriere als Popsängerin – wenn sie denn mal in Gang kam – sie weiter bringen würde als *hierher*.

»Was wollen wir denn hier?«, fragte sie Nick und bekam gleich darauf ein schlechtes Gewissen, weil sie in ihren eigenen Ohren wie ein Snob klang. Hätte ihre Mom sie und ihre Schwestern hierher mitgenommen, bevor sie wusste, dass sie Adrian Diamonds Tochter war, wäre sie beeindruckt gewesen. Trotzdem – es war schon irgendwie komisch, hier ins *Imperial Palace* zu gehen, wo es doch viel bessere Hotels auf dem Strip gab. Damien und seine Freunde würden an so einem Ort bestimmt nicht aufschlagen. Aber sie wollte ja den Abend mit Nick genießen und *nicht* an Damien denken, rief sie sich ins Gedächtnis, also war es vielleicht sogar ganz gut, *hier* zu sein.

»Wart's ab«, sagte Nick geheimnisvoll.

Während Savannah ihm folgte, musste sie einem betrunkenen College-Studenten mit Bierflasche in der Hand ausweichen. »Ich mein ja nur … ist ja schon ein ziemlich runtergekommener Laden.«

»Drei Tage hier und schon verdorben von der Vegas-Elite.« Nick schüttelte mit gespielter Missbilligung den Kopf. »Teure Deko bedeutet übrigens nicht unbedingt ein Maximum an Spaß.«

»Aber sie tut auch nicht weh«, hielt Savannah entgegen.

Dann betrat sie hinter Nick eine Rolltreppe – und entdeckte erst in diesem Moment das Schild am oberen Ende.

»Never ever!«, rief sie und schüttelte energisch den Kopf. Sie drehte sich um und wollte die Rolltreppe wieder runterlaufen, aber hinter ihr waren bereits ein paar Leute. »Das geht ja mal so was von gar nicht.«

»Woher willst du denn wissen, wo's hingeht?«, fragte er neckend.

Sie verschränkte die Arme, lächelte aber trotzdem etwas,

um ihm zu signalisieren, dass sie nicht total sauer war. »Ist ja wohl offensichtlich. Und ich kann dir gleich sagen: Never! Ever!«

»Sagtest du schon.« Er lachte. »Komm, entspann dich. Ein paar von meinen Leuten hängen hier ab, und ich wollte einfach nur, dass du ein bisschen Spaß hast. Kein Druck.«

Widerwillig folgte ihm Savannah um eine Ecke und stöhnte, als sie ein weiteres Leuchtschild sah:

Imperial Palace Karaoke Club.

Na toll. Ein Video auf *YouTube* zu stellen – oder in ihrem Fall davon zu reden – war eine Sache, aber ein Liveauftritt eine ganz andere. Sie würde in Panik geraten und sich total blamieren wie in der Achten. Und wenn Nick und seine Freunde ihren Totalausfall mitbekamen, würden sie sich den ganzen Abend, wenn nicht gar länger, über sie lustig machen. Ihr drehte sich der Magen um.

»Du kannst deinen Auftritt sogar auf DVD festhalten, wenn du magst«, sagte Nick.

»Mach dir darüber mal keine Sorgen, es wird nämlich keinen Auftritt geben«, versicherte sie ihm entschlossen. »Zumindest nicht von mir.« Trotzdem folgte sie Nick auch weiterhin – und hielt dann fassungslos inne.

Der Karaokeschuppen war eher eine Bar als ein Club. Die Tische waren voll von Leuten jeden Alters, die meisten mit einem großen Humpen Bier vor sich. Eine Studentengruppe von Jungs stand auf der Bühne und lallte eine grauenerregend falsche Version von *Sweet Caroline,* in die die Menge mit dem obligatorischen »Ba-ba-ba!« und »So good, so good!« auch noch begeistert einstimmte. Ein paar tanzten neben den

Tischen und ein Mädchen tatsächlich *auf* dem Tisch. Sie war ziemlich dick, und ihre Klamotten saßen viel zu eng, aber sie lachte so strahlend, als ob das überhaupt keine Rolle spielte.

Die Studenten hatten sich um die zwei Mikrofone auf der kleinen Bühne gruppiert und lasen den Text von einem Monitor vor sich ab.

Also ... wenn sie den Text *vor Augen* hatte, konnte sie ihn ja gar nicht mehr vergessen ... da würde sie bestimmt nicht stecken bleiben und sich blamieren.

Vielleicht würde sie es ja doch mal probieren.

»Komm, wir suchen uns einen Tisch«, sagte Nick. »Meine Freunde sind noch nicht da, und wir wollen lieber einen besetzen, ehe es total voll wird.«

Sie sicherten sich einen Tisch in der Mitte, der gerade frei geworden war. Die Studenten beendeten ihren Auftritt und schon kündigte DJ Rusty Varney den nächsten an – den eines älteren Paars in identischen Hawaiihemden, das *I Got You Babe* von Sonny und Cher schmetterte. Alles andere als gut, aber die Gäste sangen und tanzten trotzdem.

»Bist du oft hier?«, wollte Savannah von Nick wissen. Der Schuppen wirkte nicht gerade wie das Stammlokal von Goodman-Schülern. Kein Mensch trug hier teure Designerklamotten wie im *Myst* und im *Luxe*. In dieser lockeren Atmosphäre kam sich Savannah in ihrem paillettenbesetzten Minikleid und den High Heels ziemlich overdressed vor.

»Mein Bruder und ein paar seiner Kumpels haben mich mal mitgeschleppt und seitdem komme ich ganz gern hierher«, erklärte Nick und warf einen Blick auf sein ramponiertes Klapphandy, das Savannah an ihr eigenes erinnerte. Also, an das, das sie jetzt durch das iPhone, das Adrian geordert hatte, ersetzen würde. Endlich würde sie sich nicht mehr wie eine Aussätzige vorkommen, weil sie kein Instagram oder Snapchat hatte. »Die kommen sicher auch bald.«

»Ist dein Bruder auch auf der Goodman?«, fragte Savannah.

»Er war dort«, erwiderte Nick. »Er hat letztes Jahr den Abschluss gemacht. Im Herbst beginnt sein zweites Jahr an der UNLV.«

Savannah erinnerte sich, auf dem Weg vom Flughafen Wegweiser zur Universität von Nevada, Las Vegas gesehen zu haben. Dann rechnete sie nach. Wenn Nicks Bruder mit dem zweiten Studienjahr anfing, dann war er ungefähr neunzehn oder zwanzig. Wie er es wohl finden würde, mit einer Fünfzehnjährigen abzuhängen?

Wohl eher nicht so prickelnd. Andererseits hätte Nick sie wohl kaum hergeschleppt, wenn er das für problematisch gehalten hätte.

»Also, suchst du dir einen Song aus?«, fragte Nick mit Blick auf das Paar auf der Bühne. »Ich bin sicher, du singst besser als *das da*.«

Womit er recht hatte. Trotzdem zog sich beim Gedanken daran, die Bühne zu betreten, ihre Brust zusammen, und ihre Hände zitterten. »Na ja, ich schätze, es kann ja nicht schaden, sich die Songauswahl mal anzusehen«, sagte sie, obwohl ihr die Angst im Magen brodelte. Aber der Text stand ja auf dem Monitor, erinnerte sie sich. Keine Chance für einen Blackout.

»Hol dir doch gleich mal ein Songbook«, schlug Nick vor,

und sie steuerte die Nische an, in der Rusty Varney mit den Songbooks saß. Beim Durchblättern stockte ihr der Atem – sage und schreibe 15 000 Lieder waren hier aufgelistet! Dann bemerkte sie, dass der DJ sie beobachtete, und ihr Herz begann heftig zu pochen.

»Du siehst aus, als ob du Talent hast«, sagte er mit leicht spanischem Akzent.

»Wie kommen Sie denn darauf?« Savannah strich sich die ungewohnt langen Haare hinter die Ohren.

»Ich bin hier jeden Abend.« Er zwinkerte ihr zu. »Glaub mir, ich hab ein Auge dafür.«

Savannah fand den Song, nach dem sie gesucht hatte, und mit zitternder Hand schrieb sie den Titel und ihren Namen auf den Zettel, den DJ Rusty ihr hinhielt. Sie konnte es selbst nicht fassen, dass sie sich tatsächlich darauf einließ. Der DJ nahm den Zettel und lächelte ihr zu.

»Gute Wahl«, sagte er. Dann sah er zu dem Paar auf der Bühne, das mit dem Lied fast durch war. »Willst du als Nächste? Normalerweise arbeite ich brav die Warteliste ab, aber wir brauchen jetzt dringend jemand, der's draufhat.«

Savannah erstarrte. Meinte er das ernst? Aber ihr blieb gar keine Zeit, darüber nachzudenken, denn schon sprang er auf die Bühne, um zu verkünden: »Als Nächste präsentieren wir euch die einzigartige Savannah Diamond, die *I Love Rock and Roll* singen wird! Komm rauf, Savannah, und zeig ihnen, was du kannst!«

Alle Blicke waren erwartungsvoll auf sie gerichtet und von dem Tisch in der Mitte hörte sie Applaus. Nick. Sie stöhnte innerlich auf, aber jetzt hatte sie keine Wahl mehr. Sie nahm das Mikro und wartete, bis der Text auf dem Monitor auftauchte. Und dann setzte auch schon die Musik ein.

Savannah konzentrierte sich darauf, das Mikrofon ruhig zu halten, holte tief Luft – und begann zu singen, den Blick vorsichtshalber fest auf den Monitor gerichtet. Dabei kannte sie den Text in- und auswendig – den Song hörte sie immer, wenn sie sich zum Ausgehen stylte. Und natürlich legte sie dabei jedes Mal ihre eigene Performance hin.

Nach der ersten Zeile wurde es ganz still. Dann brachen die Leute in Jubel aus. Savannah war viel zu sehr eins mit der Musik, um mitzubekommen, was die Leute ihr zuriefen, aber sie spürte, dass es was Positives war. Und niemand grölte mit wie bei den anderen grottenschlechten Sängern. Stattdessen hörten alle zu, als sei sie eine echte Künstlerin. Es war kaum zu glauben. Sogar die *Sweet Caroline*-Studenten tanzten und bewegten ihre Arme zum Rhythmus des Refrains. Und die Angst, die Savannah beim Betreten der Bühne noch gespürt hatte, wich einem absoluten Hochgefühl.

Als sie mit dem Song durch war, verbeugte sie sich vor dem Publikum, bedankte sich bei allen und steuerte dann den Tisch an, an dem Nick mit breitem Grinsen auf sie wartete. Während ihres Auftritts hatten sich noch zwei ältere Jungs und ein Mädchen zu ihm gesetzt. Savannah nahm an, dass einer von den Jungs Nicks Bruder war.

»Du warst der Wahnsinn!«, rief Nick und klatschte sie ab. »Deine Schwestern und deine Freundin haben echt meilenweit untertrieben, wenn sie dich nur ›gut‹ fanden. Du bist ein *Star!*«

»Allerdings«, bestätigte der Junge neben ihm und hielt ihr

die Hand hin, um sich vorzustellen. »Ich bin Ben, Nicks Bruder. Du warst toll da oben.«

Die Familienähnlichkeit der beiden war nicht zu übersehen. Ben war ebenso athletisch gebaut wie Nick, aber im Gegensatz zu den meisten Sporttypen, die Savannah kannte, trug er nur ein einfaches T-Shirt mit dem Namen einer Band, von der Savannah noch nie was gehört hatte. Er stellte ihr auch die beiden anderen vor – seine Freundin Lexie und seinen besten Freund Xander. Es schien ihnen nichts auszumachen, mit einem Mädchen von der Highschool abzuhängen, aber als sie über die Uni redeten, kam sich Savannah doch sehr jung vor.

Xander ging an die Bar und kam mit zwei Pitchern zurück, um jedem ein Glas Bier einzuschenken. Savannah bemühte sich darum, sich nicht anmerken zu lassen, dass sie Bier nicht mochte, denn es war ja schließlich sehr großzügig von Xander, eine Runde auszugeben. Sie nahm nur kleine Schlucke und hoffte, dass es niemandem auffiel.

Die meiste Zeit hörte sie den Gesprächen der anderen zu, die sich ganz freundschaftlich und locker miteinander unterhielten, was irgendwie viel entspannter wirkte als bei Damien, Madison und der übrigen Clique. Beim Gedanken an Damien sank Savannahs Laune. Aber obwohl die Erinnerung an die Knutscherei mit Madison schmerzte, fühlte sie sich nicht mehr ganz so schlecht wie noch vor einer Stunde. Nick hatte recht gehabt – es machte jede Menge Spaß, den schrägen Karaokesängern zuzuhören, während die angetrunkene Menge mitgrölte und ausgelassen tanzte.

Nachdem Nick ein paar Bierchen intus hatte, erklärte er

sich sogar bereit, mit ihr ein Duett zu singen – *Summer Nights* aus dem Musical *Grease*. Für eine Sängerkarriere reichte seine Stimme zwar nicht gerade, dennoch kam er auf der Bühne gut rüber, und die Leute liebten ihn. Am Ende ihres Songs packte er Savannahs Hand, reckte sie in die Höhe und wiederholte noch einmal ihren Namen, damit ihn auch ja keiner vergaß.

»Du bist ganz schön umwerfend, Savannah Diamond«, flüsterte er ihr ins Ohr.

Savannah wusste nicht, was sie davon halten sollte. War er vielleicht an mehr als nur an einer Freundschaft mit ihr interessiert? Vorhin im Gespräch über Madison schien er ja noch ziemlich unter der Trennung von ihr zu leiden, aber jetzt … Und was noch wichtiger war – war sie selbst denn an ihm interessiert? Er war großartig, aber auch wenn der Schmerz über Damiens Verhalten im Laufe des Abends etwas abgenommen hatte, war er immer noch da. Und würde wahrscheinlich mit voller Wucht zurückkehren, wenn sie ihn das nächste Mal sah.

Was wohl ziemlich bald sein würde. Sie konnte ihm ja nicht ewig aus dem Weg gehen.

22

Courtney

Das Wohltätigkeitsdinner mit Oliver verlief gar nicht so schlecht, wie Courtney befürchtet hatte. Für ihr korallenfarbenes Cocktailkleid, zu dessen Kauf Savannah sie überredet hatte, erntete sie jede Menge Komplimente – sogar Ellen Prescott mochte es. Ständig wurde ihr Champagner angeboten, aber Courtney blieb bei Softdrinks. Auch Oliver bestellte in Gegenwart seiner Eltern Limo, gab aber unauffällig immer wieder mal einen Schuss aus seinem Flachmann dazu, den er in der Jackentasche verbarg. Er bot auch Courtney was davon an, doch sie lehnte natürlich strikt ab.

Am Anfang des Abends standen alle herum und machten Small Talk, und Courtney kam sich etwas deplatziert vor, weil sie keinen kannte. Aber Rebecca, die ebenfalls anwesend war, kümmerte sich viel um sie und stellte sie so vielen Leuten vor, dass Courtney unmöglich alle Namen behalten konnte. Als Ellen und ein paar andere Charity-Ladys nach dem Essen Reden über den Zweck des Dinners hielten, wurde es etwas interessanter, und Courtney war ein wenig stolz darauf, eine gute Sache unterstützen zu können. Allerdings wollte sie auf Dauer unbedingt eine aktivere Rolle spielen. Sie würde Rebecca später noch darauf ansprechen.

Oliver vertrieb sich die Zeit mit seinen heimlich gemixten Drinks und damit, schmutzige Details über die Anwesenden zum Besten zu geben. Die Hälfte der Frauen betrog ihre Ehemänner, und zwei aktive Politiker wurden beschuldigt, Bestechungsgelder von einem Strip-Club-Besitzer angenommen zu haben und standen kurz vor einem Amtsenthebungsverfahren. Courtney bemühte sich, ihm zuzuhören, aber sie selbst konnte nicht viel zur Unterhaltung beitragen, und Klatsch fand sie immer irgendwie nervtötend.

Jetzt stiegen sie und Oliver in die Limousine, die Courtney zurück zum *Diamond* bringen sollte, und sie fragte sich, wie er sich überhaupt noch aufrecht bewegen konnte nach *der* Menge Alkohol, die er den ganzen Abend über zu sich genommen hatte. Er musste doch total betrunken sein. Also, entweder er hatte eine Leber aus Stahl oder er konnte seinen Zustand meisterhaft verbergen.

»Du willst doch nicht etwa gleich ins Apartment zurück, oder?«, fragte Oliver.

»Wohin denn sonst?« Courtney sah auf ihre Uhr. Es war elf – um die Zeit ging sie zu Hause immer allmählich schlafen.

»In den Club auf der Dachterrasse vom *Palms*.« Er sah sie an, als hätte sie sich das doch denken können.

Courtney war erschöpft – die vielen neuen Leute und Olivers Klatsch über die Skandale der Vegas-Elite hatten sie ziemlich ermüdet. »Ich werde direkt ins Apartment gehen und mich ausschlafen«, sagte sie. Es war ihr egal, ob Oliver das lahm fand.

»Ach, komm schon.« Er legte ihr den Arm um die Schultern und schenkte ihr einen sanften Blick aus seinen braunen Augen.

Offenbar deutete er ihr Schweigen als Zustimmung, denn auf einmal drückte er seine Lippen auf ihre und versuchte, ihr die Zunge in den Mund zu stecken. Courtney wich augenblicklich zurück. Ihren ersten Kuss wollte sie bestimmt nicht von Oliver, einem Jungen, mit dem sie nichts verband und der auch noch nach Alkohol stank. Sie war fest davon ausgegangen, dass er kein Interesse an ihr hatte und nur auf Druck seiner Mutter mit ihr zu dem Dinner gegangen war. Offenbar hatte sie sich getäuscht.

»Was soll das?« Sie wischte sich demonstrativ den Mund ab und rückte so weit wie möglich von ihm ab.

Er wirkte ziemlich perplex über diese Zurückweisung, aber er riss sich zusammen. »Sorry«, sagte er. »Ich hätte nicht so stürmisch sein sollen. Blöd von mir. Aber ich dachte, dass du mich magst … schätze, da hab ich mich wohl getäuscht. Wird nicht mehr vorkommen, versprochen.«

Courtney rutschte noch näher an die Tür. Noch nie hatte sie ein Junge so überfallen. Immerhin hatte er sich entschuldigt, und es schien ihm wirklich leidzutun. Wahrscheinlich hatte er wegen des vielen Alkohols ihre Signale missverstanden. »Ich bin echt müde«, sagte sie und betete, dass er den Wink begriff. »Es ist ja nicht so, dass ich dich nicht mag … Ich bin einfach nur an einem anderen interessiert. Jemand, mit dem ich nicht zusammen sein kann.«

Olivers Augen blitzten verständnisvoll auf. »Jemand aus Kalifornien?«

Sie nickte, auch wenn sie ungern log. Aber es schien der

sicherste Weg. Sie konnte Oliver gegenüber ja schlecht zugeben, dass sie auf Brett stand.

»Mann, das ist scheiße«, sagte er.

»Ja, das ist es«, stimmte Courtney zu. »Aber danke für diese Einladung zum Dinner.«

»Es war ein schöner Abend mit dir«, sagte er. »Und was ich dich fragen wollte ... Willst du mit mir zur großen Eröffnung des *Diamond* kommen? Natürlich nur so als Freunde. Unsere Väter werden ihr neues Hotelprojekt in Macau ankündigen, es würde sich also ganz gut machen, wenn wir zwei zusammen hingehen. Und unsere Eltern wären happy. *So* schlecht war der Abend mit mir doch auch wieder nicht, oder?«

Darauf war Courtney nicht gefasst gewesen. Und wenn Oliver sich nicht eben für seine Zudringlichkeit entschuldigt hätte ... Das hatte er aber, und außerdem hatte er ja betont, dass sie nur als Freunde hingehen würden. Und wenn sie mit ihm zusammen gesehen wurde, kam bestimmt niemand auf die Idee, dass sie Gefühle für Brett hegen könnte. Die perfekte Tarnung.

»Also gut«, gab sie zögernd nach. »Das wäre vielleicht wirklich ganz nett.«

»Finde ich auch«, erwiderte er. Der Chauffeur fuhr gerade vor den *Diamond Residences* vor. »Dann sehe ich dich morgen Abend?«

»Ja, bis dann.« Courtney stieg aus dem Wagen und warf Oliver ein letztes, etwas gezwungenes Lächeln zu.

Irgendwie wurde sie das Gefühl nicht los, Brett zu hintergehen. Was absurd war, weil zwischen ihnen ja gar nichts lief. Hatte er selbst gesagt.

Sie ging auf die Fahrstühle zu und da sah sie ihn.

Brett saß allein in der Lobbybar, eine Flasche Bier vor sich. Sie wusste zwar, dass sie am besten so wenig wie möglich Zeit mit ihm verbringen sollte – sonst würden ihre Gefühle für ihn nur noch intensiver –, aber es kam ihr doch unhöflich vor, ihn nicht zu begrüßen.

Vielleicht war es Schicksal, dass sie sich hier und jetzt erneut trafen.

Sie schob den Gedanken fort. Wenn es das Schicksal gut mit ihr meinen würde, dann wären sie und Brett nicht in ein paar Monaten Stiefgeschwister.

»Hi«, sagte sie, als sie sich ihm näherte. Sie setzte sich nicht, sondern knetete nervös ihre Finger – wahrscheinlich war er mit jemandem verabredet und sie wollte nicht aufdringlich wirken.

Hoffentlich mit keinem Mädchen.

»Du siehst gut aus«, sagte er. »Hattest du Spaß mit Oliver Prescott?« Sein verbitterter Ton erstaunte Courtney.

»Es war ganz okay.« Sie zuckte die Schultern und biss sich auf die Lippe.

Er musterte sie und nahm einen Schluck Bier. »Allzu überzeugt klingt das ja nicht.«

»Oliver ist nett«, sagte sie, »aber nicht mehr als ein Kumpel.«

Brett bot ihr den Stuhl neben sich an und jetzt setzte sie sich doch. »So was hört man selten über Oliver«, bemerkte er. »Welcher Typ Junge könnte denn mehr als ein Kumpel für dich sein?«

»Tja ...« Courtney schlug die Beine übereinander und

überlegte, wie sie das auf höfliche Weise formulieren konnte, ohne Oliver vor Brett zu beleidigen. »Oliver geht gerne in Clubs, wo jede Menge Menschen jede Menge trinken. Ich finde es viel schöner, zu zweit auszugehen und mich zu unterhalten, ohne mich betrinken zu müssen.« Brett grinste und sie wurde rot. »Nicht, dass ich schon jemals betrunken gewesen wäre«, sagte sie. »Aber ich gehe gern essen und spazieren und ins Kino, so was in der Art eben.«

»Und ins Theater?«, sagte er und sah sie eindringlich an. »Wie in *Das Phantom der Oper?*«

»Genau«, sagte sie. »Ich mag es, wenn ich mit jemandem wirklich reden kann – jemand, der ähnliche Interessen hat wie ich.«

»Was auf Oliver nicht zutrifft«, folgerte Brett.

»Soweit ich ihn kenne, nicht.«

Er schwieg eine Weile. »Was hältst du davon, noch woanders hinzugehen?«, fragte er schließlich.

Der abrupte Themenwechsel überraschte Courtney. »Und wohin?«

»Hmm. Du wolltest doch immer schon mal nach Paris, oder?«

»Ja.« Courtney war verwirrt.

»Nun, auf dem Strip gibt es ein Mini-Paris«, sagte er. »Bist du bereit, deine Weltreise fortzusetzen?«

Er klang plötzlich so aufgeregt – hatte sie sich etwa geirrt und er interessierte sich vielleicht doch für sie? Denn er sah sie so an, als wäre er enttäuscht, wenn sie ablehnte. Der Gedanke, dass er mehr als nur eine nette Freundin in ihr sehen könnte, ließ ihr Herz schneller schlagen, und die Müdigkeit, die sie mit Oliver im Auto verspürt hatte, war mit einem Mal verflogen. »Wäre es okay, wenn ich erst noch hochgehe und was anderes anziehe?«, fragte sie. »Auf diesen Absätzen hier hält man es nicht länger als ein paar Stunden aus.«

Brett wollte an der Bar auf sie warten, und sie ging auf die Aufzüge zu. Ehe sie um die Ecke verschwand, warf sie noch einen heimlichen Blick zurück.

Der Abend entwickelte sich besser, als sie erwartet hatte.

* * *

Courtney war froh, niemanden im Apartment anzutreffen. Peytons Tür war geschlossen und auch Savannah war nicht zu sehen. Sie wollte sich so schnell wie möglich umziehen, ohne irgendwelche Fragen ihrer Schwestern beantworten zu müssen. Sie glitt aus ihrem Kleid, streifte die High Heels ab und wechselte erleichtert in enge Jeans, ein Spaghettiträgertop in dunklem Pink und natürlich Flipflops. Dann legte sie durchsichtigen Lipgloss auf und verließ das Apartment.

Sie war selbst erstaunt, dass sie Bretts Einladung angenommen hatte. Vernünftiger wäre es gewesen, sich mit ihrer Müdigkeit zu entschuldigen und ins Bett zu gehen, damit sie morgen Abend bei der Eröffnungsfeier nicht so kaputt wäre. Aber das brachte sie nicht fertig. Heute Abend nicht mit Brett losgezogen zu sein, würde sie ewig bereuen.

Natürlich bedeutete die gemeinsame »Reise« nach Paris nicht gleich irgendwas Romantisches zwischen ihr und Brett – auch wenn Paris die Stadt der Liebe war –, aber sie konnte nicht leugnen, dass sie wünschte, es wäre so. Ihre Gefühle zu ignorieren, war so verdammt schwer.

Aber sie musste es versuchen.

Sie trat aus dem Fahrstuhl, wo Brett schon auf sie wartete.

»Du hattest es aber wirklich eilig, aus dem Kleid zu kommen«, sagte er. »Jetzt wirkst du viel entspannter.«

»Bin ich auch«, lachte sie. »Ich konnte noch nie wahnsinnig viel mit schicken Kleidern anfangen. Das ist mehr Savannahs Ding. Du hättest mal sehen sollen, *wie viele* sie gekauft hat, als wir in der Mall waren … Das reicht fürs ganze Leben.« Außerdem hatte ihre Schwester so viel Geld ausgegeben, dass sie davon in Kalifornien monatelang ihre Miete hätten bezahlen können, aber das wollte sie Brett nicht unbedingt erzählen.

»Hört sich so an, als wäre eine Mall die reinste Folter für dich.« Brett lachte. »Eurem Vater gefällt es sicher, wenn Savannah sich was gönnt. Abgesehen davon dachte ich immer, dass *alle* Mädchen gern Klamotten shoppen.«

»Ja schon, aber so viel, wie Savannah gekauft hat, braucht kein Mensch«, sagte Courtney. »Zu ein paar Sachen hab ich mich ja auch überreden lassen, um im Theater oder bei einem schicken Dinner nicht unpassend gekleidet zu sein, auch wenn es mir selbst genügen würde, überall Jeans und Flipflops zu tragen.«

»Nur damit das klar ist, ich finde, du siehst in allem, was du trägst, toll aus.« Brett hielt ihr die Tür auf. Sie lächelte über sein Kompliment und trat hinaus.

Die Fahrt nach Paris war kurz und das Hotel kaum zu übersehen. Es hatte ein blaues Dach wie ein französisches Schloss und davor stand eine Nachbildung des Eiffelturms. Courtney drückte die Hand an die Scheibe und staunte. Im

Inneren des Turms schimmerten helle Lämpchen, und sie reckte den Kopf, um ganz hinaufzusehen.

»Ist er originalgetreu nachgebaut?«, fragte sie Brett.

»Er ist kleiner«, sagte er. »Und der echte sieht natürlich auch deshalb größer aus, weil er nicht von Wolkenkratzern umgeben ist. In Paris gibt es die Bestimmung, dass kein Gebäude höher sein darf als der Eiffelturm. Du wirst begeistert sein, wenn du hinfährst.«

»*Falls* ich hinfahre«, sagte Courtney zweifelnd. Sie hatte sich schon oft vorgestellt, tagelang im Louvre die zeitlosen Meisterwerke zu bewundern, das Opernhaus zu besichtigen, das zum *Phantom der Oper* inspiriert hatte, und auf den Eiffelturm zu gehen, aber es war eben immer nur ein Traum gewesen.

»Was machst du im August?«, fragte Brett, als sie unter einem Nachbau des Arc de Triomphe hindurchfuhren. Der Bau sah schöner aus als auf den Bildern, die Courtney kannte, und dabei war das hier ja nur eine Kopie. Sie konnte sich kaum vorstellen, wie es war, den richtigen Triumphbogen zu sehen.

»Ich schätze, ich werde hier sein«, sagte sie. Sie liebte zwar feste Zeitpläne, aber *so* weit im Voraus plante sie dann doch nicht. »Ich möchte den Sommer über ein paar Bücher lesen, ehe ich mit dem Beginn des neuen Schuljahres in Hausaufgaben versinke. Außerdem muss ich auf die Uni-Zulassungsprüfungen lernen. Literatur und Sprachen hab ich ganz gut im Griff, aber Mathe muss ich echt üben. Und ich möchte gern ehrenamtlich tätig sein, weil mir Adrian nicht erlaubt, einen Job anzunehmen. Wo, weiß ich noch nicht. Warum fragst du?«

»Halt dir eine Woche frei«, sagte er und parkte vor dem Hotel. »Weil wir nach Paris fliegen.«

»Wie meinst du das, nach Paris fliegen?«

»Du willst Paris sehen, also solltest du Paris auch sehen. Und deine Schwestern kannst du auch mitnehmen.«

»Einfach so?«

»Einfach so«, sagte er. »Aber jetzt genießen wir erst mal das Paris hier.«

Wie bei den meisten Hotels in Vegas führte der Eingang auch hier direkt ins Casino. Aber dieser Eingang war der originellste, den Courtney bisher gesehen hatte. Zwei der Beine des Eiffelturms spreizten sich von außen in die Mitte der Lobby, und an schmiedeeisernen Straßenlaternen hingen Schilder, welche die Touristen durch das Hotel wiesen. Die blau gepolsterten Stühle vor den Glücksspielautomaten und Spieltischen sahen typisch französisch aus, die Decke erstrahlte in der Farbe eines mittäglichen Himmels, und Courtney bestaunte die riesige Steinbrücke, welche sie als Pont Alexandre III erkannte.

»Gefällt es dir?«, fragte Brett.

»Es ist wunderschön«, sagte sie und sah sich mit großen Augen um. »Ehe ich nach Vegas kam, wusste ich gar nicht, dass Hotels *so* aussehen können. Wie berühmte Städte.«

»Vegas unterscheidet sich völlig von jedem anderen Ort auf der Welt«, stimmte er zu. »Wie sieht's aus, hast du Lust, auf den Eiffelturm zu gehen?«

»Das kann man?«, fragte Courtney. »Der ist nicht nur reine Deko?«

»In Vegas kann man alles«, sagte er lachend. »Komm. Hier geht's lang.«

Brett kaufte Tickets an der Kasse und dann fuhren sie mit dem Fahrstuhl den Eiffelturm hinauf.

»Wow.« Courtney trat an die Balustrade und bewunderte den Las Vegas Strip. Die Hotels waren alle beleuchtet, Screens flimmerten, und die Autos, welche die Straße entlangfuhren, sahen aus wie ferngesteuerte Glühwürmchen. Die Stadt war in ständiger Bewegung. »Es ist traumhaft.«

»Die *Bellagio Fountain Show* fängt gleich an«, sagte Brett und führte sie nach vorne auf die Aussichtsplattform. »Lass uns zusehen.«

Courtney blickte zum *Bellagio,* einem hohen, breiten Hotel in Cremetönen, vor dem sich ein riesiger künstlich angelegter See befand. Die unverkennbaren ersten Riffs von *My Heart Will Go On* aus dem Film *Titanic* erklangen aus unsichtbaren Lautsprechern rund um den See und die Wasseroberfläche erstrahlte in hellem Licht und wurde lebendig. Wasserfontänen in verschiedensten Formationen schossen im Takt mit der Musik in die Höhe – ein lang gestreckter Bogen, ein riesiger zweireihiger Kreis, umgeben von kleineren Kreisen. Es war einfach magisch.

Zahlreiche Paare hatten sich auf der Aussichtsplattform versammelt, um das Spektakel zu sehen, hielten Händchen, lehnten sich aneinander oder berührten sich auf andere Art und Weise. Brett stand so nahe bei ihr, dass sie seine Körperwärme an ihrem Arm spürte. Wenn sie sich nur ein winziges Stück bewegte, würde ihre Haut seine berühren.

Sie löste den Blick von den Fontänen, um ihn anzusehen.

Er erwiderte ihren Blick mit einer solchen Intensität, dass ihr der Atem stockte. Ihre Wangen brannten und sie richtete den Blick schnell wieder auf die Fontänen. Das ganze restliche Lied über raste ihr Herz. Während des Crescendos schossen die Fontänen im Takt der Musik hoch in die Luft, bevor sie mit den letzten Klängen versiegten. Alle klatschten voller Begeisterung.

»Solche Wasserspiele hab ich noch nie gesehen«, brach Courtney schließlich das Schweigen zwischen ihr und Brett. »Fantastisch.«

»Schön, dass es dir gefallen hat.« Er legte die Unterarme auf das Geländer und sah sie an. »Weißt du, ich hab ja keine Ahnung, wie es dir in Kalifornien ergangen ist, aber hier wirkst du richtig glücklich.«

»Stimmt«, sagte Courtney. »Ich glaube, das bin ich tatsächlich. Ich vermisse zwar meine Mutter – und vor allem meine Großmutter –, aber die meiste Zeit war das Leben daheim wirklich hart. Die Entzugsklinik ist das Beste für meine Mom, das weiß ich. Aber ich bin selbst überrascht, wie glücklich ich hier in Vegas bin.«

»Als Außenstehender kann man sich kaum vorstellen, wie das für euch gewesen sein muss«, sagte Brett. »Mit dieser Situation eurer Mom fertigzuwerden.«

»Vor einem Jahr ist es richtig schlimm geworden, aber der eigentliche Wendepunkt war vor ungefähr zwei Jahren«, sagte Courtney und blickte über die Wasserfläche, auf der noch vor wenigen Minuten die Fontänen getanzt hatten. »Ich kann mich noch genau an den Tag erinnern, als mir klar wurde, dass es immer weiter mit ihr abwärtsgehen würde.«

»Was war geschehen?«, fragte er. »Du musst nicht darüber reden, aber du kannst, wenn du willst.«

»Normalerweise rede ich nicht darüber, aber dir möchte ich die Geschichte erzählen.« Sie holte tief Luft und begann: »Es war der Sommer, ehe ich in die Highschool kam. Ich war vierzehn, Savannah dreizehn und Peyton fünfzehn. Unsere Mutter fuhr mit uns zu *Walmart*, um unsere Schulsachen zu kaufen. Das kostete mehr, als sie kalkuliert hatte, und so war sie auf der Heimfahrt in einer Stinklaune. Dann stritten sich Savannah und Peyton auch noch über den Radiosender – Savannah wollte die Top 40 hören und Peyton Rock. Es artete zu einem richtigen Kleinkrieg aus.

Irgendwann hatte Mom die Nase voll von ihrem Gezeter, fuhr an eine Tankstelle und befahl uns, auszusteigen und eine Auszeit zu nehmen. Dass ich mit dem Streit gar nichts zu tun hatte, war ihr nicht aufgefallen, also musste ich auch raus. Sie sagte, wir sollten uns abreagieren, bis sie wiederkäme, und dann fuhr sie davon. Zuerst stritten sich Savannah und Peyton noch weiter. Aber nachdem fast eine Stunde verstrichen war, machten wir uns Sorgen, wann Mom denn endlich zurückkommen würde. Es vergingen noch weitere Stunden ohne eine Spur von ihr und es wurde allmählich dunkel. Wir überlegten, zu Fuß nach Hause zu gehen, aber wir hatten Angst, dass Mom kurz darauf auftauchen könnte, und wenn wir nicht mehr da waren, würden wir bestimmt noch mehr Ärger kriegen. Wir saßen also an der Tanke fest, hockten hungrig an einem Picknicktisch, weil wir kein Geld hatten. Schließlich spendierte uns ein aufmerksamer Herr netterweise Sandwichs und Limo und rief unsere Grandma an, sodass sie uns abholen konnte. Unsere Mutter fanden wir in einer Bar in der Nähe. Sie hatte so viel getrunken, dass sie uns schlichtweg vergessen hatte.«

»Wow.« Brett sah aus, als hätte ihn die Geschichte richtig mitgenommen. »Das klingt furchtbar. Es tut mir so leid, dass du das durchmachen musstest. Du hast echt Besseres verdient.«

»Danke«, sagte Courtney. »Ich weiß, dass unsere Mutter uns liebt, aber es ist schon schwer genug für sie, ihr eigenes Leben in den Griff zu bekommen, ganz zu schweigen davon, sich um ihre drei Kinder zu kümmern. Am nächsten Tag kaufte Grandma uns Handys und übernahm sogar die Vertragskosten, weil sie nicht wollte, dass wir noch mal so festsitzen müssen.«

»Mit deiner Großmutter scheinst du gut klarzukommen.«

»Ja, das tue ich.« Courtney lächelte. »Grandma hat mir mal erzählt – insgeheim natürlich –, dass ich sie von uns dreien am meisten an sie selbst erinnere. Es hat mir viel bedeutet, das zu hören, so fleißig und freundlich wie sie ist.«

»Ich hoffe, sie kann euch hier mal besuchen«, sagte Brett.

»Das wäre schön, aber ihre Schwester – ihre Zwillingsschwester – ist schlimm erkrankt. Krebs«, setzte Courtney hinzu. »Und es sieht nicht gut aus. Grandma kümmert sich um sie, daher bezweifle ich, dass sie kommen kann, ehe …« Courtney schüttelte den Kopf, weil sie das Unausweichliche nicht aussprechen wollte.

»Ich verstehe«, sagte Brett. »Tut mir leid, dass ich jetzt die ganzen schlimmen Erinnerungen in dir aufgewühlt habe.«

»Das macht nichts.« Courtney lächelte und versuchte,

etwas unbefangener zu wirken. »Es tut gut, mit jemand darüber zu reden. Und auch wenn das jetzt vielleicht furchtbar klingt – ich glaube, es war meine Rettung, hier nach Vegas zu kommen, wo die ganzen Probleme so weit weg sind.«

»Das klingt überhaupt nicht furchtbar«, widersprach Brett. »Sondern absolut verständlich.«

»Danke.« Einen Moment lang sagte keiner von ihnen etwas, aber ihre Blicke trafen sich. »Und, was gibt es hier im *Paris*-Hotel sonst noch zu sehen?«, fragte Courtney schließlich.

»Hast du Lust, einfach durch die Straßen zu schlendern?«, fragte er. »Die im Inneren natürlich.«

»Sehr gerne«, sagte Courtney neugierig.

Sie fuhren mit dem Fahrstuhl nach unten und bummelten durch das Hotel. Es sah wirklich wie Paris aus – oder zumindest so, wie Courtney sich die Stadt vorstellte. In den Gebäuden entlang der »Straßen« mit den schmiedeeisernen Laternen befanden sich Restaurants im Stile typischer Pariser Cafés mit Terrassen, die dazu einluden, »draußen« unter dem Mittagshimmel zu sitzen, der hier ebenso hell war wie im Casino.

»Lass uns was trinken«, beschloss Brett. »Höchste Zeit, dass du einen typischen Vegas-Drink probierst.«

»Wie meinst du das?«, fragte Courtney.

»Ich meine, dass wir jetzt mal so richtig einen auf Tourist machen«, sagte er und steuerte auf ein blaues Fenster zu, über dem ein Holzschild *Le Petit Bar* anzeigte. »Zwei Eiffelturm-Drinks, bitte«, sagte er und deutete auf einen ausgestellten Plastikeiffelturm, der ungefähr einen halben Meter hoch war.

»Das ist jetzt nicht dein Ernst.« Sie starrte auf die Eiffeltürme, die anscheinend tatsächlich als Trinkgefäß dienen sollten. Dabei konnte doch kein menschliches Wesen so viel Flüssigkeit aufnehmen, ohne das Gefühl zu haben, gleich zu platzen!

»Erdbeer-Daiquiri oder Piña colada?«

»Ist da Alkohol drin?«, fragte sie. »Ich trinke nämlich keinen …«

»Wir nehmen alkoholfreie«, sagte er. »Es geht ja nur um den Becher als Souvenir und um den Spaß, mit einem gigantischen Drink in der Hand rumzuspazieren.«

Das war albern, aber es tat richtig gut, albern zu sein. »Na dann«, willigte sie ein. »Ich nehme einen Daiquiri.«

Brett nahm eine Piña colada, und zusammen schlenderten sie die Kopfsteinpflastergasse entlang, jeder mit einem Eiffelturm in der Hand, der fast so lang war wie Courtneys Arm. Was ziemlich unbequem zu halten war, aber der fruchtige Drink schmeckte gut. So bummelten sie weiter, bis sie an einen großen runden Brunnen gelangten. Über drei Steinbecken hinweg floss das Wasser hinab.

»Ein Wunschbrunnen!«, rief Courtney aus, und es war ihr egal, dass sie wie ein Kind klang. »Hast du ein paar Pennys?«

Brett fischte eine Münze aus seinem Portemonnaie. »Keine Pennys, aber zufällig hab ich noch einen Euro von meiner letzten Reise«, sagte er und hielt ihn ihr hin. »Damit geht dein Wunsch auf jeden Fall in Erfüllung.«

»Bist du sicher, dass du den entbehren kannst?« Courtney hatte noch nie einen Euro gesehen. Silbern in der Mitte mit einem goldenen Rand – hübscher als eine amerikanische Münze, fand sie. Den wollte er doch bestimmt behalten.

»Ganz sicher«, sagte er und schloss ihre Hand um die Münze. »Ich wäre sogar enttäuscht, wenn du ihn nicht nehmen würdest. Dann würde dein Wunsch ja nicht in Erfüllung gehen, und das wäre doch tragisch.«

»Woher willst du wissen, dass es tragisch wäre, wo du doch gar nicht weißt, was ich mir wünsche?«, fragte sie, obwohl sie sich eigentlich nur darauf konzentrieren konnte, wie warm sich seine Hand über ihrer anfühlte.

»Weil du das, was du dir wünschst, verdient hast, egal was es ist.«

Courtney musterte den Euro. *Ein* Wunsch. Vielleicht sogar dieser eine magische Wunsch, der in Erfüllung gehen würde wie im Märchen oder im Film. Sie wusste, dass so was im echten Leben natürlich nicht passierte, aber vielleicht tat es einfach mal gut, so zu tun, als ob.

In Fairfield wäre ihr so was nicht im Traum eingefallen, aber hier in Vegas, zusammen mit Brett, fühlte sie sich wie ein anderer Mensch. Sie musste nicht vorgeben, ihre Mutter sei nüchtern, wenn Savannah nach Hause kam, sie musste keine Rechnungen bezahlen oder sich darum sorgen, ob sie nach ihrem Job noch genug Zeit für ihre Hausaufgaben hätte. Sie fühlte sich … frei.

Und sie liebte dieses Gefühl.

Es gab so viel, was Courtney sich wünschen konnte, aber als sie die Münze über ihre Schulter hinweg in den Brunnen warf, dachte sie nur eines: *Ich wünsche mir, dass zwischen mir und Brett alles klappt.*

Man durfte ja wohl träumen!

23

Peyton

Am Donnerstagmorgen wurde Peyton von ihrem neuen iPhone geweckt, das auf dem Nachttisch lag. Sie hasste das schicke Ding – es war völlige Verschwendung, vor allem da ihr Klapphandy ja noch gut funktionierte. Und wozu sollte sie ihre E-Mails checken oder online gehen, wenn sie aus war? Allerdings hatte sie festgestellt, dass der Touchscreen supereasy zu bedienen war, also war sie letztlich doch eingeknickt und hatte es noch gestern Abend konfiguriert.

Zu ihrer Überraschung war es erst halb zehn. Wer rief sie denn um *diese* Zeit schon an? Noch dazu fühlte sie sich furchtbar. War es etwa möglich, dass Courtney und Savannah gestern Abend Spaß gehabt hatten, während sie den schlimmsten Abend ihres Lebens verbracht hatte? Peyton verstand die Welt nicht mehr. Und nach allem, was ihr Oliver im *Luxe* an den Kopf geworfen hatte, wäre sie am liebsten für immer im Bett geblieben, bei zugezogenen Vorhängen, um nie wieder mit irgendjemand zu reden. Schon gar nicht mit Oliver, der nicht mal eine Sorry-SMS geschickt hatte. Oder Jackson, der wahrscheinlich sagen würde, dass er sie ja gleich gewarnt habe.

Nachdem sie aus dem Club nach Hause gekommen war,

hatte sie nur bescheuerte Fernsehshows angesehen und sich schließlich was aufs Zimmer bestellt, als sie hungrig wurde.

Jetzt rätselte sie, wem wohl die Nummer gehörte, die sie auf dem Display sah. Die Telefonnummern von ihrem alten Handy hatte sie nämlich noch nicht in das neue iPhone übertragen, weshalb sie nur die Vorwahl von Fairfield erkannte.

»Hallo?«, murmelte sie verschlafen ins Telefon.

»Peyton?« Scheiße. Mike. Warum war sie bloß drangegangen? »Hast du gesehen, dass ich dich gestern Abend angerufen und dir SMS geschickt habe?«

»Mein Handyprovider hier ist schrecklich«, log sie. »Tut mir leid. Was gibt's?« Sie schlug einen unbeschwerten Ton an, obwohl ein Gespräch mit Mike das Allerletzte war, was sie wollte. Aber wenn sie ihn jetzt schon mal dranhatte, konnte sie es auch gleich hinter sich bringen und mit ihm Schluss machen.

»Ich hab mir Sorgen gemacht, als ich dich nicht erreichen konnte«, sagte er. »Da hab ich heute Morgen spontan den ersten Flug genommen und jetzt bin ich gerade in Vegas gelandet. Ich hab bei meinem Sommerjob eine Menge zusammengespart, und der Flug war ziemlich billig, weil er so früh war. Ich wollte einfach sehen, wie's dir geht.«

Peyton hätte beinahe ihr Handy fallen lassen. *Damit* hatte sie nun echt nicht gerechnet. Aber sie hätte es besser wissen sollen. Natürlich hatte er gespürt, dass sie den Kontakt zu ihm vermied, aber statt sich auf das Ende der Beziehung einzustellen, glaubte er, dass die Kluft zwischen ihnen schon verschwinden würde, sobald sie sich wiedersahen. So eine dämlich romantische Vorstellung war typisch für ihn.

»Ist das dein Ernst?«, fragte sie, auch wenn sie die Antwort bereits kannte.

»Klar.« Allerdings klang er jetzt schon weniger zuversichtlich. »Oder ist der Zeitpunkt schlecht?«

»Nein, schon in Ordnung«, log sie. »Nimm ein Taxi zu den *Diamond Residences*. Der Fahrer weiß, wo das ist. Ich treff dich dann in der Lobby.«

Sie drückte auf Beenden, schälte sich aus den Laken und trat dann vor ihren hohen Spiegel, um zu checken, wie schlimm es um sie stand. Ihre Haut war aschfahl und trocken und sie hatte dunkle Ringe unter den Augen. Kein Wunder, sie hatte ziemlich schlecht geschlafen.

Egal, sie musste versuchen, sich wieder einigermaßen herzustellen. Also raus aus dem Pyjama und rein in ihre fransigen Lieblingsshorts und ein schwarzes Oberteil. Dann tupfte sie Concealer unter die Augen, bürstete sich die Haare und legte Eyeliner, Mascara und roten Lipgloss auf. Ihr Haar sah zwar immer noch grottig aus, aber der Flughafen lag weniger als zehn Minuten entfernt, daher blieb keine Zeit mehr zu duschen. Heute war eben Grungelook angesagt.

Sie schleppte sich aus dem Apartment – nur um im Korridor auf den unvermeidlichen Jackson zu treffen. Obwohl er allen Grund hatte, süffisant dreinzublicken, wirkte er zu ihrer Überraschung eher … besorgt. Machte er sich etwa Gedanken um sie, weil Oliver so ein Arsch gewesen war?

»So früh schon auf?«, fragte er.

»Zwangsläufig«, sagte Peyton. »Mein Freund hat kurzerhand beschlossen, hier aufzuschlagen. In Vegas. Jetzt.« Sie fuhr sich durchs Haar. »Nicht zu fassen, dass mir so was passiert.«

»Wollen Sie damit etwa sagen, dass Sie mit Mike noch nicht Schluss gemacht haben?« Jackson sah verwirrt aus.

»Woher weißt du denn von Mike?«, fuhr sie ihn an.

Er hielt beschwichtigend die Hand hoch und trat einen Schritt zurück. »Ich war bereits ein paar Monate lang Ihr Bodyguard, ehe Sie nach Vegas gekommen sind«, erinnerte er sie. »Und ich hätte meinen Job verfehlt, wenn ich nichts von dem Jungen wüsste, mit dem Sie in Kalifornien zusammen waren. Irgendwie hat er nicht so recht zu Ihnen gepasst, deshalb nahm ich an, dass die Sache längst beendet wäre.«

»Hatte ich ja auch vor.« Peyton betrachtete ihre Nägel, als seien sie das Faszinierndste auf dem Planeten. »Hab's einfach noch nicht geschafft.«

»Es gibt keinen besseren Zeitpunkt als jetzt«, sagte Jackson mit einem Grinsen.

»Was geht dich das überhaupt an?«, fuhr sie auf. »Hast du nichts Besseres zu tun, als dich um mein Liebesleben zu kümmern?«

»Um genau zu sein, geht die größte Gefahr für Frauen von den Männern aus, die sie daten, deshalb kümmert mich Ihr Liebesleben sogar enorm viel«, sagte Jackson. Leider hatte Peyton das Gefühl, dass er nur halb scherzte.

Sie warf einen Blick auf die Uhr. Mike würde jeden Moment eintreffen. »Dann entschuldige mich jetzt bitte, ich muss mal eben mit jemand Schluss machen.« Sie versuchte, lässig zu klingen, aber innerlich kochte sie. Was sollte dieses Spielchen? Zuerst wollte er nicht mit ihr befreundet sein, dann hätte sie schwören können, dass es zwischen ihnen funkte, und jetzt verhielt er sich wie ein nerviger großer

Bruder. Wenn er sich doch nur mal entscheiden könnte, wie ihre Beziehung aussehen sollte – wenn er überhaupt eine wollte!

»Bitte nach Ihnen«, sagte Jackson und wies den Korridor entlang.

Peyton schnaubte und marschierte auf den Fahrstuhl zu – wo Jackson natürlich dann doch direkt neben ihr wartete und dann zusammen mit ihr eintrat. Sie drückte auf den Knopf für die Lobby und schwieg, nachdem die Tür sich geschlossen hatte.

»Nervös wegen dem dicken Ende?«, fragte er.

Peyton musste sich wirklich zusammenreißen, um ihm nicht eine zu scheuern. Was bei einem in Selbstverteidigung geübten Bodyguard sicher nicht viel bewirkt hätte.

»Nope«, erwiderte sie knapp und hielt den Blick starr auf die Tür gerichtet. Wenigstens schien Jackson das Gespräch nicht fortsetzen zu wollen. Peyton hatte schließlich schon genug an der Frage zu knabbern, was sie eigentlich zu Mike sagen sollte. Sie hasste es, mit einem Jungen Schluss zu machen, aber es gehörte nun mal zu den notwendigen Übeln des Lebens.

Kaum war sie aus dem Aufzug getreten, tauchte Mike auch schon in der Lobby auf. Sein rundes Gesicht zeigte einen fast ebenso ehrfurchtsvollen, erstaunten Ausdruck wie Savannahs, als sie das Hotel zum ersten Mal betreten hatte: als wäre er bei Alice im Wunderland oder an einem anderen magischen Ort gestrandet.

Als er sie erblickte, winkte sie und setzte ein Lächeln auf, von dem sie hoffte, dass es überzeugend aussah. Jackson blieb weit zurück; niemand wäre auf die Idee gekommen, dass sich die beiden kannten.

»Ist das wirklich wahr?«, fragte Mike, nachdem er sie begrüßt hatte.

»Vegas?«, fragte Peyton. »Ja, es *ist* wahr. Die Stadt unterscheidet sich ein klitzekleines bisschen von Fairfield, aber –«

»Das hab ich nicht gemeint«, fiel er ihr ins Wort. »Aber egal, ich hab dich vermisst.« Seine Stimme wurde sanft, und sie wusste, dass er es wirklich so meinte. Peyton wünschte, ihm das Gleiche antworten zu können.

»Danke«, sagte sie stattdessen nur, und sein Blick wirkte verletzt. Sie schob die Hände in die Gesäßtaschen ihrer Shorts und wusste nicht recht, wie sie fortfahren sollte.

Das Geklimper der Spielautomaten hätte die niedliche Hintergrundmusik für ein perfektes Wiedersehen sein können. Aber jetzt war es, als würden die Automaten sie auslachen und verspotten. Als ob sie wüssten, was kommen würde, genauso wie sie wussten, dass die Touris, die an ihnen ihr Glück versuchten, mit großer Wahrscheinlichkeit verlieren würden. Das Klirren der Münzen, das Klackern der Spielmarken, das Klingeln der Automaten dröhnte in ihrem Kopf, bis sie das Gefühl hatte, er würde zerspringen.

Sie brauchte was zu trinken.

»Komm, setzen wir uns«, sagte sie und deutete auf die Lobbybar.

Er versteifte sich, als ahnte er Böses. »Klar«, sagte er tapfer. »Klingt gut.«

Die Kellnerin kam lächelnd auf sie zu. »Guten Morgen«, grüßte sie. »Was darf's denn sein?«

»Für mich eine Mimosa – mit wenig Orangensaft«, sagte Peyton.

»Kann ich bitte deinen Ausweis sehen?«, fragte die Kellnerin argwöhnisch.

Peyton gab ihr den gefälschten Ausweis, den sie sich vor ein paar Monaten besorgt hatte – mit ihrem Bild, aber einem anderen Namen –, lehnte sich zurück und versuchte, cool zu wirken.

Die Kellnerin musterte ihn etwas länger als gewöhnlich, bevor sie ihn ihr mit streng zusammengepressten Lippen wieder hinhielt. »Du kannst stattdessen einen Softdrink bestellen, oder ich nehme den Ausweis zum Scannen mit nach hinten und muss es dann melden, wenn sich herausstellt, dass er gefälscht ist. Wie du willst.«

Peytons Kehle schnürte sich zusammen, als sie den Ausweis entgegennahm und ihn in die Tasche zurückschob. An der Tanke daheim hatte er immer funktioniert, aber die Tanken daheim scannten auch nie. Sie musste sich wohl oder übel einen besseren Fake besorgen. Jetzt blieb ihr erst mal nichts anderes übrig, als sich einen O-Saft zu bestellen. So viel zum Thema alkoholischer Support beim Schlussmachen.

»Was möchtest du?«, fragte sie Mike. »Geht auf meine Rechnung.«

»Hmmm …« Er wirkte unsicher. »Sprite wäre gut.«

Die Kellnerin entfernte sich, und Peyton wusste, dass jetzt die Fragen kamen.

»Wohnst du etwa *hier?*«, fragte er und sah sich etwas verstört um. Sein Blick blieb an der Skulptur in der Mitte der Bar hängen – das vergoldete Mädchen, aus deren Händen und Kopf Äste wuchsen, die bis zur Decke reichten. Dann sah er wieder Peyton an und wartete auf ihre Antwort.

»Ja.«

»Im Ernst?«

»Yep.« Peyton wartete, bis die Kellnerin die Getränke vor sie hingestellt hatte, nahm einen großen Schluck und sah dann wieder zu Mike.

Er wirkte, als würde er vor Anspannung gleich explodieren, schaffte es aber trotzdem, ganz ruhig zu fragen: »Ist alles okay?«

Der Einstieg war immer das Schlimmste am Schlussmachen. Es gab nur einen Weg: Gefühle abstellen und loslegen. Wie wenn man ein Pflaster abreißt. »Wir können uns nicht mehr sehen«, platzte sie heraus.

Er erstarrte und sah sie mit weit aufgerissenen Augen an. »Warum nicht?«

»Ich will keine Fernbeziehung«, erklärte sie. »Tut mir leid.«

»Das meinst du nicht ernst.« Er beugte sich vor und schüttelte den Kopf. »Du hast wahrscheinlich nur ein wenig Angst davor und bei den ganzen Veränderungen in deinem Leben kann ich das auch verstehen, aber wir kriegen das hin. Versprochen.«

»Doch, ich meine es ernst.« Ihre Stimme war hart.

Er schwieg, was für Peyton schlimmer war als alles, was er hätte sagen können. »Hast du einen anderen?«, fragte er schließlich mit bebender Stimme.

Peyton senkte den Blick und fummelte an den Fransen ihrer Jeansshorts herum.

»Das heißt dann wohl ja.«

»Mein Leben hat sich total verändert«, setzte sie zu einer Erklärung an. »Und es hätte sowieso nicht zwischen uns funktioniert.«

»Es hätte funktionieren können. Wenn du es gewollt hättest.«

»Ich *wollte* aber nicht.« Das klang gemein, aber sie musste ihm klarmachen, dass es definitiv zu Ende war.

Er stieß langsam den Atem aus. »Ich hätte es mir von Anfang an denken können«, sagte er. »Aber ich bin ja so blöd und hab geglaubt, dass du dich bei mir ändern würdest.«

»Du bist nicht blöd«, sagte Peyton leise. »Es ist nur so, dass mit einem Mal alles über den Haufen geworfen wurde. Wenn ich nicht hierhergezogen wäre, dann …«

»Was dann?«, fragte er und erhob ärgerlich seine Stimme. »Dann wären wir noch zusammen oder was? Scheiß drauf, Peyton. Wenn du mit mir hättest zusammenbleiben wollen, hätten wir einen Weg gefunden, egal wo es uns hinverschlägt.«

»Du hast recht«, gab sie zu. »Tut mir leid.«

»Hör auf, dich zu entschuldigen.« Er seufzte und sah zur Decke empor. »Ich wünschte nur, du hättest es mir eher gesagt. Dann hätte ich mir den weiten Flug sparen können. Du hast mir ja nicht mal mitgeteilt, wo du bist – ich musste deine Großmutter fragen! Und hör bloß mit dem Mist auf, dass du kein Netz hättest. Das nehm ich dir nicht ab.«

»Okay, okay«, erwiderte sie gereizt. »Aber du hättest eben warten sollen, bis ich mich bei dir melde, ehe du herfliegst.«

»Und du hättest mich wissen lassen sollen, dass du Schluss machen willst, *bevor* du dir einen anderen suchst!« Er schrie jetzt fast und die Leute an den umliegenden Tischen starrten herüber. »Besser, ich gehe jetzt«, sagte er wieder in normaler Lautstärke. »Ist meine eigene Schuld. Von dir konnte ich nichts anderes erwarten. Wie bescheuert von mir zu glauben, du würdest dich freuen, mich zu sehen, nachdem dich dein Leben in Vegas so vereinnahmt, dass du nicht mal mehr Zeit hast, dich an mich zu erinnern.«

»So war es nicht.« Wie lahm diese Worte in ihren eigenen Ohren klangen.

»Ach nein?«, sagte er zweifelnd. »Wie war es denn dann?«

Sie senkte den Blick, denn sie wusste, dass er recht hatte. »Ich möchte dir wenigstens den Rückflug bezahlen«, bot sie an. Es war ihr zwar nicht recht, ausgerechnet Adrians Geld in Anspruch zu nehmen, aber das hier war definitiv ein Notfall.

»Ich will dein Geld nicht.« Er klang angewidert. »Falls es überhaupt *dein* Geld ist. Willst du jetzt am Ende etwa noch die Wohltätige spielen oder was?«

»Red keinen Scheiß«, sagte Peyton und biss die Zähne zusammen. »Wenn du an meiner Stelle wärst, würdest du auch wollen, dass ich dein Angebot annehme.«

»Ich *bin* aber nicht an deiner Stelle, oder? Und selbst wenn, dann hätte ich dich bestimmt nicht mit einem dieser reichen Schnösel hier betrogen.«

»Ach, halt einfach die Klappe und fahr heim«, sagte Peyton.

Kopfschüttelnd warf er ihr einen letzten Blick zu, dann marschierte er hinaus. Bei dem Schmerz in seinen Augen wurde Peyton ganz elend. Genauso musste sie damals ausgesehen haben, als sie rausgefunden hatte, dass Vince sie betrog.

Und nun hatte sie Mike das Gleiche angetan. Das hatte er nicht verdient – keiner verdiente so was. Aber jetzt konnte sie es nicht mehr rückgängig machen. Sie hatte geglaubt, wenn sie sich eine dicke Haut zulegen und diejenige sein würde, die Schluss machte, ehe es zu ernst wurde, dann wäre sie für immer immun gegen das schmerzliche Gefühl, verlassen zu werden. Und klar, es war ihr seither nicht mehr so schlecht gegangen wie damals nach der Sache mit Vince, aber richtig glücklich war sie auch nie gewesen.

Vielleicht war dieser Neustart in Vegas die Gelegenheit, ein paar Veränderungen in ihrem Leben vorzunehmen.

Aber erst mal saß sie allein in der Lobbybar vor dem halb ausgetrunkenen O-Saft und Mikes leerem Sprite-Glas. Die Kellnerin räumte das Glas ab und Peyton bat um die Rechnung. Sie prostete der Mädchen-Baum-Skulptur zu und nahm einen Schluck von ihrem Saft. Dann entdeckte sie Jackson am anderen Ende des Raumes, der sie mit seinen braunen Augen eindringlich fixierte. Als ob er herüberkommen und mit ihr reden wolle.

Einen Augenblick lang starrte sie zurück, dann winkte sie ihn zu sich. Er rührte sich nicht, und sie dachte schon, er würde dort stehen bleiben und bescheuerterweise so tun, als sehe er sie gar nicht. Doch dann hatte sie den Eindruck, dass er heftig mit sich kämpfte, und tatsächlich – im nächsten Moment kam er langsam auf sie zu.

»Schätze, Sie haben es geschafft, die Sache auf den Punkt zu bringen?«, fragte er, als er bei ihrem Barhocker ankam.

»Wenn du mir Gesellschaft leisten willst, bitte«, antwortete Peyton und wies auf den Platz neben ihr, wo eben noch

Mike gesessen hatte. »Aber steh bloß nicht so ungemütlich rum.«

Jackson sah sich nervös um, als könne er Ärger kriegen, wenn er mit der Tochter seines Arbeitgebers an der Bar saß. Schließlich nahm er doch Platz und bestellte bei der Kellnerin ein Mountain Dew. Wahrscheinlich durfte er während der Arbeit keinen Alkohol trinken – falls er überhaupt trank. Er kam Peyton eher wie ein Typ mit krassen Prinzipien vor.

»Mit Mike ist also Schluss?«, vergewisserte sich Jackson noch mal. Es musste ihn ja wirklich brennend interessieren. Peyton hatte keine Ahnung, warum, aber sie wollte mit jemandem reden, und wenn Jackson schon mal da war und die Story hören wollte … Warum also nicht?

Sie gab die Unterhaltung mit Mike in allen Einzelheiten wieder. »Klingt wahrscheinlich so, als hätte ich ernsthafte Bindungsprobleme«, sagte sie am Ende und brachte ein kleines Lachen zustande, obwohl sie die Sache nicht wirklich komisch fand.

»Das würde ich nicht sagen«, meinte Jackson.

»Und was *würdest* du denn sagen?«

»Klingt eher nach einem siebzehnjährigen Mädchen, das herauszufinden versucht, was es wirklich will. Beziehungen von Siebzehnjährigen dauern meist nicht lange, Peyton. Es ist ganz normal, dass Sie die Sache mit Mike beenden wollten, vor allem da Sie vor Ihrem Umzug ja auch noch nicht lange mit ihm zusammen waren.«

»Hört sich schon viel weniger nach herzloser Zicke an.«

Jackson verzog das Gesicht. »Hat Mike das gesagt?«

»Nicht direkt … aber angedeutet.«

»Als Sie noch jünger waren, sind Sie tief verletzt worden«, fuhr Jackson fort. »Das ist schlimm, aber Sie werden darüber hinwegkommen.«

Peyton ballte die Hände zu Fäusten und nahm einen weiteren Schluck, um sich zu beruhigen. »Woher weißt du denn jetzt auch noch von Vince?«, fragte sie. Sie redete nie über Vince – bis auf gestern Abend im Club mit Oliver. Hatte Jackson etwa gelauscht? Er sollte zwar auf sie aufpassen, okay, aber dazu gehörte ja wohl kein privater Lauschangriff!

»Ich habe Ihre Akte gelesen«, sagte er. *Ihre Akte?* Es gab eine *Akte* über sie? Bei diesem Gedanken wurde Peyton noch wütender und erst recht, wenn sie daran dachte, dass jemand sie einfach so *las*. Aber ehe sie etwas sagen konnte, redete er bereits weiter. »Ich musste Ihre Akte lesen, bevor ich den Job als Ihren Bodyguard übernahm. Ich muss so viel wie möglich über Sie wissen, um effektiv auf Sie aufpassen zu können.«

»Das geht ziemlich weit.« Sie verschränkte die Arme vor der Brust. »Was für Sachen stehen in der Akte?«

Jackson räusperte sich und wirkte schuldbewusst, es überhaupt erwähnt zu haben. »Ganz normale Sachen«, sagte er. »Nichts, was wirklich intim wäre. Es handelt sich um einen Überblick über Ihren Tagesablauf, Ihre Persönlichkeit, wie man Sie einzuschätzen hat und über vergangene Ereignisse, die wichtig waren in Ihrem Leben. Es hilft uns dabei, zu verstehen, *wen* wir eigentlich beschützen. Dabei müssen Sie immer bedenken, dass das alles nur Ihrer Sicherheit dient. Alles, was Ihr Vater getan hat, hat er getan, weil er den Gedanken nicht erträgt, dass Ihnen und Ihren Schwestern seinetwegen etwas zustoßen könnte.«

»Zumindest behauptet er das.« Peyton verdrehte die Augen. »Hab ich die Chance, selbst einen Blick in meine Akte zu werfen?«

»Sorry, das geht nicht.« Er schüttelte den Kopf. »Ich hätte Ihnen eigentlich nicht mal davon erzählen dürfen.«

»Dachte ich mir schon«, sagte Peyton. »Aber fragen kann man ja mal.« Allerdings würde sie nicht vergessen, dass es diese Akte gab. Und sie würde dranbleiben. Vielleicht ergab sich ja mal die Möglichkeit, sie aufzuspüren und zu lesen, und die würde sie sich nicht entgehen lassen. Vorerst jedoch blieb Jackson wohl hart, also musste sie die Taktik ändern. »Wie bist du eigentlich Bodyguard geworden?«, fragte sie. »Das hab ich zwar schon mal gefragt, aber sorry, du bist eben noch ziemlich jung dafür.«

»Ich mache schon seit meinem sechsten Lebensjahr Kampfsport«, erzählte Jackson stolz. »Mit sechzehn war ich einer der Landesbesten, habe überregionale Auszeichnungen gewonnen und an internationalen Wettbewerben teilgenommen. Ich hätte Profi werden können, aber ich wollte meine Fähigkeiten einsetzen, um anderen zu helfen. Lange Rede, kurzer Sinn: Deshalb bin ich hier.«

»Wenn mir also jemand was antun will, könntest du ihn mit ein paar Karateschlägen umbringen?« Peyton ahmte einen Karateschlag nach.

»So in der Art«, sagte er grinsend. »Aber hoffen wir mal, dass Sie in eine solche Situation nie kommen werden.«

»Und du bist aus Vegas?«

»Nein«, sagte Jackson. »Aus Omaha in Nebraska.«

Peyton nahm gerade einen Schluck und prustete los, als sie

das hörte, sodass ihr der Saft in die Nase geriet. »Du bist echt in Nebraska aufgewachsen?«, fragte sie, nachdem sie zu husten aufgehört hatte. Das lag mitten im Nirgendwo und war genau der Ort, über den sie und ihre Schwestern immer Witze gerissen hatten, dass er schlimmer sei als Fairfield.

»Geboren und aufgewachsen.«

»Auf einer Farm?«

»Nur zu Ihrer Information, Omaha ist eine richtige Großstadt. Mit Hochhäusern und so.«

»Du hast also in der Stadt gelebt?«

»Zugegeben, meine Eltern hatten ein Stück Land«, sagte er verlegen. »Und wir mögen vielleicht auch ein paar Herden gehabt haben, aber *so* weit entfernt von der Stadt waren wir auch wieder nicht.«

»Da kommt die Wahrheit ans Licht«, zog Peyton ihn auf.

»Erzählen Sie es bloß nicht weiter.« Er lehnte sich zurück und wirkte so relaxed, wie Peyton ihn bisher noch nie erlebt hatte. »Ich habe keine Lust drauf, dass Sie meinen Ruf ruinieren.«

Sie unterhielten sich noch weiter, bis sie ausgetrunken hatten und Jackson wieder auf seinen Posten musste. Peyton machte sich zum Apartment auf, um sich einen Film anzusehen – wozu sie ihn einlud, aber natürlich lehnte er wie erwartet ab. Immerhin, nach der Katastrophe mit Mike war es irgendwie nett gewesen, mit Jackson zu reden, als seien sie befreundet. Zum ersten Mal seit ihrer Ankunft in Las Vegas fühlte sie sich völlig entspannt.

Jetzt war ihre einzige Sorge die große Eröffnungsfeier des Hotels, genauer gesagt die damit einhergehende Begegnung mit Oliver. Dummerweise war sie auf seine Wette eingegangen und hatte Courtney nicht erzählt, was zwischen ihnen gelaufen war. Aber sie würde gewinnen. Sie kannte ihre Schwester. Courtney würde sich nie für Oliver interessieren.

Sie konnte es kaum erwarten, es ihm zu beweisen.

24

Madison

Madison erwachte am Donnerstagmorgen mit dröhnenden Kopfschmerzen. Ihr Mund war trocken und sie konnte den Alkohol vom Vorabend noch schmecken. Ihr Magen drehte sich, als sie daran dachte, wie viel sie getrunken hatte. Ihr Körper fühlte sich wie Wackelpudding an, und sie wollte erst aufstehen, wenn sie sich besser fühlte.

Ich trinke nie wieder was, beschloss sie und drehte sich auf die andere Seite.

Dabei stieß ihr Arm an etwas – *jemanden* – und plötzlich prasselten die Erinnerungen an gestern Nacht auf sie ein. Damien – wie sie ihn vor allen Leuten im *Luxe* geküsst hatte – seine leidenschaftliche Erwiderung des Kusses – und wie ihr das sogar gefallen hatte. Der entsetzte Ausdruck auf Savannah Diamonds Gesicht – und dann hatte Madison beobachtet, wie Nick mit Savannah, die aus dem Club rennen wollte, redete – und schlimmer noch: *echtes Interesse* an dem zeigte, was sie sagte, bis er schließlich mit ihr zusammen rausging. Jetzt hasste sie Savannah erst recht.

Danach hatte sie mit Damien weitergetrunken … und der restliche Abend war verschwommen. Sie wusste nur, dass sie später mit ihm ein Hotelzimmer genommen hatte, offenbar im *Gates*, denn sie erkannte den Einrichtungsstil von den Partys wieder, die Oliver letztes Jahr geschmissen hatte.

In was hatte sie sich da bloß hineinmanövriert? Ihre Brust zog sich zusammen, und alles um sie herum drehte sich, als würden die Wände gleich auf sie niederstürzen. Sie schloss die Augen, als ob das die Ereignisse des gestrigen Abends auslöschen würde. Am liebsten hätte sie sich von hier weggebeamt und Damien nie wiedergesehen.

Zu allem Übel würden ihre Eltern sie *umbringen*, weil sie gestern Nacht nicht nach Hause gekommen war.

Was wohl zwischen ihr und Damien passiert war, nachdem sie im Hotelzimmer gelandet waren? Wenn sie tatsächlich ihr erstes Mal mit ihm gehabt hatte, würde sie das noch wissen – oder? Sie würde es doch spüren? Sie hatte gehört, dass das erste Mal immer ein wenig wehtat, aber sie fühlte keinen Schmerz. Außerdem würde Damien doch wohl Wert darauf legen, dass sie bei einer solchen Entscheidung nüchtern war. Abgesehen davon, dass sie sowieso nie mit Damien schlafen würde.

Trotzdem machte sie sich Sorgen.

Sie öffnete die Augen wieder und betrachtete Damiens schlafendes Gesicht. Sein dunkles Haar klebte an seiner Stirn – so würde er sich nie in der Öffentlichkeit zeigen, aber er sah glücklich aus. Weitere Erinnerungen an ihre Küsse tauchten auf – er küsste *wirklich* gut – und ein Hitzeschwall durchströmte ihren Körper. Absolut lächerlich. Sie hatte doch keine Gefühle für Damien Sanders!

Aber so oder so würde es nach dieser Knutscherei unmöglich sein, einfach so weiterzumachen wie vorher.

Das war genau der Grund, warum sie sich immer davor gehütet hatte, betrunken zu werden. Sie musste die Situation wieder unter Kontrolle bekommen – sofort. Aber zuerst musste sie sich die Zähne putzen. Wenn sie den Alkoholgeschmack nicht gleich loswurde, würde sie kotzen.

Sie glitt aus dem riesigen Bett, wankte ins Badezimmer und schloss leise die Tür hinter sich. Ihr erster Blick fiel auf den Spiegel – zum Glück sah sie noch ganz passabel aus. Sie trug zwar ihr Kleid nicht mehr, aber immerhin die schwarze Spitzenunterwäsche von Le Mystère, die sie vor ein paar Wochen gekauft hatte. Sie legte die Hände auf die Hüften und posierte sexy lächelnd wie ein Dessousmodel, als sei der Spiegel eine Kamera, die gleich ein Bild von ihr schießen würde. Ihr Make-up war etwas verschmiert, hatte die Nacht aber einigermaßen gut überstanden. Sie tupfte sich mit einem feuchten Tuch die Mascaraflecken unter den Augen weg, fuhr sich mit den Fingern durchs Haar und lächelte ihr Spiegelbild erneut an. Perfekt.

Nicht, dass es ihr was bedeutete, wie sie für Damien aussah. Aber es war einfach immer beruhigend, so gut wie möglich auszusehen.

Sie hatte weder Zahnbürste noch Zahnpasta, aber das Mundwasser neben dem Waschbecken würde es wohl vorerst auch tun. Sie gurgelte und war froh, dass es stark genug war, um den schalen Geschmack nach Schlaf und Alkohol wegzuspülen.

Als sie ins Zimmer zurückging, war Damien zu ihrer Überraschung wach. Er hatte das Kinn in die Hand gestützt und lächelte träge.

»Wow«, sagte er und ließ den Blick über ihren Körper gleiten.

Was Madison erneut in Panik versetzte. Wenn sie wirklich mit Damien Sex gehabt hatte, war alles zu spät. Schließlich konnte man seine Jungfräulichkeit nur einmal verlieren. Ihr drehte sich der Magen um bei dem Gedanken, dass genau das in der Nacht passiert sein könnte und dass sie sich – *falls* es passiert war – nicht einmal daran erinnerte.

Sie musste die Wahrheit herausfinden, diese ganzen Vermutungen machten sie noch verrückt.

Obwohl Damien sie schon oft im Bikini gesehen hatte, was ja nicht so viel anders war, kam sie sich in der Unterwäsche halb nackt vor. Sie schnappte sich ihr Kleid vom Sessel und zog es rasch an. Trotzdem wünschte sie, es wären Jogginghosen und ein T-Shirt, und sie hätte sich wieder schlafen legen können.

Sie setzte sich ans Fußende des Bettes, sah Damien an und holte tief Luft. Jetzt oder nie. »Was ist gestern Abend passiert?«, fragte sie.

Seine Augen verdüsterten sich. »Du weißt es nicht mehr?«

Überrascht stellte Madison fest, dass er betroffen klang. Aber Damiens Gefühle spielten jetzt keine Rolle – hier ging es um *ihre Jungfräulichkeit!* »Natürlich weiß ich es nicht mehr«, fuhr sie ihn an. »Glaubst du etwa, ich wäre jetzt hier, wenn ich nicht total betrunken gewesen wäre?«

Er sah aus, als hätte er eine Ohrfeige bekommen. Jetzt wünschte Madison, nicht ganz so schroff gewesen zu sein. Egal, welche blöde Entscheidung sie auch getroffen hatte, Damien war immerhin ihr Freund.

Nun ja, vielleicht – das hing ganz davon ab, wie er ihre Frage beantwortete.

»Du hast mich geküsst«, sagte er langsam, richtete sich auf und lehnte sich ans Kopfende. »Im Club.«

»Das weiß ich noch«, sagte sie. »Und dann haben wir weitergetrunken. Ab da wird der Abend dann verschwommen.«

»Verschwommen?« Er grinste. »Klingt ja ganz nach einem Blackout.«

Sie warf ein Kissen nach ihm, aber er fing es ohne Zögern auf. »Es war wohl auch einer«, gab sie zu. »Würdest du mir also bitte erzählen, wie wir hier gelandet sind?«

Sein Grinsen verschwand. »Am Ende des Abends hast du Schiss gehabt, dass deine Eltern dich so betrunken sehen könnten. Du könntest unmöglich so zu Hause aufschlagen, hast du gesagt. Kein Wunder, du konntest kaum noch alleine gehen, da hättest du niemals verheimlichen können, dass du getrunken hast, und ich weiß ja, dass dein Vater immer aufwacht, wenn du heimkommst, und dir noch Gute Nacht sagt –«

»Komm endlich zum Punkt«, fiel ihm Madison ins Wort, auch wenn einige Erinnerungsfetzen zurückkehrten. Zum Beispiel daran, wie sie richtig eng vor allen Leuten im Club mit Damien getanzt hatte. Aber das erklärte noch nicht die Tatsache, dass sie heute Morgen im selben Bett aufgewacht waren.

»Es war deine Idee.« Er fuhr sich durch die zerzausten Haare und klang allmählich aufgebracht. »Du hast deinen Eltern getextet, dass du bei Larissa schlafen würdest, aber die war schon längst gegangen, also gab es diese Option nicht mehr. Und dann wolltest du, dass ich bei dir bleibe, damit du nicht allein bist. Außerdem würden deine Eltern die Abbuchung für ein Hotelzimmer auf deiner Kreditkarte bemerken, meine aber nicht.« Er schwieg eine Weile, dann fuhr er fort: »Hör mal, Mads, ich weiß nicht, was du glaubst, was hier passiert sein könnte, aber ich würde dich niemals etwas tun lassen, wozu du eigentlich noch nicht bereit bist. Ich dachte, so gut würdest du mich kennen. Du ... bedeutest mir schließlich was, Mads. Viel sogar.«

Sein gequälter Ausdruck überzeugte sie: Trotz seines Rufes würde er sie nie ausnutzen. Außerdem erinnerte sie sich jetzt wieder daran, dass sie, sobald sie das Zimmer erreicht hatten, ins Bett gefallen war und nichts mehr mitbekommen hatte.

Und sie erinnerte sich auch noch vage, wie sie beim Einschlafen ihre Finger mit Damiens verschränkt hatte, aber dieses Bild wischte sie lieber beiseite. Was man im Schlaf tat, zählte sowieso nicht richtig.

»Ich weiß«, sagte sie leise. »Es tut mir leid.«

»Mir nicht.« Seine dunklen Augen glühten eindringlich.

Madison hatte keine Ahnung, was sie erwidern sollte. Denn als sie Damien anfangs geküsst hatte, war sie nicht so betrunken gewesen, dass sie nicht gewusst hätte, was sie tat. Sie *hatte* gewusst, dass er falsche Schlüsse ziehen würde, aber sie hatte es trotzdem getan. Hatte sie beweisen wollen, dass sie ihn Savannah ausspannen konnte? Oder war es aus Wut auf Brett und Oliver geschehen, weil sie an Courtney interessiert waren, und weil Oliver mit Peyton geschlafen hatte?

Diese Mädchen zerstörten ihr Leben und dafür hasste sie alle drei.

»Hör zu, Damien«, fing sie an. »Ich hätte dich nie küssen sollen. Aber zu diesem Zeitpunkt hatte ich schon ziemlich viel getrunken und ich konnte nicht mehr klar denken. Ich hab's getan, weil … Ach, ich weiß auch nicht, warum. Aber es war ein Fehler. Es tut mir leid.« Die Entschuldigung klang absolut lahm, aber sie konnte ihm schlecht die Wahrheit sagen, und etwas Besseres fiel ihr auf die Schnelle nicht ein. Es war schrecklich, dass sie es so weit hatte kommen lassen.

»Ein Fehler?« Damien erhob ärgerlich seine Stimme. »Dann versuch, das mal Savannah Diamond klarzumachen. Du hast das Mädel *aus Versehen* am Boden zerstört?«

»Was hat denn Savannah damit zu tun?«, fuhr Madison ihn an. »Glaubst du etwa, sie war so sehr in dich verknallt, dass sie jetzt *am Boden zerstört* ist, weil sie uns zusammen gesehen hat? Jetzt hör aber auf. Du magst sie ja nicht mal.«

»Das hab ich nie behauptet«, entgegnete er. »Savannah ist süß. Ganz anders als die meisten Schlampen hier. Ich habe die Sache mit ihr ernster genommen, als du denkst.«

»Du warst also tatsächlich an ihr interessiert?« Madison konnte es nicht glauben.

»Meine Empfindungen für Savannah sind nichts im Vergleich zu meinen Empfindungen für dich.«

»Und was genau empfindest du für mich?«

»Du bist eines der umwerfendsten Mädchen, die ich kenne«, sagte er mit aufrichtigem Blick. »Nein, halt – du *bist* das umwerfendste Mädchen, das ich kenne. Und zwar nicht nur weil du heiß bist – was du definitiv bist –, sondern weil du auch klug und geistreich und witzig bist und weil du handelst, wenn du etwas wirklich willst. Egal welche Hürden sich vor dir auftürmen, du sitzt nie einfach nur da und jammerst. Du überlegst, wie du sie am besten nehmen könntest, und dann legst du los. Du wirst es nach Stanford schaffen, du wirst Medizin studieren und was Großes aus deinem Leben machen. Ich weiß, dass du mich nicht wirklich ernst nimmst, aber wenn du bereit bist, mir eine Chance zu geben, verspreche ich dir, dass ich dich nicht enttäuschen werde.«

Madison lehnte sich überrascht zurück. Das hatte sie nicht erwartet. Das war irgendwie … süß. Echt süß.

Vielleicht würde sie das von Brett ablenken.

Aber der Gedanke an Brett erinnerte Madison wieder daran, warum sie sich nie so richtig zu Damien hingezogen fühlte. Brett hatte Ziele, auch wenn sie irgendwie total versponnen und künstlerisch waren und in keiner Weise mit ihren übereinstimmten. Aber er ging straight forward, und ihm war die Schule so wichtig, dass er freiwillig Nachhilfe nahm, um mit dem Goodman-Stoff klarzukommen. Das beeindruckte Madison. Damien dagegen hatte keine Ahnung, was er mit seinem Leben anstellen sollte – er war sich noch nicht mal sicher, an welchem College er sich bewerben wollte, dabei begann im Herbst ja schon das Abschlussjahr, und die meisten Bewerbungen mussten bis Dezember raus sein. Für Madison stand fest, dass sie sich frühzeitig für Stanford bewerben würde – und dass ihre Bewerbung erfolgreich sein würde.

Okay, *ganz* genau wusste sie das natürlich nicht, aber es gab keinen Grund, warum Stanford sie *nicht* annehmen sollte.

Damien hatte recht, sie würde etwas aus ihrem Leben machen. Das Problem war, dass sie das von ihm nicht behaupten konnte, und er hatte etwas Besseres verdient als jemanden, der nicht zu hundert Prozent an ihn glaubte.

»Jetzt bist eigentlich du dran«, unterbrach Damien ihre Überlegungen.

»Stimmt.« Madison musste sich wieder aufs Hier und Jetzt konzentrieren. Was ihr nicht leichtfiel, angesichts Damiens hoffnungsvollem Blick. »Das hast du schön gesagt, Damien. Echt süß. Aber du bist mein Freund. Und zwar ein großartiger Freund – einer meiner besten –, aber mehr läuft da nicht zwischen uns. Und mehr wird da auch nie laufen. Tut mir leid.«

Seine Augen blitzten verletzt auf. »Als du mich gestern Abend geküsst hast, hast du das definitiv nicht gedacht.«

»Das Problem war, dass ich *gar nicht* gedacht habe«, erwiderte Madison. »Ich hatte viel zu viel getrunken.«

»*Viel zu viel getrunken.*« Er stieß einen kurzen Lacher aus, der klarmachte, dass er die Situation alles andere als witzig fand. »Du weißt doch – im Alkohol liegt die Wahrheit.«

»Das ist doch nur so eine Redewendung. Was heißt das schon?« Madison nahm ihre Handtasche vom Stuhl. »Die Leute begehen alle möglichen blöden Fehler, wenn sie betrunken sind. Das solltest *du* doch am besten wissen.«

Er schnappte mit gespielter Empörung nach Luft. »Willst du etwa andeuten, dass ich zu viel trinke?«

»Andeuten?« Sie zog eine Augenbraue hoch. »Wohl eher auf das Offensichtliche hinweisen.«

»Okay, nachdem du mir jetzt so liebevoll klargemacht hast, wie viel ich trinke, kann ich dir als Experte auch verraten, dass du keineswegs betrunken warst, als du zu mir in den

Pavillon kamst – nur beschwipst. Erst *nachdem* wir uns geküsst haben, hast du dich volllaufen lassen. Du hast also genau gewusst, was du tust. Glaubst du denn im Ernst, ich hätte mich sonst von dir küssen lassen?«

»Ja, das glaube ich. Du hättest dich in jedem Fall von mir küssen lassen«, behauptete Madison.

»Ach wirklich?« Er legte den Kopf schräg und grinste spöttisch.

»Du hast aus deinen Gefühlen für mich ja nie ein Geheimnis gemacht.«

»Das Gleiche könnte ich über dich sagen.« Sein lässiger Ton ärgerte Madison. »Du hältst dich nicht gerade zurück, wenn wir flirten.«

»Aber du weißt, dass das nie *ernst gemeint* ist«, sagte sie verärgert. Damiens »Logik« machte sie noch verrückt.

»Na schön«, sagte er. »Du hast recht.«

»Dann können wir also weitermachen wie bisher?«, fragte sie hoffnungsvoll. Vielleicht war das ja doch möglich? Wenn er jetzt Ja sagte, konnte sie gehen und so tun, als habe es den gestrigen Abend – und den heutigen Morgen – nie gegeben.

Er blickte sie unverwandt an. »Das habe ich nicht gesagt.«

Der Boden unter Madisons Füßen wankte. »Wie meinst du das?«

»Ich meine, dass es manchmal eben nicht so läuft, wie du dir das vorstellst.« Sein Ton war jetzt wütend. »Ich kann nicht einfach ›weitermachen wie bisher‹, weil das, was passiert ist, nun mal *passiert* ist. Ich kann die Erinnerung daran nicht auslöschen. Und Savannah auch nicht, auch wenn ich wünschte, sie könnte es.«

»Es war deine Entscheidung, meinen Kuss zu erwidern, obwohl du gewusst hast, dass sie es mitbekommen wird«, betonte Madison. »Abgesehen davon wissen wir doch beide, dass Savannah Diamond immer die zweite Wahl für dich sein wird. Behaupte jetzt bloß nicht, du würdest sie nicht augenblicklich fallen lassen, wenn ich mit dir zusammen sein wollte.«

Er starrte sie an, mit hartem Blick und voller Wut. »Du kannst manchmal ein richtiges Miststück sein, weißt du das?«

Madison beschloss, dass diese Bemerkung keiner Antwort würdig war, und rauschte, ohne sich noch mal umzudrehen, aus der Tür. Mit lautem Knall schlug sie sie hinter sich zu. Er mochte ja vielleicht recht haben, aber so gemein hätte er ihr das wirklich nicht unter die Nase zu reiben brauchen.

www.campusbuzz.com

Goodman-Highschool › Las Vegas › Nevada

Die große *Diamond*-Eröffnungsfeier
Gepostet Donnerstag, 08.07., 12:59

Wir alle wissen, was am Wochenende abgeht – die große Eröffnungsfeier des *Diamond Hotels.* Und während die Provinzler immer noch glauben, dass ihre Abschlussfeier oder ihr Schulball das größte Event des Jahres wäre, wissen wir in Vegas längst, dass es nichts Großartigeres gibt als eine Hoteleröffnungsfeier. Der Champagner fließt in Strömen, leckere Häppchen, wohin man blickt, und im Casino gewinnt jeder ein *bisschen* mehr als an normalen Abenden, denn natürlich sind die Spieltische und -automaten manipuliert worden, damit nichts das Glücksgefühl trübt und die Leute glauben, dass sie hier in Vegas das ganz große Los ziehen.

Insider wissen natürlich, was das Beste an einer großen Eröffnungsfeier ist: das exklusive Dinner vorher und die Afterparty in der vollen VIP-Lounge im Club. Nicht, dass Hinz und Kunz zu dem Dinner eingeladen wären, aber wenn ihr bereit seid, einen gewissen Betrag zu zahlen (oder eure Centurio-Karte als Türöffner dabeihabt), könnt ihr versuchen, reinzukommen und dann mit uns in der VIP-Lounge Party zu machen. Nicht, dass ihr deshalb dazugehören würdet, aber wenigstens seid ihr dabei.

Doch jetzt zur wichtigsten Frage – wer kommt mit *wem?* Wir alle ahnen ja bereits, wer die wenigen Glücklichen der Schule

sind, die eine Einladung bekommen haben (die mit Eins plus natürlich), also postet eure Einschätzungen hier :)
Viel Spaß und bleibt sauber! (In jeder Beziehung).
Wir sehen uns. Oder zumindest die, auf die's ankommt!

1: Gepostet Donnerstag, 08.07., 13:29
was ist denn 'ne centurio-karte???

2: Gepostet Donnerstag, 08.07., 13:40
Eine schwarze American Express, auch bekannt unter dem Namen Blamex. *Du* hast so was eindeutig nicht.

3: Gepostet Donnerstag, 08.07., 14:07
ich würde glatt einen mord begehen, um mit damien sanders dort aufzutauchen. aber der kommt wahrscheinlich mit savannah diamond. die beiden scheinen neuerdings ja VIEL zeit miteinander zu verbringen.

4: Gepostet Donnerstag, 08.07., 14:12
Offensichtlich warst du gestern Abend nicht im *Luxe*, als Damien vor Savannahs Augen mit Madison Lockhart rumgeknutscht hat. Vielleicht kommen ja Damien und Madison zusammen. Courtney wird sich wahrscheinlich in eine Ecke verkrümeln, die scheint nicht so viel Wert auf Gesellschaft zu legen. Und Savannah – wer weiß? Sie ist ja ganz besessen von Damien, vielleicht kommt sie also trotzdem mit ihm, egal was passiert ist. Oder vielleicht kommen sie ja auch alle drei zusammen …

5: Gepostet Donnerstag, 08.07., 16:54
savannah und madison gleichzeitig? das glaub ich SOFORT!

6: Gepostet Donnerstag, 08.07., 21:08
Ich wette, Oliver kommt mit Larissa. Die beiden wären doch ein hübsches Paar. WARUM sind sie's nicht schon längst??

7: Gepostet Freitag, 09.07., 04:37
weil larissa eine schlampe ist und oliver gar keinen Grund hat, was ernstes draus zu machen, weil sie ja sowieso mit ihm schläft, wann immer er will. was übrigens auch der grund ist, warum er alle diamond-sisters vögeln wird. plus madison.

8: Gepostet Freitag, 09.07., 14:45
Apropos Diamond, hat jemand DAS HIER schon gesehen?
www.youtube.com/savannahdiamond
Ein Video von ihr, wie sie in der Karaokebar vom *Imperial Palace* singt. Was in DEM Saftladen ja eigentlich nur lächerlich wäre, aber sie ist ECHT gut …

25

Savannah

Nach dem *Imperial Palace* hatten sich Nicks und Savannahs Wege getrennt – allerdings nicht ohne die Vereinbarung, sich am Freitagmorgen zum Brunch im *Zabu* zu treffen, dem Poolrestaurant im *Diamond Hotel*. Sie hatten einen süßen Zweiertisch mit bequemen Korbstühlen, die mit Blick aufs Wasser an dem schmiedeeisernen Geländer standen. Ein riesiger Sonnenschirm schützte sie vor dem heißen, gleißenden Wüstenlicht. Savannah entschied sich für Pfannkuchen, die einfach köstlich waren, während Nick wohl nicht so der Frühstückstyp war – er bestellte sich gleich einen Burger mit Fritten, und das um kurz nach zehn Uhr vormittags.

»Ich hab ziemlich Schiss davor, im Herbst auf der Goodman anzufangen«, gestand Savannah Nick, während sie ihr Frühstück genoss.

»Ja, ein Schulwechsel kann ganz schön hart sein, vor allem wenn man in die Neunte kommt«, sagte Nick. »Aber du bist doch ziemlich aufgeschlossen, da wirst du bestimmt keine Probleme haben. Und ich werde dich allen meinen Freunden vorstellen.«

»Das wäre nett.« Savannah lächelte. »Zuerst habe ich mir ja auch hauptsächlich Sorgen darüber gemacht, dass ich mit dem Stoff hinterher sein könnte, weil ich doch von einer staatlichen Schule komme. Aber nach dem, was im *Luxe* passiert ist, dürfte wohl klar sein, dass mich Madison nicht ausstehen kann. Ich habe keine Ahnung, was ich ihr getan hab, und ich will natürlich nicht, dass sie ihren Freundinnen einredet, mich links liegen zu lassen, ehe sie mich überhaupt kennen. Wie's aussieht, gehört sie zu den beliebten Leuten, auf die alle hören.«

»Madison ist tatsächlich ziemlich beliebt«, bestätigte Nick. »Aber im Großen und Ganzen haben die Leute auch ein bisschen Angst vor ihr. Sie ist selbstbewusst und klug, und ich glaube, irgendwie hat jeder Bammel davor, was wohl passiert, wenn man bei ihr in Ungnade fällt.«

»So wie ich.« Savannah spießte ein Stück Pfannkuchen auf, das schon ganz matschig war, weil sie es in Sirup ertränkt hatte.

»Kopf hoch«, sagte Nick. »Madison und ich verstehen uns auch nicht gerade super, du bist also nicht allein. Aber da ich schon von Anfang an auf der Goodman war, habe ich dort eine tolle Clique. Wenn ich denen erst mal erzählt habe, wie umwerfend du bist, wollen sie bestimmt alle mit dir befreundet sein.«

»Warum triffst du dich eigentlich mit mir, wo du doch so viele andere Freunde hast?«, fragte Savannah. »Also, ich freu mich natürlich, aber warum gerade ich?«

»Ich schätze, deine Schule in Kalifornien war ziemlich groß?«

»Meine Stufe umfasste ungefähr 450 Schüler.«

»Also *riesig*«, sagte er. »An der Goodman hat jede Stufe

ungefähr 75 Schüler. Und wenn da jemand Neues dazukommt, wie du und deine Schwestern, dann ist das einfach eine Sensation. Und wir freuen uns eigentlich immer, neue Leute kennenzulernen, also zumindest meine Freunde und ich.«

»Ich würde echt gerne ein paar von deinen Leuten treffen«, sagte sie. »Es ist viel leichter, die Neue zu sein, wenn man schon ein paar Bekanntschaften geschlossen hat.«

»Wenn du Lust hast, kannst du ja auch mal mit mir auf eine unserer Privatpartys kommen, statt jeden Abend in einem Club abzuhängen«, schlug er vor.

»Es gehen also gar nicht alle von der Goodman in Clubs?«

»Nein.« Nick lachte. »Nur die Elite-Leute – wie Damien, Oliver, Madison und ihre Freunde –, aber die meisten an der Goodman sind ziemlich normal.«

»Was heißt denn für dich ›normal‹?«, fragte Savannah. »Ich meine, sie gehen ja trotzdem auf eine Privatschule, was völlig anders ist, als ich es gewohnt bin.«

»Guter Punkt«, befand er. »Stell mir doch einfach ein paar Fragen, und ich sage dir, was normal ist.«

»Okay.« Savannah überlegte sich die erste Frage. »Wo wohnen denn die meisten?«

»Nicht auf dem Strip«, sagte Nick. »Die meisten wohnen in geschlossenen Wohnanlagen in der Nähe. Der St.-Andrews-Countryclub, der Woodfield-Countryklub und die Long Lake Estates sind die beliebtesten Wohngegenden.«

»Halt mal.« Savannah ließ fast ihre Gabel fallen. »Die Leute wohnen in Countryclubs? Und das nennst du *normal*?«

»Verglichen mit einem Penthouse-Apartment auf dem

Strip schon.« Nick zuckte die Schultern. »Es ist zwar nicht weit weg, sodass wir trotzdem auf den Strip kommen, wenn was los ist, aber nicht jeder hat einen gefälschten Ausweis oder Eltern, die ein Hotel besitzen, nicht jeder hat genug Geld, um die Türsteher zu bestechen. Deshalb schmeißen wir eigentlich lieber unsere eigenen Partys.«

»Damien meinte, dass er und seine Freunde alle gefälschte Ausweise haben«, sagte Savannah.

»Yep.« Er nickte. »Und zwar solche, die sogar den Scantest überstehen. Oliver kennt einen Typ, der sie anfertigt. Er hat alle damit ausgestattet. Als ich mit Madison zusammen war, hat sie mir und meinen Freunden auch welche besorgt. Damit sind wir ins *Myst* und ins *Luxe* gekommen. Die Clubs sind zwar ganz cool, aber Privatpartys mag ich trotzdem lieber.«

Irgendwie war Savannah die Erwähnung seiner Beziehung zu Madison unangenehm. Sie versuchte, an eine normale Situation in Fairfield zu denken, um die nächste Frage zu stellen. »Nehmen alle den Schulbus?«

»Gibt es hier nicht«, sagte er. »Wir werden von unseren Eltern oder Geschwistern oder Nachbarn zur Schule gebracht, bis wir alt genug sind, um selbst zu fahren.«

»Ihr habt also alle Autos?«

»Fast jeder bekommt eines zu seinem sechzehnten Geburtstag«, sagte Nick.

»Ich werde im Dezember sechzehn, da weiß ich also schon, was ich mir wünschen kann.« Savannah seufzte und stützte das Kinn in ihre Hand. Vor ein paar Tagen, als sie noch von einer »neuen Savannah« geträumt hatte, war sie so euphorisch gewesen, aber nach der Sache mit Damien und Madison fragte sie sich, ob sie vielleicht immer eine Außenseiterin bleiben würde. »Dein *normal* klingt total anders als das, wo ich herkomme«, sagte sie. »Bestimmt werde ich absolut fehl am Platz sein.«

»Keine Sorge«, beruhigte Nick sie. »Du bist Adrian Diamonds Tochter, damit gehörst du ganz automatisch zur Elite. Lass dich nicht von Madison einschüchtern. Ich schätze, dass sie sich von dir und deinen Schwestern bedroht fühlt und sich deshalb so verhält.«

»Madison kommt mir nicht wirklich so vor, als ob sie sich jemals von irgendwem bedroht fühlen könnte«, sagte Savannah zweifelnd.

»Na ja, ich bin immerhin ein paar Monate mit ihr gegangen«, sagte er und schnappte sich seine letzte Fritte. »Sie kommt vielleicht wahnsinnig selbstsicher rüber, aber sie ist auch nicht perfekter als alle anderen. Aber genug von Madison. Ich versprech dir, dass alle scharf drauf sein werden, dich kennenzulernen.«

»Glaubst du wirklich?«

»Ich weiß es.«

Die Kellnerin legte ihnen die Rechnung hin, und Savannah griff nach ihrer Handtasche, um ihre Kreditkarte hervorzuholen.

»Das geht auf mich«, sagte Nick, zog das Rechnungsbuch zu sich und legte seine Kreditkarte hinein.

»Bist du sicher?«, fragte Savannah. »Wir können auch halbe-halbe machen. Adrian finanziert meine Karte und er hat nichts dagegen.«

»Ebenso wie mein Vater«, sagte Nick. »Glaub mir, das geht in Ordnung. Ich lade dich ein.«

»Danke.« Savannah ließ die Tasche wieder sinken. Ob er dieses Treffen wohl als Date ansah? Sie war gern mit ihm zusammen, aber das kribbelnde, nervöse Gefühl, das sie bei Damien gehabt hatte, dessen leiseste Berührung sie erschauern ließ, fehlte. Bei Nick fühlte sie sich so wohl wie bei guten Freunden.

Die Kellnerin kam an den Tisch zurück und hielt Nick die Karte vor die Nase. »Die Karte wurde abgelehnt«, sagte sie und klang arrogant und gelangweilt. »Hast du noch eine andere, die du benutzen kannst?«

Nick sah verwirrt aus. »Haben Sie es mehrmals versucht?«

»Yep.« Sie ließ ihren Blick über die Tische schweifen, als müsse sie dringend woandershin. »Zwei Mal. Und ich habe die Ziffern sogar per Hand eingegeben. Jedes Mal negativ.«

»Nehmen Sie meine.« Savannah streckte der Kellnerin ihre schwarze American Express hin, um Nick weitere Peinlichkeiten zu ersparen. »Ich bin sicher, die funktioniert.«

Der Kellnerin blieb der Mund offen stehen, als sie die Kreditkarte sah. Sie richtete sich auf und schlagartig änderte sich ihr ganzes Verhalten. »Natürlich, Ms Diamond.« Sie lächelte und wirkte mit einem Mal viel zuvorkommender. »Ich stelle es Ihrem Apartment in Rechnung. Ich hoffe, dass alles hier im *Zabu* zu Ihrer Zufriedenheit war, und entschuldige mich für die Unannehmlichkeit. Ich bin gleich zurück.« Sie eilte zur Küche und rannte dabei fast einen Hilfskellner um.

»Das tut mir leid.« Nick spielte mit einem Blütenblatt an

der Blumendeko zwischen ihnen. »Das ist mir noch nie passiert.«

»Mach dir keine Gedanken.« Savannah war verlegen, und da sie nicht neugierig nachhaken wollte, versuchte sie, das Thema zu wechseln. »Das Hotel ist Wahnsinn«, sagte sie mit Blick zum Pool und zu dem farbenprächtigen Garten drum herum. »Ich kann immer noch kaum glauben, dass ich jetzt hier wohne.«

»Es ist nett, ja«, stimmte er zu, aber das Gespräch wollte nicht mehr so richtig in Gang kommen. Zum Glück kam in diesem Moment die Kellnerin zurück und Savannah musste sich nicht länger um eine Fortsetzung bemühen.

»Nochmals Entschuldigung für das Missverständnis«, sagte die Kellnerin und stellte ein riesiges Stück Cheesecake mit zwei Gabeln auf den Tisch. »Das ist die berühmte Kreation von Chefkoch Bart, eine Aufmerksamkeit des Hauses. Der Kuchen ist zum besten Cheesecake von Vegas gekürt worden. Lassen Sie es sich schmecken! Und besuchen Sie uns bald wieder im *Zabu*.«

»Danke schön«, sagte Savannah erfreut. Sie hatte noch nie in einem Restaurant etwas umsonst bekommen. »Sieht ja lecker aus.«

Die Kellnerin schenkte ihnen ein strahlendes Lächeln und eilte weiter an einen anderen Tisch.

»Das war ja strange«, fand Savannah und nahm einen Bissen von dem Kuchen. Er war weich und cremig und zerschmolz ihr praktisch auf der Zunge. Da konnte jeder andere Cheesecake daheimbleiben! »Omeingott, der ist ja sagenhaft. Den *musst* du probieren.«

»Strange finde ich das eigentlich nicht. Seit du ihr deine Karte gegeben hast, weiß sie, wer du bist«, versuchte Nick eine Erklärung. »Oder besser gesagt, wer dein Vater ist. Und da will sie natürlich sichergehen, dass es dir hier gefällt.« Er nahm etwas von dem Käsekuchen und seine Augen glänzten. »Der ist ja *echt* gut«, pflichtete er ihr bei und nahm noch eine Gabel voll.

Dank des Cheesecakes normalisierte sich ihre Unterhaltung wieder und Savannah kam auch nicht mehr auf Nicks Kreditkartensache zurück. Trotzdem wunderte sie sich. Nick hatte erzählt, dass sein Vater Bauprojektentwickler in Vegas sei. Da war es doch komisch, dass es ein Problem mit seiner Karte gab.

»Übrigens, ich hab was für dich«, sagte Nick, nachdem sie den Kuchen verspeist hatten. Er zog etwas aus der Tasche und legte es mit theatralischer Geste auf den Tisch.

»Einen USB-Stick?« Savannah sah ihn verwirrt an. »Äh, danke.«

»Nicht der USB-Stick.« Nick lachte. »Den kannst du aber auch behalten. Was ich dir eigentlich schenke, ist das, was *drauf* ist. Eine Aufnahme von deinem Karaokeauftritt.«

»Das glaub ich nicht.« Sie schnappte sich den USB-Stick und drückte ihn fest an die Brust. »Du hast es aber keinem gezeigt, oder?«

»Nein«, sagte er. »Ganz ruhig bleiben. Ich dachte nur, dass du es gerne sehen würdest.«

»Danke.« Savannah war tatsächlich ziemlich neugierig darauf, wie sie gestern Abend wohl geklungen hatte. »Lass es uns doch gleich oben auf meinem Laptop ansehen.«

Nick war einverstanden, und in ihrem Zimmer angekommen, war Savannah überrascht, dass sie wie eine *richtige* Sängerin klang. Und wenn man von der Reaktion der Menge ausging, war sie wirklich gut angekommen. Vielleicht gab es für sie ja doch die Chance auf eine Karriere als Popsängerin. Heute Karaoke, morgen ein Plattenvertrag.

Okay, nicht dass sie wirklich daran glaubte, aber Träume waren ja erlaubt.

»Also, was ist, stellst du das jetzt auf YouTube?«, fragte Nick am Ende.

»Weiß nicht.« Savannah lehnte sich zurück und verschränkte die Finger. »Was, wenn es jemand schrecklich findet und dann gemeine Kommentare schreibt? Ich bin nicht sicher, ob ich damit klarkommen würde.«

»Hat das vielleicht so ausgesehen, als ob dich die Leute in der Bar schrecklich fanden?«

»Nein, eigentlich nicht«, gab sie zu.

»Du hast doch gesagt, dass du einen YouTube-Channel einrichten willst, sobald du ein Video von dir hast«, sagte er. »Jetzt *hast* du eines und noch dazu von einem Megaauftritt. Du hast die Wahl: Entweder du stellst nichts damit an und lässt es verstauben, oder du lädst es hoch und wartest einfach mal ab, was passiert. Du bist echt talentiert, deshalb hoffe ich natürlich, dass du dich für die zweite Variante entscheidest, aber es liegt ganz bei dir.«

Sie kannte die richtige Antwort, aber sie war sich nicht sicher, ob sie schon bereit dazu war. Andererseits, war das nicht genau das, was sie immer gewollt hatte? Wenn sie sich nicht traute, würde sie nie herausfinden, ob sie es schaffen konnte. Okay, vielleicht schaffte sie es auch nicht, wenn sie jetzt damit an die Öffentlichkeit ging, aber zumindest hätte sie dann ihre Chance genutzt. »Ich mach's«, willigte sie schließlich ein und konnte selbst nicht glauben, dass sie es tatsächlich durchzog.

Nick saß neben ihr, während sie sich bei YouTube anmeldete und das Video hochlud. Die einzigen Leute, die sie als Freunde angeben konnte, waren ihre Schwestern, Evie, ein paar Mädchen aus dem Volleyballteam, Brett, Nick, Nicks Bruder Ben und Bens Freunde, die sie in dem Karaokeschuppen kennengelernt hatte.

Nicht viele, aber immerhin ein Anfang.

»Wohnst du eigentlich auch in einer dieser geschlossenen Wohnanlagen, die du beim Brunch erwähnt hast?«, fragte Savannah während des Ladevorgangs. Vielleicht würde sie ja bereits ein paar Klicks finden, wenn sie ihren Account das nächste Mal checkte.

»Bis vor Kurzem schon«, sagte er und starrte aus dem hohen Fenster gegenüber ihrem Bett. »Meine Mutter und ich sind Anfang des Sommers ausgezogen, in eine Wohnung in der Nähe des Strips. Aber nur bis sie sich entschieden hat, wo sie auf Dauer wohnen will.«

»Ah ja.« Es war Savannah peinlich, dass sie das Thema angeschnitten hatte. Hörte sich ja so an, als hätten seine Eltern sich kürzlich getrennt. »Dann wohnst du also in der Nähe?«

»Findest du das gut?«, fragte Nick scherzhaft, lehnte sich auf dem Bett zurück und lächelte sie an. Es war unmöglich, nicht zurückzulächeln – Nick war einfach ein total herzlicher Typ.

»Na klar«, sagte sie. »Du bist der erste richtige Freund hier.«

»Du meinst im Gegensatz zu falschen Freunden?«

»Genau. Wie Madison.« Bei ihrem Namen zog Savannah die Nase kraus. »Aber mal was anderes«, wechselte sie das Thema, da sie für heute wirklich genug über Madison geredet hatten. »Ich hab immer noch keine Ahnung, was ich morgen Abend zu der großen Eröffnungsfeier anziehen soll. Bei so einem Event war ich nämlich noch nie.«

»Dein Leben steckt ja voller schwieriger Entscheidungen«, neckte er sie.

»Genau.« Savannah lachte. »Und ich habe keine Ahnung, wie ich mich entscheiden soll.«

»Ich bin sicher, du schaffst das«, sagte er. »Und wer auch immer mit dir hingeht, kann sich echt glücklich schätzen.«

»Ach ja, genau ...«, fing sie an, weil ihr erst jetzt wieder das unheilvolle »plus Begleitung« auf ihrer Einladung einfiel. »Ich hab noch gar keinen Partner. Möchtest du vielleicht mit mir hingehen? Ich verstehe natürlich, wenn du schon verabredet bist, und ich weiß, ich komme damit ziemlich spät ums Eck –«

»Aber sicher, gerne!«, sagte Nick, ehe sie weiterreden konnte. Savannah war heilfroh, dass er sie unterbrochen hatte – alles, was sie hätte sagen können, wäre wahrscheinlich völlig verworren aus ihr herausgesprudelt und sie hätte total dämlich geklungen.

»Cool, danke.«

»Danke? Ich sollte derjenige sein, der sich bei dir bedankt. Ich darf mit dem schönsten Mädchen zum wichtigsten Event der Stadt gehen.«

Savannah wurde rot. Eigentlich wollte sie ihn scherzhaft darauf hinweisen, dass sie bestimmt nicht das schönste Mädchen dort sein würde – das traf wohl eher auf Madison oder Courtney zu –, aber sie tat es dann doch nicht. Nick schien es durchaus ernst zu meinen.

In Nicks Gegenwart fiel es Savannah *fast* leicht, Damien zu vergessen. Er war zwar nicht so atemberaubend heiß wie Damien, sondern hatte eher etwas von einem Engel, wie ihr schon bei ihrem Zusammenstoß im Club aufgefallen war. Aber Savannah konnte nicht leugnen, dass sie ihn trotzdem irgendwie anziehend fand, wenn auch auf eine ganz andere Art. Außerdem war er *wirklich* nett, was man von Damien nicht sagen konnte. Und nette Jungs knutschten nicht vor deinen Augen mit einem anderen Mädchen rum, wenn sie sich für dich interessierten!

Nick sah auf die Uhr und ein erschrockener Ausdruck flog über sein Gesicht. »Oh, ich bin schon ziemlich spät dran für einen Termin«, sagte er. »Ich hab gar nicht bemerkt, wie viel Uhr es schon ist. Ich muss leider los. Wann soll ich morgen Abend hier sein, um dich abzuholen?«

Savannah dachte an die Einladung. »Am besten um sechs. Das Dinner beginnt um halb acht, aber mein Vater gibt davor einen Empfang am Pool.«

»Klingt perfekt«, sagte er. »Bis dann also.«

Sie begleitete ihn zur Tür und im selben Moment kam Courtney aus ihrem Zimmer, noch immer im Schlafanzug. Nanu, war sie etwa gerade erst aufgewacht? Savannah sah auf ihre Uhr – es war halb zwölf. Courtney schlief nie länger als bis neun und selbst das war spät für sie.

»Hi«, sagte Nick, als er Courtney sah. »Ich bin Nick. Einer von Savannahs Freunden.«

»Courtney«, stellte sie sich vor. Sie wirkte verblüfft. »Eine von Savannahs Schwestern.«

»Ich würde ja gerne bleiben, aber ich hab eine Verabredung«, entschuldigte er sich. »Bestimmt sehen wir uns später noch.«

»Bis dann.« Courtney winkte und Nick verließ die Wohnung. Die Tür fiel ins Schloss und Courtney sah Savannah ernsthaft besorgt an. »Hat er hier übernachtet?«

»Nein!« Savannah musste darüber lachen, wie panisch ihre Schwester sein konnte. Sie berichtete Courtney kurz, was sich bis zu Nicks Abgang eben ereignet hatte. »Du siehst also«, schloss sie, »Nick ist total nett, und ich verspreche dir, dass nichts passiert ist, was dir nicht gefallen würde.«

»Warte nur, was Peyton dazu sagt«, meinte Courtney.

»Auf keinen Fall geh ich da rein«, sagte Savannah und deutete auf Peytons Zimmertür. Peyton hatte sich eingeschlossen und sich seit gestern Morgen geweigert, herauszukommen. »Du weißt doch, dass sie gerade ihren Koller hat. Ich hab's gestern versucht, nachdem du zu diesem Dingsbums-Dinner gegangen bist, und sie hat mich nur angeknurrt. Ich musste allein shoppen gehen und Evie die Bilder von den Kleidern posten, um ihre Meinung zu hören. Echt doof.«

Courtney holte tief Luft und brüllte: »Savannah hat einen Jungen im Zimmer gehabt!«, und zwar so laut, dass es wahrscheinlich auch noch die Leute am anderen Ende des Gebäudes hören konnten.

»Halt den Mund!«, rief Savannah lachend. Was war plötzlich mit Courtney los? Savannah hatte sie noch nie so … ausgelassen erlebt.

Prompt riss Peyton die Tür auf und kam herausgestolpert. Sie trug nichts außer einem riesigen T-Shirt und sah aus, als hätte sie tagelang nicht geduscht. »Damien hat doch nicht etwa hier geschlafen, oder?«

»Nicht Damien und auch sonst niemand«, sagte Savannah und berichtete Peyton, was sie bereits Courtney erzählt hatte. Es gab nur eine Möglichkeit, mit Peyton klarzukommen: Man musste ihre Launen einfach ignorieren. Irgendwann spuckte sie dann schon aus, warum sie so sauer war, aber wenn man sie drängte, verschloss sie sich nur noch mehr.

»Wow«, sagte Peyton, als Savannah fertig war. »Was für ein Abend für dich.«

»Allerdings«, pflichtete ihr Savannah bei.

»Und was ist mit dir?«, wollte Peyton von Courtney wissen. »Wie ist es denn mit Oliver bei diesem Dinner gelaufen?«

»Ganz okay.« Courtney zuckte die Schultern.

Peytons Ausdruck wurde strenger. »Du willst doch nicht etwa was von ihm, oder?«

»Neiiin!« Courtney schüttelte so heftig den Kopf, dass ihr Haar über ihre Schultern flog. »Er hat sich heillos betrunken. Und dann hat er versucht, mich auf dem Heimweg im Auto zu küssen, und das war so … *igitt.*« Sie schauderte. »Ich hab ihn weggestoßen. Aber wenigstens hat er sich entschuldigt, und als ich gesagt habe, dass ich nichts von ihm will, hat er mich auch wirklich in Ruhe gelassen. Morgen Abend gehen wir zusammen auf die große Eröffnungsfeier – bloß als

Freunde, wohlgemerkt –, weil das unseren Eltern anscheinend gefallen würde, aber er weiß jetzt auf jeden Fall, dass da sonst nichts läuft.«

»Du scheinst dann aber doch noch ziemlich lange mit ihm zusammen gewesen zu sein?«, fragte Savannah. »Ich hab noch nie erlebt, dass du *so* lange schläfst.«

»Ich bin gleich nach dem Dinner hierhergekommen«, sagte Courtney schnell. »Und ich war auch schon früh wach heute Morgen, aber ich hab gelesen und hatte keine Lust, mich anzuziehen.«

»Dann hast du Oliver also abserviert?« Peyton sah zufrieden aus.

»Ja«, sagte Courtney. »Ich glaube, das hat seine Gefühle ziemlich verletzt, was mir ja auch leidtut, aber er ist eben nicht mein Typ, und schließlich hat er das ja auch eingesehen.«

Peyton lächelte. »Ich wusste, dass das zwischen euch nichts werden würde.«

»Habt ihr eigentlich Lust, mit zum Pool zu kommen?«, fragte Savannah unvermittelt. »Nick und ich sind beim Brunch direkt danebengesessen, und es ist echt der umwerfendste Pool, den ich je gesehen habe. Das müsst ihr erleben. Außerdem habe ich keine Lust, den ganzen restlichen Tag im Apartment abzuhängen.«

Beide willigten ein. Gerade als sie alle in ihre Zimmer zurückgingen, um sich umzuziehen, rief Peyton: »Ach übrigens, ich hab mit Mike Schluss gemacht! Ihr werdet überrascht sein, wie das gelaufen ist.«

Wie es schien, hatten sie eine Menge Gesprächsstoff am Pool.

* * *

Am Morgen der großen Eröffnungsfeier schaute Rebecca im Apartment vorbei und bat sie alle, sich im Wohnzimmer zu versammeln.

»Guten Morgen, Mädels«, begrüßte sie die Schwestern, als alle Platz genommen hatten.

»Hi«, sagte Savannah. Warum wollte Rebecca denn mit ihnen reden? Und dann auch noch auf so eine förmliche Art. Als Rebecca auf und ab zu gehen begann, vermutete Savannah endgültig eine ernste Sache hinter dem Besuch.

Endlich hielt Rebecca inne und setzte sich ihnen gegenüber. »Wie habt ihr euch denn bisher eingelebt?« Sie spielte nervös an ihrer Perlenkette herum, merkte dann wohl, was sie tat, und ließ die Arme wieder sinken.

»Gut«, sagte Savannah, und Courtney pflichtete ihr bei. Peyton blieb stumm.

»Es ist schon ziemlich ungewohnt, dass unsere Mutter nicht da ist«, setzte Courtney hinzu. Sie blickte auf ihren Schoß und knetete ihre Finger. »Aber wir kommen klar.«

»Das freut mich«, sagte Rebecca. »Und ich hoffe, ihr wisst, dass ich immer für euch da bin, falls ihr was auf dem Herzen habt.«

»Danke.« Savannah wusste zwar, dass sie lieber mit ihren Schwestern redete, wenn es drauf ankam, aber es freute sie, dass Rebecca ihr Angebot von neulich noch einmal bekräftigte.

»Wie ihr wisst, ist heute ein wichtiger Tag«, sagte Rebecca und kam nun wohl auf das eigentliche Thema zu sprechen.

»Euer Vater ist äußerst beschäftigt mit den Vorbereitungen für die große Eröffnungsfeier und hat mich gebeten, euch aufzusuchen, um über ein paar Dinge zu reden, die ihr heute Abend beachten sollt.«

»Was denn für *Dinge?*«, fragte Peyton skeptisch.

»Es geht eigentlich nur um die grundsätzliche Art eurer Antworten, wenn euch die Leute Fragen stellen«, erklärte Rebecca. »Euer Vater hat stets darauf geachtet, die Situation eurer Mutter vor der Öffentlichkeit zu verbergen, daher möchte er natürlich auch nicht, dass ihr mit den Gästen darüber redet. Stattdessen würde er es vorziehen, wenn ihr euch an seine Version haltet: dass ihr drei euch überlegt habt, nach Vegas zu ziehen, um ihn besser kennenzulernen.«

»Warum sollten wir für ihn lügen?«, fragte Peyton.

»Es ist nur zum Vorteil für eure Mutter, wenn sie aus der Entzugsklinik kommt«, sagte Rebecca, »damit die Presse sie nicht verfolgt und ihrer Genesung im Weg steht. Ich bitte euch nicht, es für Adrian zu tun. Ich bitte euch, es für sie zu tun.«

Peyton lehnte sich zurück und schlug die Beine übereinander, und Savannah wusste, dass sie damit ihr Okay ausdrückte. Mehr Zustimmung konnte Rebecca von Peyton nicht erwarten.

»Es wäre ihm auch lieb, wenn ihr Fairfield nicht direkt erwähnen würdet«, fuhr Rebecca fort. »Sagt am besten einfach nur, dass ihr im Umkreis von San Francisco aufgewachsen seid. Was ebenfalls nur dazu dient, euer bisheriges Leben so privat wie möglich zu halten.«

Da hatte Rebecca wirklich recht, fand Savannah. Wenn

auch nur einer von Adrians Gästen Fairfield googeln würde, würde es nicht lange dauern, ehe er feststellte, wie sehr sich dieser Ort von Vegas und dem *Diamond Hotel* unterschied.

Rebecca ging noch ein paar andere Dinge durch – die sich größtenteils darum drehten, dass sie so wenig wie möglich über ihre Vergangenheit reden sollten. Am besten beschränkten sie ihre Unterhaltungen auf belanglosen Small Talk über das Hotel und auf Fragen, was den Gästen bisher besonders daran gefallen hatte. Und falls der eine oder andere zu aufdringlich werden sollte, würde Rebecca ihnen gleich zu Hilfe eilen.

»Und noch etwas, ehe ich losgehe, um mich umzuziehen: Ich möchte gerne noch eure Garderobe für heute Abend besprechen.«

»Warum?« Peyton lachte. »War Adrian etwa nicht glücklich über mein Outfit beim Essen im *Gates?*«

»Das war er tatsächlich nicht, nein.« Rebecca wich Peytons Blick nicht aus und wirkte überraschend bestimmt. »Mr Prescott selbst hat sich ausführlich darüber ausgelassen, wie unpassend er deine Garderobe fand.«

»Ich hab nichts davon mitbekommen«, sagte Peyton.

»Er hat es Adrian und mir ganz privat gesagt.« Rebecca rutschte auf ihrem Platz herum. »Niemand will euch vorschreiben, was ihr anzieht, Peyton, aber wir wollen Mr Prescott auch keinen Anlass geben, seinen Deal mit Adrian noch mal zu überdenken. Ich bin sicher, dass wir in deinem Schrank etwas Angemessenes finden, was auch deinem Geschmack entspricht.«

»Wenn du meinst.« Peyton gähnte gelangweilt.

Savannah dagegen, die ja schon beim letzten Mal gerne Rebeccas Hilfe angenommen hätte, war dankbar für das Angebot. Beide einigten sich auf ein geblümtes Minikleid von D&G in Lila, Türkis, Weiß und Schwarz. Die schwarzen Spaghettiträger verliehen ihm einen sexy Touch, ohne dass der Ausschnitt zu tief gewesen wäre. Zusammen mit ihren schwarzen Jimmy Choos war es einfach perfekt für diese Veranstaltung.

Savannah hatte für ihr Styling viel mehr Zeit eingeplant, als sie schließlich benötigte. Während sie wartete, bis es endlich losging, meldete sie sich per FaceTime bei Evie.

Evies Gesicht erschien auf dem Bildschirm. Sie hatte ihre rotblonden Haare geglättet und ihre Sommersprossen abgepudert. Sie machte sich wohl ebenfalls gerade zum Ausgehen fertig. »Was für eine Überraschung! Du hast mal Zeit für mich?!«, rief sie lächelnd. »Bin gerade auf dem Sprung zu einer Party, aber es ist nicht tragisch, wenn ich ein paar Minuten zu spät komme.«

»Sehr gut«, sagte Savannah. »Ich brauch nämlich dringend einen Rat, und du bist die Einzige, die ich fragen kann.«

»Na dann, schieß los«, erwiderte Evie, und ihre hellbraunen Augen funkelten erwartungsvoll.

Also packte Savannah von Damien bis Nick alles aus.

»Ich weiß, dass ich keinen Gedanken mehr an Damien verschwenden sollte, weil er so ein Arsch war, aber irgendwie mag ich ihn immer noch, ich kann einfach nicht anders«, sagte sie zum Schluss. »Ich denke die ganze Zeit an ihn. Was soll ich nur machen?«

»Das ist doch sonnenklar.« Evie grinste.

»Für dich vielleicht.«

»Okay«, begann Evie, als habe sie so eine Art Masterplan. »Du musst mit Nick flirten und darauf achten, dass Damien es sieht. Wenn Damien jemals auch nur im Geringsten an dir interessiert war, wird er eifersüchtig und kämpft um dich. Und dann solltest du ihn hinhalten – mal ignorieren, mal mit ihm flirten. Warte auf jeden Fall darauf, dass *er* den ersten Schritt zu einer Aussprache macht. *Du* gehst auf keinen Fall auf ihn zu, sonst denkt er, dass er mit dir anstellen kann, was er will.«

»Und was ist mit Nick?«, fragte Savannah.

»Was soll mit ihm sein? Mit dem läuft doch anscheinend alles bestens«, sagte Evie. »Außerdem musst du dich doch nicht sofort für einen von beiden entscheiden.«

»Wie meinst du das?«, fragte Savannah. »Natürlich muss ich mich entscheiden.«

Evie schüttelte den Kopf. »Hattest du denn mit einem von ihnen schon ein richtiges Date?«

»Nein ...« Savannah fragte sich, auf was Evie hinauswollte.

»Na, dann ist auch keine Entscheidung nötig, zumindest noch nicht«, sagte Evie aufmunternd. »Vertrau mir. Keiner von beiden ist dein Boyfriend. Wenn der Plan funktioniert und Damien anbeißt, kannst du mit beiden flirten, bis du weißt, wen du wirklich willst.«

»Wenn *du* das sagst, klingt es so einfach«, seufzte Savannah.

»*Ist* es auch!«, rief Evie. »Aber jetzt muss ich mich wirklich fertig machen, sonst komm ich ernsthaft zu spät. Halt mich auf dem Laufenden, okay?«

»Mach ich«, versprach Savannah, auch wenn sie irgendwie bezweifelte, dass *dieser* Plan wirklich funktionierte.

* * *

Der Empfang am Pool verlief reibungslos. Nick war die ganze Zeit an ihrer Seite, während sich ihr alle möglichen Erwachsenen – Freunde von Adrian – vorstellten. Savannah kam sich wie ein strahlender Star vor, so gut klappte die Konversation. Sie hielt sich an Rebeccas Anweisungen und tat so, als hätten sie im vornehmen Teil Nordkaliforniens gelebt, ehe sie und ihre Schwestern beschlossen hatten, ein Jahr lang bei Adrian in Vegas zu wohnen, um ihren Vater besser kennenzulernen. Sie zog eine makellose Show ab. Unglaublich, wie viel sich innerhalb einer Woche geändert hatte.

Was sich jedoch nicht geändert hatte, war Adrians Distanziertheit ihnen gegenüber. Savannah erinnerte sich an Courtneys Andeutung – dass er etwas vor ihnen verbarg und aus diesem Grund den näheren Kontakt zu ihnen vermied. Aber Savannah zog es vor, an die Version zu glauben, dass er einfach keine Zeit hatte. Wenn die große Eröffnungsfeier erst vorbei war, würde er sich ihnen widmen. Ganz bestimmt!

Sie versuchte jedoch, nicht zu viel darüber nachzudenken, schließlich wollte sie die Party genießen. Als sie Nick ihren Schwestern vorstellte – diesmal länger als dreißig Sekunden –, merkte sie, dass sie ihn auf Anhieb mochten. Aber ihr fiel auch auf, dass Nick jedes Mal angespannt wirkte, wenn ihn jemand von den Gästen nach seinem Vater fragte. Irgendwas lief da in Nicks Familie schief, aber natürlich wollte sie ihn nicht in aller Öffentlichkeit löchern. Vielleicht würde er ja später mal mit ihr darüber reden wollen. Sie mochte Nick und wollte ihn so gut wie möglich unterstützen, wenn ihn etwas bedrückte.

Ihre eigene Familie war ja schließlich auch nicht gerade perfekt.

Beim Essen saßen Courtney und Oliver nebeneinander. Courtney beantwortete seine Fragen höflich, wenn auch kurz, während sie selbst ihm keine stellte. Es war offensichtlich, dass er sie – wenn überhaupt – nur als Kumpel interessierte. Brett war mit einem Mädchen mit strähnigem braunen Haar und pickeliger Haut da, das Dawn hieß. Dawn ging auf die staatliche Palo-Verde-Highschool, und Rebecca schien nicht gerade begeistert, dass Brett sie zur Eröffnungsfeier mitgebracht hatte. Allerdings schien er viel mehr an Courtney als an Dawn interessiert zu sein, denn während des gesamten Dinners warf er ihr immer wieder Blicke zu – die Courtney erwiderte. Hatte ihre Schwester in Bezug auf ihre Gefühle für Brett etwa gelogen? Savannah mochte das nicht glauben, aber es sah doch ganz danach aus, dass die beiden sich mehr als nur mochten. Sie würde Courtney auf jeden Fall noch heute Abend dazu befragen, sobald sie nach Hause kamen.

Peyton war zu Savannahs Überraschung allein da. Peyton hatte doch sonst immer irgendeinen Typen an der Angel?! Außerdem trug sie ein Outfit, dem Rebecca am Morgen ganz sicher *nicht* zugestimmt hatte. Das Lederminikleid war definitiv nicht angemessen und sie hatte *viel* zu viel schwarzen Eyeliner aufgelegt. Passend für ein Rockkonzert, aber nicht für die Eröffnungsfeier des luxuriösesten Hotels in Vegas.

Adrian und Rebecca selbst nahmen an dem Dinner gar

nicht teil. Als Gastgeber kamen sie jedoch immer wieder vorbei und kümmerten sich darum, dass alles zur vollen Zufriedenheit der Gäste war, und Rebecca hielt ihr Versprechen und hatte ein Auge auf die Schwestern, um sicherzugehen, dass sie sich auch wirklich wohlfühlten. Um Mitternacht, wenn Adrian zur Eröffnung des Casinos das Band durchschneiden würde, wollten sie ja ihre Verlobung bekannt geben. Savannah sah dieser Ankündigung etwas nervös entgegen. Sie hatte zwar nichts dagegen, dass Rebecca ihre Stiefmutter wurde – sie schien ja sehr nett zu sein –, aber es ging alles ein bisschen zu schnell.

Nach dem Dinner strömten erst einmal alle zum *Myst*. Der Nightclub war brechend voll.

»Drinks?«, fragte Nick Savannah und deutete auf die Bar in der VIP-Lounge.

»Gern.« Um Nick nicht in Verlegenheit zu bringen, versuchte sie, ganz natürlich zu wirken, als sie die Bestellung über ihr Apartment abbuchen ließ. Savannah war ihr Leben lang arm gewesen. Wenn Nicks Familie Geldsorgen hatte, war sie die Letzte, die ihn deshalb schräg ansehen würde.

Sie saßen so dicht beieinander, dass ihre Stirn fast Nicks berührte, während sie über Savannahs neu eingerichteten YouTube-Channel redeten, der schon zweihundert Klicks und einige positive Kommentare geerntet hatte. Da tippte Savannah jemand auf die Schulter.

Sie sah sich um – und erblickte Damien, das Haar im perfekten Out-of-bed-Look, in nachtblauen Jeans, schwarzem T-Shirt und farblich passendem Blazer. Irgendwie gelang es Damien, verrucht-sexy auszusehen und trotzdem angemessen für die große Eröffnungsfeier des Hotels gekleidet zu sein.

Sie starrte ihn an und schluckte. Eigentlich sollte sie ihm sagen, er solle sich verpissen. Eigentlich sollte sie ihren Drink über seine perfekt gestylte Frisur kippen. Ihn wissen lassen, dass sie nichts mehr mit ihm und seinen blöden Spielchen zu tun haben wollte. Stattdessen saß sie da, rührte sich nicht und wartete, dass er etwas sagte.

»Kann ich mit dir reden?«, fragte er. »Allein?«

Savannah wusste die richtige Antwort – nein. Er hatte sie so lächerlich gemacht wie noch keiner zuvor. Aber allein die Tatsache, dass er ihr gegenüberstand, ließ ihr Herz rasen, und sie hatte das Gefühl, dass es ihr jeden Moment aus der Brust fliegen würde.

»Klar«, hörte sie sich zu ihrer Überraschung sagen. Nick erstarrte neben ihr. Was tat sie da eigentlich?

Andrerseits – hatte Evie nicht gesagt, dass es genauso ablaufen würde? Damien war auf sie zugekommen. Vielleicht war ihm klar geworden, was für einen Fehler er gemacht hatte, und er wollte sie um Verzeihung bitten. Wenn dem so war, wollte Savannah ihn zumindest anhören.

»Okay«, sagte Damien. »Auf dem Balkon vielleicht?«

Sie murmelte Nick zu, dass sie gleich wieder zurück sei, und folgte Damien hinaus. Der Balkon mit Blick auf das *Palazzo Hotel* direkt neben dem Diamond war relativ leer, weil es draußen noch unglaublich heiß war. Savannah erinnerte sich an ihren ersten Abend hier, der inzwischen eine Ewigkeit zurückzuliegen schien, als sie und Damien vom selben Platz aus das Feuerwerk angesehen hatten. Konnte das wirklich erst sechs Tage her sein? Er hatte dabei ihre Hand gehalten. Bei dem Gedanken daran spreizte sie unwillkürlich die rechte Hand, legte sie auf die Brüstung und wartete, was er zu sagen hatte.

»Ich bin froh, dass ich dich erwischt hab.« Er trat näher und war nur noch Zentimeter von ihr entfernt. Sein eindringlicher Blick ließ sie erzittern.

Sie rief sich die Szene vor Augen, wie er im *Luxe* mit Madison geknutscht hatte. Auch wenn sie bei seinem Anblick weiche Knie bekam – Damien war ein totales Arschloch. Ein absoluter Idiot. Mit einem überdimensionalen Ego. Warum war sie eigentlich mit ihm hier herausgekommen? Aber jetzt gab es kein Zurück mehr, sie musste einfach das Beste daraus machen.

Vielleicht würde er sich ja wirklich entschuldigen.

»Also, was gibt's?«, fragte sie und hoffte, dass er das Zittern in ihrer Stimme nicht bemerkte.

»Du hängst jetzt also mit Nick Gordon ab?«, fragte er anstelle einer Antwort.

Evies Plan funktionierte also *tatsächlich*, aber Savannah war nicht sicher, ob sie sich darüber freuen oder weiterhin sauer auf Damien sein sollte. Er hatte sie so bloßgestellt, dass sie weinend aus dem *Luxe* gelaufen war, und jetzt entschuldigte er sich nicht einmal? Ihre Gefühle waren ein einziger Wirrwarr.

»Ja, ich bin mit Nick hier«, erwiderte sie und tat ihr Bestes, um gelassen zu wirken. »Bist du mit ihm befreundet?«

»Er ist ganz okay«, sagte Damien. »Aber irgendwie nicht dein Typ.«

»Mein *Typ?*« Savannah war verblüfft, dass er tatsächlich die Nerven hatte, so was zu sagen. »Woher willst du denn wissen, wer mein Typ ist? Du kennst mich doch erst ein paar Tage.«

»Das sagt mir mein Instinkt«, erwiderte er schlicht.

»Und mein ›Instinkt‹ sagt mir, dass *dein* Typ Madison Lockhart ist.« Jetzt konnte Savannah nicht mehr an sich halten und ließ ihren Gefühlen freien Lauf. »Was willst du überhaupt hier draußen mit mir, wo sie doch dadrinnen ist?«

»Deswegen wollte ich mit dir reden«, sagte er leise. »Was du im *Luxe* gesehen hast … Das hatte nichts zu bedeuten. Madison war betrunken und hatte einfach beschlossen, mich zu küssen, weil sie schon seit einer Ewigkeit auf mich steht. Sie hat mich völlig überrumpelt. Als ich ihr endlich sagen konnte, dass ich mit dir da bin, war es zu spät – du warst schon rausgerannt. Es tut mir leid. Ich wünschte, du hättest das nicht mit ansehen müssen.«

Und Savannah wünschte, dass er die Wahrheit sagte. Er trat noch näher und legte seine Hand auf ihre. Wärme strömte durch ihren Arm. Wie einfach es doch wäre, ihm zu glauben und den Schmerz zu vergessen, den er ihr zugefügt hatte.

Stattdessen zog sie ihre Hand weg. Er hatte Madisons Kuss schließlich ausgiebig erwidert – sie hatte es genau gesehen – und es hatte ihm eindeutig Spaß gemacht. Sie weigerte sich zuzulassen, dass er mit ihren Gefühlen spielte.

»Wenn das stimmt, warum hast du mich dann nicht angerufen?«, fragte sie. »Oder mir eine SMS geschickt oder eine Facebook-Nachricht oder so? Du hast meine Nummer, und das liegt jetzt immerhin schon zwei Tage zurück.«

»Das hätte ich wirklich machen sollen«, sagte er. »Aber du warst so aufgebracht. Ich dachte, du brauchst ein bisschen Zeit für dich.« Savannah setzte zu einer Antwort an, doch er unterbrach sie, ehe sie etwas sagen konnte. »Hör mal, Savannah, ich weiß, dass wir uns erst seit Kurzem kennen, und ich könnte verstehen, wenn du nie wieder mit mir reden wolltest, aber ich mag dich. Sehr sogar. Du bist anders als die anderen Mädels hier, und ich habe jeden Tag an dich gedacht, seit ich dich das erste Mal in eurem Apartment gesehen hab. Du bist so süß und witzig und ich bin gern mit dir zusammen. Ich würde dich gern besser kennenlernen. Ich würde gerne auslöschen, was du vorgestern Abend mitgekriegt hast, aber das geht nicht, und deshalb möchte ich noch mal von vorne anfangen. Wir könnten doch mal ausgehen – ein Dinner, Eis essen, Kino, was du willst. Sag einfach, wann, und ich hab Zeit. Versprochen.« Seine dunklen Augen sahen so sanft und … verletzlich aus. Noch nie hatte ein Junge so etwas Liebes zu ihr gesagt. Es wäre ein Leichtes, nachzugeben. Er hatte doch gesagt, dass es ein Fehler gewesen war – dass die Sache von Madison ausgegangen war und dass er nicht an ihr interessiert sei. Vielleicht war das ja die Wahrheit. Sie *wollte*, dass es die Wahrheit war.

Doch dann dachte sie an Nick. Zu Damien fühlte sie sich unglaublich hingezogen, sie wollte ihm nahe sein, körperlich, und sie war fasziniert von der Frage, warum gerade sie – die noch nie etwas Besonderes gewesen war – sein Interesse erregt hatte. Mit Nick hatte sie Spaß und sie unterhielt sich wahnsinnig gerne mit ihm. Ihm waren ihre Träume so wichtig, dass er ihr dabei half, sie in Erfüllung gehen zu lassen, und in seiner Gesellschaft konnte sie ausgelassen und fröhlich sein. Das fühlte sich durchaus vielversprechend an. Sie war sich nicht sicher, ob sie an Nick vielleicht nur als Kumpel interessiert war, aber er hatte eine Chance verdient.

Warum musste das alles so verworren sein? Ob sie sich überhaupt jemals für einen von beiden würde entscheiden können? Da rief sie sich Evies Rat ins Gedächtnis: zu versuchen, beide in sie verliebt zu machen, bis sie wusste, wen sie wirklich mochte, und bereit war, eine Entscheidung zu treffen. Schaffte sie das? In Kalifornien hätte sie so was nie gemacht, aber hier ... Sie wollte doch ganz von vorne anfangen und eine neue Savannah werden. Eine bessere, selbstbewusstere Savannah.

»Ich denk drüber nach«, sagte sie schließlich. Auch so ein Ratschlag von Evie – bloß nicht zu leicht auf alles eingehen. Daran hatte Savannah sich bis jetzt nicht gehalten. Aber es war ja nie zu spät, sich zu ändern.

Damien schien verblüfft – er war es wohl nicht gewohnt, dass ein Mädchen nicht sofort einen Salto vollführte, wenn er anbot, mit ihm auszugehen. »Heißt das also ja?«, fragte er zögernd.

Ja, hätte sie am liebsten gesagt, ja, sie würde mit ihm ausgehen. Aber halt – wenn Savannah eine echte Konkurrentin zu Madison sein wollte, musste sie sich rarmachen.

»Es heißt nicht Nein«, sagte sie ausweichend und fuhr sich mit der Hand durch ihr langes Haar, sodass es ihr über die Schulter fiel. »Aber nach der Sache im *Luxe* brauche ich Zeit zum Nachdenken.«

»Okay«, sagte er. »Ist klar.«

»Gut.« Savannahs Stimme war belegt. Sie ahnte, dass er sie küssen würde, wenn sie noch länger mit ihm hier draußen blieb – und dass sie ihn nicht daran hindern würde. Also blickte sie rasch zur Balkontür. »Ich sollte wieder rein«, sagte sie. »Nick wartet auf mich.«

»Okay.« Damien trat zurück. »Lass uns gehen.«

Savannah ging auf die Bar zu und blieb abrupt stehen, als sie Nick sah. Neben ihm – so nahe, dass ihr langes dunkles Haar über seinen Arm fiel – saß Madison. Sie strich ihm über die Hand und er wich ihr nicht aus.

Der Boden schien unter Savannah wegzusacken. Warum musste Madison immer *alles* kaputt machen? Jedes Mal, wenn etwas gut lief für Savannah, tauchte Madison auf und zog wieder alle Aufmerksamkeit auf sich. Es war so unfair.

»Die zwei haben's aber kuschelig«, sagte Damien und legte Savannah die Hand auf die Schulter.

Savannah war zu aufgebracht, um zu reagieren – zu wütend, um irgendwas zu spüren. Würde sie denn immer zweite Wahl bleiben? Daheim hinter Evie und jetzt hinter Madison. Der Unterschied war nur, dass Evie Savannahs beste Freundin war, während Madison einfach nur ein Miststück war.

Da sah Nick über seine Schulter und ihre Blicke trafen sich. Savannah hatte keine Ahnung, wie sie reagieren sollte. Einerseits war sie mit Damien auf den Balkon gegangen und auch zusammen mit ihm wieder zurückgekehrt, und das sah natürlich nicht so gut aus. Andererseits saßen Madison und Nick so dicht beieinander, dass sie wie ein Paar wirkten. Und Nick wollte Madison immer noch zurück – das war ziemlich klar geworden an dem Abend, als sie sich kennengelernt hatten.

»Komm«, sagte Savannah und drehte sich nach Damien um, »lass uns tanzen.«

Damien nahm ihre Hand und führte sie zur überfüllten Tanzfläche. Sie drängten sich in die Mitte und Savannah schmiegte sich eng an Damien. Seine Hände glitten an ihren Armen entlang und legten sich um ihre Taille und sie bewegten sich gemeinsam zur Musik. Savannah schloss die Augen, legte den Kopf an seine Schulter und atmete den frischen Duft seines Aftershaves ein. Vielleicht würde sie es ja irgendwie schaffen, die letzten paar Tage zu vergessen und wieder so mit Damien weiterzumachen, wie es vor der Sache im *Luxe* gewesen war.

Aber der easy way out war nicht das, was Savannah wollte. Sie konnte nicht so einfach vergessen.

Da schloss sich eine Hand um ihren Arm.

Langsam drehte sie sich um – und sah Nick vor sich stehen. Damien hörte zu tanzen auf, und wenn das jetzt ein Film gewesen wäre, dann wäre die Musik verstummt und alle um sie herum hätten innegehalten. Aber ihr Leben war kein Film, die Musik spielte weiter, und die anderen hörten nicht auf zu tanzen, nahmen sie nicht einmal wahr. Was jetzt? Da stand sie, zusammen mit den beiden Jungs, an denen sie interessiert war, die sie jedoch nur als zweite Wahl nach Madison betrachteten, und sie selbst war gerade dabei, alles zu vermasseln.

»Hey«, sagte Nick. Er sah … schuldbewusst aus.

»Hey«, erwiderte Savannah. Wie durch einen Schleier nahm sie wahr, dass Damien »Bis dann« sagte und davonging, aber mit ihm würde sie sich später befassen. War das nicht genau das, was sie hatte erreichen wollen – dass Damien merkte, dass auch jemand anders auf sie stand? Er sah verärgert aus, aber wenn sie ihm jetzt nachlief, würde er sie für schwach halten. Und das kam nicht infrage.

»Du bist gar nicht zur Bar zurückgekommen«, sagte Nick.

»Ich war auf dem Weg, aber du warst ja wohl mit Madison beschäftigt.«

Er schwieg einen Moment. »Es ist aus zwischen mir und Madison. Sie wollte wieder was anfangen, aber ich hab Nein gesagt.«

»Du hast Nein gesagt?« Savannah glaubte, sich verhört zu haben.

»Yep«, sagte er leichthin. »Weißt du, vor ein paar Tagen hab ich ein Mädchen kennengelernt, das süß und witzig ist und umwerfend singen kann. Wer weiß – vielleicht wird sie eines Tages sogar berühmt. Und das werde ich mir bestimmt nicht vermasseln.«

»Und wer ist dieses ›Mädchen‹?«, fragte Savannah und griff seinen scherzhaften Ton auf.

»Komm schon«, sagte Nick und fuhr sich mit der Hand durch die goldenen Locken. »Muss ich dir den Namen wirklich vorbuchstabieren?«

»Wahrscheinlich nicht«, sagte Savannah. »Aber glaubst du wirklich, dass ich mal berühmt werde?«

»Ich *weiß*, dass du berühmt wirst«, sagte er. »Daran besteht kein Zweifel.«

Er streckte ihr die Hand hin, und Savannah nahm sie und schlang die Arme um seinen Hals, und sie begannen zu tanzen. Wenn sie an das dachte, was Damien ihr angetan hatte, schmerzte ihr Herz immer noch, aber in Nicks Nähe fühlte sie sich gleich viel besser, und zum ersten Mal seit ihrer Ankunft in Las Vegas hatte sie das Gefühl, ihr Leben wieder unter Kontrolle zu haben.

26

Courtney

Das Dinner vor der großen Eröffnungsfeier verlief ausgesprochen ungemütlich. Courtney saß Brett gegenüber, und jedes Mal, wenn sie einander ansahen, musste sie an den Abend im *Paris* denken. Sie konnte sich kaum auf die Gegenwart konzentrieren. Wenn sie und Brett doch nur in jenem Abend hätten verweilen können!

Bei jeder Frage, die Oliver ihr stellte, versteifte sich Brett merklich und sah ziemlich angepisst aus. Und auch Peyton zuckte jedes Mal zusammen, sobald Oliver etwas sagte. Ihre ältere Schwester hatte eine Stinklaune – viel schlimmer als gestern. Was wahrscheinlich daran lag, dass sie jetzt die Einzige war, die keinen Begleiter hatte. Courtney nahm sich vor, sich ganz besonders um sie zu kümmern, wenn sie später ins *Myst* gingen.

Dummerweise zerstreuten sich alle, sobald sie im *Myst* waren – Savannah und Nick gingen an die Bar, Brett und Dawn steuerten eine der Sitznischen an, und Peyton verschwand im ersten Stock. Courtney blieb nichts anderes übrig, als Oliver an einen VIP-Tisch mit seinen Freunden zu folgen, von denen sie keinen kannte. Aber die große Eröffnungsfeier war ein solch wichtiges Event, dass sie diesen einen Abend schon durchstehen würde, ohne sich etwas anmerken zu lassen.

Die einzige Person am Tisch, die Courtney erkannte, war Madison. Sie konnte Madison wegen der Sache, die sie Savannah angetan hatte, zwar nicht leiden, aber natürlich riss sie sich zusammen und begrüßte sie trotzdem freundlich. Es war wirklich gar nicht so leicht, sich nicht von Madisons Selbstvertrauen einschüchtern zu lassen. In ihrem kurzen, locker sitzenden schwarzen Kleid, das am Ausschnitt mit Silberpailletten besetzt war, sah sie wie ein Model aus. Courtney blickte an ihrem eigenen Kleid hinab – ein meerblaues trägerloses Kleid, das von der Empiretaille bis eine Handbreit über die Knie reichte – und musste feststellen, dass sie gut mithalten konnte. An ihrer alten Schule in Fairfield hatte es kein einziges Mädchen gegeben, das sie eingeschüchtert hätte, denn wenn überhaupt, dann hatte Courtney nur ihre Lehrer beeindrucken wollen – und so sollte es auch jetzt bleiben.

Alle Blicke waren auf sie gerichtet, als sie neben Oliver Platz nahm, und sie war froh, dass ein Mädchen namens Kaitlin von ihrem Familienurlaub in Paris zu reden begann, den sie nächste Woche antreten würde. Das erinnerte Courtney daran, wie Brett gesagt hatte, dass sie im August nach Paris fliegen würden. Hatte er das wirklich ernst gemeint? Sie hatte immer schon von Paris geträumt, aber eigentlich wollte sie sich diesen Traum erst dann verwirklichen, wenn sie genug gespart hätte und es sich leisten konnte. Die Vorstellung, dass Adrian die Reise bezahlen würde, gefiel ihr überhaupt nicht, aber andererseits wollte sie so wahnsinnig gerne hin, dass sie nicht sicher war, ob sie Bretts Vorschlag wirklich ablehnen würde.

Während der Unterhaltung bemerkte Courtney, dass sie die ganze Zeit von einem zierlichen Mädchen mit kurzen blonden Haaren angestarrt wurde. Sie hatte gehört, wie jemand sie Larissa nannte. Es war kaum möglich, diese bohrenden Blicke zu ignorieren, während Courtney am liebsten selbst jemanden mit Blicken durchbohrt hätte – nämlich Madison. Sie war froh, dass Madison gar nicht erst versuchte, ein Gespräch mit ihr anzufangen, denn Courtney bezweifelte, dass sie ihre freundliche Fassade dann noch hätte aufrechterhalten können. Na, *ein* Gutes hatte Madisons Aktion ja, denn Savannah hatte dadurch immerhin Nick kennengelernt. Und der schien echt nett zu sein – im Gegensatz zu Damien.

Wenn sie doch nur selbst so jemanden kennenlernen würde – jemand, mit dem sie zusammen sein *durfte*. Immer wieder sah sie verstohlen zu Brett hinüber, der in der Nische auf der anderen Seite des Raumes mit Dawn plauderte und Courtney den Rücken zugewandt hatte. Sie wünschte, er würde sich wenigstens einmal umdrehen! Aber was dann? Ob er rüberkommen und sie fragen würde, ob sie den Club verlassen wolle, um irgendwo hinzugehen, wo es ruhiger war, wie an jenem ersten Abend?

Natürlich nicht!, schalt sie sich. Das war ja gar nicht möglich, schließlich mussten sie beide um Mitternacht dabei sein, wenn bei dem offiziellen Akt das Eröffnungsband zerschnitten wurde.

»Möchtest du vielleicht tanzen?« Olivers Frage riss Courtney aus ihren Gedanken. Er streckte ihr die Hand hin.

Unwillkürlich rückte sie von ihm ab und presste ihren Arm eng an ihre Seite. Ein verletzter Blick trat in seine Augen und Courtney bereute es sofort. Oliver war den ganzen Abend über nett zu ihr gewesen. Und Freunde tanzten doch auch mal miteinander, oder nicht?

»Okay.« Courtney zwang sich zu einem Lächeln. »Das wäre nett.«

Er führte sie zur Mitte der überfüllten Tanzfläche, und sie entdeckte Savannah und Nick in ihrer Nähe, die Wange an Wange tanzten. Wenigstens eine von ihnen konnte die Party genießen.

Courtney konzentrierte sich auf die Musik und versuchte, sich auf den Rhythmus einzulassen. Sie war nicht gerade ein Naturtalent auf der Tanzfläche, ganz im Gegensatz zu Peyton. Wenn Peyton tanzte, überließ sie sich ganz der Musik und tauchte in eine völlig andere Welt ein. Courtney dagegen konnte sich nicht so einfach gehen lassen. Ja sie fühlte sich sogar unwohl dabei, und der Gedanke, es nicht richtig zu machen, ließ sie einfach nicht los.

»Warum so angespannt?«, flüsterte Oliver ihr ins Ohr. Sein Atem roch mal wieder nach Alkohol und seine Wangen waren gerötet. Courtney hatte nicht mitgezählt, wie viele Drinks er gekippt hatte, aber wahrscheinlich waren es eine ganze Menge.

»Ich bin nicht angespannt«, sagte sie und versuchte, Schultern und Nacken bewusst zu lockern.

»Doch, bist du wohl.« Oliver legte ihr die Arme um den Hals und drückte seine Hüften eng an ihre. *Lass. Mich. Los.* war alles, was Courtney denken konnte.

Sie rückte, so gut es ging, von ihm ab und bemühte sich, während des restlichen Songs entspannter zu wirken. Was hätte sie auch sonst tun sollen? Sie konnte ja schlecht bei Savannah und Nick Zuflucht suchen, die ganz versunken schienen. Und zurück an den Tisch, wo Madison und Larissa saßen, wollte sie auch nicht. Der Einzige, mit dem sie hier zusammen sein wollte, war ausgerechnet der Junge, mit dem sie nicht zusammen sein *durfte*.

Sie hatte also keine Wahl. Abgesehen davon, dass sie Oliver auch nicht so einfach stehen lassen wollte. Sie hatte immerhin eingewilligt, mit ihm zu tanzen.

Plötzlich zog er sie wieder näher an sich. Seine Alkoholfahne war so überwältigend, dass Courtney den Eindruck hatte, allein schon von dem Geruch betrunken zu werden! »Du siehst heute Abend verdammt hinreißend aus«, säuselte er und strich ihr mit dem Daumen über die Wange.

»Danke.« Courtney schluckte und blickte zu Boden. So, wie er sie ansah, sah man sich nicht unter Freunden an, und sie fühlte sich äußerst unwohl.

Im nächsten Moment spürte sie seine Lippen auf ihrem Mund. Sie fuhr zurück, stieß ihn von sich und sah ihn erschrocken an.

»Was ist?« Oliver zog die Stirn in Falten. »Ich dachte, du magst mich?«

»Und ich dachte, wir wären uns einig, nur Freunde zu sein«, konterte Courtney und trat noch weiter zurück.

Als er ihren Ellbogen umklammerte, versuchte sie, sich loszureißen, aber er ließ nicht locker. »Wenn du wirklich dieser Meinung wärst, hättest du nicht mit mir getanzt«, sagte er. »Das ist doch *die* Chance für dich, über diesen Typen in Kalifornien wegzukommen, dem du immer noch nachtrauerst.«

»Du bist ja total betrunken«, sagte Courtney und schaffte es endlich, sich von ihm zu lösen. »Und wenn ich dich daran erinnern darf: Wir stehen mitten auf der Tanzfläche.«

»Na und?« Er grinste und zog eine Augenbraue hoch.

Courtney verschränkte empört die Arme vor der Brust, aber ehe sie etwas erwidern konnte, spürte sie plötzlich eine Hand auf ihrer Schulter. Sie blickte sich überrascht um.

Bretts tiefgrüne Augen bohrten sich mit loderndem Blick in ihre. »Macht der Typ dich an?«, fragte er mit einer Kopfbewegung zu Oliver.

Courtney öffnete den Mund, schloss ihn aber sogleich wieder. Was hatte Brett vor? Sie spürte das Knistern zwischen ihnen und trat näher an ihn heran. Bei ihm fühlte sie sich sicher, egal, was Oliver vorhatte. Dann fiel ihr Blick auf Adrian, Rebecca, Logan und Ellen in einer der Sitznischen, von wo aus sie freie Sicht auf die Tanzfläche hatten und voller Besorgnis herüberblickten. Brett hatte ihnen den Rücken zugekehrt, und Courtney hatte keine Ahnung, ob er wusste, dass sie dort saßen. Savannah und Nick bemerkten zunächst nichts und tanzten ganz in ihrer Nähe weiter, bis sie auf das, was da zwischen Courtney, Oliver und Brett ablief, aufmerksam wurden und sie ebenfalls herübersahen.

»Was zum Teufel hast du denn für ein Problem?«, wollte Oliver von Brett wissen.

»Lass sie erst mal meine Frage beantworten«, erwiderte Brett ungerührt.

Oliver näherte sich Courtney erneut und legte ihr demonstrativ den Arm um die Schultern. »Warum sagst du diesem Loser nicht, dass er dahin verschwinden soll, wo er hergekommen ist?«, fragte er. Courtney war sich nicht ganz sicher, aus welchem Grund er sie umarmte, auf jeden Fall aber stand er nicht mehr ganz sicher auf den Beinen. Die Berührung war ihr unangenehm und sie zuckte merklich zusammen.

Im nächsten Moment stieß Brett Oliver weg, trat zu Courtney und umfasste mit beiden Händen ihre Wangen. Sie hatte kaum Zeit zu registrieren, was er vorhatte, da spürte sie seine Lippen auch schon auf ihren. Und sie erwiderte den Kuss, den sie sich schon seit dem Feuerwerksabend gewünscht hatte. Alles, was sie in den letzten Tagen versucht hatte, zurückzudrängen, brach sich jetzt Bahn. Es gab nur noch Brett und sie, die Welt um sie herum existierte nicht mehr. Und es war ihr auch egal, was die anderen dachten oder sagten – es fühlte sich einfach richtig an, mit Brett zusammen zu sein. Alle Logik, alle Vernunft, um die sich Courtney stets bemüht hatte, waren wie ausgelöscht. Zusammen mit Brett kam sie sich vor wie auf einer Achterbahn voller schwindelerregender Loopings – und sie wollte, dass die Fahrt niemals endete.

»Das habe ich mir schon gewünscht, seit ich dich das erste Mal gesehen hab«, flüsterte Brett ganz nahe an ihren Lippen.

»Ich mir auch.« Sie sah ihm in die Augen und lächelte und konnte kaum fassen, was da passierte.

»Nein, wie süß«, sagte Oliver und riss sie aus ihrer Zweisamkeit. »Ich schätze, *das* hast du gemeint, als du gesagt hast, dass du an jemand interessiert bist, mit dem du nicht zusammen sein kannst. Du und dein zukünftiger Stiefbruder …« Seine Augen glitzerten hämisch und Courtneys Glücksgefühl schlug in Entsetzen um. Denn so gemein Olivers Worte auch waren – er sprach die Wahrheit. Immerhin so leise, dass es bei der lauten Musik keiner hatte hören können. Adrian wäre sicher alles andere als erfreut, wenn Oliver ihm die Überraschung bezüglich seiner Verlobung mit Rebecca verdorben hätte.

Courtney wurde rot vor Scham. Noch öffentlicher hätte dieser Kuss mit Brett gar nicht stattfinden können. Wie konnte sie bloß so unverantwortlich sein? Jetzt wussten alle über sie beide Bescheid. Und wer es tatsächlich nicht mitbekommen haben sollte, den würde Oliver schon ins Bild setzen.

Sie sah verstohlen zu Adrians Tisch hinüber. Hatte er was gesehen? Sein zorniger Blick verriet: Er hatte. Die Katastrophe! Mit fest zusammengepressten Lippen kam er auf sie zu. Courtney schwirrte der Kopf und Savannah eilte an ihre Seite und ergriff solidarisch ihre Hand. Je näher Adrian kam, desto mehr schnürte es ihr die Kehle zu, und sie schluckte heftig.

»Es ist fast Mitternacht«, sagte Adrian, als er bei ihnen war. Seine Stimme klang gepresst, als müsste er sich zwingen, nicht loszuschreien. »Rebecca und ich werden jetzt ins Casino für die Eröffnungszeremonie gehen. Holt Peyton und kommt dann sofort nach.«

Courtney nickte. Ihr Mund war trocken. Adrian hatte noch nicht mal Zeit gehabt, sie richtig kennenzulernen, und schon hatte sie ihn enttäuscht. Sie war eine schreckliche

Tochter. Ihr Magen drehte sich, und der Kloß in ihrer Kehle fühlte sich so an, als würde sie gleich losweinen müssen. Das war also das Ergebnis, wenn man gegen Regeln verstieß und dabei erwischt wurde. Absolut grauenvoll!

Trotzdem wollte sie den Kuss zwischen ihr und Brett nicht ungeschehen machen, selbst wenn sie es gekonnt hätte. Vielleicht war jener Euro, den er ihr im *Paris Hotel* gegeben und den sie in den Brunnen geworfen hatte, tatsächlich ein magischer Euro gewesen. Ihr Wunsch war jedenfalls in Erfüllung gegangen.

Wenn auch mit komplizierten Folgen.

Denn eines war klar – ab jetzt wurde es sicher nicht einfacher.

27

Peyton

Peyton *hasste* Las Vegas: die grellen Lichter, das falsche Lächeln auf den Gesichtern und überall dieser Lärm. Sie vermisste ihre Freunde in San Francisco, sie wollte nach Hause. Wenigstens konnte sie sich hier im *Myst* in der Musik verlieren, zusammen mit betrunkenen Touristen oder Einheimischen, die nicht »VIP« genug waren, um in die entsprechende Lounge zu kommen. Sie konnte nicht mehr sagen, mit wie vielen Jungs sie schon getanzt hatte, Zeit und Raum und alles um sie herum verschwammen.

In ihrer Handtasche summte es, aber sie ging nicht an ihr Handy. Wer immer das war, konnte warten. Doch nachdem es zum dritten Mal klingelte, zog sie es schließlich doch hervor.

Courtney. Mit einem tiefen Seufzer nahm sie ab.

»Wo bist du?« Courtneys Stimme war bei der lauten Musik kaum zu verstehen.

»Im ersten Stock«, brüllte Peyton ins Telefon. »Wieso?«

»Es ist gleich Mitternacht«, antwortete Courtney. »Wir müssen zur Eröffnungszeremonie. Wir warten unten an der Treppe auf dich und gehen dann gemeinsam rüber ins Casino.«

»Wenn's sein muss.« Peyton machte sich nicht die Mühe, zu verbergen, wie genervt sie war.

Sie nahm noch einen Schluck von dem fruchtigen Cocktail, den einer ihrer Tanzpartner ihr spendiert hatte, und ging auf die Wendeltreppe zu. Sie holte tief Luft und konzentrierte sich auf das Klappern ihrer Stilettos auf den Stufen. Wenigstens war sie dank der Drinks locker genug, um den Anblick von Oliver und Courtney verkraften zu können. Als Courtney gestern gesagt hatte, dass sie nicht an Oliver interessiert sei, war Peyton davon überzeugt gewesen, ihre Wette gewonnen zu haben. Aber nach dem Dinner heute Abend war sie sich nicht mehr so sicher. Hatte es Oliver etwa doch bei Courtney geschafft? Peyton versuchte, den Gedanken abzuschütteln. Sie gäben ein schreckliches Paar ab. Außerdem war sein Lebensstil viel zu ausschweifend für Courtney.

Ihre Schwestern warteten schon. Ohne ein Wort zu sagen, legten sie den Weg zum Casino zurück. Nicht mal Savannah versuchte, irgendwas Triviales zu plappern, in der Art, wer von den Gästen im *Myst* was trug und ob es ihnen stand oder nicht. Courtney hörte nicht auf, an ihrem Kleid herumzufummeln. Oliver, zu dem Peyton so viel Abstand wie möglich hielt, blickte verbissen drein und hatte die Hände zu Fäusten geballt. Die ganze Zeit über warf er Brett finstere Blicke zu, die mit jedem Mal noch wütender wurden. Courtney hatte sich zwischen sie gedrängt, als wollte sie Schlimmeres verhindern.

Irgendwas musste passiert sein, und Peyton wollte unbedingt herausfinden, was das war.

Sie sah Savannah fragend an und ihre kleine Schwester ließ den Blick bedeutungsvoll zu Courtney wandern. Aha, sie wusste also was. Peyton sah auf ihre Uhr. Zwanzig vor zwölf. Sie hatte also noch Zeit, um Savannah eingehend zu interviewen.

»Ich geh mal kurz für kleine Mädchen«, verkündete sie, nachdem sie eine Toilette entdeckt hatte, und sandte Savannah einen eindringlichen *Du-kommst-mit*-Blick. Savannah verstand den Wink und folgte ihr in die Toilette und Courtney stürzte hinter ihnen her. Peyton hörte Brett noch irgendwas davon sagen, dass er und Oliver draußen auf sie warten würden, dann schloss sich auch schon die Tür zum Waschraum.

»Was geht da eigentlich ab?« Peyton sah von einer Schwester zur anderen. »Und sagt jetzt bloß nicht ›Nichts‹, schließlich hab ich Augen im Kopf.«

»Brett hat Courtney geküsst«, platzte Savannah heraus und schlug sich im nächsten Moment die Hand auf den Mund. Aber nachdem sie den ersten Schritt getan hatte, schien sie kein Problem mehr damit zu haben, weitere Details preiszugeben. »Mitten auf der Tanzfläche. Und Adrian, Rebecca, Logan und Ellen haben es gesehen.«

Peyton sah Courtney ungläubig an, aber Courtney nickte bestätigend und senkte den Blick.

»Du und Brett?« Peyton konnte es kaum glauben. Ihre brave Schwester sollte Brett geküsst haben? Hatten etwa irgendwelche Aliens sie entführt und durch einen rebellischen Klon ersetzt? »Also hat Oliver bei dir wirklich *keine* Chance?«

»Niemals«, sagte Courtney abfällig. »Dieser Mistkerl hat tatsächlich erneut versucht, mich zu küssen, und als ich ihn abgewiesen hab, ist er stinksauer geworden. Der glaubt wohl, er kann mit Mädchen machen was er will.«

Obwohl Peyton zugeben musste, dass Olivers Verhalten ziemlich mies war, war sie erleichtert. Sie hatte also recht gehabt: Courtney war nicht an Oliver interessiert. Und: Sie hatte ihre Wette gewonnen! Was Oliver gar nicht gefallen würde. Denn jetzt hatte sie was gut bei ihm, und er musste tun, was sie von ihm verlangte. Sie würde ihm heimzahlen, dass er sie im *Luxe* so runtergemacht hatte. Und sie würde es genießen!

In diesem Moment piepte Savannahs Handy, und als sie die SMS las, fiel ihr die Kinnlade runter.

»Was ist?«, fragte Peyton.

»Evie übernachtet heute bei einer von den Volleyballmädels und sie haben aus Spaß mal online nach uns recherchiert«, sagte Savannah langsam, als könne sie das Folgende einfach nicht glauben. »Und dabei haben sie eine Website gefunden, auf der anscheinend eine Menge über uns steht ...« Sie schüttelte den Kopf, während sie die SMS erneut las.

»Lass mal sehen.« Peyton riss Savannah das iPhone aus der Hand und entdeckte die Stelle, die Savannah so schockiert haben musste.

dieser oliver hat offenbar mit einem freund gewettet, dass er es bis ferienende schafft, courtney, peyton und dich ins bett zu kriegen!

Peyton fluchte und drückte Savannah das Telefon wieder in die Hand. »Dieser Arsch!«

»Wollt ihr zwei mich vielleicht auch mal einweihen?« Courtney blickte Savannah über die Schulter, um auf das

Display sehen zu können, und zog scharf die Luft ein. »Oh Gott! Bin ich froh, dass ich diesen Scheißkerl abgewiesen habe«, seufzte sie.

»Allerdings wissen wir ja nicht, ob das wirklich stimmt«, gab Savannah zu bedenken. »Immerhin handelt es sich dabei um so 'ne dämliche Klatsch-Website. Ist ja vielleicht einfach erfunden.«

»Es gibt nur eine Möglichkeit, das rauszufinden.« Peyton warf ihr Haar zurück und stapfte entschlossen aus dem Waschraum. Die Schritte ihrer Schwestern klackerten aufgeregt hinter ihr her.

»Na, war's nett?«, begrüßte Oliver sie höhnisch grinsend.

»Das wüsstest du wohl gerne, was?«, erwiderte Peyton voller Spott. »Aber noch lieber wärst du wahrscheinlich mitgekommen, um uns alle drei gleichzeitig rumzukriegen.«

Panik blitzte in Olivers Augen auf und er wich einen Schritt zurück. »Wovon redest du da?«

»Tja, wovon rede ich wohl? Vielleicht von deiner miesen kleinen Wette, mit uns dreien geschlafen zu haben, ehe die Sommerferien rum sind?«, gab Peyton ungerührt zurück.

Brett ballte die Hand zur Faust und sah Oliver wütend an. »Ist das wahr?«

Oliver zögerte. Für Brett offenbar Antwort genug, um auszuholen und ihm eine aufs Auge zu verpassen. Oliver riss die Hände vors Gesicht und taumelte zurück an die Wand. Brett holte erneut aus, doch ehe er zuschlagen konnte, war sein Bodyguard bei ihm. In diesem Moment stieß Oliver sich von der Wand ab und stürzte sich auf Brett, kam aber nicht weit, denn plötzlich war Jackson zur Stelle, der Oliver mit festem

Griff fixierte. Auch Teddy und Carl erschienen nun auf der Bildfläche, bereit, einzugreifen, falls es nötig sein sollte.

»Immer schön langsam, ihr zwei«, sagte Jackson mit zusammengebissenen Zähnen. »In zehn Minuten findet die Eröffnungszeremonie statt, und eure Familien verlassen sich darauf, dass ihr pünktlich da seid.«

»Er hat angefangen.« Oliver funkelte Brett wütend an. Das Auge, das Brett getroffen hatte, rötete sich bereits.

»Und wie's scheint, haben Sie das auch verdient«, zischte Jackson und packte Oliver noch fester.

»Ach ja?«, fragte Oliver herausfordernd. »Ich bin sicher, Ihr Boss würde nur zu gerne erfahren, wie Sie mit dem Sohn seines zukünftigen Geschäftspartners umgehen.«

»Wahrscheinlich genauso gerne wie von der Wette um seine Töchter?«

»Ist mir doch scheißegal, Mann.« Oliver versuchte, sich aus Jacksons Griff zu befreien, doch der gab keinen Zentimeter nach. Oliver war zwar ganz gut gebaut, aber neben Jackson sah er ziemlich mickrig aus. »Lassen Sie mich *los*. Wie Sie selbst bemerkt haben, wir müssen pünktlich im Casino sein.«

Jackson sah Brett an, der ebenfalls immer noch von seinem Bodyguard in Schach gehalten wurde. »Wenn wir Sie loslassen, dann benehmen Sie sich entsprechend anständig, klar?«

»Klar«, willigte Brett ein, während er seine Faust öffnete und ballte. »Ich fühl mich schon viel besser.«

»Ich wollte mich sowieso nie mit diesem Loser da prügeln«, bemerkte Oliver.

Jackson warf Bretts Bodyguard einen Blick zu, der nickte, und beide ließen die Jungs los.

Courtney eilte an Bretts Seite, um nach seiner Hand zu sehen, und Peyton wandte sich Jackson zu. »Schade eigentlich, dass ihr euch eingemischt habt«, sagte sie. »Ich hätte zu gerne erlebt, wie Brett Oliver zu Brei schlägt.«

»Ich auch«, erwiderte Jackson lachend. »Aber wenn ich nicht dafür sorge, dass ihr rechtzeitig im Casino seid, muss ich mich vor eurem Vater verantworten. Also, gehen wir.«

* * *

Als sie im Casino ankamen, stand Adrian auf einem Podium, vor das ein goldenes Band gespannt war. Zu seiner Rechten Rebecca, zu seiner Linken Logan und Ellen. Um sie herum hatte sich eine Menschenmenge versammelt, sodass Peyton sich richtiggehend nach vorne durchdrängen musste. Adrian lächelte und bedeutete ihr und den anderen, sich zu ihm zu gesellen.

Sie stiegen die drei Stufen auf das Podium hinauf. Peyton entdeckte Nick ganz in der Nähe, wie er ihnen zusah. Bei Olivers Anblick runzelte Logan die Stirn, und er nahm ihn beiseite, um leise ein paar Worte mit ihm zu wechseln. Peyton fragte sich, ob die Gäste die Spannungen innerhalb der Familien ebenso spüren konnten wie sie. Als Logan und Oliver sich wieder dem Publikum zuwandten, sah sie ein Lodern in Logans Augen, das aber gleich wieder verschwand.

Adrian räusperte sich und die Menge verstummte. »Willkommen zur großen Eröffnungsfeier des *Diamond Hotels & Casino* und der *Diamond Residences!*«, rief er, was mit einer Runde Applaus quittiert wurde. »Doch ehe ich anfange, möchte ich eine ganz persönliche Ankündigung machen.« Er drehte sich bedeutungsvoll zu Rebecca um. Peyton hatte erwartet, dass er wütend sein würde nach der Sache zwischen Courtney und Brett, stattdessen wirkte er überglücklich und sah Rebecca mit einem Blick an, aus dem echte Liebe sprach. Peyton glaubte eigentlich nicht an wahre Liebe, aber dieser Blick brachte sie doch ins Grübeln.

Ganz offensichtlich war Adrian durchaus in der Lage, seine Gefühle zu zeigen – warum nur war er seinen Töchtern gegenüber so reserviert?

Er wandte sich wieder der Menge zu. »Hiermit gebe ich offiziell meine Verlobung mit der Frau bekannt, die ich schon seit der Highschool liebe, Rebecca Carmel.« Er nahm Rebeccas Hände in seine und die beiden strahlten einander an. Die Menge applaudierte und brach in Jubel aus. »Wir sind überglücklich, ebenso wie Rebeccas Sohn Brett und meine Töchter Peyton, Courtney und Savannah, die beschlossen haben, nach Las Vegas zu ziehen, damit wir endlich eine große Familie werden können.« Wieder jubelte die Menge und richtete ihre Aufmerksamkeit diesmal auf Peyton und ihre Schwestern. Peyton wunderte sich über diese Anteilnahme an ihrem Leben. Das waren ja Hunderte von Leuten dort unten!

Adrian ließ die Hände sinken und alle verstummten wieder. »Ich gebe jetzt das Wort an meinen Freund und Kollegen Logan Prescott, dem unter anderen das allseits bekannte *Gates Hotel* gehört.«

»Danke, Adrian«, sagte Logan, nahm das Mikrofon und räusperte sich. Er machte eine lange Pause, dann begann er: »Zunächst möchte ich dir und Rebecca aufs Herzlichste zu eurer Verlobung gratulieren wie auch zur Eröffnung dieses großartigen Hotel- und Apartmentkomplexes. Du hast dich diesmal selbst übertroffen.« Auf diese Weise fuhr er noch ein paar Minuten fort und erzählte, wie schwierig es war, solche Hoteleröffnungen auf die Beine zu stellen, und dass diese als eine der schönsten in die Geschichte eingehen würde, bevor er das Mikro Adrian zurückgab.

Peyton war verwirrt. Hätte Logan nicht ihre Kooperation in Sachen Hotelkomplex in Macau verkünden sollen? Adrian sah genauso verwirrt aus, wie Peyton sich fühlte, fing sich aber schnell wieder. Sie bezweifelte, dass es der Menge aufgefallen war.

»Danke, Logan«, sagte er mit fester und unbewegter Stimme und sprach dann noch verschiedenen weiteren Leuten, von denen Peyton nie gehört hatte, seinen Dank aus. Peyton versuchte, so ruhig wie möglich dazustehen, auch wenn sie keine Ahnung hatte, was sie mit ihren Händen anstellen sollte. Schließlich sagte Adrian: »Und nun zu dem Moment, auf den wir alle gewartet haben!«

Ein Angestellter reichte Adrian eine riesige Schere, die über und über mit Strasssteinen besetzt war, glitzernd wie Diamanten. Adrian posierte für ein offizielles Foto, das den entscheidenden Moment festhielt, dann durchschnitt er das goldene Band. Kameras blitzten und wieder jubelte die Menge, diesmal noch lauter als zuvor. Kellnerinnen in knappen Kleidern ließen überall im Raum Champagnerkorken knallen und eine Jazzband spielte *Diamonds Are a Girl's Best Friend*. Die Menschen bewegten sich wie magnetisch angezogen auf die Spielautomaten und die grünen Filztische zu und das große Glücksspiel begann.

Doch Peyton hatte nur eines im Sinn – sie wollte mit Oliver reden. Sie entdeckte ihn an der kreisförmigen Bar in der Mitte des Raumes. Der erhöht liegende Bartresen, zu dem drei Stufen hinaufführten, war von einem schmiedeeisernen Geländer umgeben, sodass man sich abgeschirmt und trotzdem inmitten des Geschehens fühlte. Oliver plauderte mit der Barkeeperin. Peyton schätzte sie auf Ende zwanzig, definitiv zu alt für einen aus der Highschool, oder? Aber darüber wollte Peyton lieber nicht genauer nachdenken.

Sie rutschte auf den Platz neben Oliver und er sah sie überrascht an. »Hey«, sagte sie möglichst unbefangen. Sein Auge war inzwischen schon ziemlich angeschwollen und sah schmerzhaft aus. Peyton erinnerte sich an Bretts Schlag und musste grinsen.

»Hey.« Oliver nahm sein Handy heraus, tippte eine SMS und gab sich völlig unbeeindruckt von ihrer Gegenwart.

Peyton bestellte sich ein Mineralwasser – sie hatte keine Lust auf weitere Probleme mit ihrem schlecht gefakten Ausweis – und sah Oliver herausfordernd an. »Hab gehört, was vorhin passiert ist«, sagte sie. »Mit Courtney und Brett. Ganz schöner Mist, wo sie ja demnächst Stiefgeschwister sind.«

»Tja.« Er schüttelte den Kopf und nahm einen Schluck von etwas, das wie Wodka on the rocks aussah. »Das ist noch milde ausgedrückt.«

Es wurde Zeit, zur Sache zu kommen. »Nachdem Courtney jetzt klargemacht hat, dass sie nichts von dir will – ohne dass ich ihr von uns beiden erzählt oder sie vor dir gewarnt hätte –, hab ich meine Wette wohl gewonnen.«

»Ach ja. Die Wette.« Oliver lehnte sich zurück und sah sie

mit hochgezogener Augenbraue an. »Was soll ich machen? Noch mal mit dir schlafen?«

Sie verdrehte die Augen. War er wirklich so arrogant? »Falls wir noch mal Sex haben sollten, dann bestimmt nicht, weil ich 'ne Wette gewonnen habe«, sagte sie, während Olivers Miene deutlich ausdrückte, dass das sowieso nie wieder passieren würde. »Nicht, dass du bei mir noch eine Chance hättest, nachdem ich nun ja auch von dieser anderen, ekelhaften Wette gehört habe. Das Glück scheint diese Woche nicht auf deiner Seite zu sein, was? Na ja, wie auch immer«, fuhr sie fort, ohne ihm Zeit für eine Antwort zu lassen, »ich hab mich jedenfalls noch nicht entschieden, wie du deine Wettschuld begleichen sollst. Aber mir fällt schon noch was ein, und wenn es so weit ist, sag ich dir Bescheid.«

»Mach das.« Sein Handy summte und er textete etwas zurück. »Ich muss los«, sagte er und sah sie kaum an, während er das iPhone in die Tasche zurückschob. »Dann viel Spaß noch heute Abend.«

Er verließ den Barbereich und ließ Peyton allein zurück. Die vielen Drinks machten sich bemerkbar, und sie stand auf, um nach der nächstgelegenen Toilette zu suchen. Dabei musste sie wohl falsch abgebogen sein, denn plötzlich fand sie sich in einem ihr unbekannten Flur wieder, an dessen Türen »Zutritt nur für Personal« stand. Gerade wollte sie umkehren, da hörte sie hinter einer der Türen, die nur leicht angelehnt war, eine aufgebrachte Stimme – die nach Adrian klang. Sie wusste, dass sich Lauschen nicht gehörte, aber es war einfach zu verlockend. Also schlich sie näher und drückte sich möglichst unauffällig an die Wand.

»Warum hast du unseren Deal nicht angekündigt?« Das war Adrian, eindeutig. »Du weißt doch, wie wichtig es ist, so bald wie möglich in Macau anzufangen.«

»Nach allem, was ich diese Woche mitbekommen habe, bin ich mir nicht mehr so sicher, ob es überhaupt einen Deal gibt«, erwiderte eine leise männliche Stimme, die Logan Prescotts sein musste.

»Und was soll das sein?« Peyton war verblüfft, dass Adrian es selbst in dieser Situation schaffte, einigermaßen die Ruhe zu bewahren.

»Ich habe meine Gründe«, sagte Logan. »Vier, um genau zu sein.«

»Ach ja?«, fragte Adrian. »Würdest du das bitte präzisieren?«

»Natürlich«, sagte Logan. »Savannah ist der am wenigsten besorgniserregende Grund, aber es wird bereits darüber geredet, dass sie sich seit ihrer Ankunft hier ziemlich freizügig verhält. Was meiner Ansicht nach allerdings immer noch harmlos ist im Vergleich zur Ältesten – Peyton.«

Peyton schnappte nach Luft und schob sich noch ein bisschen näher an die Tür.

»Du lässt zu, dass sie wie eine Prostituierte aussieht statt wie die Tochter eines der mächtigsten Hotelbesitzer dieser Stadt«, sagte Logan. »Nicht nur dass sie sich selbst blamiert, sondern auch alle, die mit ihr zu tun haben.«

»Ich finde, du gehst zu hart mit ihnen ins Gericht«, unterbrach ihn Adrian. »Es sind doch nur Teenager. Erinnerst du dich denn nicht mehr daran, wie es für dich in diesem Alter war?«

»Es sind eben nicht *nur* Teenager«, widersprach Logan. »Sie stehen im Licht der Öffentlichkeit, und dieses Privileg bringt die Verantwortung mit sich, gewisse Regeln einzuhalten. Aber kommen wir zu Courtney. Von ihr habe ich noch am meisten gehalten – sie wirkte stilvoll, beherrscht. Ein Eindruck, den sie vollkommen zunichtegemacht hat durch diese unfassbare Aktion mit ihrem zukünftigen Stiefbruder – mitten auf der Tanzfläche, vor aller Augen. Kannst du dir vorstellen, was die Presseleute daraus machen werden, wenn sie Wind davon bekommen? Diese Sache wird sich wie ein Lauffeuer verbreiten.«

»Ich habe meinen Mädchen untersagt, sich mit Brett einzulassen, und ich werde mit Courtney darüber reden, wie wenig umsichtig das war, aber bedenke dabei doch bitte auch, dass sie schließlich nicht blutsverwandt sind«, sagte Adrian. »Die Presse wird ein Fest daraus machen, sicher, aber es handelt sich ja wirklich nicht um Inzest. Dieser Wirbel wird vorübergehen. Ich verstehe einfach nicht, wie all das wichtiger sein kann als unsere gemeinsame Übereinkunft bezüglich der bedeutendsten Partnerschaft, die Macau je gesehen hat. Hast du denn vergessen, wie viel es uns beiden einbringen wird, wenn alles nach Plan läuft?«

»Mein Entschluss stand fest, nachdem dein zukünftiger Stiefsohn *meinem Sohn ein blaues Auge verpasst hat.*« Bei der Schärfe von Logans Stimme bekam Peyton eine Gänsehaut. »Das ist Körperverletzung, Adrian, und das lasse ich nicht auf sich beruhen. Es gibt noch genug andere in dieser Stadt, die ebenfalls gerne auf Macau Fuß fassen würden, und auch wenn dein Name einer der einflussreichsten ist, werde ich mit Sicherheit noch einen anderen Partner finden.«

Plötzlich hatte Peyton das Gefühl, ihre Brust würde zerspringen. Sie hatte genug gehört, und da sie nicht auch noch beim Lauschen erwischt werden wollte, rannte sie so schnell wie möglich zurück durch den Flur und fand schließlich die Toiletten. Diese Sache war ja völlig aus dem Ruder gelaufen! Sie hatte gehofft, Adrian mit ihren Outfits provozieren und ihm beweisen zu können, dass er ihr nicht vorschreiben konnte, was sie tun und lassen durfte, schon gar nicht, nachdem er sich ihr ganzes Leben lang nicht um sie gekümmert hatte. Aber einen so wichtigen Deal platzen zu lassen – nein, das hatte sie nicht gewollt. Sie drehte das Wasser im Waschraum auf und spritzte sich etwas an die Stirn, um wieder einen klaren Kopf zu bekommen.

Als sie aus der Toilette trat, sah sie gerade noch, wie Adrian und Logan – beide alles andere als begeistert – ins Casino zurückgingen.

»Adrian?«, rief sie ihm nach. »Kann ich mal kurz mit dir sprechen?«

»Sicher«, sagte er, wenn auch mit Blick auf seine Uhr, sein typisches Signal, dass er eigentlich gleich zu einem wichtigen Termin musste.

»Ich weiß, dass du beschäftigt bist, und werde es kurz machen«, versprach Peyton.

Logan ging, ohne auf sie zu achten, Richtung Casino weiter, und zum ersten Mal war Peyton mit ihrem Vater allein. Sie schlang die Arme um ihre Brust. Wie sollte sie bloß anfangen? »Also«, begann sie zögernd, »ich wollte das nicht, wirklich, aber zufällig hab ich etwas davon mitgehört, worüber du gerade mit Logan geredet hast. Ich … war eigentlich nur auf der Suche nach einer Toilette und bin im falschen Flur gelandet.«

Adrian runzelte die Stirn und kratzte sich im Nacken. »Was hast du denn gehört?«

»Das, was Logan über mich und meine Schwestern gesagt hat.« Sie sah zu Boden und trat unbehaglich von einem Fuß auf den anderen, denn das, was als Nächstes kam, fiel ihr nicht leicht. »Und ich wollte nur, dass du weißt, dass … also, es tut mir leid. Ich verstehe zwar immer noch nicht, warum du uns bis jetzt im Stich gelassen hast – und das finde ich immer noch total mies –, aber dass alles so danebenläuft, das wollte ich nicht. Ich rede mit Courtney und Savannah, wenn du möchtest.«

Daraufhin tat Adrian etwas völlig Unerwartetes – er trat näher und umarmte sie. Es war eine unbeholfene Umarmung, aber es war der engste Kontakt, den er seit ihrer Ankunft mit einer von ihnen gehabt hatte.

Er trat wieder zurück und zog seine Krawatte zurecht. Peyton hatte keine Ahnung, wie sie reagieren sollte.

»Meine Gäste wundern sich sicher schon, wo ich bleibe«, sagte Adrian. »Bereit, wieder mit reinzukommen?«

»Ich glaube, ich brauch noch ein paar Minuten, um ein bisschen nachzudenken«, sagte Peyton. »Bis später.«

Er verabschiedete sich und schlenderte ins Casino zurück. Peyton starrte ihm verwundert nach. Sie wollte nicht so weit gehen und behaupten, dass sie gerade begonnen hatten, eine Vater-Tochter-Beziehung aufzubauen – oder dass sie eine

Vater-Tochter-Beziehung mit ihm *wollte* –, aber das eben kam einer solchen Beziehung schon ziemlich nahe.

Sie brauchte jetzt jemanden zum Reden. Courtney hatte aber schon genug mit der Brett-Geschichte am Hals und Savannah war dafür nicht ganz die richtige Ansprechpartnerin. Also sah sie sich suchend nach Jackson um. Natürlich war er nirgends zu entdecken, aber mittlerweile wusste sie, wie sie ihn hervorlocken konnte. Sie machte sich zu den Privatfahrstühlen auf, drückte auf den Knopf und wartete.

»Schon am Gehen?«, fragte Jackson prompt hinter ihr.

»Diese Schuhe bringen mich noch um.« Das war die erstbeste Ausrede, die Peyton einfiel, warum sie ins Apartment zurückwollte. Und nicht mal eine Lüge – von diesen Riemchenstilettos bekam sie definitiv Blasen. Ein Hoch auf ihre bequemen schwarzen Stiefel. »Ich muss mal wechseln.«

»Gut«, sagte er. »Ihr Vater wäre nämlich bestimmt enttäuscht, wenn Sie die Party schon so früh verlassen würden.«

»Bist du jetzt etwa doch so was wie mein Babysitter?«

Jackson folgte ihr in den Fahrstuhl. »Ich versuche nur zu helfen.«

Peyton kniff die Augen zusammen und drückte auf den Knopf für ihr Stockwerk. »Ich kann tun und lassen, was ich will. Wenn ich jetzt gehen wollte, würde ich gehen, ob es Adrian gefällt oder nicht.«

»Ja, diesen Eindruck haben Sie bereits von sich vermittelt«, sagte Jackson mit dem Hauch eines Lächelns, das ihr den Atem raubte. Sie lehnte sich an die Fahrstuhlwand und versuchte, ruhig ein- und auszuatmen, um gegen diese leichte Benommenheit in ihrem Kopf anzukämpfen. Was machte dieser Jackson bloß mit ihr? Sie kam sich wie ein kleines Mädchen vor, das jemanden anhimmelte.

Die Fahrstuhltür ging zu und schnitt sie beide von der Außenwelt ab. Peyton nahm Jackson so verführerisch wie möglich ins Visier. »Du hattest übrigens recht mit Oliver. Besser, ich hätte im *Luxe* auf dich gehört. Mit dir hätte ich mehr Spaß gehabt als mit ihm.«

Ohne ihm die Chance auf eine Antwort zu lassen, trat sie auf ihn zu und drückte ihre Lippen auf seine. Für den Bruchteil einer Sekunde erwiderte er ihren Kuss, doch dann schob er sie so schnell von sich fort, dass sie sich diese Erwiderung vielleicht doch nur eingebildet hatte. Sie sah ihn fragend an und er rückte mit hartem Blick von ihr ab.

»Das dürfen Sie nie wieder tun«, sagte er mit gepresster Stimme, als sei ihr Kuss eine Qual gewesen.

»Weil du für Adrian arbeitest?« Das *musste* der Grund sein. Denn sonst hätte er ja ein Problem mit *ihr* und diese Vorstellung war einfach zu schmerzhaft.

»Deswegen und weil Sie noch minderjährig sind. Ich weiß, ich bin auch nur fünf Jahre älter als Sie, aber gerade in diesen fünf Jahren verändert man sich sehr. Man wird erwachsen und erkennt, wer man wirklich ist, welche Bestimmung man hat. Sie sind noch ein Teenager, Peyton. Wissen Sie eigentlich, wie viel Ärger ich bekomme, wenn jemand gesehen hat, was gerade passiert ist?«

Peyton war fassungslos. So also dachte er über sie?! Okay, sie war erst siebzehn, aber sie war nicht wie andere Siebzehnjährige. Dafür hatte sie bereits viel zu viel durchgemacht. Sie war längst nicht so unerwachsen, wie Jackson glaubte. »Mach dir darüber mal keine Gedanken«, beantwortete sie schließlich seine Frage. »Wir sind schließlich allein hier drin, schon vergessen?«

Er sah sie verblüfft an. »Ähm, das hier ist ein *Casino in Las Vegas*«, betonte er und deutete auf eine kleine schwarze Kugel in der oberen Ecke des Fahrstuhls. »Hier sind *überall* Kameras angebracht, die ständig alles beobachten und aufzeichnen.«

»Ach, *dafür* sind diese schwarzen Dinger da?« Peyton legte den Kopf zurück und sah hinauf.

»Ja.« Jackson fand ihre Naivität nicht witzig. »Für was haben Sie die denn gehalten?«

»Keine Ahnung«, sagte Peyton. »Hab nie darüber nachgedacht.«

»Na, jetzt wissen Sie's«, sagte er. »Wir können nur hoffen, dass keiner, der uns beide kennt, das Material von heute Abend ansieht.«

Die Fahrstuhltür glitt auf und sie gingen den Gang entlang. »Während Sie die Schuhe wechseln, werde ich die Nachtschicht zu meiner Ablösung holen«, sagte Jackson, als sie beim Apartment angekommen waren. »Ich fühle mich auf einmal nicht gut. Sie gehen erst runter, wenn der Mann da ist.«

Tatsächlich sah Peyton Jackson den ganzen restlichen Abend nicht mehr. Aber trotz allem, was er gesagt hatte, bereute sie ihren Kuss nicht. Er *hatte* ihn erwidert, da war sie sich jetzt ganz sicher, wenn auch nur für den Hauch einer Sekunde.

Aber das würde sie nicht vergessen.

28

Madison

Madisons Handy summte auf ihrem Nachttisch. Sie angelte danach und hoffte, dass die SMS nicht von Larissa oder Damien war. Sie war jetzt absolut nicht in der Stimmung, sich ihnen gegenüber wegen ihrer »Kopfschmerzen« zu rechtfertigen und sich nerven zu lassen, dass sie doch zur Party zurückkehren solle. Denn das würde sie definitiv nicht.

Nach dem Kuss zwischen Brett und Courtney hatte sie nur noch eines gewollt: in ihren Schlafanzug schlüpfen und *Moulin Rouge* ansehen, den Film, den sie immer schaute, wenn sie niedergeschlagen war. Und genau das tat sie jetzt auch. Sie war gerade an der Stelle, als Satine und Christian auf dem Elefanten standen und darüber sangen, wie sehr sie sich liebten, und sie hatte keine Lust, dass ihr Larissa oder Damien diese perfekte Szene verdarben.

Madison wünschte, ihr Leben wäre auch so einfach wie ein Musical. Okay, nicht unbedingt wie *Moulin Rouge,* denn Satine starb ja am Schluss, aber es gab ja auch welche mit besserem Ausgang – vielleicht ein Disney-Klassiker wie *Aladdin* oder *Die kleine Meerjungfrau*. Wo das Mädchen den Jungen kriegt, den es liebt, und die beiden glücklich leben bis ans Ende ihrer Tage.

Aber natürlich würde Madison sich nicht allzu lange hängen lassen. Sobald der Film zu Ende war, würde sie eine Schlaftablette nehmen und morgen früh nach dem Aufwachen in die Wirklichkeit zurückkehren und alle Märchenwünsche beiseiteschieben. Denn Madison wusste: Wenn sie etwas wollte, musste sie selbst dafür sorgen, dass sie es bekam. Sie musste Brett Carmel vergessen. Es gab schließlich noch andere Jungs, von denen genug total scharf auf sie waren.

Das Problem war natürlich, denjenigen zu finden, den auch sie interessant fand.

Sie merkte, dass ihre Gedanken abgeschweift waren, und sah auf das Display ihres Handys. Oliver. Erleichtert atmete sie auf. Er wollte wissen, wo sie steckte.

Bin in meinem Zimmer, schrieb sie zurück. Scheißabend. Hatte keine Lust mehr.

Oliver gegenüber war es nicht nötig, zu lügen und die Kopfschmerzstory auszupacken. Außerdem wusste er sowieso, dass das ihre Standardausrede war, wenn sie irgendwo abhauen wollte.

Ihr Handy summte erneut.

Geht mir genauso. Kann ich raufkommen?

Madison zögerte. Eigentlich wollte sie allein sein. Aber Oliver war ihr bester Freund. Ihm musste sie nichts vormachen.

Nur wenn du Lust auf *Moulin Rouge* hast.

Die Antwort ließ keine Sekunde auf sich warten.

Immer noch besser, als Peyton Diamond am Hals zu haben. Die krieg ich einfach nicht mehr los.

Madison lachte. Irgendwelche Mädels waren doch immer hinter Oliver her. Selbst schuld, wenn er sie erst heißmachte und dann fallen ließ. Aber sie wäre mit Sicherheit die Letzte, die ihn dafür verurteilte. Solange er *sie* nicht wie Scheiße behandelte – was er niemals tat, das würde er sich bei ihr nicht trauen –, war es Madison egal.

Dennoch war sie froh, dass er Peyton Diamond den Laufpass gegeben hatte. Und zwischen Damien und Savannah lief dank ihrer genialen Aktion ja auch nichts mehr. Jetzt war nur das Problem, dass sich Nick anscheinend für Savannah interessierte. Dabei hatte er echt was Besseres verdient.

Na ja, es würde mit ihnen sowieso nicht lange dauern. Und selbst wenn – Madison würde schon einen Weg finden, die Sache zu beenden.

Gerade als die *Elephant Love Medley*-Szene endete, klingelte es an der Tür. Ihre Eltern waren noch auf der Party, also musste sie selbst aus dem Bett, um zu öffnen. Mit einem schnellen Blick in den Spiegel vergewisserte sie sich, dass die schwarze Yogahose von Victoria's Secret und das dazupassende Oberteil zwar nicht gerade den verführerischsten Schlafanzug der Welt bildeten, aber an Madison sah er trotzdem gut aus.

Was eigentlich auch egal war, schließlich wollte sie Oliver ja nicht beeindrucken.

»Hey«, begrüßte er sie. »Na, auch so 'nen tollen Abend hinter dir?«

»Ja, ganz einmalig«, antwortete Madison sarkastisch und hielt inne, als sie Olivers blaues Auge sah. »Oh Gott, was ist denn mit dir passiert? Soll ich dir einen Eisbeutel holen?«

»Du müsstest mal den anderen Kerl sehen«, witzelte Oliver. »Aber ein Eisbeutel wäre echt nicht schlecht.«

Sie holte einen aus dem Tiefkühlfach und gab ihn Oliver, bevor sie zusammen in ihr Zimmer gingen. Sie brannte darauf zu erfahren, was passiert war, wollte ihn jedoch nicht drängen – sie wusste, dass er es schon bald von sich aus erzählen würde.

»Und, warum hast du dich verdrückt?« Er streifte die Schuhe ab und ließ sich auf ihr Bett fallen. Mit einem Blick auf den Flatscreen – Madison hatte auf Pause gedrückt und jetzt prangte der riesige Elefant in der Mitte des Moulin Rouges auf dem Bildschirm – machte er es sich in dem Kissenberg am Kopfende des Bettes bequem. »Mist, hab meine Lieblingsstelle genau verpasst«, sagte er mit gespielter Enttäuschung.

»Ich kann ja ein bisschen zurückspulen.« Madison lachte und griff nach der Fernbedienung. Oliver lächelte schief, sodass sich sein Grübchen in der Wange zeigte. »Ich glaube, ich überleb auch so. Aber jetzt rück schon raus, warum bist du so früh abgehauen? Ich dachte, große Partys wie diese wären genau dein Ding.«

»Sind sie ja auch«, sagte Madison und lehnte sich in die Kissen zurück. Sollte sie ihm vielleicht den *wahren* Grund verraten? Denn wenn sie es weiter in sich hineinfraß, würde sie noch verrückt werden, und sie vertraute Oliver, dass er es nicht weitertratschen würde. »Aber ich hab gerade rausgefunden, dass der Typ, in den ich verliebt bin – oder verliebt zu sein dachte –, eine andere mag. Echt blöd, aber deshalb hatte ich einfach keine Lust mehr, dort zu bleiben.«

»Verständlich.« Er musterte sie etwas eindringlicher als sonst. »Wenn dir das hilft, kann ich dir nur sagen: Wer der Typ auch sein mag, er ist ein totaler Idiot.«

»Es ist Brett Carmel«, gestand Madison.

»Was? Dieser Loser, dessen Mutter Adrian Diamond heiraten wird?« Oliver sah zutiefst schockiert aus.

»Die sind verlobt?«

»Yep, haben es um Mitternacht bekannt gegeben.«

»Hm«, machte Madison. Wenn Courtney und Brett bald Stiefgeschwister waren – wie würde sich das wohl auf ihre Beziehung auswirken? Vielleicht spielte das Madison ja doch noch in die Karten. »Genau diesen Brett meine ich.«

»Das ist echt das Abartigste, was ich heute Abend gehört hab.«

»*So* abartig nun auch wieder nicht«, verteidigte sie sich. »Ich war letztes Jahr seine Bio-Tutorin und hab ihm Tipps für die Uni-Zulassungsprüfung gegeben.«

»Er ist also nicht nur ein Loser, sondern auch noch dumm«, witzelte Oliver, auch wenn Madison eine Spur von Bitterkeit in seiner Stimme hörte.

»Hey.« Sie stieß ihn spielerisch an. »Nur weil jemand Nachhilfe braucht, heißt das nicht, dass er dumm ist.«

»Aber es heißt auf jeden Fall, dass du klüger bist als er«, sagte er. »Und da könntest du echt was Besseres kriegen.« Seine Lippen verzogen sich, und er sah finster drein, was Madison wieder daran erinnerte, dass er auch einen ziemlich verpatzten Abend hinter sich hatte.

»Und, warum bist du abgedampft?«, fragte sie.

»Weil Courtney mich für Brett hat stehen lassen«, sagte

Oliver und bestätigte damit die Vermutung, die sie bereits hatte. »Und außerdem hat Peyton irgendwie die Sache mit dieser blöden Wette zwischen Damien und mir rausgefunden und mich vor ihren Schwestern und Brett zur Rede gestellt. Woraufhin Brett mir eine verpasst hat. Und gerade als ich es ihm heimzahlen wollte, haben uns ihre Bodyguards festgehalten. Ansonsten wäre er jetzt Matsch.«

»Versteht sich«, sagte Madison. Sie konnte sich nicht vorstellen, dass sich Oliver schon jemals in seinem Leben geprügelt hatte.

»Aber du hättest den Blick meines Vaters erleben sollen, als er Brett und Courtney zusammen sah«, fuhr Oliver fort. »Und als ich ihm dann noch gesagt habe, dass es Brett war, der mich verprügelt hat, hat er bei der Mitternachtszeremonie den großen Hoteldeal in Macau gar nicht mehr angekündigt. Diese Aktion war echt unbezahlbar. Aber es hat mein Spielchen mit Courtney kaputt gemacht. Ohne Brett hätte ich locker bei ihr landen können.«

»Ich wusste gar nicht, dass dir Courtney so viel bedeutet.« Madison klang verletzter, als sie beabsichtigt hatte.

»Sie ist ganz okay«, wiegelte Oliver ab.

Madison zog eine Augenbraue hoch. »Du weißt, dass du was Besseres haben kannst als diese Diamonds.«

»Yep«, erwiderte er nur, und Madison wunderte sich, was er damit wohl meinte. Doch er fuhr fort, ehe sie nachfragen konnte. »Und, was ist, sehen wir uns den Film nun weiter an?«

Madison nahm die Fernbedienung, drückte auf Play und versuchte, sich zu entspannen, während der Film weiterlief.

Jedoch ertappte sie sich immer wieder dabei, wie sie einen Blick auf Oliver warf. Zum Glück merkte er es nicht. Nicht, dass sie an ihm *interessiert* gewesen wäre. Er war ihr bester Kumpel. Sie schrieb ihre merkwürdige Reaktion dieser seltsamen Brett/Courtney-Sache zu.

Wie auch immer – eines wusste sie sicher: Diese Diamond-Sisters wirbelten jede Menge Staub auf, und das musste aufhören, ehe es noch schlimmer wurde. Wer waren die denn schon? *So* was Besonderes auf jeden Fall auch wieder nicht.

Die Lösung war einfach: Madison würde sie wieder ins Abseits manövrieren – genau dahin, wo sie hingehörten.

www.campusbuzz.com

Goodman-Highschool › Las Vegas › Nevada

WTF

Gepostet Sonntag, 10.07., 11:15

Wer hat noch gesehen, wie dieser Brett gestern Abend mitten im *Myst* mit Courtney Diamond rumgeknutscht hat? Ist plötzlich wie aus dem Nichts aufgetaucht. Zugegeben, er ist ein echt heißer Typ, aber seit gestern Abend sind *seine* Mutter und *ihr* Vater *verlobt. Miteinander.* What the fuck reicht dafür gar nicht aus! Okay, sie sind ja nicht wirklich verwandt oder so, aber trotzdem. Abartig.

1: Gepostet Sonntag, 10.07., 11:49

Brett ist mir noch nie aufgefallen, aber du hast recht, er ist wirklich eine Schnitte! Soll auf der Palo gewesen sein, bevor er Mitte letzten Jahres auf die Goodman übergewechselt ist. Wenn er genug von seiner Stiefschwester in spe hat (und echt, das *ist* total abartig), bin ich bereit …

2: Gepostet Sonntag, 10.07., 12:53

diese diamond-sisters sind aber wirklich scharf. hoffe, dass ich ab herbst in ein paar kursen mit ihnen bin, vielleicht brauchen sie ja nachhilfe, um auf der goodman klar zu kommen …

3: Gepostet Sonntag, 10.07., 13:13

Schule? Wir haben noch FERIEN! Und zwar noch eineinhalb Monate lang! Wer denkt denn da schon an Schule?

4: Gepostet Sonntag, 10.07., 13:48

Richtig. Aber ich glaube, eines dürfte allen klar sein – mit den Diamonds wird auf der Goodman nichts mehr so sein, wie es war. Man darf gespannt sein. Warten wir's ab :)

Also, bis dann! Und denkt dran: *What happens in Vegas, stays in Vegas* … Was allerdings keine Rolle mehr spielt, wenn man dort *lebt* ;)

Danksagung

Vor fünf Jahren in meinem vorletzten College-Jahr beschloss ich, meinen ersten Roman zu schreiben – mit dem Ziel, ihn auch zu veröffentlichen. Trotzdem kann ich es immer noch nicht fassen, dass dieser Traum Wirklichkeit geworden ist – was auf jeden Fall undenkbar gewesen wäre ohne die Unterstützung von unglaublich hilfsbereiten Menschen, die mich begleitet und die nie aufgehört haben, an mich zu glauben.

Brent Taylor – du hast schon seit dem ersten Entwurf an die *Diamond-Sisters* geglaubt, was mir unendlich viel bedeutet. Deine nicht enden wollende Begeisterung und dein Rat haben mich in meiner Überzeugung bestärkt, dass dieses Buch es verdient hat, gelesen zu werden. Wann immer ich Selbstzweifel bekam, habe ich an deine Worte gedacht und sie damit überwunden!

Meine Verlegerin, Nataschya Wilson – seit wir uns bei der Book Expo America kennengelernt haben, wusste ich: Mit dieser Frau möchte ich zusammenarbeiten! Und es ist mir eine Ehre, zu der talentierten Gruppe von Autoren bei Harlequin TEEN zu gehören. Ihre Einblicke und Erkenntnisse haben dabei geholfen, dieses Buch um so Vieles besser zu machen, als ich es mir jemals hätte vorstellen können. Sie haben mich angetrieben, noch tiefer in die Charaktere und den Stoff einzutauchen, und ohne Sie wäre dieses Buch nicht annähernd das, was es heute ist.

Sie haben mich zu einer besseren Autorin werden lassen. Millionenfachen Dank dafür, dass Sie mir eine Chance gegeben und an mich geglaubt haben!

Meine Agentin, Molly Ker Hawn – du bist so ein unglaublicher Mensch und eine so unglaubliche Agentin, und nie werde ich den Tag vergessen, als ich in Nebraska war und dein Anruf kam, dass du die *Diamond-Sisters* übernehmen würdest! Du hast mir geholfen, meinen Stil zu verbessern, und mich dazu gebracht, die Charaktere lebendig werden zu lassen. Du bist so toll organisiert, flink, freundlich, lustig und überraschend in allem, was du tust, und ich bin so dankbar, dass du an die Geschichte geglaubt und mir eine Chance gegeben hast.

Lisa Wray – es war so wunderbar, dass ich dich letztes Jahr kennenlernen durfte. Danke für deine Begeisterung für die *Diamond-Sisters!* Ich habe die Zeit mit dir genossen, und ich weiß, dass das Buch in keine besseren Hände als deine gelangen konnte, um weltweit bekannt zu werden.

Erin Craig und das Cover-Team – danke, dass ihr den Spirit der Geschichte auf diesem bestechenden Cover lebendig gemacht habt. Es ist wirklich wunderschön (ich habe es buchstäblich stundenlang ehrfurchtsvoll angestarrt). Ich wusste ja, dass die Umschlaggestaltung bei Harlequin TEEN in den besten Händen ist, aber dieses Cover hat alle meine Erwartungen übertroffen!

Meine Mutter, Ann Madow – du hast *alles* Erdenkliche für mich getan, um mir dabei zu helfen, meinen Traum von einer eigenen Buchveröffentlichung Wirklichkeit werden zu lassen. Danke, dass du die zahllosen Entwürfe gelesen und dich in die geschäftlichen Details eingearbeitet hast, die ich allein gar nicht mehr hätte regeln können, dass du meine Termine verwaltet und immer an mich geglaubt hast!

Mein Vater, Richard Madow – danke für deine Geduld mit mir und deinen steten Glauben an mich, auch wenn es sich das eine oder andere Mal so angefühlt haben mag, als wäre dieses Ziel unerreichbar. Ich weiß, du hast dir Sorgen gemacht, als ich mich Hals über Kopf für diesen exzentrischen Beruf entschieden habe, aber du hast mich nie aufgegeben, und dein Stolz auf mich bedeutet mir unendlich viel.

Mein Bruder, Steven Madow – jedes Mal, wenn ich einen deiner Freunde treffe, berichten sie mir, dass du ständig von meiner Schreiberei redest und wie stolz du darauf bist. Danke, dass du meine Bücher liest, deine Meinung dazu abgibst, zu meinen Lesungen kommst und natürlich für deinen steten Enthusiasmus! Ich hoffe, dass du Spaß an den versteckten Witzen hast, die ich für dich eingebaut habe :)

Meine Großeltern, Phyllis und Paul Lichtenstein und Lois und Selvin Madow – ihr vier seid so kluge, fleißige Menschen und uns Enkelkindern wunderbare Vorbilder. Danke für eure Begeisterung, euren Stolz und eure Hilfsbereitschaft!

Tante Barbara, Onkel Jeffrey, Onkel Dave, Tante Yoko, Onkel Marshall, Lauren Setzer, Michael Setzer, Evan Madow, Sandy Lichtenstein, Jackie Lichtenstein, Michael Lichtenstein, Kandy Scherr, Sam Scherr, Ben Scherr und alle anderen Mitglieder meiner unglaublichen Familie – danke für euer Interesse, eure Unterstützung und eure ernst gemeinten Fragen, sobald wir zusammen sind. Eure Anteilnahme an dem, was ich mache, bedeutet mir wahnsinnig viel.

Meine besten Freundinnen und Verbindungsschwestern aus dem College: Kaitlin, Tiffany, Devan, Alicia und Amy – ihr seid alle unglaublich, und ich bin so dankbar, dass wir vier umwerfende (verrückte, lustige, bewegte) Jahre miteinander hatten. Ihr alle kennt mich besser als irgendjemand sonst. Danke, dass ihr vom ersten Entwurf an immer an mich geglaubt habt, immer gesprächsbereit und voller Ratschläge wart und mich als meine Cheerleader unterstützt habt. Auch wenn wir inzwischen weit voneinander entfernt leben – sobald wir uns treffen, ist es, als ob überhaupt keine Zeit vergangen wäre. Ich weiß, dass ich mit euch Freunde fürs Leben gefunden habe.

Jedem, der dieses Buch in einer Buchhandlung gekauft oder als E-Book geladen hat – DANKE! Ich hoffe, die Geschichte der *Diamond-Sisters* hat euch gefallen und wird euch auch weiterhin in den Bann ziehen, denn es gibt ja eine Fortsetzung!

Meine Fans seit *Remembrance* – danke, dass ihr einer unbekannten Autorin eine Chance gegeben habt, an mich geglaubt und mich von Anfang an unterstützt habt.

Meine Professoren in Creative Writing vom Rollins College: Twila Papay, Phillip Deaver und Bruce Aufhammer – Sie haben in meinen Schreibversuchen etwas Besonderes entdeckt, ehe ich es selbst entdeckte. Danke für Ihre Anleitung, mithilfe derer ich wachsen und schließlich eine Autorin werden konnte, deren Werke auch tatsächlich veröffentlicht werden.

Meine Mitstudenten in meinem Einführungskurs Creative Writing im Herbst 2008 – niemals werde ich vergessen, wie ich euch zum ersten Mal etwas von mir vorgelesen habe und wie positiv ihr darauf reagiert habt. Ihr habt die Hoffnung in mir geweckt, dass sich auch andere für die Geschichten interessieren, die mir im Kopf herumschwirren. Ihr wisst es vielleicht nicht, aber ihr habt mein Leben verändert. Danke!

Christine Thomas

Rock My World – Ein heißer Sommer

Ca. 350 Seiten, ISBN 978-3-570-30992-6

Als Jasmin (17) auf ihrer Geburtstagsparty ihren Freund Conall beim Fremdgehen mit ihrer besten Freundin erwischt, ist sie dankbar, nach L.A. flüchten zu können. Ihre Mutter hat beschlossen, dort als Schauspielerin neu durchzustarten. Während ihr bester Freund Leon ihren Rachesong „Sorry Ass" zum You Tube-Hit macht, jobbt Jasmin in L.A. bei Starbucks und verliebt sich dort in den geheimnisvollen Raoul. Doch mit dem Erfolg von „Sorry Ass" tritt Conall, der mit seiner Band ebenfalls immer bekannter wird, wieder auf den Plan. Wird Jasmin auf seine medienwirksamen Versöhnungsversuche eingehen oder sich für Raoul entscheiden?

30176